# POÉSIES

DE MAITRE

# ADAM BILLAUT,

## MENUISIER DE NEVERS,

PRÉCÉDÉES

## D'UNE NOTICE BIOGRAPHIQUE ET LITTÉRAIRE,

### Par M. Ferdinand Denis,

Conservateur de la Bibliothèque Sainte-Geneviève,

ET ACCOMPAGNÉES DE NOTES, PAR M. FERDINAND WAGNIEN, AVOCAT.

### ÉDITION COMPLÈTE,

ORNÉE DE HUIT PORTRAITS DESSINÉS SUR LA PIERRE PAR MM. ACHILLE DÉVÉRIA ET E. LASSALLE,
AVEC DEUX VUES DU NIVERNAIS, PAR M. PAUL BOURGEOIS.

N'est-ce pas un effect de l'essence supresme,
De voir, d'un feu divin, mes esprits animez,
Que, ressemblant au champ cultivé de soi-mesme,
Je produise des fruicts que l'on n'a point semez.

MAISTRE ADAM.

NEVERS,

IMPRIMERIE DE J. PINET, PLACE SAINT-SÉBASTIEN.

1842.

# POÉSIES

DE MAITRE

# ADAM BILLAUT,

## MENUISIER DE NEVERS.

# AVANT-PROPOS.

# AVANT-PROPOS.

Maitre Adam était parvenu à la moitié de sa carrière ; il avait environ trente-cinq ans, et l'on ne répétait pas sans doute au-delà de la ville, où il est né[1], la chanson qui lui a mérité le nom de poète populaire, lorsqu'une circonstance heureuse le tira de son obscurité et le fit tout à coup connaître.

C'était en 1636 ; l'abbé de Marolles, qui n'est

---

[1] L'acte de naissance d'Adam Billaut, retrouvé aux archives de Nevers depuis l'impression de notre notice, ne laisse pas de doute sur cette circonstance importante de la biographie du poète.

pas toujours aussi heureux dans ses narrations ;
raconte, avec une singulière bonhomie, comment
il rencontra ce *menuisier* qu'il considérait *comme
une des plus rares choses du siècle.* « Il me vint
» saluer un matin, dit-il, par les ordres qui lui en
» furent donnés, et m'ayant récité de ses vers, j'en
» fus émerveillé. Je dis à Madame [1] l'estime que j'en
» fesais, et que je m'étonnais de ce que la répu-
» tation d'un si bel esprit n'était pas encore venue
» jusqu'à nous ; qu'au reste, je serais ravi de la pu-
» blier et d'avoir des copies de ce qu'il m'avait ré-
» cité, pour les faire voir à des gens qui s'y connais-
» saient parfaitement, et qui seraient assurément
» de mon avis. Maître Adam ne s'en fit pas beaucoup
» prier, et je crois qu'il ne fut pas marri d'avoir
» trouvé quelqu'un qui publierait ses louanges sans
» envie ; il vint pourtant lui-même à Paris l'année
» d'après, et il y fut connu des grands et de toute
» la cour. »

Si l'on s'en rapporte à l'auteur de la bibliothèque
française, ce fut vers 1638 que Maître Adam son-
gea à publier pour la première fois ses *chevilles* ;
et qu'au milieu de la compagnie qui se réunissait
chez Saint-Amand, il commença à mûrir ce projet.
Son vrai protecteur, celui qui avait su le comprendre, en dépit peut-être des railleries de quelques contemporains, l'abbé de Marolles, l'aida
de ses conseils ; et, grâce à ce patronage, l'œuvre
du menuisier de Nevers parut en 1644. Le pro-

---

[1] Marie de Gonzague, duchesse de Nevers.

lecteur du poète artisan, pour nous servir de l'expression de l'abbé Goujet, s'était enquis, avec sa bienveillance ordinaire, des diverses circonstances qui avaient inspiré la plupart des pièces dont se compose le recueil; il avait pu même expliquer certaines allusions sans lesquelles plusieurs d'entre elles eussent été inintelligibles, et le seul reproche qu'on puisse lui faire peut-être, ce serait d'avoir été trop sobre de ces détails; il n'omit rien, du reste, de ce qui pouvait contribuer au succès du livre. Non content d'avoir rassemblé les morceaux laudatifs, dont les beaux esprits du temps voulaient bien illustrer les œuvres du *Virgile au rabot*, il composa lui-même des vers en son honneur, et fit faire un portrait [1] qui ne manque ni de vérité, ni de finesse pour en orner ce recueil auquel il prenait un intérêt réel. Cette première édition de format in-4º, dont le texte fut revu assez soigneusement, se trouva complètement épuisée au bout de dix ans, et une réimpression inférieure, quant à la correction, parut à Rouen en 1654. Le format in-8º fut substitué à celui qui avait été adopté d'abord, et ce fut, peut-être, ce qui décida le sieur Berthier, prieur de Saint-Quaize, l'auteur du poème de *Constantin*, à choisir un format portatif, lorsqu'il se rendit éditeur du second ouvrage de Maître Adam, qui parut, en 1663, sous le titre du *Vilebrequin*.

---

[1] Selon toute apparence, ce portrait fut fait par Chauveau, peintre célèbre de ce temps. Le hasard nous a fait connaître cette particularité en parcourant un volume qu'on ne lit plus, et qui est intitulé *le Cabinet de M. de Scudéry*, Paris, 1646, 1 vol. in-4º.

L'édition que l'on offre ici, est la seule complète, puisqu'on ne saurait citer, sous aucun rapport, le *choix* qui fut fait en 1806. On y a reproduit les deux ouvrages de Maître Adam, sans les confondre, et le seul changement notable qui ait été fait, gît dans le classement des pièces, qui diffère nécessairement de celui qu'on adopta au XVII siècle. Néanmoins, si l'on s'en rapportait à quelques assertions fréquemment reproduites dans les dictionnaires historiques, un autre ouvrage, portant le titre du *Rabot*, aurait pu être joint à ce volume; mais outre qu'aucune bibliographie vraiment exacte, ne le mentionne en citant la date de son impression, des recherches persévérantes ont fourni la preuve, aux éditeurs, qu'il n'existait pas même en manuscrit. On peut donc affirmer, sans crainte d'avoir à se rétracter, que le *Rabot* n'a jamais vu le jour; que ce fut un titre adopté momentanément par le poète, et que les pièces, dont il devait se composer, ont été fondues dans le *Vilebrequin*. Il n'en était pas de même d'une pièce satirique, intitulée : le *Claquet de la Fronde*. Cet opuscule, mentionné rapidement par l'abbé Goujet, ne se rencontrait dans aucune des collections qui avaient été consultées, et il aurait fallu peut-être renoncer à le reproduire, si l'un de nos bibliophiles, les plus instruits et les plus zélés, n'avait bien voulu combler cette lacune dans l'ouvrage qu'on offre aujourd'hui. C'est sur une copie exacte, obligeamment confiée aux éditeurs par M. de Quayrolles, qu'il a été donné dans cette édition. Nous ajouterons que de nouvelles recherches l'on fait découvrir, ainsi que l'*Épître aux Dames frondeuses*, dans la vaste collection de *Mazarinades*, qui existe à la bibliothèque Sainte-Geneviève, et qu'il a pu être collationné sur le texte original [1].

Après avoir indiqué les éditions qui ont servi de base au nouveau travail que l'on publie, il est nécessaire d'expliquer les modifications que ce travail a dû subir, et les changements qui ont été opérés; on le fera en peu de mots.

Dans les *Chevilles*, dans le *Vilebrequin*, dans l'*Épître aux Dames frondeuses*, qui suit le *Claquet de la Fronde*, il y a certains passages, il y a même des pièces entières qu'on ne pouvait pas admettre, puisqu'il s'agissait d'éditer un livre qui ne s'adresse pas seulement aux curieux, mais qui doit circuler librement et qui, par sa nature, doit être accessible à tous; ces passages ont été retranchés. Néanmoins, les éditeurs ont parfaitement compris que, s'il y avait ici une question de convenance et de goût à respecter, il y avait aussi une sorte de devoir à remplir envers les amateurs de notre vieille littérature et envers les bibliophiles, qui n'admettent guère les retranchements. Les pièces éliminées seront imprimées à part, et pourront se joindre facilement au volume que l'on offre ici.

L'abbé de Marolles et le prieur de Saint-Quaize, en donnant leurs soins aux deux recueils de Maître

[1] Le *Claquet de la Fronde* sur la liberté des princes, avec une *Élégie aux Dames frondeuses*, par le menuisier de Nevers, 1651. Sans nom de ville ni d'imprimeur, deux pages in-4°. C'est la 72ᵐᵉ pièce du 21ᵐᵉ vol. des pièces relatives à la Fronde, que l'on conserve dans la bibliothèque citée plus haut.

Adam, n'avaient introduit aucun ordre dans l'impression des pièces ; la manière dont elles étaient disposées, étant tout à fait arbitraire, il a semblé qu'on devait réunir entre eux les morceaux portant un même titre, ou ayant une grande analogie, sans pour cela s'astreindre à une loi bien rigoureuse, puisque les pièces désignées par Maître Adam, sous le nom d'épitaphes, sont, en réalité, des élégies du caractère le plus élevé.

L'orthographe employée par le poète a été rigoureusement suivie, en admettant seulement, pour la commodité du lecteur, une légère modification : on a cru devoir rendre aux lettres $u$ et $v$, $j$ et $i$, la valeur qu'elles ont aujourd'hui. De nombreuses incorrections ont plus d'une fois, sérieusement, embarrassé les éditeurs ; ils ont constamment fait tous leurs efforts, pour donner à cette édition l'harmonie qui manque entièrement aux précédentes. D'après la loi qu'ils se sont imposée, quelques expressions, que l'usage condamnait dès 1638, ont dû être respectées ; et, malgré ses incorrections, la fameuse chanson qui a rendu le nom de Maître Adam si populaire, a été reproduite telle qu'on la trouve dans les éditions revues par l'auteur, telle qu'on la chanta durant tout le XVII siècle ; on a eu soin, néanmoins, de donner, à la suite de la pièce originale, cette même chanson, avec les changements qu'elle a subis.

En parcourant les notes qui accompagnent ce livre, on s'apercevra aisément qu'on a fait de consciencieux efforts, non-seulement pour qu'elles servissent d'éclaircissement au texte , mais aussi pour qu'elles ne fussent point dépourvues d'intérêt local ; il s'agissait encore moins d'expliquer quelques expressions surannées ou de relever quelques erreurs grammaticales, que de faire connaître les lieux et les personnages auxquels il est fait allusion dans les *Chevilles* et dans le *Vilebrequin*.

Il appartenait à ceux qui n'ont point dédaigné le poète populaire et qui l'ont même curieusement étudié, d'éclairer les éditeurs de leurs avis; c'est ce qu'a bien voulu faire M. Antony Duvivier, auteur des poésies intitulées : *Une Voix du Morvand*, dont les remarques ont pu aider à éclaircir un texte souvent altéré; à ce nom, nous ajouterons celui de M. Ravenel, auquel on doit les *Lettres inédites de Mazarin*, publiées par la société de l'histoire de France, et qui a bien voulu enrichir ce volume de quelques lignes précieuses [1]. Une *Epître*, dans laquelle M. Rouget, tailleur à Nevers, a chaleureusement exprimé la sympathie que lui inspire le poète-menuisier, devait trouver place aussi parmi les pièces extraites de l'*Approbation du Parnasse*. On la lira sans doute avec plaisir, dans cette dernière portion du recueil.

On sent mieux que jamais, parmi nous, l'attrait réel que doivent répandre sur certaines publications, des dessins d'une exécution habile. Les éditeurs n'ont pas voulu négliger ce moyen de succès ; des

---

[1] Malgré les recherches les plus minutieuses et les plus persévérantes, il a été impossible aux éditeurs de se procurer un autographe de Maître Adam, qui eût si bien complété cette série de documents.

portraits dus à MM. Achille Devéria et Emile Lassalle, reproduisent dans les *OEuvres de Maître
Adam*, ou les hommes éminents qui protégèrent le
poète, ou même quelques personnages connus dans
le Nivernais, et auxquels il est fait allusion ; M. Paul
Bourgeois, jeune peintre de talent et d'avenir, a en-
richi ce volume de deux vues, dont l'une représente
le château des anciens Ducs de Nevers, et l'autre, la
modeste demeure du poète. Nous ne dirons qu'un
mot à ce sujet : le nom des artistes que nous venons
de citer, est un sûr garant du talent et de l'exacti-
tude historique qui ont présidé à l'illustration du
livre. Quant au portrait de Maître Adam, il a semblé
qu'on ne pourrait mieux faire que de reproduire la
gravure qui est en tête de l'édition de 1644, et dont
s'est inspirée la pensée généreuse qui a doté la ville
de Nevers du buste de son poète.

# NOTICE

## BIOGRAPHIQUE ET LITTÉRAIRE

SUR

## MAITRE ADAM.

Imp. Lemercier, Bénard et Cie

MARTIN ALAIN

Menuisier de [illegible]

# MAITRE ADAM,



Surnommé

## LE MENUISIER DE NEVERS,

ALHERBE venait de mourir ; Corneille commençait seulement à montrer ce génie énergique qui devait dominer la poésie de son siècle, et la France ignorait encore cette mélodieuse harmonie des vers dont Racine allait révéler le charme, lorsque vivait à Nevers un menuisier sans lettres, comme dit Bayle, mais né poète à son établi comme Burns devint poète à la charrue, comme Hans Sachs l'avait été en faisant des souliers. Mais, moins heureux que les *meistersanger* de l'Allemagne, qui ranimaient entre eux leur verve joyeuse ou leurs élans religieux, maitre Adam, n'étant pas compris des artisans ses confrères, se voyait obligé de chanter parmi les grands. Le comprenaient-ils davantage? c'est ce que nous verrons bientôt. Dans tous les cas, la singularité de sa vocation les amusait, et ils s'en riaient en l'enivrant. Les siècles s'y sont mépris ; Voltaire lui-même n'a vu dans maître Adam qu'un poète de cabaret, trouvant une rime heureuse entre les verres, faisant adroitement une chanson, comme il fabriquait un escabeau. Eh bien! nous devons le dire maintenant, Adam Billaut était un de ces poètes au cœur triste, aux pensées élevées, qui ne peuvent trouver leurs inspirations que dans la solitude, et qu'on forçait à entonner un chant bachique, à animer de bruyantes orgies, où, misérable convive, il excitait autant la raillerie que l'admiration. Ce fut cette contrainte sans doute qui développa en lui une âpreté cynique, une verve grossière qu'on voudrait ne pas trouver dans ses ouvrages. Je ne sais, mais on se sent saisi d'une indignation involontaire, d'une pitié profonde, en voyant cet homme de génie qu'on force à se dégrader, à louer, à réjouir, quand une voix harmonieuse le conviait à chanter la douleur : aussi maître Adam n'a-t-il laissé que quelques vers lui méritant ce nom de poète que tout à l'heure on n'osera plus lui refuser.

Les biographes sont d'une sécheresse désolante dans leurs détails sur le menuisier de Nevers, sur cet homme que son siècle appelait ironiquement le *Virgile au rabot*. Nous allons, au moyen de ses propres écrits, essayer de faire connaître cette vie d'artisan qui, en d'autres temps et surtout en d'autres lieux, eût été la vie d'un grand homme.

Maître Adam Billaut, comme l'appelle l'abbé de Villeloin, son éditeur, était né le 31 janvier 1602 à Nevers ou aux environs de Nevers, de parents pauvres quoique gens de bien [1]. « Il n'eut moyen que d'apprendre à lire et à écrire, et ensuite le métier de menuiserie. » Malgré l'espèce de philosophie insouciante qu'on voudrait lui attribuer, on voit que dès le commencement de sa carrière il éprouve de profonds regrets d'être né dans une position sociale si peu favorable à ses inclinations. Il brave la fortune ; mais il y a toujours au fond de son cœur quelque chose

---

[1] Il était issu d'une pauvre famille de St.-Benin-des-Bois.

d'amer et de triste, parce qu'il comprend de bonne heure que ses élans de sensibilité ardente ne pourront se faire jour qu'entre de misérables jeux de mots sur son métier et sur son talent. Aussi s'écrie-t-il douloureusement : Le sort m'a tiré d'un pays

> Où je vis le malheur quand je vis la lumière.

Et assurément ce vers, qui eût été un lieu commun poéti-que pour tout autre, n'en était pas un pour lui. Il ne paraît pas même avoir eu dans sa jeunesse cette sorte d'aisance qu'on trouve chez quelques ouvriers laborieux.

Il avait une mère qu'il aimait tendrement, et il la perd durant la peste qui désole Nevers. Cet évènement semble lui inspirer son premier chant de douleur, et dès lors le poète s'est révélé.

Il paraît qu'il se maria de bonne heure, qu'il eut des enfants, et que ce ne fut d'abord que dans ses moments de loisir qu'il essaya sa verve. Le prince de Gonzague fut curieux de le voir, et devint son protecteur.

En 1638, il arriva à Paris pour plaider contre le curateur de sa femme ; mais il négligea son procès et fit des vers. Ses vers lui valurent une pension du cardinal de Richelieu, pension dont plus tard il fut obligé de solliciter le payement, comme on le voit du reste solliciter l'accomplissement d'une foule d'au-tres promesses que tant de grands seigneurs lui faisaient libé-ralement.

L'abbé de Marolles eut le mérite de deviner l'un des premiers le génie poétique de notre *meistersanger*. A cette époque, Adam Billaut avait vingt-huit ans. « Son esprit, naturellement beau et accompagné d'un solide jugement, dit M. de Marolles, s'est revêtu de sa plus grande force ; il s'est fait voir au-des-sus des espérances que l'on en avait conçues, et rendu sem-blable à ces arbres qui, dans une terre inculte, produisent de l'encens. » Pur jeu de mots pour le siècle, vérité pour le nôtre. Ce qui faisait parler ainsi de maître Adam Billaut se-rait maintenant dédaigné profondément ; mais enfin il y avait iv

en lui une secrète harmonie qui le faisait aimer, même par
ceux qui ne le sentaient point complètement.

Maître Adam fit plusieurs voyages à Paris. Il y vécut d'a-
bord fort pauvre, assez obscur, puis la singularité de voir un
artisan poète émerveilla tous les beaux esprits. Ce fut un déluge de vers sur le menuisier *si bien avec Apollon ;* on épuisa
tous les traits de mauvais goût sur son métier.

Tantôt on lui dit :

> Ne mets plus de bois en besogne,
> Si ce n'est du bois de laurier.

Le fameux Scudéry, après s'être écrié :

> A peine as-tu connu les hommes,
> Et tu parles comme les dieux.

continue, et ajoute à cet éloge hyperbolique :

> Prends du cèdre et t'en fais un coffre
> Pour y conserver tes écrits.

De Thou et Mézerai épuisent leur muse latine en l'honneur
du *Virgile au rabot.* On le loue même en espagnol et en italien. Scarron rit de sa verve comme il aurait ri de lui-même.
Colletet prétend que

> Des lauriers du Parnasse il a fait des chevilles. [1]

De tous ces jeux de mots, sans doute le moins mauvais ne
fut pas celui d'un pâtissier cité par tous les biographes. Ce-
lui-là eut au moins le mérite de l'à-propos.

> Avecque plus de bruit tu travailles sans doute,
> Mais pour moi je travaille avecque plus de feu.

Rotrou le traite plus sérieusement que la plupart des poètes du temps, mais il ne sait pas plus que ses contemporains
résister au désir de faire un double concetti sur le nom et la

---

[1] Je croyais trouver dans l'Histoire manuscrite des Poètes français, donnée par cet auteur ou par son fils, quelques détails sur le Menuisier de
Nevers, mais il l'a complètement oublié.

profession du menuisier de Nevers. Enfin, dans cette galerie de railleries louangeuses, le grand Corneille lui-même apporte quelques vers à coup sûr peu connus. Toutefois, en les lisant, on ne sait trop quelle a été l'intention du grand homme, et si le dernier trait n'est pas plutôt un conseil à l'ouvrier qu'une louange au poëte.

> Le dieu de Pythagore et sa métempsycose,
> Jetant l'ame d'Orphée en un poëte françois,
> Par quel crime, dit-elle, ai-je offensé vos lois,
> Digne du triste sort que leur rigueur m'impose ?
>
> Les vers font bruit en France, on les loue, on en cause
> Les miens, en un moment auront toutes les voix ;
> Mais j'y verrai mon homme à toute heure aux abois,
> Si pour gagner du pain il ne sait autre chose.
>
> Nous savons, dirent-ils, le pouvoir d'un métier :
> Il sera fameux poëte et fameux menuisier,
> Afin qu'un peu de bien suive beaucoup d'estime :
>
> A ce nouveau parti l'ame le prit au mot,
> Et s'assurant bien plus au rabot qu'à la rime,
> Elle entra dans le corps de maître Adam Billot.

Le menuisier de Nevers, vanté de toutes parts, devint presqu'à la mode parmi les grands. Il obtint des pensions ; mais, comme nous l'avons dit, les grands le gâtèrent au lieu de l'élever. Ils ne consentirent jamais à voir dans son talent autre chose qu'une singularité amusante. Un poëte du temps l'accuse d'être devenu courtisan, de savoir profiter habilement de sa renommée, et l'Étoile, en le comparant au Tasse, lui dit que, bien plus heureux que le noble poëte, pour lui les grands joignent les présents aux louanges. Mais on se demande quel bien il résulta pour le talent et pour le bonheur du pauvre menuisier de ces prétendues libéralités. Ses idées ont changé, il se sent mal de l'air des cours, leur railleuse admiration lui est à charge ; il va en Italie, et l'on ne sait trop pourquoi il entreprend un semblable voyage. Plus tard, on le surprend regrettant sa rue paisible de Nevers, son établi, ses outils qui se sont rouillés. Il semble alors avoir renoncé au faste de la cour ; et il faut ou que sa vie, comme celle de Burns, ait été un peu désordonnée, ou que les largesses des grands n'aient pas été bien durables, car Bayle dit qu'il fut obligé de reprendre l'état de menuisier pour vivre. C'est ce que semblent prouver ces beaux vers :

> Pourvu qu'en rabotant ma diligence apporte
> De quoi faire rouler la course d'un vivant,
> Je serai plus content à vivre de la sorte
> Que si j'avais gagné tous les biens du Levant.
> S'élève qui voudra sur l'inconstante roue
> Dont la déesse aveugle en nous trompant se joue,
> Je ne m'intrigue point de son funeste accueil.
> . . . . . . . . . . . . . . . . . . .
> Qu'on sache que je suis d'une tige champêtre,
> Que mes prédécesseurs menaient les brebis paître,
> Que la rusticité fit naître mes aïeux,
> Mais que j'ai ce bonheur, en ce siècle où nous sommes,
> Que, bien que je sois bas au langage des hommes,
> Je parle quand je veux le langage des dieux.

Quelquefois on sent qu'il a besoin de se relever à ses propres yeux, et de se laver dans sa propre conscience des bienfaits hautains qui l'ont presque avili. Il pense à ces hommes qui se sont joués de lui ; il veut qu'on sache que sa pauvreté peut vaincre leur orgueil. Puis il rit dans sa chaumière avec d'honnêtes artisans. Quand il est solitaire, une pensée forte ou religieuse sait le consoler.

> La suite de mes ans est presque terminée,
> Et quand mes premiers jours reprendraient leurs appas,
> La course d'un mortel se voit sitôt bornée
> Qu'il m'est indifférent d'être ou de n'être pas.
> . . . . . . . . . . . . . . . . . . .
> Dans les lieux éternels où l'esprit se doit rendre,
> Il m'importera peu quel second Alexandre
> Se doit faire un autel du front de l'univers.

Affermi sans doute dans la résolution de ne plus quitter Nevers et d'y vivre de son état, il dit à un ami qui l'engageait à revenir à Paris qu'il *ne veut plus qu'on lui parle des pompes de la terre.*

> Ce n'est pas qu'en passant je ne le remercie,
> Mais pourtant tu sauras que le bruit de ma scie
> Me plaît mieux mille fois que le bruit de la cour.

Adam comprenait mieux que personne le vrai caractère de sa poésie ; il avait le sentiment intérieur de cette mission que tant de poètes comme lui n'ont pu accomplir.

> N'est-ce pas un effet de l'essence suprême
> De voir d'un feu divin mes esprits animés,
> Que, ressemblant au champ cultivé de lui-même,
> Je produise des fruits que l'on n'a point semés ?
> Ainsi vit-on jadis une troupe divine
> Porter par l'univers notre sainte doctrine,
> Et ravir les mortels des merveilles de Dieu.

Aussi, après l'avoir vu avec une peine secrète demander des largesses aux grands qui les lui refusaient, après l'avoir entendu entonner pour leur plaire quelques chansons bachiques pleines d'une gaîté qui était loin de son cœur, on aime à le voir rentrer dans la solitude, doucement joyeux, poëte de la nature, quoique bien pauvre, retournant près de ses enfants : c'est alors qu'il dit :

> Suivant du rossignol l'usage et les leçons,
> L'abord de més petits a fini mes chansons.

On était en guerre, la guerre ne va plus avec ses douces pensées :

> Mon humeur est contraire à ces funestes choses,
> Je n'aime à voir le sang qu'en la couleur des roses,
> Et le chant d'un vieux coq à la pointe du jour
> Me plaît mille fois mieux que le bruit d'un tambour.

Il aime encore

> Le souffle d'un zéphyr, le frais d'une fontaine,
> L'émail dont la nature embellit une plaine,
> Le silence troublé par le bruit d'un ruisseau,
> Un rocher qui répond au babil d'un oiseau.

Dans cette situation d'ame, Adam Billaut n'avait plus qu'une protectrice, c'était la princesse Marie, qui devait épouser le roi de la Pologne.

On est ému de l'entendre s'écrier :

> La France aura raison comme moi de pleurer ;
> Déjà son cœur, touché d'une douleur amère,
> A ce sanglant départ semble une pauvre mère,
> Qui ne peut empêcher par ses cris superflus
> La perte d'un enfant qu'elle ne verra plus.

La princesse Marie, qui résidait habituellement à Nevers, était, à ce qu'il paraît, une protectrice pleine de sollicitude pour Adam Billaut. Il en fait un ange qu'il entoure de toutes les perfections. Placé dans une position sociale où, plus qu'un autre poète, il avait été obligé de se créer un monde idéal qui l'arrachât à une triste réalité,

> Qui le mit dans le ciel sans délaisser la vie,

la princesse Marie semble avoir été pour lui ce guide céleste qui le détournait des pensées de la terre, sa Béatrix, en un mot, mais avec une pensée paternelle au lieu d'une pensée d'amour.

A l'époque où il se plaint si tristement du départ de la jeune princesse, Adam Billaut n'est pas âgé, mais il parle de ses cheveux blancs, de sa main tremblante ; on le voit en proie aux douleurs d'une vieillesse anticipée. Ses affaires ne vont guère mieux que sa santé. Il est séparé de sa femme, on lui retire un privilège qu'il avait obtenu sur la vente des eaux de Pougues [1]; il se représente

> Un des pieds chaussé, l'autre nu.

Ces plaintes nous le prouvent donc; jamais, quoiqu'on ait dit, le poète ne vécut dans cette sorte d'indépendance qui l'eût mis à l'abri du caprice des grands. Jamais il n'eut ces jours de loisir, où l'on peut attendre en rêvant l'inspiration : un travail péni-

---

[1] Quelques personnes prétendent qu'il se défit volontairement du privilège d'expédier les eaux de Pougues en faveur du curé du lieu; si l'on fait attention aux plaintes du poète cela ne paraîtra guère probable.

ble, la préoccupation de mille besoins ressentis autour de lui, durent arrêter bien souvent sa pensée, où l'entraîner dans une autre voie : en un mot, il eut à pourvoir au pain quotidien, comme de nos jours Magu le tisserand, et ce pauvre imprimeur sur indienne dont les Rouennais chantent les vers. Je ne parle ici ni du Menuisier de Fontainebleau, ni de Jasmin dont la grâce infinie nous a été révélée par Charles Nodier. Ces poètes artisans ont conquis leur indépendance grâce à des circonstances qu'il serait trop long de raconter ici. Mais si l'on se rappelle que maître Adam eut trois enfants à élever, qu'il fallut songer au mariage d'une fille, que la plupart des pensions qui lui étaient accordées étaient fort mal payées quand elles l'étaient, on trouve sans doute ses plaintes assez fondées. Cependant quelques écrivains, et Bayle entre autres, ont peut-être exagéré sa misère. On sait de science certaine que la princesse de Gonzague l'avait placé comme huissier à la chambre des comptes de Nevers, et que ce fut même en cette qualité qu'il fit son voyage d'Italie[1]; le réduit du poète était modeste, mais enfin il était à lui quand le maître chanteur, comme diraient les allemands, s'écriait dans un de ces élans d'inspiration qui l'ont rendu si populaire.

Aussitôt que la lumière
Vient redorer les coteaux.

Il pouvait jeter un regard vers le pampre joyeux qu'il cultivait lui-même sur le côteau des Montapins.

Pour compléter ces détails biographiques, nous ajouterons que vers le milieu de sa carrière il se réunit à sa femme qu'il avait quittée ; et que son fils aîné, pour lequel il sollicitait un bénéfice, dut l'aider dans ses dernières années. Sa mort[2]

---

[1] En 1653, avec le président de la chambre des comptes.

[2] Maître Adam mourut dans une maison connue sous le nom du *Ravelin* ou de la *Maison de l'Arquebuse*. Le duc de Nevers la lui avait donnée en usufruit. Cette habitation appartient encore à la ville. Le portrait d'Adam Billaut et celui de sa femme sont exposés dans la salle des séances du conseil de la commune; ils étaient autrefois en dépôt chez le notaire de la

arriva le 19 juin 1662. Il fut enterré dans la paroisse de St-Jean, en l'église de St-Cyr. Un de ses amis, l'abbé Berthier, termine, un peu pompeusement peut-être, la préface dont il a fait précéder *le Villebrequin;* mais, comme les derniers traits de cet éloge sont un sérieux hommage à celui qui n'a guère recueilli en sa vie que des louanges presque ironiques, nous le citerons ici.

» Je veux croire que le même feu qui jadis illumina les prophètes, a rempli de sa splendeur l'ame de notre menuisier; que ce génie qui a inspiré la philosophie aux premiers hommes, s'est communiqué à lui d'une manière qui nous est inconnue.

» Comme j'étais près de conclure cette préface, j'ai reçu la nouvelle de sa mort... Le fond de son ame, qui m'était extrêmement connu, m'oblige de rendre ce témoignage à la postérité, qu'il avait les sentiments d'un homme très-craignant Dieu; que son inclination le portait à faire du bien à tout le monde, qu'il était très-fidèle à ses amis, et que de tous ses témoignages d'affection, la reconnaissance était le moindre. Il est mort aussi constamment qu'il a vécu. La mort qu'il a vu venir de loin avec tout son funeste appareil, ne lui a point donné de frayeur, parce qu'il s'était étudié à la mépriser durant sa vie. »

Maître Adam a laissé trois ouvrages : *les Chevilles, le Villebrequin* et *le Rabot.* Ce dernier n'a jamais paru. *Les Chevilles,* imprimées pour la première fois en 1644, renferment des passages bien supérieurs en général à ce qu'on rencontre dans le *Villebrequin,* qui se sent de la viéillesse et de la misère

chambre des comptes du duc de Nevers. Un honorable magistrat auquel on voulut en faire présent, les fit donner à la ville.

Nous l'avouerons cependant, en comparant ce portrait avec celui que fit graver l'abbé de Marolles, si connu par son goût pour l'iconographie, quelques incertitudes nous sont venues à la pensée, et si nous n'avons pas mis complétement en doute son authenticité, nous avons préféré reproduire ici l'image consacrée par la tradition; c'est surtout de ce portrait, dont s'est servi d'ailleurs notre célèbre statuaire David, lorsqu'il a voulu consacrer l'image du poète populaire.

de l'auteur [1]. C'est dans le premier recueil que se trouve la célèbre chanson « Aussitôt que la lumière, » seul monument vraiment populaire en France d'un poète sorti du peuple. Nous dirons en passant que cette chanson si connue a subi, avant de nous parvenir, de nombreuses altérations, et qu'on doit la préférer telle que la fit l'auteur.

Parmi les morceaux dont se composent les deux recueils dont nous venons de parler, il y en a très-peu, il n'y en a point même qu'on puisse citer en entier : mais on ne doit pas craindre de dire qu'on y trouve des fragments d'odes et d'élégies empreints du caractère le plus noble, le plus énergique et le plus touchant.

Tel est le morceau consacré à la mémoire d'un prêtre nommé Paullet, qui mourut subitement durant une fête religieuse, au moment où il posait sur le saint-sacrement une couronne de fleurs.

> Passant, pour te faire connaître,
> Comme le ciel se le donna,
> Sache qu'en couronnant son maître,
> Son maître aussi le couronna ;
> La mort, d'une pompe célèbre,
> Lui fit une pompe funèbre
> En le dérobant à nos yeux ;

---

[1] *Les Chevilles* furent d'abord imprimées in-4º, chez Quinet. On trouve dans cette édition, dont la partie typographique est assez soignée, un portrait de maître Adam et un avant-propos de Saint-Laurent. La seconde édition, in-8º, parut à Rouen en 1654, et l'auteur y fit quelques additions. Elle est beaucoup moins rare que la première. Nous ne connaissons qu'une édition du *Villebrequin ;* elle a paru chez Guillaume de Luynes à Paris, en 1663. L'abbé Berthier en fut l'éditeur. En 1806, on a donné une nouvelle édition des œuvres de maître Adam ; le portrait de l'auteur y est reproduit. Quoique le titre semble indiquer une collection complète, il est facile de se convaincre que ce n'est qu'une réimpression des *Chevilles.* Maître Adam a fait imprimer à part, in-4º, une ode à M. le Prince, qui a été donnée probablement depuis en tête du *Villebrequin ;* mais il ne nous a pas été possible de nous procurer cette pièce séparée. Malgré les perquisitions que l'on assure avoir été faites à Nevers, on n'a pas pu se procurer le manuscrit du *Rabot.* Quelques personnes croient que ce dernier ouvrage a été refondu dans le *Villebrequin.*

> Mais ce fut avec tant de gloire
> Que jamais l'œil de la mémoire
> N'a vu naître un tombeau qui fût plus glorieux.

> Comme un nourrisson de Bellonne,
> Qui parmi l'orage et l'effroi
> Meurt en maintenant la couronne
> Dessus la tête de son roi,
> De même, au mépris de la Parque,
> Il rendit au divin monarque
> Tous les restes de son devoir,
> Et quand le mal le vint poursuivre,
> Il aima mieux cesser de vivre
> Que de rester vivant et manquer de devoir.

> Au milieu d'un peuple fidèle
> Qui de toutes parts le suivait,
> Autant pour imiter son zèle
> Que pour la charge qu'il avait;
> En célébrant l'auguste fête
> Du moteur qui tient la tempête
> Et la destinée en ses mains,
> La mort, d'un coup doux et funeste,
> L'élevant au séjour céleste,
> Le sauva pour jamais de celui des humains.

Après avoir regretté encore les vertus de celui qu'il cé—
lèbre, Adam Billaut s'écrie :

> Oui, par son salut Dieu nous montre
> Un lieu superbe et sans pareil,
> Où l'homme le plus misérable,
> Imitant sa vie adorable,
> Marchera comme lui sur le front du soleil.

Une contestation ayant eu lieu entre lui et Dupuy, médecin
célèbre, qui prétendait que l'ame était uniquement soumise aux
organes, maître Adam fit ces stances pleines de grandeur et
d'originalité :

> Mon corps n'est plus qu'un tronc qui tremble et qui soupire,
> Le sang dans ses canaux va perdre sa chaleur ;
> Mais l'ame qui soutient ce trébuchant empire,
> Est exempte des coups qui causent ce malheur.
>
> . . . . . . . . . . . . . . . . . . .

> Son immortalité brave cette prison,
> Et par des sentiments plus divins que profanes,
> Elle rit de ces fous qui mettent les organes
> Au-dessus du pouvoir qu'elle a sur la raison.
> Les rochers, comme nous enfants de la nature,
> Ces monstres sourcilleux qui pénétrent les airs,
> Et qui, dès le moment que l'on vit leur structure,
> Ont toujours surmonté la foudre et les éclairs;
> Ces immobiles corps, dont les têtes chenues
> Avoisinent les cieux à la honte des nues,
> Par les rigueurs du temps ont-ils été détruits;
> Et l'éclatante écho qui leur sert de génie
> N'a-t-elle pas toujours la pareille harmonie
> Que celle qu'elle avait quand ils furent construits?

Est-on curieux de lire des vers d'album tels qu'on en écrivait en ce temps? Voici ceux que maître Adam improvisa pour le livre d'Heures d'une belle dame :

> Aimable cause de ma peine,
> Veillez et priez nuit et jour :
> Jamais la grandeur souveraine
> Ne vous donnera son amour,
> Tant que votre ame inexorable
> Rendra la mienne misérable,
> Vous perdez vos vœux et vos pas;
> Parce que la bonté suprême
> Veut qu'on aime ce qui vous aime
> Cependant vous ne m'aimez pas.

Mais sans contredit la pièce où maître Adam a montré le talent le plus harmonieux, l'ame la plus rêveuse, est une assez longue élégie à laquelle il a donné le titre d'épitaphe, et qu'il consacra à la mémoire de M^{me} Claude de Saulx de Tavannes, qui avait épousé le marquis d'Espoisse, et qui mourut fort jeune :

> Passant, si l'on pouvait fléchir les destinées,
> Quand leur fatalité nous veut priver du jour;
> Si la grandeur du sang, la fortune et l'amour
> Pouvait faire durer la course des années,
> Celle dont ce tombeau se vante sans pareil,
> Exempte du tribut qu'on doit à la nature,
> N'aurait jamais entré dedans la sépulture
> Qu'avecque le soleil.

L'immortelle vertu dont elle fut suivie
Semblait être au-dessus des volontés du sort ;
Et l'on va s'étonnant comme une injuste mort
Osa bien triompher d'une si juste vie ;
Car, quoi que la raison nous puisse discourir
Sur la nécessité de la loi naturelle,
Je tiens que c'est à tort qu'une chose si belle
   Soit sujette à mourir.

Ses moindres actions ont passé pour divines ;
Elle fut ici-bas un miracle à nos yeux,
Mais, comme un beau rosier dont la rose est aux cieux,
Ce triste monument n'en a que les épines.
C'est en vain d'espérer par des pleurs superflus,
Qu'arrosant ce tombeau cette fleur vienne encore,
Quand même ce serait des larmes de l'aurore,
   Nous ne la verrons plus.

Elle est dans un séjour d'éternelle durée,
Où l'astre qui nous luit fait le jour sous ses pas,
Où l'empire du temps ni celui du trépas
N'ont point d'autorité qui soit considérée :
Là, si le souvenir donne de la pitié,
Si la terre a pour elle encore quelques charmes,
C'est le fâcheux plaisir de voir tomber des larmes
   A sa chère moitié.

Dans les strophes suivantes, maître Adam essaie de peindre la douleur que ressentit l'époux de cette femme qui vient de lui offrir une de ces créations idéales dont la poésie du temps offre si peu d'exemples ; mais il émeut bien moins dans cette peinture du désespoir que quand il exprime une céleste douleur. Il y a cependant encore de la sensibilité et de l'énergie dans ces vers :

Aussi, depuis le jour d'un si cruel outrage,
Quand il vient aborder ce funeste cercueil,
Il ressemble au nocher qui regarde l'écueil,
Où l'orage impétueux a causé son naufrage.

Laissons le poète remonter vers les cieux, et l'on croira entendre un chant de Lamartine :

Dans cet heureux séjour où tout le monde aspire,
Où les contentements surpassent les désirs,

> Où tout est immortel, où les moindres plaisirs
> Sont plus à désirer que l'éclat d'un empire;
> Dans des félicités qu'on ne peut exprimer,
> Assise sur les bords du céleste rivage,
> Elle voit des mortels l'ambitieux orage
> Sans crainte de la-mer.
>
> Passant, pour mériter le bonheur de la suivre,
> Et rendre ton esprit à jamais satisfait,
> Apprends par le chemin que sa vertu te fait
> Qu'il faut pour bien mourir que l'on sache bien vivre.
> Imprime dans ton cœur la grandeur de sa foi,
> Et pour participer à sa gloire immortelle,
> Invoque-là : plutôt que de prier pour elle
> Qu'elle prie pour toi.

Maître Adam n'appartient certainement à aucune école, et il dit lui-même que la nature en le créant a voulu montrer ce qu'elle peut au-dessus de l'art. On sent cependant qu'il était attaché à l'école de Ronsard. Il voit avec douleur l'originalité de ce poëte méconnue déjà de son temps, et il s'écrie que ses détracteurs ainsi que ceux d'Homère ne sont point de sa tige. Maître Adam était contemporain de Malherbe; mais, loin de vivre comme lui dans le monde lettré ou au milieu de la cour, un travail pénible et grossier prenait tous ses instants. S'il avait assez de loisir pour faire des vers, le temps lui manquait presque toujours pour leur donner cette pureté harmonieuse dont il avait si bien le sentiment. Néanmoins dans ses beaux morceaux, dans ceux où il est poëte par le cœur, maître Adam est peut-être plus correct que Malherbe, et l'inspiration lui révèle tout-à-coup des secrets d'harmonie qu'une étude laborieuse apprenait lentement au rival de Ronsard.

# LES

# CHEVILLES,

DÉDIÉES

AU VICOMTE D'ARPAJON.

# ÉPISTRES.

# AU VICOMTE D'ARPAJON[1].

## EPISTRE DÉDICATOIRE.

Comte, je t'offre ces Chevilles,
Que, sans le secours des neuf Filles,
Par un prodige tout nouveau,
J'ay fait naistre de mon cerveau.
Si le Ciel m'eût fait cette grace,

[1] Louis d'Arpajon, marquis de Séverac, occupait le rang de lieutenant-général sous Louis XIII. Il se conduisit avec une valeur sans égale au combat de Felissant où il reçut neuf blessures ; en 1621, il se fit encore remarquer au siége de Montauban. Huit ans plus tard, lorsque la France soutint le duc de Nevers contre l'Empire qui avait donné son duché de Mantoue à don Ferdinand, duc de Guastalla, d'Arpajon contribua puissamment à la défense de Casal, de Montferrat et du Piémont. En 1645, le sultan Ibrahim menaçant de s'emparer de l'île de Malte, d'Arpajon accourut généreusement au secours des chevaliers avec des forces navales considérables ; il leur amena plus de deux mille hommes levés à ses frais. Lascaris Castellard, alors grand maître de l'ordre, le fit nommer général avec la faculté de se choisir trois lieutenants généraux. Après la délivrance de l'île, en récompense de son noble dévouement, on lui accorda de nombreux priviléges qui, à l'extinction de sa famille, passèrent à la maison de Noailles. En 1651, Louis XIV l'éleva à la dignité de duc. Il mourut à Séverac, en 1679.

Que de m'avoir fait de la race
De ceux qui tiennent en leurs mains
Le gouvernement des humains ;
Que par une heureuse advanture,
Le caprice de la nature
En me donnant l'estre m'eust fait,
Au lieu d'un faiseur de bufet,
De ces porteurs de diadesmes,
Qui font aux vassaux plus supresmes
Sur la terre et dessus les eaux
Ce qu'Aquilon fait aux roseaux ;
Si j'avois, dis-je, la puissance
Par la grandeur de la naissance
De récompenser la vertu
Dont ton esprit est revestu,
Au lieu d'un présent si peu digne,
Je jure la valeur insigne
Qui te fait dans les champs de Mars
Ternir le lustre des Césars,
Lorsque d'une auguste asseurance
Tu croîs[1] des Ennemis de France
Le triste empire de Pluton,
Que je t'offrirois un baston ;
Mais comme toutes les personnes

[1] Pour tu accrois.

N'ont pas des testes à couronnes ,
Que l'univers est trop petit
Pour contenter cet appétit ,
Je ne puis t'offrir davantage
Que ce que le ciel me partage :
Les holocaustes qu'en ces lieux
On met sur les autels des Dieux
Ne sont pas de valeur égale,
Mais bien souvent une cigale
Qui part des mains du laboureur,
Vaut bien l'aigle d'un empereur :
Car cette nompareille essence
Qui la plus illustre naissance
A la plus basse égalera,
Quand l'œil du monde tombéra
Dans l'invisible sépulture
Qui doit engloutir la nature,
D'un mesme amour regarde et prend
L'offre du petit et du grand ;
Ce grand moteur, qui tout contemple,
Reçoit de mesme main au temple,
Quand l'ame pure luy fait don,
Et la tulipe et le chardon.
Ainsi sa bonté nompareille
Si tost que le soleil s'éveille

Veut que l'éclat de ses rayons,

Illustrant ce que nous voyons,

D'une mesme splendeur éclate

Sur la bure et sur l'écarlate :

C'est ce que j'espère de toy,

Que suivant sa divine loy,

D'un noble et généreux courage

Tu prendras ce petit ouvrage

Avec le mesme aggréement

Que si le fameux Saint-Amant [1]

T'avoit fait présent de ce livre

Où sa gloire doit toujours vivre.

Sont les marques de mon devoir,

Mais lorsque tu le voudras voir,

Fais-moy cette faveur insigne,

Que si dès la première ligne

Tu juges que son entretien

Ne soit pas capable du tien,

De le donner en sacrifice

Aux marmitons de ton office ;

Peut-estre lors qu'ils le liront :

Parlant de ma verve ils diront

En dialogue de cuisine,

[1] Saint-Amand fut un des premiers membres de l'académie. Ses œuvres, à peu près oubliées aujourd'hui, étaient alors fort en vogue.

Que le roman de Mellusine [1]

Ne surpasse point en escrit

L'éloquence de mon esprit :

Par ainsi je feray connaistre,

Si je n'ay contenté le maistre,

Que du moins j'ay charmé l'ennuy

Des serviteurs qui sont à luy.

Par là fais juger à ton ame,

Si je suis capable de blâme,

Puisque, dans l'estat où je suis,

[1] L'histoire de Mélusine, composée au XIVe siècle, est une de nos traditions les plus connues, et le roman dont il est ici question, n'est probablement autre chose que la chronique de Jean d'Arràs, réimprimée au XVIe siècle. Dans son livre si curieux des *Légendes*, M. Leroux de Lincy a donné ce conte populaire en quelques mots; nous le reproduisons ici. — Mélusine, sorte de Syrène du moyen âge, devait, chaque samedi, devenir moitié femme et moitié serpent. — « Elle épousa Raimondin, fils du comte de Forez, et bâtit le châ-
» teau de Lusignan. Elle avait fait promettre à son mari qu'il ne chercherait
» jamais à la voir le dernier jour de la semaine : mais il ne tint pas parole, et
» Mélusine disparut par la fenêtre sous la figure d'un serpent. Semblable aux
» *banshees* d'Ecosse et d'Islande, cette fée veillait sur tous les descendants de
» la famille de Lusignan. Cette tradition avait inspiré nos trouvères; c'est ce
» qu'on peut conclure du prologue du roman en vers composé au XIVe siècle,
» dans lequel on lit :

> . . . . . . . . car autrefois
> Elle a esté mise en françois,
> Et rimée, si comme on conte.
>                 **Ms. du Roi n° 53 Laval.**

Après avoir cité la chronique de Jean d'Arras, M. Leroux de Lincy ajoute que ce fut seulement en 1698 et en 1700 qu'on donna cette tradition sous une forme nouvelle. Le livre est intitulé Histoire de Mélusine, princesse de Lusignan, et de ses fils, savoir : Guy, roi de Jérusalem et de Chypre; Urian, roi d'Arménie; Bennault, roi de Bohême; Antoine, duc de Luxembourg; Odon, comte de la Marche, etc. etc. Paris, in-12. Histoire de Geoffroy, surnommé la Grand-dent, sixième fils de Mélusine. Paris, 1700, in-12.

Je te donne ce que je puis.
Je sçay qu'un peu de violence
T'a fait condamner mon silence,
Et que ta censure a cent fois
Blasmé l'usage de mes dois,
De ne t'avoir pas voulu mettre
Cinq ou six mots dans une lettre ;
Mais tu sçauras que le pouvoir
D'un juste et modeste devoir
M'est venu tousjours interdire
Cette liberté de t'escrire.
L'ingratitude ne m'a point
Fait broncher encore à ce point,
Que d'avoir eu l'ame insensée,
Jusqu'à bannir de ma pensée
La souvenance des biens-faits
Qu'en ma misère tu m'as faits.
Ma plume ne fut onc qu'avare ;
Mais d'autant que celle d'Icare,
Pour avoir pris un vol trop haut,
Luy fit faire un funeste saut :
Je crains que pour trop entreprendre
Son destin ne me vienne prendre.
Pourtant, quoy qu'il puisse arriver,
Ces Chevilles t'iront trouver ;

La mesme main qui te les offre
Te peut encore offrir un coffre,
Car quand je rabote ou j'escris,
Ma raison met à mesme pris,
Et mesme boutique envelope
Mon Apollon et ma varlope.
Ce Phœbus n'est pas ce soleil,
Qui dans un superbe appareil
Aporte du milieu de l'onde,
L'esclat qui r'anime le monde.
Jamais je n'usay des douceurs
Ny de luy, ny de ses neuf sœurs;
Ce double mont innaccessible
Où la faute est irrémissible,
A quiconque s'y veut jucher
Comme un Cocq dessus le clocher,
Ne m'a jamais paru propice;
Car de crainte du précipice
Dont il espouvante celuy
Qui n'est pas capable de luy,
J'ay tousjours suivy l'advanture
Que m'a présenté la nature;
L'Apollon que j'ay pour objet
C'est l'incomparable sujet
De peindre au front de la mémoire

L'illustre portraict de ta gloire,
Et monstrer sans feinte et sans fart
Ce que peut au dessus de l'art
Un menuisier sauvage et rude,
Qui ne s'est point acquis d'estude,
Encore qu'il se soit soûmis
D'en raboter à ses amis.
Pour ébaucher ce grand Ouvrage
Où la témérité m'engage,
Il faut un autre cabinet
Que celuy de Toussainct Quinet,
Le boüillant désir qui l'oppresse,
De faire rouler sous la presse
Ce bon ou ce mauvais recueil
Qui fait mon port ou mon escueil ;
A peine me veut-il permettre
L'achèvement de cette lettre.
Si jamais un peu de raison
Me fait reprendre ma maison ;
Que dedans cette solitude,
Où jamais nulle inquiétude,
Ny mille soings embárassans
Ne troublent l'empire des sens,
Je puisse joindre cette flame
Qui donne une lumière à l'ame,

Et qui par de divins transports,

Sans la destacher de son corps,

Par une route peu connuë

L'eslève au dessus de la nuë.

Je feray ton portrait si beau,

Que les parques, ny le tombeau,

Le cours du temps, ny la nature,

N'en pourront ternir la peinture.

On y verra tous ces exploits

Dont tu sçais affermir nos lois[1],

Quand à la teste d'une armée,

La victoire et la renommée,

Ton bras, ta gloire, et le trépas,

Font une ouverture à tes pas.

Je feray voir mille batailles,

Où sur des monts de funérailles

D'hommes morts, de murs démolis,

Ta main a cultivé nos lis[2];

Et fait brüire comme un tonnerre

Chez tous les peuples de la terre,

[1] Pendant nos guerres de religion, d'Arpajon défit un parti considérable de calvinistes et assura ainsi le Languedoc à l'autorité royale.

[2] Le noble marquis joignit à la gloire du général celle du diplomate habile. De retour en France, après son éclatante expédition de Malte, il fut nommé ambassadeur extraordinaire près de Ladislas IV, et favorisa, en 1651, l'élection de Casimir, frère et successeur de ce prince, dont il épousa la veuve, Marie de Gonzague. Ce fut en récompense de ce succès diplomatique, que Louis XIV le créa duc.

Que Mars changerait de couleur
Soubs les efforts de ta valleur.
Mais sur tout, l'endroit le plus rare
De ce portrait que je prépare,
Sera de montrer le plaisir
Dont tu satisfais ton désir,
Loin de cette fatale pompe
Pour qui la fortune nous trompe :
Par une éclatante raison
Je montreray qu'en ta maison,
Ton ame peut estre assouvie
De tous les plaisirs de la vie,
Sans chercher l'épineux séjour
Des trompeurs appas de la cour;
Où quelque bien qu'on s'y propose,
L'épine suit toujours la rose,
Où l'heur n'est pas épanouyt
Qu'aussi-tost il s'évanouyt,
Et ne laisse à nostre mémoire
Qu'une foible vapeur de gloire,
Un peu de fumée et de bruit
Qu'un soufle du temps nous destruit.
Tu le sçais mieux qu'homme du monde,
Et que toute ame qui se fonde
Dessus cet appas décevant,

Bastit sur un sable mouvant.
Depuis dix ans je la pratique
Au détriment de ma boutique ;
Mes outils en sont tous roüillez ,
Et tous mes sentimens broüillez
Ont presque abandonné l'usage
Par qui j'entretiens mon mesnage.
Il est vray que la passion .
De toucher une pension
Qu'un généreux prince me donne ,
Fait que mon ame s'abandonne ,
A rendre hommage à la candeur
De sa très-auguste grandeur;
Mais mon mal-heur en ce rencontre
Est que d'ordinaire ma monstre
Ne me produit aucuns effets ,
Qu'à payer les frais que j'ay faits :
Ainsi je trouve après la feste
Que je n'ay que l'honneur de reste,
D'avoir salué le souverain ,
Et retournant en pélerin ,
Faut à ma première soupée ,
Pour un bourdon , quitter l'espée.
Je ne trouve rien de si doux
Que la demeure de chez-nous ,

Mon champestre et simple village
N'a pas ce nuisible advantage,
De voir tous ces palais dorez
Où des mortels sont adorez,
Où l'art et la magnificence
Font idolâtrer leur puissance ;
Tous ces vains colosses d'orgueil
Que le temps doit mettre au cercueil,
Ces fameux monuments antiques,
Ces tours, ces superbes portiques,
Qui semblent menasser les cieux
De leurs sommets audacieux,
Ne nous ont jamais fait d'encombres
Ny de leurs corps, ny de leurs ombres ;
Tous ces lambris estincelans,
Où les peintres plus excellans
Ont mis tous leurs soings et leurs veilles
A faire esclater leurs merveilles,
N'ont point encore dans ces lieux
Esblouy les sens, ny les yeux.
Un vieux bois de qui la verdure
Nasquit avecque la nature,
M'y présente des proumenoirs
Qui ne sont lumineux ny noirs ;
Et dont les demeures secrettes

Ont de si charmantes retraites,
Que c'est le printemps seulement
Qui peut en peindre l'ornement,
Tant l'incomparable Cybelle
Dessous ces rameaux paroist belle.
Jamais la rigueur des hyvers,
Ne chocqua ses ombrages vers,
Et sa teste est toujours couverte
D'une épaisse perruque verte,
Où mille et mille oyseaux nichez
Ont tousjours leurs soins attachez,
A faire esclatter, à toute heure,
Dans cette paisible demeure,
Un bruit si doux et si charmant,
Que le silence mesmement
Est ravi de leur voir destruire
La liberté de son empire.
Le céleste accent de leurs airs
Chassant la nüe et les esclairs,
Sauve leurs innocentes testes
De la colère des tempestes.
Parmy ces cabinets toufus
Je ne me trouve point confus,
Comme au sot usage de vivre
Que chez le grand monde il faut suivre.

En ce lieu la grandeur des roys
N'y fait point esclater ses loys;
Le divin moteur de la terre
Qui forme et brandit le tonnerre,
Est le seul de tous les puissans
A qui l'on y donne l'encens.
L'ambition n'a point de flâme
Que n'y sçache esteindre mon ame;
Car voyant qu'il nous faut mourir,
Et qu'en vain pour nous secourir,
Toutes ces puissances supresmes,
Ces couronnes, ces diadesmes,
Qui nous font fleschir les genoux
Devant des mortels comme nous,
N'auront qu'une fresle puissance,
Contre la fatalle ordonnance,
Qui porte générallement
Toutes choses au monument;
Qu'il faut que tost ou tard l'on tombe
Soubs l'affreux enclos d'une tombe,
Que nostre orgueil n'est que du vent,
Et que tel, qui n'est plus vivant,
Laissant les resnes d'un empire,
Aux bords de l'Achéron souspire
De voir qu'il ne luy reste rien

Qu'un seul denier de tout son bien :
Encore un vieux nocher l'en prive
Pour le passer à l'autre rive ;
Que le cercueil destruit l'autel
Du plus redoutable mortel,
Que Cœsar, Pompée, Alexandre
Ne sont plus que terre et que cendre,
Et qu'avecque tous les explois
Dont ils affermirent leurs loix,
Ils sont maintenant plus à plaindre
Qu'ils ne furent jadis à craindre ;
Que le temps par ses changements
Bouleverse des monuments,
Où l'on ne cognoist plus les marques
Ny des grandeurs, ny des monarques ;
Bref que le foible et le fort
Sont sujets aux loix de la mort :
Ces décadances asseurées
Bien meurement considérées,
Font que j'estime mille fois,
Les Louvres moindres que les bois,
Et que tout me ressemble rude
A l'esgal de la solitude.
C'est parmy ces antres divers,
Que resvant au mestier des vers

J'espère de faire connoistre,

Que le ciel n'a jamais fait naistre

Un héros qui mérite mieux

Que toy, le rang des demi-dieux;

Quand mesme l'ombre d'Alexandre

Voudrait contre moy l'entreprendre.

Cependant, cher comte, reçois

Ce que je t'offre cette fois;

Tu trouveras dans ce volume,

Outre le travail de ma plume,

Plus d'honneur, que je n'en prétends

De trente peinceaux esclatans[1];

Qui par des transports tous de flâme,

Ont voulu donner à mon ame

Des éloges et des appas

Que mes bois ne méritent pas.

Ils vont pour combattre l'envie

Qui pourroit traverser la vie

De ces Chevilles, avortons

Qui passent pour les rejetons

D'une souche mal animée,

Ou pour le mieux dire une armée

---

[1] Le poète fait allusion aux vers que lui adressèrent avec profusion tous les beaux esprits du temps, lors de la publication des *Chevilles*, et qui furent joints aux éditions de 1644 et 1654, sous la dénomination bizarre d'*Approbation du Parnasse.*

Dont les soldats tous éperdus
Marchent sous ses enfans perdus;
En voulant dire des merveilles
De mes travaux et de mes veilles,
Pour en parler trop dignement
Leur osteront leur ornement.
Ainsi ces enfans de la gloire
Pensant éclairer ma mémoire
Ils abaisseront ma couleur
Par le grand éclat de la leur.
L'excez de leur amour extrême,
Pour me trop tesmoigner qu'il m'aime,
Fera par ces chants triomphans
Comme le singe à ses enfans,
Qui, les embrassant par trop d'ayse,
Les estouffe, quand il les baise.
Ainsi le bel astre du jour
Quand il fait son oblique tour,
Son œil développe et desserre
Dans le vif esmail d'un parterre,
Mille boutons en mille fleurs,
Dont l'Aurore avecque des pleürs
A fait une vive peinture

Sur les habits de la nature.

Les traits de ses divins rayons

Sont autant de  divers crayons

Qui peignent et qui font esclore

Ce superbe ornement de Flore.

Mais comme ce divin flambeau

Près de luy ne voit rien de beau ,

D'un mespris digne de son estre,

Son mesmè œil qui les a fait naistre ,

A peine les voit-il fleurir ,

Qu'aussi-tost il les fait mourir :

De mesme ces divins génies ,

Qui de leurs saintes harmonies

Ont voulu flatter mes escris ,

Auront droit d'en faire un mespris.

Et comme il les croiront indignes

D'estre comparés à leurs lignes,

Ils les verront d'un œil pareil

Que les fleurs le sont du soleil.

Mais, grand apuy de la couronne,

Brave Comte, je te les donne

Comme des enfans qui n'ont rien ,

Mais qui n'auront que trop de bien

Pourveu que tu leur sois prospère
Comme tu le fus à leur père,
Qui sera tousjours de bon cœur
Ton très-obligé serviteur.

**ADAM BILLAUT,**

Menuisier de Nevers.

# I.

## A LA PRINCESSE MARIE[1].

Dans cette importune saison
Que chacun garde la maison,
Que sans vos atrais la nature
Ne paraistroit qu'en sa peinture ;
Que les jardins sont désolez
De voir leurs parterres gelez ,
Et que leurs fleurs n'ont point d'usage
Si ce n'est sur vostre visage ;
Que d'un changement sans pareil

[1] Cette pièce dut être composée pendant l'hiver de 1635. La princesse était alors à Nevers.

Marie-Louise de Gonzague, fille de Charles I<sup>er</sup>, duc de Nevers et de Mantoue, etc., et de Catherine de Lorraine, naquit vers 1612. Elle était donc à cette époque âgée de vingt-trois ans , c'est-à-dire, dans tout l'éclat de sa beauté. Elle était encore fort jeune lorsque Sigismond, roi de Pologne, la fit demander en mariage pour son fils Uladislas ; mais ces premières négociations demeurèrent sans résultat et ne furent reprises que long-temps après.

L'hiver a chassé le soleil ;

Qu'il a mesme ce privilége

De faire le jour de la neige ;

Que les oyseaux n'ont plus de chants,

Et que les plus fertiles champs

Sont stériles comme des marbres,

Paraissent moins beaux et moins verds

Qu'ils n'estoient lors que l'univers,

Après la vengeance des crimes,

Vit des tombeaux dessus leurs cimes,

Quand un déluge en ces déborts

Leur fit des branches de corps morts :

Que tous les fleuves sont de roche,

Que le moindre tourneur de broche

Est plus heureux cent mille fois

Que ces héros, qui pour les rois

Sont maintenant dans une plaine

A s'échauffer de leur haleine,

Bref que dans ce dérèglement

Chacun chérit cet élément,

De qui la flâme vagabonde

Doit faire le tombeau du monde,

Princesse, l'unique ornement

De ce que l'œil du firmament

Voit de plus beau dessus la terre,

Faut-il que cette injuste guerre
De l'insolence des frimas,
Me morfonde dans son amas,
Et que je face pénitence
Par faute de vostre assistance ;
L'ardeur qui boüillonne en mon sein
M'invite à ce fameux dessein
De peindre au front de la mémoire
Le saint portraict de vostre gloire.
Mais lors que je pense couler
Sur ce grand sujet de parler,
Quelque lumière qui m'enflâme,
Je perds le mouvement de l'ame
Auprès d'un misérable feu
Qui paroist et luit aussi peu
Que l'œil d'une vieille ridée,
Dont la mort déteste l'idée ;
Si je mets la plume à la main
Le froid ride mon parchemin,
Et mon encre montre à ma muse
Qu'elle a veu le chef de Méduse ;
Je ne trouve dans ma maison
Rien qui serve à cette saison.
Si je dévalle[1] dans ma cave,

[1] Si je descends.

Je n'y trouve que de la bave

Qui moisit dessus un poinson,

De qui le lamentable son

Lors que je le touche, me blesse

Comme un tambour, cette noblesse

Dont la pluspart avec effroy,

A sans congé quitté le Roy.

Si dedans mon grenier je monte,

Un chat me fait rougir de honte,

Qui trouve de bonheur comblé,

Plus de rats que de grains de blé;

Si bien qu'en ce sensible outrage,

Je n'ay ny vigueur ny courage,

De voir que mes provisions,

Ne sont que dans des visions,

Que je rencontre dans le somme

Lors que le sommeil nous assomme :

Je suis un Crésus en resvant;

Mais le matin en me levant,

Ce qui met mon ame à la gesne,

C'est que je suis un Diogène;

Mes habits usez et mal faits

Comme ceux d'un vieux portefaits,

Ne sçauroient plus faire merveilles

Qu'à faire peur à des corneilles;

Si bien qu'en les voulant vêtir,
On me prendroit pour un martyr,
Ou pour un qui se désespère
Prenant un habit de galère.
Si je pense prendre un manteau,
Je n'en trouve point de plus beau
Qu'un qui dès la première année
Sert de manteau de cheminée,
Où le temps avide et goulu
A tant puisé de vermoulu,
Qu'il a des antres sans poussière
Qui cacheroient une sorcière.
Ainsi tout pauvre et mal vêtu,
Je dis, parlant à la vertu,
Ce que Brutus bravant l'envie
Luy dit à la fin de sa vie,
Qu'elle estoit seulement de nom,
Que ce chimérique renom
Dessus qui sa gloire se fonde,
Ne peut rien aux choses du monde.
C'est la fortune qui régit,
Et qui si puissamment agit,
Qu'au moindre revers qu'elle donne
Elle dissipe une couronne.
C'est son caprice qui peut tout,
Et qui dè l'un à l'autre bout

Se traisnant dessus une roüe,
Peut former un sceptre de boüe,
Faisant, inconstante qu'elle est,
Des destins tout ce qu'il luy plaist.
Or moy qui n'ay point de querelle
Que lors qu'il faut parler à elle,
Pour faire cesser son courroux,
Il faut que je m'adresse à vous.
Pour vous son amitié soûpire,
Et vous faites dans son empire
Avecque mille attraits vainqueurs,
Ce que vostre œil fait sur les cœurs.
Le jour que le ciel vous fit naistre
Pour nous faire icy bas paraistre
Là merveille de ses trésors
Dans la beauté de vostre corps,
D'une merveilleuse advanture,
Fortune, amour, et la nature,
Se trouvèrent dans le séjour
Où le ciel vous versa le jour,
Où par un céleste advantage
Leurs dons vous vinrent en partage;
La nature premièrement,
Pour faire un embellissement.
Au delà de toutes les choses,
Prit au Printemps toutes les roses,

Tous les œillets et tous les lys
Dont les jardins sont embellis ;
Puis imitant dans ce meslange
Dieu, quand il fit le premier ange,
En moins d'un moment elle eust peint
Les merveilles de vostre teint ;
Pour faire vos yeux qu'on adore
Bien mieux que les yeux de l'Aurore,
Elle invita plus d'apareil
Que lors qu'elle fit le soleil ;
Et puîs vous ayant fait si belle,
Elle alla rompre son modelle,
Toute orgueilleuse d'avoir fait
Les traits d'un œuvre si parfait.
Amour qui parmy ses merveilles
Ne contentait que ses oreilles
Rompit les nœuds de son bandeau
Pour voir un miracle si beau,
Et d'abord qu'il vous eust connuë
Il se jeta dans votre veuë,
Où depuis il blesse les cœurs
Des plus indomptables vainqueurs.
Ce fut dans cette heure opportune
Que sans espargner la fortune,
Il la blessa d'un trait si doux,
Qu'elle brusle d'amour pour vous.

Lors cette ingrate à moy farouche,
Vous baisant mille fois la bouche
Comme à son unique soucy,
Sa parole vous dit ainsi ;
Adorable et belle princesse,
Que la terre aura pour maistresse ;
A qui les dieux et les mortels
Doivent ériger des autels,
Sçache que ce que je sçay faire
N'est rien que pour te satisfaire
Et que tous tes prédécesseurs
N'ont pas eu toutes mes douceurs :
Je sçay bien que leur gloire est peinte
Sur le mont de la terre sainte,
Et qu'ils ont foulé le turban
Dessous les palmiers du Liban :
J'ay fait naistre leur destinée
Une heure après que je fus née ;
J'ay veu leurs belliqueux exploits
A la terre imposer des loix,
Et si dans leur pompe royale
Je n'ay rien trouvé qui t'esgale.
Sçache que je veux désormais
Que ta grandeur dure à jamais ;
Et qu'il se trouve dans ta race
Une si belliqueuse trace,

Que l'histoire qui chantera
Les merveilles qu'elle fera ,
Mette pour détruire Alexandre
Sa mémoire dedans sa cendre,
Et ruine ce que les Césars
Ont acquis dans les champs de Mars.
Elle eust continué son dire
Quand elle se print à vous rire,
Voyant que pour plaire à ces vœux
Vostre main luy prit les cheveux.
Depuis elle vous accompagne
Comme son unique compagne,
Et suit l'ordre de vos accords
Mieux que l'ombre ne suit le corps ;
C'est pourquoy je vous importune
De commander à la fortune
Qu'elle me donne seulement
Quelque meschant habillement.

II.

# A LA MÊME.

Princesse, l'ornement de ce grand univers,
C'est en vain d'espérer que je fasse des vers,
Je sens bien que mon ame a changé de coustume,
Et qu'il faut préférer le rabot à la plume,
C'est vous dire en un mot pour les vers désormais,
Que voicy les derniers qui je feray jamais ;
Pensez-vous que ce soit une facile chose
Aux rigueurs d'un hyver de produire une rose,
Et que l'aveuglement du sort qui me conduit
Me puisse faire voir le soleil dans la nuict ;
Du temps que le soucy ne troubloit point mon ame,

Que la muse et l'amour me rendoient tout de flâme,
Que mon printemps estoit à l'abry des hyvers,
Qu'Apollon me montroit tous ces trésors ouvers,
Et que dessus ce mont qui se perd dans les nuës,
Les muses paroissoient à mes yeux toutes nuës.
Princesse dont le ciel admire les apas
Dedans cette saison que ne faisois-je pas,
Ce pinceau qui me vient des mains de la nature
A cent fois eu l'honneur de faire une peinture,
Où votre teint plus beau que toutes les couleurs
A fait pleurer l'Aurore et fait paslir les fleurs,
Du temps que je marchois dans ces routes divines
Où je cueillois des fleurs qui naissoient sans espines,
Ma muse sans flatter a dit en mille lieux
Que vostre illustre sang estoit du sang des dieux,
Et que vostre beauté qui toute autre surmonte,
Surpassoit en autels la reine d'Amatonte,
C'estoit lors que mon ame auroit pris du plaisir
Au devoir d'obliger vostre noble désir ;
Mais non point maintenant qu'elle est toute abatuë
Dedans un labyrinte où le chagrin la tuë,
Ne se pouvant plus rien imaginer de beau
N'ayant plus pour objet que les vers du tombeau,
L'advenir des enfans, le soucy du mesnage,
La crainte de jeûner sur la fin de mon âge,

Ont tant d'authorité sur ma condition
Que mon ame n'a plus aucune ambition,
Qu'à borner seulement mes désirs de l'envie
De vivre en menuisier le reste de ma vie,
Suivant du rossignol l'usage et les leçons,
L'abort de mes petits a finy mes chansons;
Puis que pourrais-je dire en ce siècle de guerre
Où le sang tous les jours désaltère la terre,
Où la peste, le feu, la famine et le fer,
Traitent les innocens des peines de l'enfer,
Qu'on ne connaistrait plus parmy tant que nous sommes
Les hommes s'ils n'avoient le visage des hommes,
Et que sans les effets que fait vostre beauté,
La terre n'aurait plus que de la cruauté,
Mon humeur est contraire à ces funestes choses,
Je n'ayme à voir le sang qu'en la couleur des roses,
Et le chant d'un vieux coq à la pointe du jour
Me plaist mille fois mieux que le bruit d'un tambour;
Le soufle d'un zéphir, le frais d'une fontaine,
L'esmail dont la nature embellit une plaine,
Le silence troublé par le bruit d'un ruisseau,
Un nocher qui respond au babil d'un oyseau,
Un bois où l'ombre vit loing de la violence
De ces regards de feu que le soleil nous lance,
La bergère qui mène un troupeau de brebis·

Qui paissent en repos les fleurs que les rubis,
Qui tombent comme pleurs des beaux yeux de l'Aurore
Font naistre le matin dans l'empire de Flore.
Alors que le printemps luy donnant des soupirs,
Amour en sa faveur en forme des zéphirs,
Ces champestres objets me font plus de matières
Que ces exploits d'horreur, d'effroy des cimetières ;
Mon inclination ne chérit que la pais ;
Qu'un grand n'attende point que j'escrive ces fais
Qu'après qu'il aura fait au mespris de la crainte,
Ce qu'ont fait vos ayeulx dedans la terre saincte,
Et puis, comme je dis, je ne conçois plus rien,
La muse ne m'est plus qu'un fascheux entretien ;
J'ay perdu le beau feu qui brillait dans mes veines,
Et pour le rallumer mes puissances sont vaines,
Je voy que mes lauriers se changent en cyprès,
Que l'âge me poursuit trop vivement de près,
Et que le plus grand bien que fortune m'apreste,
Est de teindre en argent les cheveux de ma teste,
Et que bien-tost la mort viendra comme un Jason
D'un coup inévitable en ravir la toison ;
Mais de tous mes ennuis celuy le plus extresme,
Est de voir que l'esclat d'un pesant diadesme
A tant d'authorité sur celuy de vos yeux
Qu'il vous oblige enfin à délaisser ces lieux,

5

Et donner pour jamais contre nostre espérance

A la Pologne un bien le plus beau de la France ;

Le jour que l'on me dit que vous deviez partir,

Je leus tous les tourmens qu'on fait sur un martir,

Mais je ne trouve point d'horreur qui se compare

A la rigueur du sort qui de nous vous sépare.

Madame, si le jour de vostre esloignement,

La douleur ne me met dedans le monument,

Sans doute le destin qui vous aura ravie,

Aura chassé la mort par l'horreur de ma vie,

Je ne seray pas seul qu'on verra soupirer,

La France aura raison comme moy de pleurer ;

Desjà son cœur touché d'une douleur amère,

A ce sanglant départ semble une pauvre mère

Qui ne peut empescher, par ses cris superflus,

La perte d'un enfant qu'elle ne verra plus.

Hélas ! si mon conseil vous estait agréable

Que je pust vous oster ce dessein misérable,

Que ne ferois je pas afin de vous servir

Contre la cruauté qui tasche à vous ravir,

Je vous remontrerois que ce climat barbare

Est indigne de voir une beauté si rare,

Que ce n'est qu'à regret que le soleil y luit,

Que le plus beau des jours y vaut moins qu'une nuict,

Et qu'une simple fleur que la France nous donne,

Vaut mieux que tout l'esclat qui brille en sa couronne;

Le ciel vous veuille oster ce rigoureux dessein

Qu'un sort injurieux a mis dans vostre sein,

Et que le Polonnois n'ait rien que la peinture [1]

De vos yeux qui nous sont donnez par la nature,

Qu'il aist vostre portrait qu'on ne peut estimer,

Qu'il cherche un Prometée afin de l'animer,

De moy je suis content qu'il l'adore à toute heure,

Mais que l'original avecque nous demeure,

C'est le divin objet qui me peut renflamer,

Et rendre à mon esprit l'usage de rimer.

[1] Comme aujourd'hui, il était d'usage à cette époque d'envoyer aux princes, le portrait de leurs fiancées.

# AU COMTE DE LANGERON[1].

C OMTE, pour respondre à ta lettre[2],
La muse a bien voulu permettre,
Que je retournasse chez soy,
Bien que j'eusse rompu sa foy,
Que ma passion naturelle

[1] Ces vers furent probablement adressés à Philippe Andrault, seigneur de Langeron, bourgade située à une petite lieue de Saint-Pierre-le-Moûtier, en Nivernais, non loin de la rive droite de l'Allier. Ce ne fut que par lettres de février 1656, enregistrées le 30 juillet 1660, que cette seigneurie fut érigée en comté, en faveur de ce même Philippe qui était gouverneur de La Charité et du Nivernais, premier gentilhomme du grand Condé et maréchal de camp. Le dernier descendant de cette ancienne famille du Nivernais, quitta la France un peu avant 89, à la suite d'un duel; compté au nombre des émigrés, il ne rentra pas, prit du service en Russie, et fut fait prisonnier à Austerlitz. Il est mort du choléra en 1832 à Moscou ou à Odessa.

[2] Le comte de Langeron était allé dans le Rouergue (ancienne province dépendant du gouvernement de Guienne), pour apaiser quelques troubles, il écrivit vers cette époque à maître Adam, pour s'enquérir de l'état de ses affaires et savoir s'il avait acheté une vigne comme il le projetait; le poète lui répondit par cette épître.

M'avoit fait jurer avec elle ;
Elle est de si bonne amitié,
Que par un trait de sa pitié,
Elle a rallumé dans mon ame
Un rayon de l'antique flame,
Qui me fit quitter autrefois,
Le rabot, la scie, et le bois,
Et qui d'un misérable rustre,
Me fit passer pour un illustre.
L'âge qui me suit de trop prez,
Métamorphosoit en cyprez,
Les lauriers qu'une jeune audace,
M'avoit cultivez sur Parnasse,
Et presque tout usé du temps,
Comme une femme à cinquante ans,
Je n'enfantois plus nulles choses.
Mais suivant le destin des roses,
De tous ses outrages vaincu,
J'allois devenir gratecu,
Quand ta lettre m'a fait reprendre,
Comme un charbon dessous la cendre,
Un feu qui n'estait plus vivant,
Si tu n'eusse animé le vent
Qui rend en leur force première,
Et ma chaleur et sa lumière ;

Doncques, pour te donner advis,

De la façon comme je vis,

Tu sçauras que par ton absence,

J'ay fait beaucoup de pénitence,

Que je suis presque esté contraint

De suivre tes pas et ton train,

Pour me remettre un peu la mine,

Sur les ragouts de ta cuisine.

Mais grâces au ciel, maintenant

Je reprends caresme prenant [1],

Depuis que d'une chair extresme

Ton frère a banny mon caresme.

Pour le revenu de mon bien,

Que tu peux appeler le tien,

Et qui te sera plus fidelle

Que tes mulets et ta vaisselle,

Qui font maintenant des encans,

Entre les griffes des croquans,

Je t'assure par la présente,

Qu'il décroit bien plus qu'il n'augmente

Puis qu'hier dedans le terrain,

Dont tu m'as fait le souverain [2],

---

[1] Commencement du Carême.

[2] Maître Adam avait très-probablement acheté sa vigne des Montapins,
des deniers du comte de Langeron.

Je perdis pour toute la troupe,
De cinq ou six videurs de coupe,
Qui pour trop boire à ta santé,
Me rendirent espouvanté :
Mais sçachant comme tu te porte
Cette perte me reconforte,
Puis que dans ce noble dessein
Monsieur Prisy, ton médecin,
Avec la généreuse envie,
Qu'il a de conserver ta vie,
N'aurait pas fait, comme je croy,
Ce qu'en beuvant on fit pour toy ;
Tout ce qu'on chanta d'Esculape,
De Jupiter, et de Priape,
De ce dieu qui fut maq....
Et de celui qui dedans l'eau,
Fait souvent une lèchefrite
De la coquille d'Anphitrite,
Lors que sous les flots Cupidon
Brusle son escaillé lardon,
De celuy mesme qui commande
A toute l'infernale bande ;
Je tiens que ces dieux sont vaincus
Quand on leur parle de Bachus,
Que le sçavoir le plus sublime,

Par qui nostre corps se r'anime,
N'enfante pas la guérison,
Comme boire et faire raison;
Leurs puissances sont des frivolles,
Et ce ne sont que les idoles
De ce monarque sans pareil,
Qui brille mieux que le soleil,
Alors qu'assis dessus la bonde,
D'un gros muid qui fume et qui gronde,
Il nargue, du soir au matin,
Tous les caprices du Destin;
C'est luy qui fait ma destinée,
Et qui d'une ardeur obstinée,
Me fait préférer bien souvent
Le cabaret à un couvent.
C'est de cette liqueur supresme
Que ma verve devient extresme,
Et qui te promet quelque jour,
Pour les marques de mon amour,
De peindre au front de la Mémoire,
L'illustre portrait de ta gloire;
Car de quelque insigne valeur,
Dont tu triomphes du malheur,
Quelque lauriers que Mars te donne,
Pour t'ombrager d'une couronne,

Apprends que de fascheux hyvers
Sécheroient leurs feüillages vers,
S'ils ne prenoient leur nourriture,
De cette parlante peinture,
Qui n'auroit qu'un foible ornement,
Sans le jus qui vient du serment ;
Je ne t'en romprois point la teste ;
Si tu ne me faisois point feste,
Par la lettre que tu m'escris,
De la vendange et de son prix :

. . . . . . . . . .
. . . . . . . . . .
. . . . . . . . . .
. . . . . . . . . .

Mais le malheur qui m'importune,
Fait que par faute de pécune,
Je ne sçaurois me contenter,
Au désir que j'ay d'achepter ;
Car pour te parler en franchise,
Je suis gueux comme un rat d'église,
Tout mon argent s'est écoulé :
Mais il n'est pas si loing allé,
Qu'encore un coup je ne le voye,
Peut-estre avecque plus de joye,
Que tu ne reverras celuy

Dont la perte a fait ton ennuy.
Toutes fois que ferois-tu plaindre ;
La fortune n'a rien à craindre
La vigilante affection
Qui t'inspire la passion
D'espandre par toute la terre ,
Le sang, le carnage, la guerre,
Pour rendre le prince François,
Le monarque de tous les Roys :
Brille d'une vertu si rare
Que Lustubron ce turc avare ,
Eust achepté de tout son bien ,
Un éloge comme le tien.
Mais où diantre est-ce que j'accule,
Que ma pensée est ridicule
De faire une comparaison
Si peu sortable à la raison.
Non , cher comte, je te conjure
De me remettre cette injure ,

. . . . . . . . . .
. . . . . . . . . .
. . . . . . . . . .
. . . . . . . . . .
. . . . . . . . . .
. . . . . . . . . .

. . . . . . . . . . .

. . . . . . . . . . . .

Pour retourner à mon discours,
Et t'inviter à mon secours,
Comme mon tuteur je te prie
Avecque autant d'idolâtrie,
Que ton ame en a pour Fanchon,
Et la mienne pour un bouchon.
Que si tu fais quelque capture
Sur la maudite géniture,
Qui morguant la divine loy [1],
Fait la nique aux édicts du roy,
D'en faire part à ton compère :
Ainsi la fortune prospère,
Pour croistre tes félicitez,
Marche tousjours à tes costez ;
Que pour connoistre ton service,
Espargne comme une escrevisse,
En te présentant ses doublons,
Ne marche pas à reculons ;
Au contraire, que ton mérite
De mesme qu'il est sans limite

[1] Les Huguenots résistaient encore dans les provinces du midi et préparaient par leur énergie l'horrible drame qui devait finir par les dragonnades des Cévennes.

Pour accroistre ton revenu,
Sans limite soit reconnu.
Mais sur tout je te recommande,
Et mesme je te le commande,
A moins qué de m'estre ennemy,
De paraistre un peu plus amy,
Au destin qui brusle d'envie
Pour l'accroissement de ta vie.
En un mot, ne t'hazarde pas
Entre les griffes du trespas :
Car de quelque plume sçavante,
De quelque peinture vivante,
Dont un héros soit estimé,
En suite d'un *Libera-me*,
Pour te montrer sans artifice,
Les sentimens de mon caprice,
Sçaches que j'aime plus le sort,
D'un gueux vivant, que d'un roy mort,
Je préfère le bien de vivre,
A tous les monumens d'un livre,
Quand Aristote mesmement,
En viendrait tracer l'argument;
La gloire fust-elle mieux peinte,
Je la compte pour une sainte,
Que l'ame ne regarde pas

Après l'injure du trespas :
Vivons tousjours s'il est possible,
Et si tu n'es pas insensible
Aux prières que je te fais,
Rends-toy du costé de la paix.
Que s'il faut que ton bras desserre
Les derniers coups de son tonnerre,
Que ce soit contre ces bourreaux
Qui sont ennemis des tonneaux[1],
Et qui pour suivre un faux prophète,
Cherchent tous les jours la défaite,
De ce dieu qui s'alla planter
Dans la fesse de Jupiter.
Adieu, cher compère, j'achève,
Ton laquais a rompu la trève
Que j'avois avecque Apollon,
Et la morgue de son talon
Oblige ma plume à conclure,
Priant le ciel et la nature,
Que tu me sois tousjours tuteur,
Comme je suis ton serviteur.

[1] Allusion à la frugalité des Protestants.

# A MADAME LA PRINCESSE PALATINE.[1]

ous sçavez, Auguste princesse,
Que la moitié de vostre altesse
A passé dans ces lieux icy
Pour flatter un peu le soucy,
Qui nous accable depuis l'heure
Que délaissant vostre demeure,

[1] Anne Gonzague de Mantoue, sœur cadette de la reine de Pologne, plus connue sous le nom de princesse Palatine que lui donne ici maître Adam, naquit en 1616. Elle dût se marier d'abord avec le duc Henri de Guise, petit-fils du Balafré, et le suivit à Cologne lorsqu'il se jeta dans le parti du comte de Soissons; bientôt oubliée par l'inconstant Henri de Guise, qui, pendant

Vous emportastes avec vous

Ce que nous avions de plus doux.

Nous fismes tout ce qu'on peut faire

A dessein de la satisfaire ;

Mais pour accroistre les plaisirs ,

Qui font le but de nos désirs ,

Nostre ville eust esté ravie

Si l'autre moitié l'eût suivie.

Bref , pour tout vous dire , l'espoux

Que le ciel fit digne de vous

Par l'admirable connaissance

De ses faits et de sa naissance ,

Le prince dont vous méritez,

Les nompareilles qualitez ,

Et qui dans son amour extrême ,

Mérite les vostres de mesme ;

Est cette moitié que je dis ,

Jointe avec vous comme Amadis

L'estait avec une Oriane ,

Un Endymion à Diane ,

Le Zéphire avecque les fleurs ,

són séjour à Bruxelles, demanda la main de Honorée de Berghes, veuve du comte de Bossu , elle épousa le prince Edouard, comte palatin du Rhin, fils de Frédéric duc de Bavière. Edouard ayant été appelé au trône de Bohême, fit preuve de tant de faiblesse qu'il ne pût s'y maintenir. C'est l'arrivée de ce personnage à Nevers , que le poète célèbre dans son épître.

Le peintre avecque les couleurs,
Le printemps avec la verdure,
La terre avecque la nature,
Ou pour mieux conclurre, en un mot,
Ma scie avecque mon rabot.
Ce prince, dis-je, incomparable,
Qui fut jadis si misérable,
Quand par vos superbes regards
Amour luy décochait ses dards,
Et qui sans cesse les décoche,
A qui de trop près s'en approche,
A rendu dedans ce pays
Tous les habitans ébahis,
Moins par l'éclat qui l'environne
Pour être issu d'une couronne,
Que par l'aymable qualité
Qui part de son humilité.
Tous les citoyens de la ville
Le vinrent trouver file à file,
Pour témoigner les passions
Qu'on a pour vos affections.
Le pauvre aussi bien que le riche,
A son abord ne fut point chiche,
De chanter en allleuya
L'obligation qu'on luy a.

L'un disait, mon Dieu le beau prince ;

L'autre disait, que la province

Aurait un bonheur sans pareil,

Si quelque jour ce grand soleil

Venait dissiper les orages

Dont nous ressentons les outrages :

Et comme après un long hyver

L'Aurore r'animant le ver[1],

Il n'est point d'objet qui ne plaise ;

Que tout le monde pâme d'aise

De voir par ce divin retour

Rentrer la nature en amour.

Ainsi d'une façon semblable

On ne vit point de misérable

Qui ne perdit tout son ennuy

De voir vostre image dans luy.

Cinq cents hommes dessous les armes,

Firent de si fameux vacarmes,

Qu'aux coups qu'ils faisoyent exhaler,

Les oyseaux en tomboyent de l'air ;

Et pour former un si beau foudre

L'on usa toute nostre poudre.

Moy-mesme qui suis tout confus

De n'estre plus ce que je fus,

[1] Le printemps.

J'y courus ainsi que les autres,
Luy présenter mes patenotres ;
Et si monseigneur Apollon,
M'eust prodigué son violon,
Comme il faisoit quand j'eus l'audace
De grimper dessus le Parnasse ;
Pour luy, dis-je, que vos beaux yeux,
Valloyent tous les astres des cieux ;
Sans doute que dans ces merveilles,
J'aurois pû charmer les oreilles :
Mais comme je ne dis plus mot,
Que je suis devenu marmot,
Que mes passions sont éteintes,
Que la mort va finir mes plaintes,
Et que je cherche moins l'accueil
De la muse que du cercueil ;
Tout ce qu'alors je luy pûs dire,
Fut de luy prononcer : beau Sire,
Fleschissant l'un de mes genoux,
Hélas ! comment vous portez-vous ?
Je suis le serviteur fidelle,
De vous aussi bien comme d'elle :
Ce mot d'elle vous l'apprendrez
Quand vostre glace vous tiendrez,
S'il est vray que glace très-fine

Représente chose divine,
Et que vos yeux y puissent voir
Plus qu'ils ne peuvent concevoir.
Car sans vous flatter j'ose dire,
Que l'univers n'a point d'empire
Qui montre rien de radieux
Comme l'éclat de vos beaux yeux.
Soudain en luy je vis paraistre,
Plus qu'un vallet n'attend d'un maistre,
Par un discours qu'il prononça,
Qui cent lustubiens offença
Par l'effet de la jalousie
Que fit naistre sa courtoisie;
Car j'entendis par-cy par-là
Des frélons qui crioyent paix-là,
Sembloyent recevoir une injure
Du bonheur de mon aventure;
Je n'en fus pourtant point fasché,
Puisqu'en évitant le péché,
Qui règne par l'ingratitude,
Je me tire d'inquiétude.
La Justice entra là dessus,
Où le Numa Pompilius,
Qui préside en cette contrée,
Dans un petit trône d'Astrée,

Luy dit tant de mots éloquens ,
Que les plus critiques croquans ,
Qui ne cherchent que le désordre;
N'y sçeurent trouver de quoy mordre.
Il luy prona que ses ayeux ,
Qui sont maintenant dans les cieux ,
Sçavent mieux lancer le tonnerre
Que lors qu'ils estoyent sur la terre,
Ce grand prodige de raison
Luy fit voir comme sa maison
Avait plus fait dans l'Allemagne
Que feu monseigneur Charlemagne :
Que sa race devoit durer ,
Sans que nul en pût murmurer ,
D'une tige en héros féconde ,
Autant que doit durer le monde.
Le monde eut-il la vanité
D'accompagner l'éternité ,
Que leurs renaissantes conquestes
Porteroyent un jour leurs tempestes
Par des exploits grands et divers
Aux quatre coins de l'Univers ?
Mais que leur plus illustre prise
Estoit de vous avoir conquise.
Enfin ce membre de Thémis , 

Que le ciel pour elle a commis,
Fit si bien distiller sa langue,
Que Cicéron dans une harangue,
S'il estoit sur terre aujourd'huy,
Auroit moins bien parlé que luy.
En suite de cette éloquence,
On voit pour mesme conséquence,
Entrer nos quatre Eschevins,
Plus clairvoyans que quinze-vingts,
Assistez en si belle lyce
Du grand seigneur de la Police,
Qui vindrent luy baiser les mains,
L'appeller l'honneur des humains,
Leur chef, qui vaut bien qu'on le nomme
Autant ou plus sçavant qu'un homme :
Car sans escarter ma leçon
Ce chef est encor un garçon,
Luy dit de si charmantes choses,
Que parmy les lys et les roses,
Flore trouve moins de trésors
Que sa bouche n'en fit alors.
Mais toutes ces belles parolles
N'auroyent passé que pour frivoles
A la barbe de tous nos gens,
Si quatre ginjolets sergens,

Affublez de casaques belles,

De la couleur de ces chandelles

Qui nous éclairoyent cy-devant,

Pour chanter les noels d'Avent,

N'eussent apporté de quoy frire

Par un présent que je vay dire.

Un monstre qu'on nomme un brochet,

Qui n'avait point gardé l'huchet ;

Car un huchet n'est pas capable

D'en pouvoir tenir un semblable,

Par ces magistrats présenté

Rendit tout le peuple enchanté ;

L'un disait, mon dieu quelle beste !

Un autre disait, quelle teste !

Et moi je disais, pleust à Dieu

Tenir le tronçon du milieu,

Et que tous les poissons de Loire,

Eussent une mesme mâchoire.

Quatre carpes l'accompagnoyent,

Qui dans un plaisir se baignoyent,

Plus agréable que la source

Qui forma leur natale courçe ;

Devant le Prince elles sautoyent

De l'aise qu'elles ressentoyent,

Semblant dire en muet langage,

Ha ! que le sort qui nous engage ,

Pour un si généreux repas ,

Nous fait mépriser le trépas :

Et si pour rimer à saint George ,

L'on eust présenté trois pains d'orge ,

Je croy qu'à ce jour solemnel ,

La puissance de l'éternel ,

Aurait fait au siècle où nous sommes ,

Ce qu'elle fit quand cinq mil hommes ,

Sans compter filles ny garçons ,

Furent repus de cinq poissons ;

Que les milords et la canaille ,

Pour luy plaire auroyent fait ripaille ,

Et qu'en cette abondance tous

Eussent mangé comme des loups.

A l'heure il me prit une envie

Qu'à l'achèvement de ma vie ,

Je pense poisson devenir

Pour si superbement finir ;

Car enfin quand je considère

Nostre naturelle misère ,

Et que la mort qui racle tout

Nous tient plus couchés que debout ;

Je crus mon dessein légitime ,

Et selon ma raison j'estime ,

Qu'il vaut mieux estre en ce revers

Mangé des princes que des vers ;

J'entens en cas qu'une aventure ,

Métamorphosant ma nature ,

M'eut fait parmy l'air un oyseau ,

Ou le déserteur d'un roseau ;

Car je tiens les princes trop sages

Pour estre des antropophages,

Encore qu'un tas d'interdis

En croyent moins que je n'en dis

Mais ce beau présent aquatique

Aurait paru moins authentique ,

Si pour le rendre plus divin ,

Le rubicon père du vin ,

Ce dieu tousjours saoul comme un suisse

Que Jupin tira de sa cuisse,

N'eut fait parestre la vertu ,

Qui sort de l'empire tortu ,

Douze bouteilles mieux coiffées

Que ne sont les charmantes fées ,

Ou pour mieux dire les Cloris

Qui font l'ornement de Paris ;

Dedans le mesme temps parurent ,

Dieu conserve ceux qui les beurent,

De moy j'en pris une au collet ,

Et sans son secours ce Rollet,
Que très humblement je vous offre,
Serait encor dedans mon coffre.
Ce coffre est mon entendement
Qui voit périr son fondement,
Puisque les pieds qui le soustiennent
Très-gouteusement se maintiennent,
Et qui dans leur dernier hyver,
Me défendent de vous trouver
Pour vous dire, Honneur des Princesses
Que je veux estre à Vos Altesses,
Autant et plus qu'aucun QUIDAM,
Vostre petit vallet,       ADAM.

# A M. DES NOYERS[1].

Je t'escris d'un climat funeste ,
Où tout le bonheur qui me reste
Est l'agréable souvenir ,
Qui de toy vient m'entretenir ,
Au milieu d'un peuple barbare ,
Chez qui l'ame la moins avare
Piperait dessus ce damné ,
Qui par les dieux fut condamné
A souffrir dans l'eau de l'Averne ,

[1] Secrétaire de la princesse Marie, qu'il suivit en Pologne après son mariage. Il eut alors le titre de secrétaire de ses commandements. Il était né en Champagne. Homme de haute probité et d'un mérite réel, il avait des connaissances fort étendues en mathématiques.

Le poëte lui demande des conseils sous la forme d'horoscope.

Ce qu'endure en une taverne
Le poumon d'un pauvre indigent,
Qui meurt de soif faute d'argent.
Ne voyant Phébus ny la muse
Dans ce climat où il m'amuse,
Je ne puis sçavoir de mon sort,
Si je suis ou vivant ou mort.
Quand je repasse en ma mémoire,
Quelle fut autrefois la gloire
Dont mon ame s'entretenoit,
Lors qu'Appollon la maintenoit ;
Que loin de la fameuse audace
Qui m'eslevoit sur le Parnasse,
Je n'enfante plus rien de beau,
Je m'imagine estre au tombeau ;
Mais aussi quand mon ame espère
Que pour bannir ce vitupère,
Qui, dedans ces perfides lieux,
Dérobe Hippocrène à mes yeux,
Il faut chercher une adventure
Qui soit plus douce à ma nature
Que celle qui me fait icy
Paslir de crainte et de soucy,
Que j'ay ma liberté première,
Pour recouvrer cette lumière

Qui remet un cœur abatu

Dans le chemin de la vertu ;

Qu'un séjour plus doux à la vie

Peut rendre mon ame ravie ;

Que ton cabinet m'est ouvert,

Pour me mettre encore à couvert,

Et que le doux jus de septembre

Peut estre pour moy dans ta chambre,

Ce qu'il m'estoit auparavant,

Je m'imagine estre vivant.

Ainsi je balance et je flotte,

Entre deux vents comme un pilote,

Qui dans l'orage et loin du bort,

Attend le naufrage ou le port.

Toy qui depuis peu sçais l'usage

Du bon et du mauvais visage,

De la planète dont le cours

Fait la conduite de mes jours,

Mande moy si mon horoscope

Veut que je suive la varlope ;

Si je dois tousjours raboter,

Si ces filles que Jupiter

Tira du cerveau de Minerve

Ne veulent plus que je les serve.

En ce rencontre tu verras

Que ce que tu me prescriras,
Sans me réjouir ny me plaindre,
Ne se verra jamais enfreindre,
Estant philosophe à ce point
Que mon ame ne s'émeut point
De ce que le ciel nous envoye
Pour la tristesse ou pour la joye.
Quand je ne feray plus de vers,
Je ne veux pas en ce revers
Tesmoigner un point de rancune
Contre le ciel ny la fortune;
Sont des enfants infortunez
Qui dès le moment qu'ils sont nez,
Sentent leur vertu poursuivie,
De l'ignorance et de l'envie,
Et, par un mouvement fatal,
Traisnent leur père à l'hospital;
C'est une engeance vagabonde
Qui fait du bien à peu de monde;
Si bien que dans cet accident,
Je me feray riche en perdant,
N'estimant la verve autre chose
Que le gay bouton d'une rose
Qui dans l'ame s'épanouit,
Puis peu à peu s'évanouit,

En laissant un pauvre poète,
Avecque sa langue muette,
Qui de la vieillesse vaincu,
De rose devient gratte-cu ;
Si tost qu'une vieillesse infame
Choque la demeure de l'ame
De quelque grand raisonnement,
Dont ait agy l'entendement,
Dans ce malheur qui nous travaille,
Nature n'a plus rien qui vaille
Pour faire renaistre le fruit
Que l'âge et le temps ont destruit ;
Le sang ne bout plus dans nos veines,
Et nos espérances sont vaines,
Dans ce nécessaire malheur,
De prétendre plus de chaleur ;
Le corps devient froid comme marbre,
L'émail d'un pré, le verd d'un arbre,
Ont cet advantage sur nous
Que le plus perfide courroux
Q'une aspre froidure desserre
Contre les beautez de la terre,
Ne peut empescher leur retour,
Quand le printemps est en amour.
Mais depuis que l'âge nous touche,

Que d'arbrisseau l'on devient souche,
Le tronc vivant n'est bon alors
Qu'à croistre le nombre des morts ;
L'esprit abandonne la place
De cette demeure de glace,
Comme un capitaine assailly,
Quitte quand le vivre a failly.
De moy qui suis presque à la veille
D'ouïr la parque à mon oreille
M'ordonner de chercher ailleurs
Des destins plus durs ou meilleurs
Que ceux dont je suys la puissance,
Dès le moment de ma naissance ;
Dans ce nécessaire accident,
Qui présage notre occident
L'on me verra sans nulle crainte,
Sans jeter ny larme ny plainte,
Payer, librement sans esmoy,
Ce qu'un prince doit comme moy.
Que s'il me faut encore vivre,
Sous l'ennuy que l'âge nous livre,
Que les biens et les dons des grands,
Pour moy ne soient plus apparents,
Il me restera l'advantage
De prendre mon premier usage,

Et, sans que je m'aille flattant,
Gaigner du pain en rabotant.
Loing de Phébus et des neuf filles,
Quittant les vers pour les chevilles,
Et le laurier pour le noyer,
L'on me verra sans m'ennuyer,
Suivant ma première pratique,
Assidu dedans ma boutique,
Trouver un revenu parfait
Au gain d'un coffre ou d'un buffet.
Il ne faut pas que l'on espère
Que pour cela je désespère :
C'est alors que je feray voir
Que je peux vivre du sçavoir
De faire une maison funèbre,
Et que tel qui se croit célèbre
Autant qu'un sénateur romain,
Peut-estre, dès le lendemain,
Allant boire de l'onde noire,
Du bras dont j'auray peint sa gloire,
Recevra ce funeste accueil
D'en estre mis dans le cercueil.
Je voy, sans crainte et sans envie,
Les biens et les maux de la vie,
Moyennant que la liberté

Suive tousjours ma pauvreté
Que cette faveur importune
Qu'un lasche appelle la fortune,
Ne vienne point, mal à propos,
Troubler ma vie et mon repos ;
Attendant le coup de la parque,
Je ne connois point de monarque,
A qui je voulusse changer,
(A moins que de bien m'affliger,)
Au grand esclat de sa couronne,
Ce que la liberté nous donne ;
Les biens me sont indifférens :
Imitant nos premiers parens,
Je laisse faire à l'adventure
Et mon destin et la Nature ;
Sans suivre les grands ny le Roy,
J'auray tousjours assez de quoy
Pour empescher que je ne tombe
Ailleurs que dessous une tombe ;
Les Dieux ne sont pas inhumains :
L'homme estant l'œuvre de leurs mains,
Pourveu qu'il sçache reconnaistre
La puissance qui l'a fait naistre,
Il est plus heureux mille fois
Que ces grands ministres des lois,

Qui pensant tenir enchaisnées
La fortune et les destinées,
Captifs d'un périssable bien,
Pour trop prendre ne prennent rien
Que le regret qui les afflige,
Lorsque la parque les oblige
De quitter les mondains appas
Que le pauvre ne gouste pas.
L'astre qui luit par tout le monde,
Dans son alleure vagabonde,
Respand ses rayons dessus moy,
Aussi bien que dessus un roy;
Tous ces beaux présens que l'aurore
Tire des rivages du More,
Qu'elle distille par ses pleurs
Dessus la naissance des fleurs,
Tombent aussi bien sur la prée
Où la bergère se recrée
Que dans ces jardins orgueilleux
Où l'art, par des soins merveilleux,
Tasche d'imiter, en ses veilles,
La nature dans ses merveilles.
Le ciel espanche également
Et donne prodigalement
Ce qu'il faut pour la nourriture

Et l'entretien de la nature :
C'est ce qui me fait mespriser
Le sot désir de courtiser ,
Estimant la cour tout de mesme
Que le soleil en son extresme ,
Que je n'ose voir fixement
De crainte d'un aveuglement.
Toy qui, mesprisant cette règle,
As de tout temps les yeux d'un aigle
-Pour voir un astre sans pareil
Qui sçait surmonter le soleil ,
De mesme que dans un lieu sombre,
Le soleil sçait surmonter l'ombre ;
Qui jouis des félicitez
De voir la reyne des beautez
Luire en une pompe ordonnée
Par l'ordre de la destinée ,
Qui n'a de borne et n'en aura
Que ce que le temps durera ;
Toy qui, proche d'une déesse,
Qui sous le nom d'une princesse [1]
Enchaisne ici-bas sous ses lois
La liberté des plus grands rois,

[1] Marie de Gonzague.

Souffre que, sans estre profane,
Je présente à cette Diane,
Avecque de pudiques feux,
Tout ce que mon ame a de vœux :
C'est l'unique objet que j'adore ;
Que si quelque désir encore
Me sollicite d'un retour
Dans le tumulte de la cour,
Ce ne sera point cette pompe
Par qui la fortune nous trompe,
Ny cet esclat voluptueux
De cent courtisans somptueux
De qui la grandeur est suivie,
Qui m'en seroit naistre l'envie ;
Ce sera seulement l'honneur
De jouir du parfait bonheur
Dont une ame trouve l'usage,
Aux traits divins de son visage,
Que l'on doit nommer en tous lieux
La vivante image des dieux ;
C'est l'unique bien où j'aspire :
Un prince recherche un empire,
Un avare met ses efforts
A mettre trésors sur trésors ;
Le pilote, en faveur de l'onde,

Fait recherche d'un nouveau monde ;
Un héros, plein d'ambition,
Pour assouvir sa passion,
Demande, par toute la terre,
Le sang, le carnage, la guerre ;
De moy, ce qui me peut ravir,
C'est le bonheur de la servir,
Depuis l'heure que la fortune
Nous fit esprouver sa rancune,
Quand par son départ rigoureux,
Ce climat devint malheureux :
Quoy que je vive en philosophe,
Ma constance manque d'estoffe
Pour pouvoir vivre et ne voir pas
Ses incomparables appas,
Encore que sa renommée,
De climat en climat semée,
Rende les sceptres abatus ;
Par la force de ses vertus,
Qu'elle soit peinte et reconnue ;
Plus haut et plus bas que la nue
Qu'elle aille d'un vol sans pareil ;
Et sans offenser le soleil,
Que cette bruyante peinture
Esclate, aux yeux de la nature

D'un aspect pompeux et plus beau,
Que le brillant de son flambeau ;
Tous ces miracles dont la gloire
Charge le front de la mémoire
Ne me touchent point à l'esgal
De leur divin original.
Toy, qui de cent choses futures,
Peux raconter les adventures,
Et d'un prophétique sçavoir
Que l'estude te fait avoir,
Lis, jusque dans le front des astres,
Nostre bonheur et nos désastres,
Ne sçaurois-tu m'entretenir
Du temps qu'elle doit revenir ?
O que ce jour filé de soye
Comblera mon ame de joye ;
Qu'en dépit de tant de malheurs,
De ris succéderont aux pleurs,
Et que ces puissances divines
Joindront de fleurs à nos espines ;
De quelques traits dont le malheur
Ait tousjours aigry ma douleur,
Quelque rigoureuse tempeste
Qu'il puisse venir sur ma teste,
Je ne croy pas que ce beau jour,

Remply d'allégresse et d'amour ;
Il ait assez de violence
Pour troubler ma réjouissance ;
Et si dans ma nativité
Tu cherches bien la vérité ,
Tu trouveras que si la perte
Que cette province a soufferte
Pour l'absence de ses apas ,
Ne m'a pas donné le trespas,
Qu'à son retour je dois bien craindre,
Que n'estant pas mort pour me plaindre
Je ne meure par le plaisir ,
Qui mon ame viendra saisir.

# A M. JANVIER[1].

Amy, des amis le plus digne,
Dont l'ame plus blanche qu'un Cigne
Sans fard a tousjours combattu
Pour l'intérest de la vertu.
Se peut-il qu'aujourd'huy je croye
Que tu vueilles troubler ma joye?
Qu'esclave du Dieu des combats
Tu suive les sanglans esbats
Dont le Ciel afflige la terre

---

[1] Un des meilleurs amis de maître Adam. Il lui adressa cette épître en apprenant son départ pour rejoindre l'armée d'Italie, qui occupait alors le duché de Montferrat.

Par les outrages de la guerre?
D'où te peut venir ce dessein?
Quel démon règne dans ton sein?
Aurois-tu point bu dans la coupe
De quelque fanfaron de troupe
Qui t'auroit (en sucçant son mal)
Ainsi que luy fait animal?
Mon ame ose-t'elle bien croire
Que par un défaut de mémoire
Tu vueilles fausser le serment
Que nous fismes ensemblement?
Lors qu'un jour sur les bords de Seine
Ton ame encore pure et saine
N'avoit pas succé ce poison
Qui te fait perdre la raison?
Que nous pestions contre les hommes
Qui dans l'affreux siècle où nous sommes
Suivent les tragiques façons
Des poissons contre les poissons?
Quelle ambition te gouverne?
Quel noir ministre de l'Averne
T'a mis par une aveugle erreur
A la suite de sa fureur?
Quand l'Ange qui tout me révelle
M'eut annoncé cette nouvelle,

Je vis naistre un gouffre d'ennuis
Dans la solitude où je suis,
Qui par leur fatale naissance,
Dissipèrent la connoissance
Des charmes, que parmy ces lieux
La nature estalle à nos yeux.
Une noire mélancolie
Rendit mon ame ensevelie;
Les fleurs, les prés, les bois, les eaux,
Le doux murmure des oyseaux,
Le silence, Flore et Zéphyre
Ne purent finir mon martyre;
Et par cette infidélité,
Je rompis la civilité
Que je devois à ta personne,
Avant que la fière Bellonne
Eust du venin de sa rumeur
Empoisonné ta belle humeur.
Pourtant je t'écris cette lettre
Dans le dessein de te remettre,
Et t'arracher la passion
Qui destruit l'inclination,
Où ton ame estoit adonnée
Pour le bien de ta destinée.
Je t'aimerois mieux porte faix

Parmy les douceurs de la paix,
Que te voir Prince de la terre,
Parmy les horreurs de la guerre
Si peu de temps que le soleil
Nous fasse voir son appareil,
Goustons le repos de la vie,
Loin de cette funeste envie
Qui s'allumant dedans nôs sens,
Peint du sang de mille innocens,
Par des projets illégitimes,
La brutalité de nos crimes.
Quand le moteur de l'Univers
De mille attraits beaux et divers,
Fit la nompareille peinture
De l'Olympe et de la nature,
Je tiens que son intention
N'estoit pas que l'ambition
Rendist les Provinces désertes,
Par les irréparables pertes
Dont ce noir fantosme d'horreur
Nourrit sa barbare fureur.
Quand le fils de ce premier homme
Qui fit tant de mal d'une pomme
Eut d'une sacrilége main
Fait vomir l'ame à son germain;

La nompareille intelligence
N'en prit-elle pas la vengeance?
Pour monstrer qu'elle ne veut pas
Que la dure loy du trépas
Triomphe des droits de la vie
Par la puissance de l'envie.
Si tu me crois retire toy
Du joug de cette inique loy,
Et me viens voir aux bords de Loire
Où Bacchus estalle sa gloire.
Sur l'aspect d'un costeau divin[1]
Qui m'a produit un muid de vin;
Dont j'estime plus la fumée
Que toute celle d'une armée.
C'est en ce lieu que mes plaisirs
Auroient surmonté mes désirs,
Si la passion inhumaine
D'un monstre qui dans un domaine
Passeroit mieux pour laboureur
Qu'il ne seroit pour Procureur,
D'une posture rechignée
Et d'une mine refrongnée
Comme un gros Mustapha Bassa,

---

[1] L'auteur fait ici allusion à sa petite propriété située sur le coteau de Montapins.

Depuis quatre ou cinq mois en ça
Ne venoit point comme à mille autres
M'obliger à des Patenostres ,
Qui le mettront quelque matin
Entre les griffes d'un lutin ;
Je me reserve à le dépeindre
Quand j'auray loisir de me plaindre,
Et luy feray le mesme affront
Que reçeut défunct Lustubront.[1]
Mais retournant à ma pensée ,
Délaissant cette ame insensée ,
De qui le diable puisse un jour
Faire de son ventre un tambour ,
Et de sa teste une lanterne
Pour espouvanter dans l'Averne
Comme des moineaux dans un blé
Les traistres qui l'ont ressemblé.
Je n'ay plus de raison à dire
Sinon que mon cœur ne respire
Que le bonheur de te revoir ,
Que si je manque de pouvoir
A te destourner de l'orage

[1] Dans une longue pièce qu'il a fallu de toute nécessité retrancher ici et qui est du reste fort peu intelligible pour les lecteurs de notre époque, Lustubron semble désigner l'intendant de la princesse Marie.

Où tu vas chercher ton naufrage,

Du moins ne me refuse pas

Quelques centaines de tes pas

Pour voir Monglas l'incomparable,

Dont la table ronde admirable

Fait mieux éclater ses vertus

Que ne faisoit celle d'Artus.

Je sçay que son vin a des charmes

Qui peut-estre contre les armes

Comme moy te feront pester

Dans la crainte de le quitter.

Or comme il est d'une humeur franche

A mettre tousjours nape blanche

Mieux qu'aucun bourgeois de Paris

Pour festiner les favoris

De ce gros fils, à qui Sémelle

Laissa le tonneau pour mamelle.

Je te conjure oblige-moy

D'y mener Beis avec toy,

Et sainct Malo ce capitaine[1]

Qui sans courir la pretantaine,

Ny sans faire rien d'inhumain

A tousjours des armes en main,

[1] Saint Malo avait la garde du cabinet des armes du roi, comme Mocquet, l'ancien voyageur, avait celle des curiosités.

Quinet, mon imprimeur, encore
Il mérite bien qu'on l'honore,
Puis qu'il veut traiter les auteurs
Dont j'ay fait mes aprobateurs.
Mais surtout ce chantre fidelle
Qui dedans la saincte chapelle
Va par des airs mélodieux
Chercher jusque dedans les cieux
Parmy la musique des anges
L'honneur qu'on doit à ces louanges,
C'est ce digne des Aucouteaux
A qui j'ay défendu les eaux,
Avecque la mesme prière
Que je te défends la rapière,
Là beuvez tous ensemblement
Sans finesse ny compliment,
Et comme dit Scaron l'apostre,
Que ce soit à la santé nostre,
Jusqu'à vous mettre entre deux dras
Et puis fais ce que tu voudras.

# AU CARDINAL DE RICHELIEU[1].

RAND Prince, je suis de retour
Dans les pompes de vostre cour,
Pour me plaindre à vostre Eminence
Que, par faute de souvenance,
Vostre Lustubron ma laissé[2],
Comme si j'étois trépassé :
C'est à dire pour mieux entendre
Que je n'ay pas eu peine à prendre
Le bien dont vos menus plaisirs

[1] Cette pièce est extraite du Villebrequin ; elle avait été omise dans le recueil des Chevilles.

[2] Il est probable que Maître Adam avait adopté ce nom bizarre pour désigner les payeurs désobligeants qui se refusaient à acquitter les pensions dont on le gratifiait.

Ont favorisé mes désirs.

Certes, je trouve fort estrange

Que tel qui veut passer pour ange

Chés les nimphes du double mont,

Passe chés moy pour un démon,

Bien que mon discours soit champestre,

Que mon ame ait trouvé son estre

Dans un climat presque inconnu,

Où Phœbus n'est jamais venu,

Qu'elle parle en terme barbare

Et qu'elle n'ayt fait rien de rare,

Si faut-il pourtant avoüer

Qu'elle a l'honneur de vous loüer,

Et que ta vertu qui n'aspire

Qu'à rendre bien-tost nostre empire

L'estonnement de l'univers,

Fit quelque estime de mes vers,

Quand d'une bonté plus qu'extrême

La vostre dit à l'heure mesme,

Que l'on me rendist satisfait,

Ce que pourtant on n'a pas fait.

Cet oubli me met fort en peine,

Et c'est le sujet qui m'ameine

Pour vous prier, au nom du Dieu

Qui me fait venir en ce lieu,

De reïterer qu'on me donne
Ce que vostre grace m'ordonne.
Une estrange nécessité
Qui brave ma félicité,
M'oblige sans cesse à me plaindre,
Et de tout dire sans rien craindre.
Nécessité n'a point de loy,
Beaucoup de moins pauvres que moy
Ont cherché dessous une corde
Ce qu'un désespoir nous accorde;
Voilà l'hyver dont la rigueur
Force la plus masle vigueur,
Et que le plus hardy courage,
Tremble à l'aspect de son orage,
Cependant je suis accablé.
Sans bois, sans vendange et sans blé,
Plus pauvre que vous n'estes riche,
Tous mes habillemens en friche,
Un des pieds chaussez, l'autre nû,
A Paris sans estre conû
Que de ce monstre de nature
Qui rend la terre sans verdure,
Qui m'a si bien mis dans l'amas
Dont il compose ses frimas,
Qu'il ne faut point que je recule,

De peur de mourir comme Hercule.
Souvent, par faute d'un teston,
Plus affamé qu'Eresicton,
Il faut vivre de la gelée
Que ce perfide a redoublée,
De qui les violens efforts
Ont glacé mes sens dans mon corps;
Et sur le point de sa sortie,
Mon ame se voit convertie
En une idole de rocher
Dedans un sépulcre de chair.
Mes vestemens sont sans puissance
Pour combattre sa violence :
Le temps les avoit faits si vieux
Que ceux du cousin valent mieux.
Je porte un manteau sur l'épaule
Fait du temps d'Amadis de Gaule,
Si fort debiffé que l'on croit
Qu'il me nuit autant que le froid,
Montrant à quiconque l'aborde
Plus de mille toises de corde,
De qui l'horreur fait retirer,
Le filou qui le veut tirer.
Enfin, dans ce sensible outrage,
Je suis désespéré, j'enrage,

De voir que pour me secourir
Je ne peux vivre ny mourir.

Je pensois dépeindre une histoire
Où la propre main de la gloire
Eust rendu vos faits adorés,
Avecque des vers tout dorés;
Mais c'est en vain que je propose
L'effet d'une si digne chose,
Veu que, pour ces faits précieux,
Je n'ay point d'or que dans les yeux.
Mais c'est une jaune peinture
Qui fait horreur à la nature,
Et de qui le funeste appas,
N'est bon qu'à peindre le trépas.
Faudrait en avoir de ce coffre
Que vostre mérite vous offre,
Et qui fait qu'approchant de vous,
La fortune marche à genoux.
Grand héros, dont la renommée
Est par tout le monde semée,
Sçavant pilote des François,
Qui sous le plus juste des rois
Qui jamais ait régi la terre,
Soit dans la paix, soit dans la guerre,
Gouvernez tout si sagement

Que le plus superbe ornement
Dont nostre couronne est suivie
Vient des effets de vostre vie ;
Vous, dont les inclinations
Ont gagné tant de nations,
Fameux arc-boutant de la France,
Pour me tirer de la souffrance,
Vous n'avez rien, ô grand vainqueur,
Qu'à dire ce rondeau par cœur.

# AU PRÉSIDENT B****[1]

ONSEIGNEUR , par ces vers icy

Vous sçaurez qu'un fascheux soucy

Qui d'heure en autre m'accompagne ,

De sçavoir que fait ma compagne ,

Me fait, avec juste raison ,

Retourner dedans ma maison :

Par ainsi je perdray la gloire

De retourner aux bords de Loire [2],

[1] Maître Adam, pendant un voyage qu'il fit à Nantes en 1641, visita le magistrat qui résidait à Amboise, petite ville située à quatre lieues de Tours. Il lui avait promis de le revoir à son retour ; mais obligé de revenir promptement à Nevers, il ne put lui tenir parole, et lui adressa ces vers de l'abbaye de Villeloin, chez Michel de Marolles.

[2] La ville d'Amboise occupe une des situations des plus agréables, sur la rive gauche de la Loire au confluent de ce fleuve avec l'Arnase.

Pour m'acquitter de ce devoir

Qui m'obligeoit à vous revoir.

Quoy qu'il en soit, je vous conjure

De croire qu'en cette adventure,

Ce n'est pas manque de respect

N'y la crainte d'estre suspect

Qui me provoque et qui m'inspire,

A m'en aller sans vous rien dire.

L'illustre abbé de Villeloin

Est irréprochable tesmoin

De la sainte amour que je porte

Aux grands hommes de vostre sorte,

Qui, malgré le siècle tortu,

Font des autels à la vertu :

Vous sçaurez de cet homme brave

Comme du meilleur de sa cave

Nous avons mille fois porté

Des brindes à votre santé,

Que tout le monde vous souhaite ;

Voilà ce qu'un pauvre poëte

Vous désire d'aussi bon cœur,

Comme il est vostre Serviteur.

# CONSEIL A UN AMI.

JE vis, hier matin, la belle
Qu'à bon droit tu nommes cruelle,
Puis qu'à ne point mentir, je croy
Qu'elle n'aime ny toi ni moy.
Il est vray qu'elle est adorable,
Que son humeur incomparable
A la puissance de charmer,
Ce qu'on tient capable d'aimer.
Je l'ai long-temps entretenuë,
Et d'une façon retenuë,
J'ay passé deux heures du jour
A luy parler de ton amour ;
Mais son discours et son visage

M'ont bien appris que son usage
N'aspire qu'à faire mourir
Ceux qu'elle pourroit secourir.
J'entens les amans de ta sorte,
De qui la passion trop forte
Te gesne dans une prison
Où n'entra jamais la raison :
Si jamais dans ma confidence
Tu rencontras quelque prudence,
Et s'il m'est encore permis
De me vanter de tes amis,
Permets qu'icy je te conseille
De n'aimer plus cette merveille ;
Ferme les yeux à sa beauté,
Mocque toy de sa cruauté,
Et, pour sortir de servitude,
Regarde son ingratitude,
De mesme qu'un juste nocher
Qui voit, du faiste d'un rocher,
L'inconstant et cruel Neptune
Donner ses biens à la Fortune ;
Ainsi que toy, je fus espris
Des charmes de cette Cypris ;
Il me reste quelque fumée
De l'ardeur de l'avoir aimée.

Pour considérer ses appas,
J'ay perdu cent fois mille pas.
Mais voyant que mon espérancé,
Mes vœux et ma persévérance,
Ne servoient que pour l'irriter,
Je fus contraint de la quitter.
Fais en de mesme, je te prie,
Et pour changer d'idolatrie,
Je t'attends dans un lieu divin
Où l'on n'adore que le vin;
Jean Fouray qui fait ce message
Y fit jadis apprentissage,
Son nez te fera voir l'effet
De la fortune qu'on y fait;
C'est là que mon âme se range,
Où Bacchus, passant pour mon ange,
Me fait entonner nuit et jour :
Vive le vin! fi de l'amour,
Et de toutes ces inhumaines
Qui font vanité de nos peines.

# A UN-AMI.[1]

AMON, je suis résous de suivre le Parnasse;
Si Homère jadis a porté la besasse,
Les Frères ****** d'aussi bon lieu que luy,
Rencontrent du profit à la prendre aujourd'huy;
Et bien qu'ils soyent sortis d'un grand et saint hermite,
Sans elle ils trouveroient une maigre marmite.
Le vice n'est pas grand de ne posséder rien,
Un homme de vertu ne manque pas de bien;
J'en trouveray toujours assez dans ma boutique,
Suivant de mon rabot la première pratique;
Mais pourtant tu sçauras que je n'approuve point,
Ny que je ne veux pas t'obéyr sur ce point,

[1] Cet ami avait conseillé à maître Adam d'abandonner la poésie et de reprendre le rabot.

D'abandonner ce bien où Phœbus me convie,
Qui me met dans le ciel sans délaisser la vie,
Tant que mon ame aura la divine chaleur,
Qui des faits d'un héros peut chanter la valeur;
Je n'abuseray pas d'une flamme si digne,
Au contraire, je veux en imitant le cygne,
Bénissant la faveur de la Muse et du sort,
Redire mes chansons dans les bras de la mort.
Ce n'est pas que pourtant d'une plume hypocrite
Je fasse d'un maraut un homme de mérite;
Et tu tiendras de moy cet advertissement
Que je n'approuve point ce divertissement,
Que je verray plutost la famine à ma porte
Que de souffrir le sort me traiter de la sorte.
Si d'un pinceau parlant, quelque fois sur l'autel,
Je peins de mille attrais la gloire d'un mortel,
Il faut auparavant qu'elle soit estimée
Des yeux de l'univers et de la renommée;
C'est ainsi, cher Damon, que je vis à la cour,
Sans que de mon rabot j'abandonne l'amour;
Au contraire, l'ardeur de ma veine eschauffée,
A l'imitation d'Amphion et d'Orphée,
Qui tiroient les forêts du charme de leurs voix,
La mienne a fait venir un magasin de bois
Qui, si je ne deviens bien-tost paralytique,

Ploira dessous mes bras dedans une boutique ;
En un mot, tout l'hyver je m'en vais raboter.
Mais lors que ces frimas viendront à nous quitter,
Qu'on reverra les fleurs que sa rigueur dérobe,
Que Flore remettra de l'émail sur sa robe,
Je jure qu'en dépit des critiques censeurs,
Je retourneray voir le séjour des neuf Sœurs,
Où les importunant d'une nouvelle flamme,
Je feray sur leur mont un bouquet pour Madame :[1]
C'est pour elle qu'on doit dignement discourir
D'autant que sa beauté ne doit jamais périr,
Puisque quelque rigueur dont l'Hyver nous outrage,
La nature a tousjours des fleurs sur son visage ;
Les œillets et les lys y sont tousjours semez,
Près d'elle les rochers deviendroient animez,
Et je croy, la voyant, que ce n'est qu'un vieux conte,
Ce que des temps passez Ovide nous raconte,
Que les Dieux autrefois, pour des moindres appas,
Ont métamorphosé leur figure icy bas ;
S'il estoit vraysemblable, en la voyant si belle,
Ils seroient tous en serfs enchesnez auprès d'elle.
J'espère quelque jour autant de sa bonté
Que la France aujourd'huy prétend de sa beauté :
Tu sçais, sans plus parler, ce que je veux dire,

[1] La princesse Marie.

Que le puissant démon qui régit cet empire,
Par elle nous promet un hymen adoré
Qui nous fera revoir le vieux siècle doré ;
Tu sçais aussi que cette ame royale
M'a promis la faveur de m'estre libérale ;
Tu sçais que sans cela je ne puis m'animer,
Qu'avec un peu de bien je sçaurois mieux rimer ;
Que si le dieu des vers charme de sa parole,
C'est qu'il s'est fait un lit de sable du Pactole,
Qui fait qu'à son lever, tous les jours, nous voyons
Sortir d'un trosne d'or l'esclat de ses rayons.
Je me suis arresté dessus cette espérance
Que sa promesse un jour finira ma souffrance,
Que les grands, qui des dieux sont icy bas commis,
Ne peuvent révoquer après qu'ils ont promis ;
Or, attendant ce bien, Damon, je te convie
De m'escrire comment tu gouvernes ta vie ;
Si ton esprit qui n'est que bon, noble et divin,
Peut chérir un climat où l'on manque de vin,
De moy, mon cher amy, sur ma foy, je t'assure
Que j'ay tant d'amitié pour cette nourriture
Que me deut-on blâmer de manquer de devoir,
Si tu ne viens ici, je ne t'iray point voir.

# AU VICOMTE DE ***

VICOMTE, cesse d'espérer :
L'objet qui te fait souspirer
S'irite de la violence
Qui t'a fait rompre ton silence;
Tous tes désirs sont superflus,
Si tu me croy, ne parle plus;
Et pour te donner un remède
Contre le mal qui te possède,
Montre, par un dernier effort,
Que le noir séjour de la mort
Est le lieu le plus secourable
Que puisse avoir un misérable,
Quand un cœur est bien enflamé,

Qu'il ayme et ne peut estre aimé ;

Je mépriserois son courage,

Si, pour surmonter cet outrage,

Généreux, il n'évitoit pas

Par une mort mille trépas.

Ce doit estre un plaisir à l'ame,

Lors que le corps est tout de flamme,

De rencontrer sa guérison

Dans le débris de sa prison ;

Quand elle est par trop asservie

Sous une languissante vie,

Elle peut avec liberté

Sortir de sa captivité,

Et, par une fin généreuse,

Esteindre sa flamme amoureuse

Dans les flots de son propre sang,

Qui sont, à bien dire, un estang

Dont elle peut rompre la bonde,

Quand elle devient furibonde.

Je sçay que cent mille combats

Où jamais tu ne sucombas,

Sont escris des mains de la gloire,

Aux plus beaux endroits de l'histoire ;

Mais, Vicomte, aussi je sçay bien

Que tous ces exploits ne font rien

Pour vaincre l'orgueil de la sainte
Qui fait le sujet de ta plainte.
Ainsi voyant que la rigueur ,
Dont elle entretient ta langueur ,
Fait vanité de te poursuivre ,
Je te conseille à ne plus vivre :
C'est une impossibilité ,
Que jamais ta fidélité
La puisse obliger ny contraindre
De t'oster l'usage de plaindre ;
Ton martyre a beau t'excéder ,
Son cœur ne se peut posséder :
C'est un rocher inaccessible
Qui , d'une nature insensible ,
Environné de mille escueils,
Ne fait trouver que des cercueils
A ceux qui l'ont pris pour refuge,
Dedans un amoureux déluge.
Ces yeux divins et sans pareils
Sont pour bien dire deux soleils
Qui , remplis de douceurs barbares ,
Ont fait submerger cent Icares ,
Qu'amour avoit fait hazarder ,
Au dessein de les aborder.
Cette merveille sans seconde ,

Afin d'obliger tout le monde
A chaque minute du jour,
Donne à mille cœurs de l'amour :
Mais, contr'elle mesme cruelle,
Elle n'en prend jamais pour elle ;
C'est pourquoy pour te conseiller,
Dans l'ardeur qui te fait brusler,
Souffre que ta persévérance
Perde aujourd'huy toute espérance,
Et, d'un courage généreux
Désespéré comme amoureux,
Va chercher dans ta sépulture
Le remède de ta blessure.

# A M. DE GÉRARD [1].

Que veux-tu que j'escrive en l'estat où je suis?
Depuis que ton absence a causé mes ennuis,
Que de nostre couvent j'ai quitté la marmite,
De frère Petuneur [2] je me suis fait hermite.
Je vis dans un climat, loing du monde et du bruit,
Où Bacchus seulement me conseille et m'instruit
A tirer tous les jours d'une pipe allumée
L'encens que mon naseau souffle à ta renommée.
Je n'ay point délaissé l'usage du tabat [3],

[1] Capitaine d'un vaisseau du roi de l'armée navale de Toulon.
[2] On sait que le tabac était désigné fréquemment alors sous son nom brésilien de Petun.
[3] Il y avait encore peu d'années que le tabac avait été introduit en France par le célèbre Nicot, à son retour de Portugal ; l'usage en était fort rare.

Plus fumeux qu'un sorcier qui revient du sabat ;
En ce lieu solitaire où mon destin me range,
Dedans mon souvenir tu passes pour mon angé.
Si j'avois le pouvoir de saisir au collèt
Ce chevillu cheval qui fut à Pacollet,
Je veux bien à jamais passer pour un viédase,
Si pour t'aller trouver je ne quittois Pégase ;
Ne voulant point monter cet emplumé cheval,
Que lors que je voudray courir à l'hospital,
Où tout rosse qu'il est, incessamment il mène
Les plus grands favoris des nymphes d'Hippocrène,
Ma bouche, t'exprimant l'ardeur de mon esprit,
T'entretiendroit bien plus que ne fait cet escrit ;
Puis que le grand abbé, l'appuy de nostre gloire,
Trouve un crime en disant quatre lignes sans boire.
Oh ! que la coupe en main, je te dirois souvent,
Frère, pour observer les règles du couvent,
Disons que tout l'esclat des grandeurs de la terre
Est moindre à nos désirs que la pompe d'un verre,
Où nature féconde en son pouvoir divin,
Fait briller la santé dans la liqueur du vin ;
Malgré l'ambition qui gouverne ton ame,
Et qui, dans le mespris du fer et de la flamme,
Oblige ta valeur à rechercher le sort
Qui rend l'homme immortel par les mains de la mort,

Je te peindrois si bien ma solitude sainte,
Où le contentement de vuider une peinte
Esgale pour le moins celuy qu'en ton vaisseau,
Tu prends lors qu'il le faut en faire espuiser l'eau,
Qu'à moins que d'avoir pris l'usage et la fortune
Du bâtard qu'Amphitrite a conceu de Neptune,
Tu sentirois régner en ton ame un désir
Qui t'y feroit venir partager mon plaisir.
Je connois ton humeur si douce et si charmante,
Qu'encore que celuy qui baisa Bradamante
Dans les plaines de Mars aist moins que toy valut,
Tu ne dénirois pas ce bien à ton salut ;
Tu trouverois sans doute en ce lieu solitaire,
Suivant ma passion, de quoy te satisfaire.
La cour ne paroist point dans ce paisible lieu,
La misère du temps n'y fait point jurer Dieu,
Et l'aveugle fortune, en sa fatale pompe,
Ne fait point luire icy l'ardant dont elle trompe.
J'ay sauvé mon vaisseau de ces funestes vans,
Et, comme j'ay le nom du premier des vivans,
De crainte d'offenser le principe de l'estre,
Me voulant conserver ce paradis terrestre,
J'ai banny d'avec moy, d'un effort mutiné,
La femme dont hymen m'avait embéguiné.
Dépestré des liens de ce nuisible encombre,

Je marche seulement assisté de mon ombre :
Encore me nuit-elle en ces gestes divers,
Au branle de la main dont je t'escris ces vers,
Que je destine au feu, s'ils manquent de puissance
De m'y faire jouyr de ta douce présence.
Icy l'horrible effroy de l'empire des flots
N'a jamais fait blêmir le front des matelots ;
Et ce vaisseau fameux, où ta valeur commande
Sur le second amas d'une argauniste bande,
N'a rien comme ce lieu pour charmer ma raison,
Quand mesme tu voudrois m'en faire le Jason.
Voilà ce que je puis pour le présent t'escrire.
Un jour que mon Phœbus aura mieux dequoy frire,
Je jure le poinson vers qui je suis couché,
Je jure sa liqueur qui m'a si bien touché,
Bref, je jure ce Dieu qui naquit d'une cuisse,
Un jour que Jupiter estoit sou comme un Suisse,
Que je peindray si bien ta gloire dans mes vers,
Qu'on ne trouvera pas encor dans l'univers,
Dans le nombre infini des pousseurs de varlope,
Un qui soit plus que moy chéry de Calliope.
Adieu, Frère, l'honneur de tout le genre humain ;
Le sommeil m'a saisi la pipe dans la main,
Et tout ce que je puis, c'est d'achever de mettre
Très-humble serviteur au bout de cette lettre.

# CONSOLATION A UNE DAME [1].

A MARANTE, consolez-vous,
Quittez ce deüil et ce courroux
Qui vous enlaidit le visage,
Prenez vostre premier usage,
Tous vos soupirs sont superflus :
Vostre biche ne vivra plus ;
J'ay veu tomber dessus sa teste
Un marteau, comme une tempeste,
Qui se départoit de la main
D'un boucher du tout inhumain.

[1] Cette biche appartenait à la princesse Marie, qui l'avait envoyée à une dame de Nevers ; elle s'enfuit du parc où elle était, et fut tuée par les ordres d'un seigneur voisin qui ignorait d'où elle s'était échappée.

Dans ce funeste sacrifice,
Ce bourreau, faisant son office,
En quartiers tout son corps a mis,
Pour faire largesse aux amis
D'un seigneur, qui sans la connestre,
N'en fut pas deux heures le maistre,
N'en ayant, pour tout retenu,
Après ce malheur advenu,
Qu'un pied qu'il veut que l'on aplique,
Comme une sanglante relique,
Pour estre à jamais un marteau,
A la porte de son château.
Pour moy, d'une façon adroite,
J'eus à ma part la cuisse droite,
Dont j'ay fait faire un grand pasté,
Que si vous en aviez tasté,
Vous ririez, en vostre pensée,
De l'avoir si bien engraissée ;
J'accorde que vous avez tort,
Puisque la cause de sa mort
Par un malheur est abordée,
Pour ne l'avoir pas bien gardée.
Apprenez mieux, une autre fois,
A faire fermer vostre bois,
De crainte que, par adventure

Une semblable sépulture
Ne vous rendist le cœur mary,
Par la perte de son mary.
On tient que ce cerf est capable,
Dans cet accident lamentable,
De se porter quelque matin
A suivre son mesme destin ;
Que si ce malheur le doit suivre,
Qu'il se trouve lassé de vivre,
De crainte de vous ennuyer,
Vous n'avez qu'à nous l'envoyer :
Nous avons une adresse extrême
Pour empescher que sur lui-mesme
Il ne fasse le mesme effet
Que dessus sa biche on a fait.
Mais quoy! sa mort est sans remède :
Vous avez beau crier à l'ayde,
Faisant la guerre à vos appas,
Qu'elle ne retournera pas.
Mourir! ce n'est pas de merveilles,
Si la Parque avoit des oreilles
Comme vostre biche en avait,
Peut-estre qu'elle escouterait ;
Je me plais tant à vous voir rire
Que s'il ne tenoit qu'à luy dire

Qu'elle la fist resusciter,

J'irois, pour la solliciter,

Jusques dedans les lieux funèbres

Où son esclat fait les ténèbres.

Mais c'est perdre temps et discours :

Il faut que le mal ait son cours,

Car cette horreur qui rien ne doute,

De mesme qu'Amour ne voit goute ;

Les Dieux ont ordonné ce point,

Que la mort n'escouteroit point.

Pour vous consoler davantage,

C'est qu'après son sanglant partage,

Elle a servy, dedans ce lieu,

D'ornement à la Feste-Dieu,

Estant en pastez magnifiques,

Dessus maintes belles boutiques,

Donnant de là tentation

A ceux de la procession.

Vous n'estes pas seule adonnée

A soupirer sa destinée :

Monsieur l'Huissier qui la mena,

Quand Madame vous la donna,

Dedans ce sensible dommage,

Crève de dépit et de rage

De n'avoir pas eu un manteau

De l'argent qui vient de sa peau.
Pour conclure, je vous supplie
De bannir la mélancolie,
Qui pour un si maigre sujet
Ternit l'esclat de vostre objet,
Et, sans vous en prendre à vos charmes,
Gardez vos soupirs et vos larmes
Pour vous oster un jour le faix
Des péchez que vous avez faits.

# AU MARQUIS DE ***.

MARQUIS, si ma douleur ne cesse ses efforts,
Je t'escriray bien-tost du royaume des morts !
Le violent accez d'une barbare fiebvre,
Qui pose à tous momens mon ame sur ma lèvre,
M'a si fort abbatu, qu'à te bien discourir,
C'est la mort seulement qui me peut secourir.
Je porte dans mon corps un montgibel de flame,
Qui réduit en brasier ce palais de mon ame,
Et quelque douce humeur qui vienne à l'arrouser,
Esteint moins son ardeur qu'un amoureux baiser
N'esteint ta passion, quand sur un beau visage,
En moissonnant ce fruict tu brusles davantage ;
Enfin n'espère pas que parmy ces chaleurs,

La muse ose pour moy faire naistre des fleurs ;
Les roses du Parnasse ont peur de mon haleine,
Ainsi que du soleil les beautez d'une pleine,
Que l'aurore a fait naistre, et qui dans son retour
Rencontre que la mort en a banny l'amour,
Sans cette cruauté qui bourelle ma vie,
J'aurais fait un pourtrait pour ta belle Livie,
Où j'eusse fait passer les beautez de son teint
Au dessus des attraits dont nature se peint,
Alors que le Printemps recherchant son empire,
Luy fait par les oiseaux annoncer son martyre.
Mais Marquis, c'en est fait, je n'ay plus rien de beau;
Si j'escris plus en vers ce sera mon tombeau,
Car de toutes les fleurs dont me reste l'usage,
Sont les lys que la mort a peints sur mon visage.

# A UN AMI.[1]

<hr>

Daphnis, je suis fort estonné,
Pourquoy tu m'as abandonné ;
Moy qui n'aspire qu'à la gloire,
De vivre dedans ta mémoire ;
Voicy pour la troisiesme fois,
Que de mes lettres tu reçois,
Et la troisiesme fois de mesme,
Que par un mespris plus qu'extresme,
Tu ne m'as pas tant seulement
Accordé ce contentement,
De me mander si ma quittance,

[1] Il lui avait écrit pour le prier de faire en sorte qu'on le payât de la pension que lui avait accordée Richelieu ; n'en recevant aucune réponse, il lui adresse cette nouvelle épître.

Fourniroit assez d'éloquence ,
Pour me faire rendre en ce lieu,
La pension de Richelieu ;
En vérité cela m'irrite ,
Et n'en desplaise à ton mérite ,
Cet oubli m'a si bien fasché ,
Que je t'accuse d'un péché ,
Et c'est en effet le commettre
Que de manquer et de promettre,
Car tu sçais qu'il m'estoit permis ,
De me vanter de tes amis ;
J'en prends à tesmoin véritable
Ce Comte aymable et redoutable ,
A qui tu promis devant moy ,
Sur ta parole, et sur ta foy ,
Qu'en ta faveur pour mon service ,
Tu paroistrois tousjours propice.
Cependant je reconnois bien ,
Que ce que tu dis n'estoit rien
Qu'un peu de flamme et de fumée
Esteinte aussi-tost qu'allumée ,
Ou pour te le faire plus cour
Beaucoup d'eau béniste de cour ;
Tu ne trouveras point d'excuse
Contre ce blâme qui t'accuse

Peut-estre me respondras-tu
Que ta plume a trop de vertu,
Que ton éloquence est trop belle
Pour un raboteur d'escabelle;
Dès là je te tiens au collet
Puis que je sçay que ton valet
N'a pas l'esprit si plein d'audace,
Qu'il n'escrivit bien en ta place;
Il est encor assez à temps,
Et c'est tout ce que je prétends,
Que de toucher cette pécune
Qu'un chacun nomme ma fortune,
Et qui la seroit en effet,
Si ce Cardinal si parfait,
Pour eslever mes destinées,
M'avançoit pour deux cents années;
Mais c'est ce qui ne sera pas.
Car l'Astre qui conduit mes pas
A l'influence trop mauvaise
Pour estre l'appuy de mon aise,
Aussi je ne m'en fasche point,
Et je m'arreste sur ce poinct,
Qu'il ne faut pas que je prétende
L'effet d'une chose si grande;
Je m'y trouve fort résolu,

Parce que le ciel l'a voulu ;
Quand il a fait une ordonnance,
Ny le Roi ny son Eminence [1],
Qui sont bien au dessus de moy,
N'en sçauroient éviter la loy.
Ils peuvent tout dessus la terre,
Leur colère vaut un tonnerre ;
Mais certes quand il faut aller
D'où l'on ne sçauroit appeller,
Les Grands ont beau faire et beau dire,
Toutes les forces d'un empire,
N'ont pas le pouvoir d'empescher
Le coup qui nous vient dépescher.
C'est ce qui m'afflige et m'estonne,
Que cependant qu'une couronne,
Les fait appeler en ces lieux,
Les vives images des Dieux ;
Ils font si peu de récompense
A ceux qui chantent leur puissance,
Sans qui leur esclat le plus beau,
Suivant leur corps dans le tombeau ;
Ne laisseroit à la mémoire
Aucune marque de leur gloire.
Que si le ciel m'eust ordonné,

[1] Le cardinal de Richelieu.

Un empire quand je fus né,
Je n'aurais jamais esté chiche,
Parce qu'un prince est tousjours riche.
De quelque violent effort,
Dont les puisse agiter le sort,
Ils n'ont jamais l'ame asservie,
Que par la perte de la vie.
Les princes ne peuvent donner
Que ce qui doit leur retourner,
Ils sont maistres de la fortune;
En donnant ils semblent Neptune,
Qui fait les fleuves de la mer,
Mais qui les revoit abismer,
Après quelque légère course
Dans leur inépuisable source.
Lors que leur libéralité
Ne trouve rien de limité,
Tous les cœurs leur sont des victimes,
Tous leurs desseins sont légitimes,
Et les plus fières nations,
Ayment leurs inclinations;
Lors que leurs mains sont libérales,
Leurs Majestez sont plus Royales,
Chacun les regarde à genoux.
Ils ne se font point de jaloux;

Bref pour mieux le faire comprendre,
Il faut tout donner pour tout prendre,
Mais certes il s'en trouve peu
Qui soient embrasez de ce feu;
Aussi ce qui me reconforte,
C'est que si jamais à la porte,
Par laquelle il nous faut passer,
Quand nous venons de trespasser,
Je rencontre par adventure,
Un de ces mignons de nature,
Qui prennent tout sans donner rien,
Ma foy je m'en moqueray bien.
Si jamais je passe la barque,
Avec un avare monarque,
Tandis que le vieillard Caron,
Nous passera sur l'Achéron,
Je luy feray bien reconnaistre
Qu'il n'aura plus le nom de maistre;
Ne pouvant alors m'abstenir,
Pour me venger et le punir,
De luy remettre en la mémoire,
La décadence de sa gloire.
Là sans crainte de la grandeur,
Et de la royale splendeur,
Dont il chérisssoit tant l'usage,

Je luy rendray ce beau langage :
Prince misérable et confus,
Qui n'es plus de ce que tu fus,
Qu'une triste et malheureuse ombre
Qui va multiplier un nombre,
Où tel qui ne t'osoit parler,
Lors que tu faisois tout trembler,
Sous ton orgueilleuse puissance
Méprisera ta connoissance ;
Toy qui jadis chez les mortels,
Prenois l'encens et les autels,
Qu'on doit aux Déïtez supresmes,
Et qui tout ceint de diadesmes,
Tenois un pouvoir en tes mains,
Qui faisoit trembler les humains ;
Dedans cette chute fatale,
Qui dans ce bateau nous esgale,
Ne sens-tu pas que tu reçois,
La mort une seconde fois,
Par le ressouvenir funeste,
D'en avoir tant laissé de reste,
Et n'avoir plus pour tout support,
Qu'un denier pour passer le port ;
Lors que tu goustois en la vie,
Ce qui rend une ame assouvie ;

Pourquoy ne considérois-tu,
Ces ministres de la vertu,
Ces escrivains de qui les plumes,
Te pouvoient dresser des volumes
Où malgré le temps et son cours
Ta gloire auroit vécu tousjours ;
Peut-estre avois-tu la pensée,
Que depuis que l'ame est passée,
Dedans l'empire du trépas,
La mémoire ne la suit pas,
Et que dans ces ombreuses plaines
Qui sont les plaisirs ou les peines,
L'esprit en ce fatal revers
Ne songe plus à l'univers.
Mais à propos de la mémoire,
Il semble que je veuille boire,
Dedans le noir fleuve d'oubly,
Où je suis presque ensevely ;
Pensant escrire une missive,
Je me rencontre sur la rive,
Où l'argent est vil et abjet,
Et c'est luy qui fait mon sujet ;
Cher amy Daphnis, je te prie,
Pardonne à cette résverie,
Retournons à ma pension,

Je n'avais pas intention
D'entrer dedans cette matière,
Mais comme dans un cimetière ;
Je fais comme un prestre indigent
Qui songe aux morts pour de l'argent,
Et qui par le gain qui l'enchante
Ne sçait ce qu'il dit quand il chante.
Pour retourner à mon discours,
Assiste moy de ton secours,
Encore un coup je t'en conjure,
Et si tu vois par adventure,
L'illustre abbé de Chastillon,
Saint Amant, Colletet, Sillon,
Beys, Gombaut, Rotrou, l'Estoille,
Et de Gournay la Damoiselle,
Scudéry, Corneille, Scarron,
La Serre de chez Montauron,
Dalibray, Vaugelas, Voiture [1],
Et celui qui fait la peinture
De la pucelle qui rendit
La France en son premier crédit ;
Bref toute la fameuse troupe,
Qui grimpe sur la saincte croupe,

[1] Tous les coryphées de la littérature de l'époque. *Voyez* l'*Approbation du Parnasse.*

Du double mont impérieux,
Dont les cornes baisent les cieux;
Fay moy cette faveur encore,
De dire que je les adore;
Que sans leur unique support,
Je n'ancreray jamais au port,
Et que sans la rigueur maline
Dont la pauvreté m'assassine,
Malgré les rigueurs de l'hyver,
J'irais à Paris vous trouver,
Pour vous faire voir quelques rimes,
Ou si vous voulez quelques crimes,
Où mon esprit s'est arresté,
Par un orgueil qui l'a porté
A discourir sur la naissance
De ce grand appuy de la France,
De ce Dauphin [1] qui nous promet, -
De nous eslever au sommet,
Où nous aurons la jouissance,
D'un heureux siècle d'innocence,
Qui nous fera voir plus de fleurs,
Que nous n'avons versé de pleurs.
D'abord je confesse ma faute,
Car pour une chose si haute,

[1] Philippe de France, duc d'Orléans, né le 21 septembre 1640.

Ma muse a trop peu d'appareil ;
C'est à vous à voir ce soleil,
Grands aigles de l'académie,
Qui sans tache et sans infamie,
Portez vos plumes et vos yeux,
Jusque sur les thrônes des dieux,
Je sens bien que je me prépare,
A l'infortune d'un Icare ;
Mais qui n'aymeroit pas l'écueil
Où je rencontre mon cercueil,
Si toute la nature estime,
Le digne sujet de mon crime.
Si jamais vostre jugement,
Me favorise d'un moment,
Pour considérer cet ouvrage,
Afin d'éviter le naufrage,
Divins et sublimes esprits,
Souffrez que mes foibles escrits,
Soient parmy vos divines choses,
Des espines parmy des roses,
Et considérez en un mot
Qu'en faisant marcher le rabot
Un menuisier dans son village,
Fût l'artisan de cet ouvrage,
N'ayant jamais eu nulle part,

A l'excellence de vostre art.
Sur tout, Daphnis, je t'en supplie,
Et si tu ne veux que je plie,
Sous l'affreuse nécessité
Qui brave ma félicité,
Parois un peu plus véritable,
Ou si tu veux plus charitable;
Adieu je finis ce discours,
De qui le trop nuisible cours,
Est indigne de ta mémoire;
Je me contenteray de croire,
Que tu souffriras de bon cœur
Que je signe ton serviteur.

ADAM.

# STANCES.

# A LA PRINCESSE MARIE [1].

⟶⟫⟩〔〔⟨⟵

BEAU parc, où la nature admire son ouvrage,
Où le printemps renaist en mille endroits divers,
Où les moindres objets représentent l'image
De ce beau jour qu'on vit paraître au premier age,
Quand Dieu fit d'un néant le rond de l'Univers.


Enfin c'est aujourd'hui que ta beauté surmonte
Ce qu'on voit de plus beau sous l'empire des cieux,
Que tous ces beaux vergers que l'histoire nous conte,

[1] On était au printemps de 1637, et la princesse Marie était allée se promener dans son parc; Maître Adam lui adressa ces vers, qui ne manquent ni de grâce ni d'élévation.

Où le berger Adon caressait Amatonte,
Ne sont que des déserts à l'esgard de ces lieux.


Mais sur tout ce qui fait ta gloire incomparable,
Et qui rend icy bas ton renom sans pareil,
C'est d'estre visité de l'œil le plus aimable,
De l'objet le plus digne et le plus adorable,
Qui jamais ait terny la clarté du soleil.


Cette grande princesse, aussi belle que sage,
Cette reyne des cœurs dont la puissance luit
Sur les autres beautez, avec plus d'avantage
Que ce fameux flambeau qui se lève du Tage
Ne luit à son resveil sur les feux de la nuit.


Si tost que son retour eut chassé les encombres,
Que tes feuillages verds revirent ses appas,
Est-il pas vrai qu'on vit tes cabinets moins sombres,
Qu'à l'aspect de ses yeux tu retiras tes ombres
Pour admirer les fleurs qui naissoient sous ses pas.


Les serpens aussi tost délaissèrent tes herbes,
Flore fit à l'instant naistre tant de couleurs,
Que l'esté n'a jamais tant amassé de gerbes,

Comme l'on vit-alors tes parterres superbes
Remplis diversement de la beauté des fleurs.


Mais quelque vif esmail que ton sein ait de rare,
Fust-il en son esclat plus beau que les habits
Que l'Aurore au matin à son lever prépare,
Quand pour voir son chasseur, amour veut qu'elle pare
De perles sa perruque, et son corps de rubis.


Mesme eusses-tu parmi tant de beautez écloses,
Les astres dont les dieux ont les cieux embellis,
Tu n'aurois point encor de si divines choses,
Que son teint qui de honte a fait rougir les roses,
Et qui de jalousie a fait blanchir les lys.


Tu vois tous les matins cette beauté parfaite
Chercher dedans ton bois l'antre plus obscurcy,
Et comme une Diane y faisant sa retraite,
Rappelant à ses yeux ton ancienne défaite,
Regardant tes rameaux, semble parler ainsy :


Beaux arbres, qui, malgré la superbe insolence
De ce monstre, qui fut la pâture aux corbeaux,

N'estes pas moins touffus que quand sa violence
Obligeoit la coignée à troubler le silence ,
Au bruit qu'elle faisoit en coupant vos rameaux [1].


Je veux que pour jamais vostre beauté vous dure ,
Que vous ne soyez point sujets au changement
Qu'un rigoureux hyver cause par sa froidure ;
Et que vous ne quittiez jamais votre verdure ,
Que par le coup fatal du feu du jugement.


Que vous portiez un jour vos orgueilleuses testes ,
Jusque auprès du séjour où les astres sont nez ,
Et que les rossignols qui seront sur vos faistes
Dissipent de leur bruit les foudres et tempestes ,
Qui voudroient offenser vos beaux fronts couronnez [2].


De semblables discours, cette nymphe divine ,
En murmurant tout bas, semble te révérer ,
Quand parmi tes rameaux Zéphire qui chemine ,

[1] Le parc avait été coupé au temps où le maréchal d'Ancre avait ordonné le siége de Nevers , en 1617.

[2] Il y a quelques années que certains membres du conseil municipal de Nevers, non moins impitoyables que le maréchal d'Ancre, demandèrent la coupe et la vente de ces arbres magnifiques; leur voix, heureusement, resta sans écho. Espérons que l'on ne commettra jamais une telle barbarie.

Te poussant doucement fait que ton chef s’incline,
De sorte qu’on voit bien que tu veux l’adorer.


Le rossignol, ravi de voir tant de merveilles,
Tire de son gosier une telle douceur,
Un air qui sçait si bien enchanter les oreilles,
Qu’on voit bien qu’il n’a plus de mémoire en ses veilles
De l’affront que lui fit le mary de sa sœur.


Bref, parmy tant d’apas dont ton séjour abonde,
Où cette autre Diane érige des autels,
Je doute, en admirant ta gloire sans seconde,
Si vrayment tu n’es point ce paradis du monde,
Où le premier vivant damna tous les mortels.


C’est ainsi que parloit dans ce lieu solitaire,
Sous un arbre où jamais ne parut le soleil,
Adam qui fut contraint à la fin de se taire,
Par le ravissement d’un si digne mystère,
Et par la pesanteur des pavots du sommeil.

# VERS

## POUR LA PRINCESSE MARIE,

REPRÉSENTANT UNE BOUQUETIÈRE A UN BALLET.

JE suis de la nature, un si parfait ouvrage,
Que les fleurs de mon sein captiveraient les Dieux,
Et la France a des lys qui ne vallent pas mieux
Que ceux de mon visage.

Je n'invoque jamais l'aurore ny ses charmes,
Pour rendre à mes jardins leurs odorans apas;
Les fleurs en ma faveur y naissent sous mes pas,
Mieux que dessous ses larmes.

Ils ont eu de tout temps ce puissant privilége,
D'empescher à l'hyver son rigoureux dessein,
On n'y void nuls frimas, si ce n'est que mon sein
        Y montre de la neige.


Un aymable printemps s'y fait tousjours connaistre;
Que si quelques rigueurs choquoient son apareil,
Un seul de mes regards, bien mieux que le soleil,
        Les feroit disparaistre.


Le silence est si doux en cet heureux domaine,
Que mesme on n'y sent point l'haleine des zéphirs,
Si ce n'est quand amour, du vent de ses soupirs,
        M'accuse de sa peine.


Souvent je l'apperçoy plein de traits et de flames,
Immolant à mes pieds sa puissance et ses vœux,
Implorer à genoux quelqu'un de mes cheveux,
        Pour enchaisner les ames.


Je ris quand je le vois tout rougissant de honte,
S'escrier, grands effets qu'estes-vous devenus,
Quand pour un Adonis, je fléchissois Vénus
        Aux jardins d'Amatonte?

Parmy l'enchantement de ses amorces fines,
Tout ce que ma bonté peut donner à ses pleurs,
C'est que lorsque mes mains ont cueilly mille fleurs,
    Il en a les espines.

Encore est-ce beaucoup contenter son envie,
C'est luy donner des traits dont il peut tout blesser;
Car de ses esguillons il pourroit offenser
    La plus heureuse vie.

Peut estre qu'à l'instant ce démon tout superbe,
Pour faire à mon desceu quelques nouveaux aquests,
Est dedans mon panier caché sous mes bouquets,
    Comme un serpent sous l'herbe.

Je suis l'unique objet où ce tyran s'amuse;
Il me suit tellement aux champs et à la cour,
Que sans sçavoir que c'est de donner de l'amour,
    Un chacun m'en accuse.

# SUR LA MORT DU ROI LOUIS XIII.

Quand le prince eut rendu l'ame [1],
Et qu'un malheur sans pareil,
Sous la froideur d'une lame,
Eut éteint ce grand soleil;
Pour plaindre cette advanture,
Dont les loys de la nature

[1] Louis XIII est mort le 14 mai 1643, à l'âge de quarante-deux ans.

Ont estonné l'univers ;
L'ame toute désolée
Sur son pompeux mausolée,
Alcandre [1] escrivit ces vers.


Grand héros de qui la gloire
Est un miracle à nos yeux,
Si ma muse aux bords de Loire,
T'a mis au nombre des Dieux,
Faut-il qu'elle se démente,
Et que la main triomphante
Dont tu régissois le sort,
Pour nous rendre véritables,
N'ait eu des forces capables
De triompher de la mort ?


Ces mémorables prodiges
Que tu faisois pour les lis ;
Et dont jamais les vestiges
Ne seront ensevelis,

[1] Le nom que prend ici le poète reparaît, comme on sait, fréquemment dans les ouvrages du temps. C'est dans l'abbaye même de Saint-Denis, au mois de juillet 1643, que maître Adam composa ces stances.

Ne montroient-ils pas des marques,
Qui nous disoient que les Parques
Ne se pourroient t'acquérir,
Et ne devions-nous pas croire,
Que ton corps comme ta gloire,
Ne devoit jamais périr.


Qui n'eust cru voyant ta vie,
La merveille de nos jours,
Obliger mesme l'envie
D'en idolâtrer le cours?
Qui n'eust dit, la voyant telle,
Pompeuse, esclatante et belle,
Enceinte de mille autels,
Qu'elle ne devoit rien craindre,
Et qu'elle pouvait atteindre
La gloire des immortels?


Cependant ton grand courage,
Ny tous ces faits esclatans,
N'ont pu destourner l'orage
Qui fait tout céder au temps;

Un froid cercueil envelope
Ton front devant qui l'Europe
Vit courber mille citez ;
Et dans cette grotte sombre,
Ton corps est moindre que l'ombre
Qui marchoit à ses costez.


Apprenez grands de la terre,
Par cet impréveu trespas,
Que vostre pompe est un verre
Dont l'esclat ne dure pas.
Vos grandeurs les plus divines,
Sont des parterres d'espines,
Qui produisent peu de fleurs ;
Et cette mort me convie
A croire que vostre vie,
Fait moins de ris que de pleurs.


C'est ainsi qu'on vit Alcandre,
De tristesse confondu,
Souspirer dessus la cendre
Du maistre qu'il a perdu :

Quand une voix lui vint dire,
Pour soulager son martyre,
Estanche l'eau de tes yeux,
Celuy qui fait ta souffrance,
Eut moins d'esclat dans la France
Qu'il n'en a dedans les cieux.

# A UNE VIEILLE COQUETTE

QUI JOUAIT A LA PRIME[1] CHEZ LA PRINCESSE MARIE.

ANTOSME d'ossements, visage de Méduse,
Vieille dont chaque œillade est mère d'un rocher,
C'est en vain que tu viens importuner ma muse,
Elle a, comme la mort, horreur de t'approcher.

Ma princesse est l'objet qu'unique je contemple,
C'est de ses yeux divins que je cherche l'accueil,
Car c'est dans leurs regards qu'amour est dans son temple,
Ainsi que dans les tiens la mort dans un cercueil.

[1] Jeu de cartes qui n'est plus usité aujourd'hui.

Crois tu que je ressemble au peintre Michel-Ange [1],
Alors que dans mes vers tu cherches du renom,
Que du mesme pinceau dont je figure un ange,
Je l'aille prophaner à dépeindre un démon.

Tout le bien que sçaurait te désirer ma rime,
Afin que désormais tu ne la cherches plus,
C'est que tu puisses prendre en jouant à la prime,
Sur tous les assistans, le plus excellent flus.

Mais vieille, que ce soit un si grand flus de ventre,
Que ceux qui sentiront ton naturel infect,
Crient à haute voix, dites que le Suisse entre
Pour traîner cette infâme au centre d'un retrait.

[1] Nos lecteurs nous sauront gré, sans doute, de leur donner ici le portrait de cet illustre maître.

# CAPRICE [1].

⁂

GREDINES du mont Parnasse,
Muses qui, dans l'univers,
Faites porter la besace
A tant de faiseurs de vers;
Vostre nature immortelle
N'est rien qu'une bagatelle,
Puisque l'éloge le plus beau,

[1] On aurait quelque peine à comprendre cette boutade, si nous ne citions textuellement l'espèce de préambule dont la pièce est précédée dans l'édition de 1644. Il y est dit que c'est un « caprice de maître Adam contre les muses, sur ce qu'il avait fait des vers pour un grand seigneur auquel il fit ensuite un cercueil. »

Dont vous flattez les monarques,
Ne peut empescher les Parques
De leur creuser le tombeau.


Lors que vous pristes la peine
De venir sur mon berceau
Emplir ma parlante veine
De vostre menteur ruisseau ;
Trois fois maudite soit l'heure,
Qu'entrant dans cette demeure
Où mon corps fut enfanté,
Vous me rompistes le vase,
Où vous apportiez l'extáse,
Dont vous m'avez enchanté.


Cette veine frénétique,
Par qui mes sens sont broüillez,
Et qui fait qu'en ma boutique
Tous mes outils sont roüillez ;
Avec son entousiasme,
N'auroit pas porté mon ame
A ses apas superflus,
Que d'avoir en faux augure,

Peint d'éternelle nature
Un héros qui ne vit plus.


J'abandonne vos trophées,
Pégase et vostre valon,
Vos Amphions, vos Orphées,
Phœbus et son violon;
Je fulmine, je déteste,
Contre l'ardeur qui me reste,
Et mesprisant vos douceurs,
Je retourne à mes chevilles,
Espérant d'un jeu de quilles,
Gagner plus que des neuf sœurs.

# AU COMTE DE M***.

Comte, je me porte un peu mieux,
Mon mal a sonné la retraite,
Et j'espère que graces aux dieux,
Tu seras un mauvais prophète [1].


Tu dois plustost être assuré,
Qu'en suite de ton horoscope,

[1] Le comte de M*** avait prédit à Maître Adam, en plaisantant, qu'il n'avait pas huit jours à vivre.

En chantant un *miserere*,
Ma main t'aspergera d'hyssope.


Mais auparavant que la mort,
En ta jeunesse te terrasse,
Tu mourras dans ce reconfort,
Que tu laisseras de ta race.


Un fils digne de ta valeur
Qui doit estre un Mars en proüesse,
En ta place aura pour tuteur
Ton oncle le seigneur des ***.


Puisque tu ne peux nullement
Te parer de cette advanture,
Oblige-moy par testament,
Que je fasse ta sépulture.


Peut-estre qu'un destin plus beau
Que celuy-là qui m'importune,
Fera, du guain de tombeau,
La naissance de ma fortune.


Dans la perte de ton accueil,
Ma muse toute désolée,

Mettra ces mots sur ton cercueil,
Qui vaudront mieux qu'un mausoléc.

Car malgré la Parque et les vers,
Et tous les droits de la nature,
J'orneray de ces tristes vers
Ta misérable sépulture.

Passant, témoigne un peu d'ennuy,
En disant quelques patenostres
Dessus le tombeau de celuy
Qui pensoit prier pour les autres.

La Parque qui n'espargne rien,
Ny la naissance, ny le bien,
L'a fait cheoir dessous cette tombe.
Le sort, qui sait tout gouverner,
Fait que bien souvent le four tombe
Lors que nous pensons enfourner.

# A M. DE *** [1].

Pourveu qu'en rabotant ma diligence apporte
De quoy faire rouler la course d'un vivant,
Je serai plus content à vivre de la sorte,
Que si j'avais gagné tous les biens du Levant;
S'eslève qui voudra sur l'inconstante rouë,
Dont la déesse aveugle en nous trompant se jouë;

[1] Un personnage d'un certain rang sollicitait le poëte de quitter Nevers et d'abandonner son état pour venir se fixer auprès de la cour, où il lui promettait de travailler à sa fortune. En répondant par ces vers et en résistant à la séduction, Maître Adam fit certainement preuve de tact et de sagesse.

Il y a dans ce morceau quelques vers admirables.

Je ne m'intrigue point dans son funeste accueil,
Elle couvre de miel une pillule amère,
Et sous l'ombre d'un port nous cachant un escueil,
Elle devient marastre aussi-tost qu'elle est mère.


Je ne recherche point cet illustre advantage,
De ceux qui, tous les jours, sont dans des différens,
A disputer l'honneur d'un fameux parentage,
Comme si les humains n'estoient pas tous parens;
Qu'on sçache que je suis d'une tige champestre,
Que mes prédécesseurs menoient les brebis paistre,
Que la rusticité fit naistre mes ayeux,
Mais que j'ay ce bon-heur en ce siècle où nous sommes,
Que bien que je sois bas au langage des hommes,
Je parle quand je veux le langage des Dieux.


La suite de mes ans est presque terminée,
Et quand mes premiers jours reprendroient leurs apas,
La course d'un mortel se voit si tost bornée,
Qu'il m'est indifférent d'estre ou de n'estre pas;
Quand de ce tronc vivant l'ame sera sortie,
Que de mes éléments l'ordre ou l'antipatie,
Laisseront ma charongne à la mercy des vers,

Dans ces lieux éternels où l'esprit se doit rendre,
Il m'importera peu quel second Alexandre,
Se doit faire un autel du front de l'univers.


Tel grand va s'estonnant de voir que je rabote,
A qui je respondray pour le désabuser,
En son aveuglement que son ame radote,
De posséder des biens dont il ne sçait user;
Qu'un partage inégal des dons de la nature,
Ne nous fait pas jouyr d'une mesme advanture,
Mais que ma pauvreté peut vaincre son orgueil;
Pour si peu de secours que la fortune m'offre,
Puis que pour ses trésors en pensant faire un coffre,
Peut-estre que du bois j'en feray son cercueil.


Le destin qui préside aux grandeurs les plus fermes,
N'a pas si bien fondé sa conduite et ses faits,
Que le temps n'ait prescrit des bornes et des termes
Aux fastes les plus grands que sa faveur ait faits;
Ce prince dont l'empire eut le ciel pour limite,
Qui trouvoit à ses yeux la terre trop petite,
Pour s'eslever un trône et construire une loy,
Son dernier successeur se vit si misérable,

Que, pour vaincre le cours d'une faim déplorable,
Il s'aida d'un rabot aussi bien comme moy [1].


Les révolutions font des choses estranges,
Et par un saint discours digne d'estonnement,
L'ange le plus parfait qui fut parmy les anges,
N'a-t-il pas fait horreur dedans son changement ?
Va, né me parles plus des pompes de la terre,
Le brillant des grandeurs est un esclat de verre,
Un ardent qui nous trompe aussi-tost qu'on y cour ;
Ce n'est pas qu'en passant je ne te remercie,
Mais pourtant tu sçauras que le bruit de ma scie
Me plaist mieux mille fois que le bruit de la cour.

[1] Plutarque, dans la vie de Paul-Émile, raconte que le fils de Persée, dernier successeur d'Alexandre, ayant été amené prisonnier à Rome, à la suite du triomphateur, y tomba dans un tel degré de misère, qu'il fut réduit à apprendre l'état de menuisier.

M. Henry Berthoud nous disait récemment la fin touchante de Jacques, le dernier des Stuarts, appelé pour le 17 février 1835 devant le tribunal de police correctionnelle, comme vagabond, et renfermé à la Force. Il n'attendit pas l'arrêt qui l'eût condamné à la réclusion, et mourut dans la nuit du 16.

Il y a là un double enseignement qui n'eût pas échappé au poète.

# SUR LES BEAUX YEUX

DE LA PRINCESSE ANNE.

Je ne t'invoque plus, lumineuse puissance
Dont la course embellit la nature et les cieux,
Soleil dont la vertu m'inspira la science
Qui m'aprend à parler le langage des Dieux ;
Demeure si tu veux à jamais dedans l'onde,
Les yeux d'Amarillis, les plus beaux yeux du monde,
Vont paroissant aux miens si brillans et si beaux,

# ANNE DE GONZAGUE

## Princesse Palatine

Que pour les bien vanter, à ta honte on peut dire,
Que dessus tes rayons ils ont le mesme empire
Que celuy que tu tiens sur les autres flambeaux.


Depuis que le Chaos enfanta ta lumière,
Pour montrer aux vivants ces miracles divers,
Jusques à maintenant, que suivant ta carrière,
Tu fais obliquement le tour de l'univers,
Dans ta course où Dieu mesme, admirant ses merveilles,
Compasse les saisons par l'ordre de tes veilles.
Bel astre, qu'as-tu veu qui se puisse égaler
Au sujet que je tiens du tout incomparable,
Et n'accordes-tu pas que tu n'as rien d'aimable
Au prix de ces soleils dont je t'ose parler.


Quand le calme a vaincu la force de l'orage,
Que les flots de la mer ont cessé leur courroux,
Ayant veu ces beaux yeux, peux-tu voir ton visage
Dans ce miroir flottant et n'estre point jaloux.
Cet émail animé dont tu fais la peinture,
Ces fleurs dont ton amour caresse la nature,
Penses-tu que ce soit un miracle important

Pour le faire estimer unique dans la gloire,
Et que dans l'épaisseur d'une nuit la plus noire,
Les yeux d'Amarillis n'en puissent faire autant.


Leur puissance occupée à de plus grandes choses,
N'aspire qu'à gaigner la liberté des rois,
Et tandis que tu fais la naissance des roses,
Elle imprime en leurs cœurs l'empire de ces lois.
Encore cet émail que tu nous fais paraistre
Dans quelque vif esclat que tu le fasse naistre,
Ce qu'il est au matin, le soir il ne l'est pas ;
Sa naissance et sa mort dérivent de ta flâme,
Mais l'amour que ces yeux ont gravé dans une âme,
Plus le temps le poursuit, moins il craint le trespas.


Ne m'accordes-tu pas que leur flâme invincible
Augmente de l'amour les orgueilleux attraits,
Et qu'à moins que d'avoir la nature insensible,
On ne peut esviter la force de leurs traits ;
Qu'un seul de leurs regards a le pouvoir de rendre
Un amant tout en feux, un autre tout en cendre,
Et qu'aussi-tost qu'amour eust ce contentement

D'eslever ses autels et son trône en leur vue,
Leur feu comme le tien, quand il fend une nue,
Dissipa le bandeau de son aveuglement.


Dans ces globes de feu leurs puissances supresmes,
Donnent des passions aux moins sensibles cœurs;
Mais ces moindres butins ce sont des diadesmes
Dont la perte plaist mieux aux vaincus qu'aux vainqueurs.
Là, d'une majesté que nulle autre n'esgale,
Par des coups plus certains que le dard de Céphale,
Il préside au-dessus des volontez du sort;
Et quiconque a l'honneur de plaire à son envie,
Peste contre le ciel de n'avoir qu'une vie,
Pour se voir obligé de n'avoir qu'une mort.


Ce perfide élément dont la fureur extresme
Doit un jour dévorer la nature et le temps;
Ce feu dont les désirs ne seront point contens
Que son avidité ne l'ait détruit luy-mesme.
O beaux yeux, si sa flamme estoit esgale à vous,
Lors que tout l'univers tombant sous son courroux,
Par un ordre fatal verra sa gloire esteinte,

Quoy que sa cruauté fasse horreur au trespas,
N'en déplaise au discours de l'Escriture-Sainte,
Je dirois mal-heureux qui ne le verroit pas.


Impérieurs regards, dont les douces atteintes
Immollent à leurs feux les plus grands conquérans,
Et qui de tous les cœurs dont vous tirez des plaintes,
Vous n'estes appellez qu'adorables tyrans.
Astres qui possédez ces splendeurs immortelles,
Qui font Amarillis la merveille des belles,
Que mon esprit seroit amplement satisfait,
S'il avoit en ces vers la force assez puissante
D'ébaucher seulement la peinture parlante
Des grandes libertez dont vous êtes l'effet.


Quelque part où tu sois, adorable génie,
Qui de ces yeux divins te sentis enflamer,
Et qui, dans les transports d'une amour infinie,
Brûles incessamment, et ne peux consumer,
Je te donne ces vers pour soulager tes peines
Contre les durs assauts des forces inhumaines,
Qui dans tes passions te livrent tant de mal,

T'asseurant que l'hymen changeant ton advanture,
Te doit faire bien tost après cette peinture
Posséder les attraits de son original.

# AU CARDINAL DE RICHELIEU [1]

PRINCE dont les conseils ont vaincu nos malheurs
Miraculeux effet des puissances divines,
Qui donnes à la France une moisson de fleurs
Dont nos fiers ennemis ressentent les espines;
Oracle dont la voix, par un divin secours,
Asseure un siècle d'or à la suite des jours,
Qui vont combler d'honneurs et de biens cet empire;

[1] Maître Adam vint à Paris dans le courant de l'année 1638, afin de soutenir un procés contre le curateur de sa femme, mais au lieu de plaider, il adressa ces vers au cardinal, qui lui donna une pension.

Grand Atlas, le soustien de l'église de Dieu,
Incomparable appuy qu'un mortel ne peut dire,
Que par ces mots sacrez, Armand de Richelieu.


L'éclat de ta vertu qui luit dessus les bords
Où le soleil commence et finit sa carrière,
M'a tiré d'un climat où les plaisirs sont morts,
Où je vis le malheur quand je vis la lumière,
Pour offrir de l'encens aux superbes autels
Qui mettent ton renom au rang des immortels,
Et prier ta bonté de se rendre opportune
A l'impuissant destin qui me veut secourir;
Mais qui travaille en vain au bien d'une fortune
Que tu peux d'un seul mot faire naistre ou mourir.


Je sçay que les travaux de mille beaux esprits,
Pour t'immortaliser ont fait une peinture,
Qui montre à l'univers que ta gloire est un prix
Pour qui le ciel dispute avecque la nature.
Je sçay que proche d'eux mes vers n'ont rien de beau,
Qu'ils ne verront le jour que pour voir le tombeau;
Qu'estant d'un menuisier, ils sont pleins de chevillés,
Et que je ne suis pas capable des douceurs

Que ces divins esprits empruntent de ces filles
Que le père du jour appelle ses neuf sœurs.


Je n'entre pas aussi dans cette vanité,
D'entreprendre avec eux de chanter tes merveilles;
Quand je travaillerois toute une éternité,
Je ne pourrois loüer la moindre de tes veilles.
Toy-mesme, dont l'esprit n'a rien de limité,
Qui passe le sçavoir que la divinité
A mis dans l'intellect des hommes et des anges,
Si tu prenois le soin de vouloir exprimer
L'honneur que l'univers doit rendre à tes loüanges,
Tu manquerois de force à te bien estimer.

# AU MÊME [1].

Grand héros, quand ton bras, l'apuy de notre empire,
Succomba sous l'effort d'un barbare accident,
Crainte que le succez d'un si fatal martyre
Ne fist pencher l'estat dedans son occident,
Les yeux baignez de pleurs, et l'ame ensevelie
Des plus sombres vapeurs de la mélancolie,
Plein de zèle et d'ardeur à chercher ton secours,
Je grimpay sur ce mont où s'étale la gloire,

[1] Richelieu mourut le 4 décembre 1642 ; ces vers furent composés deux jours avant sa mort, comme nous l'apprend l'auteur lui-même. Maître Adam fait allusion à l'espéce de paralysie qui avait frappé l'un des bras du cardinal.

Et d'abord que je vis les filles de Mémoire,
 Je leur tins ce discours :


Reines de mes désirs, incomparables fées,
Qui, mesprisant du temps le cours précipité,
Par des pinceaux parlans, érigez des trophées
Qui n'ont point d'autre but que l'immortalité ;
Germaines de ce Dieu qui puise dedans l'onde
Le vagabond flambeau qui ranime le monde,
Quelle insensible humeur peut retenir vos pleurs ;
Pouvez-vous sans regret, ô princesses divines,
Voir vostre protecteur au milieu des espines ;
 Et vous parmy des fleurs.


Ce bras, dont la vertu n'a point trouvé d'exemples,
Et qui, parmy les soins de cent travaux divers,
S'est tousjours détaché pour vous dresser des temples
Qui ne périront point qu'avecque l'univers ;
Ce bras, le seul effroy des tyrans de la terre,
Qui va tirer la paix des cachots de la guerre,
Remettant la nature en ses premiers apas,
Osez-vous, sans rougir de vostre ingratitude,
Connaistre ses langueurs et mon inquiétude,
 Et ne l'assister pas.

# A UNE VIEILLE COQUETTE.

⁂

**M**ADAME, c'est en vain que vostre ame s'employe
A chercher dans le fard quelque chose de dous,
Les amans ont horreur d'une pareille proye,
Et la mort seulement doit soûpirer pour vous.


C'est en vain que le plastre aplique son usage
A polir vostre front couvert de plis divers,

2 1

Et j'enrage de voir dessus vostre visage
Les mouches dérober la pâture des vers.


Il est vray qu'autrefois vous fûtes sans pareille ,
Mais vostre siècle d'or n'est plus rien que du fer,
Et dans ce changement ce n'est pas de merveille ,
Dieu fit bien autrefois d'un ange , Lucifer.

# A UNE JEUNE FILLE DE CONDITION [1].

Que mon esprit n'est-il capable
De faire des vers aussi dous
Comme vous estes adorable
Aux princes qui meurent pour vous ;
Un pinceau sans fard et sans feinte,
Rendroit vostre beauté dépeinte
Dans un ouvrage sans esgal,
Où le sçavoir de la nature

[1] Elle avait demandé des vers à Maître Adam, qui lui adressa cette réponse. Rien n'indique son nom ; elle faisait probablement partie de la petite cour qui animait alors Nevers.

Confesseroit que ma peinture
Vaudroit bien son original.


Vostre visage qu'on adore
Comme un miracle sans pareil ,
S'y verroit peint comme l'aurore ,
Et vos yeux comme le soleil.
Quelque bien que la France espère ,
Du courage dont vostre père
Brave l'ennui et le malheur,
Quoy qu'il vainque tout par ses armes;
Je ferois dire que vos charmes
Sont plus puissans que sa valeur.


Vos vertus qui n'ont point d'exemples,
Donneroient un lustre à mes vers ,
Comme les Dieux donnent aux temples
Qu'on leur dresse dans l'univers.
Mais, ô divine Caristée,
Je parle comme un Prométée ,
Je me repens d'avoir escrit;
Mon désir vous fait un outrage ,
Puis que pour faire un tel ouvrage ,
Il faudroit ravir vostre esprit.

# A LA DUCHESSE DE LIANCOURT [1].

ACCABLÉ sous le joug de cent soucis divers,
Dont un mauvais destin pervertit ma nature,
J'avais fait un serment d'abandonner les vers
Jusqu'à tant que la mort, par un commun revers,
Me les feroit trouver dedans la sépulture.

[1] Cette pièce fut composée en 1643, au village de Pougues, à la
recommandation de la princesse Marie, qui y prenait les eaux avec
Jeanne de Schomberg, duchesse de Liancourt, fille du maréchal Henri de
Schomberg, née en 1600. Le maréchal, l'un des hommes les plus savants
de son temps, donna tous ses soins à son éducation. Elle possédait plusieurs
langues, chantait et dessinait agréablement, et composait même en français
des vers que les meilleurs esprits vantaient. Elle avait une telle aptitude à
tout apprendre, qu'à des connaissances très-étendues en littérature et en
histoire, elle joignit l'étude des mathématiques. Son père l'avait initiée lui-
même aux secrets de la diplomatie, qu'il entendait à merveille.

A vingt ans, elle épousa le duc de Liancourt, et sa maison devint le rendez-

Mais d'abord que j'ay sçeu tant de perfections
Qui vous font exceller sur celles de cet âge,
J'ay retardé le cours de mes intentions ;
Et vos vertus ont fait naistre des Alcions
Qui me font rembarquer au mespris de l'orage.


Si tost que ma Princesse eût fait commandement
De faire quelques vers deubs à vostre loüange,
Ma raison dit soudain à mon entendement,
Que le ciel m'ordonnoit de fausser mon serment,
Puisqu'il me le mandoit par la bouche d'un ange.


D'un discours que le ciel eust mesme révéré,
Et qui remit mes sens dans leur premier usage,
Cette reyne des cœurs me rendit asseuré
Que vostre esprit estoit digne d'estre adoré,
Avecque autant d'amour que vostre beau visage.


Qu'en sagesse il passoit les Dieux et les mortels ;
Que sa prudence un jour embelliroit l'histoire ;

vous des hommes les plus éminents. Le grand Arnauld, Pascal, les solitaires de Port-Royal venaient souvent au château de Liancourt. Elle mourut le 14 juin 1674, conservant jusqu'à la fin cette douceur inaltérable et cette bonté angélique qui lui valaient l'amour et l'estime de tous ceux qui l'entouraient.

On a publié d'elle *Règlement donné par une dame de qualité à sa petite-fille* ***, *pour sa conduite et celle de sa maison.* Paris, 1698, in-12, réimprimé en 1779, in-12.

Qu'il possédoit des fruits dont les charmes sont tels,
Qu'elle se promettoit de luy voir des autels
Qui ne seroient bâtis que des mains de la gloire.


Mais dedans son discours, un des traits le plus beau,
C'est la grandeur du sang d'où vous tirez vostre estre
Que ce divin soleil, aux rais de son flambeau,
Fit connoistre à mes yeux la pompe du tombeau
Où dort ce grand héros [1] sous qui Dieu vous fit naistre.


Ma muse, sans flatter, peut dire en ses accords,
Qu'il servit aux François de rempart et d'asile,
Que Mars eust succombé sous ses vaillans efforts,
Et qu'il fit admirer dedans un mesme corps,
Le conseil de Nestor et la valeur d'Achille.


Quand la Parque eut coupé de sa fatale main,
Son fil d'or qui servoit de digue à sa patrie,
La France ressentit, par ce coup inhumain,
La pareille douleur qu'eut l'empire romain,
En la perte qu'il fit du généreux Decie [2].

[1] Henri de Schomberg, mort le 17 novembre 1632.
[2] Decius fit, comme on sait, le sacrifice de sa vie pour sauver son armée.

Mais quelque cruauté d'injustice et de fiel,
Dont un mauvais destin ait assouvy sa rage,
Plein de gloire et d'honneurs il boit dedans le ciel,
A la table des Dieux, le nectar et le miel
Qu'on ne verse qu'à ceux qui suivent son courage.

Vous qu'il nous délaissa comme un don précieux,
Pour rendre la tristesse en nos cœurs dissipée,
Qui vivez icy-bas comme il vit dans les cieux,
Et qui montrez qu'amour a mis dans vos beaux yeux
Ce que Mars avait mis au bout de son espée ;

Je vous offre ces vers dans l'espoir que le temps,
La muse et mon rabot me feront une lire,
Sûr que je chanterai dans des sons esclatans,
Bien mieux que dans ces vers les fleurs et le printemps
Dont vos rares vertus ont orné cet empire.

# AU MARQUIS D'A***.

AUJOURD'HUY que l'an renouvelle,
Marquis, je voudrois de grand cœur,
Te pouvoir offrir cette bellé
Qui t'oste le nom de vainqueur;
Je suis lassé de voir tes larmes
Servir de triomphe à ses charmes,
Toi qui, mesprisant le malheur,
N'as jamais rencontré d'orage

Qui n'ait fleschy sous ton courage,
Et fait passage à ta valeur.


Il est vray qu'elle est sans exemple,
Sa beauté n'a rien de mortel ;
Mais comme elle est digne d'un temple,
Ton mérite l'est d'un autel.
Je trouve la nature estrange
De l'avoir faite comme un ange,
Et du visage et de la voix,
Et qu'elle ait paru si barbare,
D'avoir mis dans un lieu si rare
Le cœur d'une fère des bois.


C'est trop long-temps que ta constance,
Sert de victime à sa rigueur ;
Il est temps que sa résistance
Fléchisse devant ta langueur ;
Il faut paravant que l'année
Rende sa course terminée,
Que tu finisses tes douleurs,
Et que dans ces forests d'espines

Tu trouves des routes divines
Qui te conduiront dans les fleurs.


Car sans doute ta servitude
Vaudroit moins que ta liberté,
Si tousjours son ingratitude
Combattoit ta fidélité.
Mais si cette belle inhumaine
Vouloit récompenser ta peine,
Après tant de travaux soufferts,
Marquis, la raison me fait dire
Que l'univers n'a point d'empire
Qui soit si riche que tes fers.


Qu'amour, ce doux tyran de l'ame,
La fasse bien tost consentir
A brusler de la même flamme
Qui te fait nommer son martyr;
Qu'après une si dure attente,
Pour rendre ton ardeur contente,
Un doux hymen vous soit donné;
Je croy que si le ciel commande
Qu'on enterrine ma demande,
Que je t'auray bien estrenné.

# AU MÊME [1].

Es libéralitez ont réchauffé mon âme,
Après un rude hyver tu fais mon renouveau,
Et ton bras, en cherchant du secours dedans l'eau,
Par un prodigue effet me redonne une flâme
Qui te fera revivre en dépit du tombeau.


La générosité dont ton âme est suivie,
A si bien sçeu charmer le monarque des vers,

[1] Le chevalier de Monteclair, qui portait également le titre de marquis, était gouverneur de la ville de Dourlan; en se rendant aux eaux de Bourbon-l'Archambault, il vit Maître Adam, qui lui adressa ces vers.

Que tu verras un jour cent escrivains divers,
Eslever, sans flatter, le portrait de ta vie
Sur le plus bel endroit du front de l'univers.


Favorisant ce Dieu que le Parnasse adore,
Tu fais-ressusciter mes premières chaleurs,
Et les bienfaicts en moy sont des vases de pleurs,
Qui font le mesme effet que celles de l'aurore,
Quand Flore et le printemps luy demandent des fleurs.


Combien que mon pinceau semble rude et barbare,
Pour peindre des héros les martiaux appas,
Si-tost que leur faveur vient esclairer mes pas;
J'ayme mieux, les peignant, passer pour un Icare,
Que passer pour ingrat en ne les peignant pas.


Mais il s'en trouve peu qui vivent de ta sorte,
Peu de grands aujourd'huy sont dignes de ton sort,
Un avare désir qui les ronge et les mord,
Ne leur délaisse rien quand leur charongne est morte,
Que des vers animez par les soins de la mort.


Tous ces grands conquérans dont l'histoire est ornée,
Pour qui Bellonne a fait tant d'exploits belliqueux,

Alcide, Achille, Hector, et cent mille comme eux,
Auraient eu d'un bouvier la mesme destinée,
Si la muse eust laissé leur mémoire avec eux.

Bien que ton bras eust peint, après mainte victoire,
Du sang des ennemis ton extrême valeur,
Que cent fois ton courage ait vaincu le malheur,
Pourtant, sans le pinceau des filles de mémoire,
Le temps en terniroit la plus vive couleur.

C'est par les soings divers de ces divines fées,
Que des plus grands héros on apprend les leçons,
Mais pour bien mériter leurs divines chansons,
Et laisser à jamais de superbes trophées,
Il faut, ainsi que toy, chérir leurs nourrissons.

# AU CHEVALIÉR DE MONTECLAIR [1].

MARQUIS, le bien le plus insigne
Que je tiens du moteur divin,
Consiste en trois hommes de vigne[1]
Dont je t'apporte tout le vin ;
C'est pour elle que je soupire,
Son estendüe est mon empire,
Et je ne suis ambitieux,
Depuis que Dieu me l'a donnée,

[1] On sait que Maître Adam possédait quelques arpents de terre plantés en vigne, sur le coteau des Montapins. On dit dans le Nivernais trois hommes de vigne, comme on dit autre part trois journaux de terrain.

Qu'à préparer la destinée,
Pour sauver sa bonté de l'injure des Cieux.


Dans ce siècle infâme de guerre,
Où tel qui, pour trop endurer,
Maudit et déteste la terre,
De la voir si long-temps durer ;
Je ne vois rien qui m'importune,
Et ce lieu qui fait ma fortune,
Me doit estre encore plus beau,
Si ta valeur incomparable
Trouve dans ce jus désirable
Ce que les médecins te font chercher dans l'eau.

# AU PRÉSIDENT ·MOLÉ [1].

❧

Gʀᴀɴᴅ flàmbeau de Thémis, prince de la Justice,
  Qui tient dessous tes pieds les crimes abattus,
  Et qui fais de ton cœur le temple des vertus,
La gloire de nos lys et la terreur du vice,

[1] Mathieu Molé, né en 1584, nommé premier président du parlement de Paris, en 1641, mort le 3 janvier 1656. Le cardinal de Retz, dans ses mémoires, s'exprime ainsi à son égard : « Si ce n'était une espéce de blasphéme » de dire qu'il y a eu quelqu'un, dans notre siécle, plus intrépide que le grand » Gustave et que M. le Prince, je dirais que ça été M. Molé, premier présidents, etc., etc. » Et il ajoute : « Il n'était point congru dans sa langue, » mais il avait une sorte d'éloquence qui, en choquant l'oreille, saisissait » l'imagination; il ne parlait jamais mieux que dans le péril. »

M. Molé, ancien président du conseil des ministres, qui vient de jouer un si grand rôle dans nos luttes parlementaires, est l'arrière petit-fils de Mathieu Molé, dont il a écrit la vie. (*Essais de Morale et de Politique, précédés de la Vie de Mathieu Molé. —* 2e édition. Paris, 1809.)

25

Oracle descendu de la tige des Dieux ,
Que la France possède à la honte des cieux ;
Que c'est bien justement que nostre grand Auguste
Fait fleurir dans tes mains la grandeur de ses loix ,
Et qu'il a bien accru son beau titre de juste ,
Depuis qu'il fait parler son ame par ta voix.


Ses belliqueux exploits ont estonné la terre ,
Le dieu de la valeur sert de guide à ses pas ,
Et couvert de lauriers au mespris du trespas ,
Son bras porte en tous lieux la victoire et la guerre.
Mais de quelque grandeurs dont il soit revestu ,
Quelque grands monumens qu'imprime sa vertu ,
Dans le sein de l'histoire et sur le front des marbres ,
Je tiens que sous tes soins l'équité le conduit ,
Et que ces faits sur toy semblent ces féconds arbres
Qui cherchent du soustien quand ils ont trop de fruit.

# CONTRE UNE VIEILLE DAME [1].

Lors que la mort qui tout attrape,
Par un funeste changement,
Vous mettra dessous une trape,
Où tout le sçavoir d'Esculape
N'aura qu'un vain soulagement
Contre le dard dont elle frappe.

Que vostre incomparable trongne,
La vive image du bon temps,

[1] Elle l'avait repris avec aigreur de ce qu'en travaillant il l'empêchait de dormir.

Ne sera plus qu'une charongne
Où les vers iront en besongne,
Plus affamez et plus contens,
Que dans une cave un yvrongne.


Que ces bonneurs et ces services,
Dont vous flattez tant vostre corps,
Vous seront contez pour des vices
Dans ce cloaque de supplices,
Qui de tous temps est chez les morts,
Pour ces amateurs de délices.


En un mot, quand vous serez morte,
Et que la justice du sort,
Fussiez-vous plus riche et plus forte,
Vous fera passer une porte,
D'où jamais personne ne sort,
Quelque prière qu'on apporte ;


Alors vieille sempiternelle,
Vos plaisirs seront effacez,
L'effroy d'une nuict éternelle
Bannira de vostre prunelle,
Pour vous faire dormir assez,
Vostre ame horrible et criminelle.

# A LA FONTAINE DE POUGUES [1].

M ERVEILLEUSE et belle fontaine,
Dont l'incomparable bonté
Nous rend une preuve certaine
Que tu sçais donner la santé ;

[1] Source d'eaux minérales à trois lieues de Nevers, sur la route de Paris, dans un val charmant, très-fréquentées autrefois. Elle reçut la visite de Henri III et de maintes autres célébrités, parmi lesquelles on cite J.-J. Rousseau ; ce dernier y vint en compagnie du prince de Conti, chercher un adoucissement à ses tristes infirmités. La présence successive de tant d'illustres personnages inspira sans doute ce distique placé au-dessus de la porte :

*Hîc fons cujus opem reges et fama salutem*
*Laudavere , bibas , promet utramque tibi.*

Aujourd'hui , graces aux soins et à l'intelligente activité du docteur Marlin, directeur de cet établissement, les buveurs ne lui font pas défaut, et les eaux de Pougues pourront un jour reprendre leur ancienne renommée.

Une juste ardeur me convie
A te discourir que l'envie
N'a plus rien pour toy de fatal,
Et que tes malheurs prirent cesse
Dès le moment que ma Princesse [1]
Se vit peinte dans ton cristal.


Soudain que ta vieille naïade
Eust senty le feu de ses yeux,
Ce qui rend un jaloux malade,
Luy fit abandonner ces lieux ;
Et le front tout couvert de rides,
Alla conter aux Néréides,
Dans leurs humides logemens,
Qu'elle venoit de voir un ange
Qui nous menaçoit du meslange
Du chaos et des élémens.


Ce fut le dépit et la crainte
Qui la firent parler ainsi ;
Car tu vis ce feu sans contrainte,
De mesme qu'il te vit aussi,

[1] *Voyez* page 164.

Et que bien loin de te déplaire,
Ta belle eau devenant plus claire,
Dans l'abord qu'il la vint toucher,
Il lui donna plus de loüange
Que n'en a le fleuve du Gange
Quand le soleil s'y va coucher.


Mais surtout ce qui rend ta gloire
Digne de l'immortalité,
Et qui fera que ta mémoire
Survivra la postérité,
C'est que ce miracle des belles
Laisse des marques éternelles
Qui te font adorer dès-lors,
Que tu jouis du privilége
D'entrer dans son sein où la neige
N'ose paraistre qu'au dehors.


A quel autre fleuve ton onde
Peut-elle désormais céder,
De posséder ce que le monde
N'est pas digne de posséder ;
Quelque rapidité puissante
Dont le fleuve du Nil se vante,

Il n'a rien qui te soit esgal ;
Le Jourdain seulement t'outrage
De ce que tu n'as que l'image
Dont il baiza l'original.


Mais pourtant, ô source adorable ,
On ne te doit moins estimer ;
Ta petitesse est comparable
Au vaste empire de la mer ;
Tout ce que Neptune a de rare
Dedans son empire barbare
Et qui le fait enfler d'orgueil ,
C'est que le soleil se retire
Dessous ses flots , mais tu peux dire
Que tu couches dans le soleil.

# A LA PRINCESSE MARIE [1].

⁂

**P**OUR les traits d'un portrait si beau,
Peintre, il te faut mourir d'envie,
Et précipiter au tombeau
La témérité de ta vie :
Car j'ose dire en cet escrit,
Fusses-tu plus sçavant qu'Apelle,

[1] On peignait le portrait de la princesse, et Maître Adam fit ces vers pour le peintre.

Qu'il faut que tu sois tout esprit
Pour peindre une chose si belle.


Suy donc l'ordre de mes accords,
Et pour atteindre une loüange,
Qui ne regarde point le corps,
Emprunte les aisles d'un ange;
Et puis par un vol sans pareil,
Pour plaire au désir qui t'enflamme,
Va tout dérober au soleil,
Pour peindre les yeux de Madame.


Visite partout dans les cieux,
Vois tous ces plus parfaits modelles
Qu'inventèrent jadis les Dieux;
Pour faire les choses plus belles,
Demande à ces peintres sçavans
Cette nompareille peinture
Dont ils rendaient, estant vivans,
L'art plus parfait que la nature.


Voy l'aurore comme elle peint
La naissance de la lumière,

Et considère bien le teint
De cette belle avant-courière ;
Voy toutes ces vives couleurs
Dont elle rend le jour aux choses,
Et commé elle forme les pleurs
Qui font la naissance des roses.


En un mot, ne t'esloigne pas
De ce beau dessein qui te presse ;
Prends ce que le ciel a d'appas,
Pour le portrait de ma Princesse ;
Et puis, d'un pinceau qui soit si doux
Comme les traits de son visage,
Rends si tu peux les Dieux jaloux
De la douceur de ton ouvrage.

# A M. D'OR [1].

De l'Or, ce qu'on dit dans les cieux,
De la douceur de l'ambroisie,
Ne touche point ma fantaisie
Comme ton vin délicieux ;
Il a de si charmans appas,
Que proche de luy le trespas
Ne peut rien dessus ma mémoire ;
Et sans doute Bacchus te fit

[1] Chanoine de la cathédrale de Nevers ; il avait envoyé de son vin à Maître Adam.

Seigneur du prince d'Infinit [1],
A dessein de m'en faire boire.


Que puisses-tu jusqu'à cent ans,
Posséder un trésor si rare,
Que jamais la rigueur du temps
Ne t'en fasse montrer avare ;
Qu'à ce jour de la Saint-Martin
M'en puisses-tu faire un festin
Où , devant tes amis insignes ,
Je puisse prouver dans mes vers
Que ton vin et ton nom sont dignes
De captiver tout l'univers.


[1] Propriété du chanoine.

# A M. COURRADE [1].

❊

CHERS favoris de la mémoire,
Adorables faiseurs de vers
Qui faites passer vostre gloire
Jusqu'au-delà de l'univers;
Doctes et ravissans génies
Qui, par vos douces harmonies,

[1] Augustin Courrade, médecin ordinaire du roi et de la princesse Marie. Il est auteur d'un livre intitulé : *l'Hydre féminine combattue par la Nymphe pougoise*, ou *Traité des Maladies des femmes guéries par les eaux de Pougues*. Ce livre bizarre est divisé en sept parties, et chaque partie fait allusion à une des têtes de l'hydre dont elle porte le nom. Courrade a cru devoir désigner ainsi les divers chapitres où il traite des maladies particulières aux femmes. L'ouvrage parut à Nevers, en 1634. Outre une dédicace aux dames, on trouve en tête les strophes que nous reproduisons ici; selon l'usage du temps, elles sont accompagnées d'autres pièces laudatives dues à trois confrères de Courrade.

Enseignez la langue des Dieux,
Et qui montrez dans vos volumes
Que vous faites boire à vos plumes
Ce qu'on peut boire dans les cieux.


Quittez un peu cette hypocrène,
Où vous puisez tant de douceurs,
Pour adorer cette fontaine
Qui vaut bien celle des neuf sœurs;
Que si cette source estimée
Fait durer vostre renommée
Par la douceur de vos accords,
Celle-cy n'est pas moins aimable,
Puisqu'elle a le pouvoir semblable
Dessus la nature des corps.


Une nayade toute nue,
Qui sort de ce séjour natal,
Comme un soleil qui fend la nue,
Perce ce mobile cristal,
Et paroissant jusqu'aux espaules,
Sous une coiffure de saules,
De joncs, de peupliers, de roseaux,
Montre un visage qui mérite

Le mesme pouvoir qu'Amphitrite
A sur le monarque des eaux.


C'est cette nymphe sans seconde
Qui vous oblige à discourir
Dessus ce livre que le monde
Ne sçaurait jamais voir périr ;
Que si la puissance homicide
Du grand et redoutable Alcide,
Brava l'envie et le malheur,
Vous verrez par expérience,
Qu'on trouve icy dans la science
Ce qu'il trouva dans sa valeur.

# A MADAME *** [1].

Sɪ l'on te sçavoit bien connestre,
Aimable sujet de mes vers,
Un sceptre te feroit parestre
Dans l'empire de l'univers ;
Belle main de lys et de roses,
Celle qui forma toutes choses,

---

[1] Ces stances ont été probablement improvisées. L'abbé de Marollés a soin de faire remarquer « que Maître Adam, prêtant sa main à une dame qui sortait d'un bateau, trouva la sienne si belle, qu'il lui fit ces vers sur le champ.

Pour montrer le pouvoir de sa divinité,
    Dans cette admirable peinture
    Des merveilles de la nature,
N'a rien fait qui me touche au prix de ta beauté.


    Sans doute sa grandeur supresme
    Fit un amas de ses trésors,
    Pour faire un portrait d'elle-mesme
    Dans l'assemblage de ton corps;
    Mais cet abrégé de merveilles,
    De qui les graces nompareilles,
Aux plus grands conquérans peuvent donner la loy;
    Ces yeux, ce sein et ce visage,
    Avecque tout leur advantage,
N'ont pas dessus mes sens tant d'empire que toy.


    Hier, quand sur les bords de Loire,
    Je goustay ce bien de te voir,
    Que je triomphay de la gloire,
    D'estre enchaisné sous ton pouvoir;
    Que tu pris des soins et des peines
    A faire des fers et des chaisnes,
Où mesme la rigueur me montra des appas;
    Belle main, ta force fut telle,

Que ma prison est éternelle,
Si je n'en doy sortir par la main du trespas.


O trop adorable adversaire,

Qui m'as si doucement surpris,

Laisse-moy languir sans deffaire

Les doux liens dont tu m'as pris;

Fay redoubler ma servitude,

Car bien que mon tourment soit rude,

Je trouve tant d'appas aux maux que j'ay souffers,

Que je jure par ta puissance,

Que j'userois de résistance,

Si ta douce rigueur vouloit rompre mes fers.

# A MES AMIS.

Aimables enfans de la treille,
Par le pouvoir que vous avez,
Envoyez-moi quelque bouteille
Du mesme vin que vous beuvez ;
Nous sommes cinq ou six à table,
Qui n'avons rien de délectable
Pour maintenir nostre amitié,
Que l'excellence d'un fromage,

Dont nous vous faisons un hommage
D'un doigt plus que de la moitié.


Pour payer ce bien fait insigne,
Que l'insolence des frimas
Ne touche jamais à la vigne
Où le seigneur en fait amas;
Que le ciel et la destinée
La puissent combler de vinée;
Si vous nous faites un refus,
Puisse t'elle, en changeant son estre,
Jamais ne plus rien faire naistre
Que cenelles et gratecus.

# A M. LE COMTE ***.[1]

**C**OMTE, c'est temps perdu de croire
Que dans un hyver si pervers,
Je puisse mériter la gloire
De te pouvoir faire des vers ;
Je fus hier sur le Parnasse
Chercher ces divines couleurs,

[1] Ce seigneur, prodigue comme Tantale, ce sont les propres expressions de l'abbé de Marolles, après avoir obtenu de Maître Adam des vers pour lesquels il ne lui avait pas adressé le moindre remerciment, voulut l'engager de nouveau à faire ceux d'un ballet, il n'obtint que cette réponse.

Mais je n'ay trouvé que la glace
Où jadis je trouvay des fleurs.


Dans une mine rechignée,
J'ay veu Phébus dans sa maison,
Qui cherchoit la jeune saison
Sous une antique cheminée ;
Dedans un piteux desaroy,
Son luth crioit miséricorde,
Qui n'avoit plus rien qu'une corde
Qui bandoit à cause du froy.


Je vis le céleste flambeau,
Contre l'ordre de sa nature,
Qui jettoit un esclat moins beau
Que celuy là de sa peinture.
Bref, sans discours ny compliment,
Voyant tout aller de la sorte,
Je retournay tout doucement
Mes pas du costé de la porte.


J'eus le désir, en devalant,
De toucher au cheval Pegase,

Mais il estoit en mesme extase
Que le cheval de Jean Vollant [1],
Je ne trouvoy point d'hypocrène ;
Car dans ce changement fatal,
Sa jambe, au lieu d'une fontaine,
Jettoit un quartier de cristal.


Enfin, pour conclure, j'estime
Que je n'ay plus rien de divin,
Et que s'il faut trouver la rime,
Je la dois chercher dans le vin ;
Mais un mauvais sort dont la course
M'estonne autant que le trespas,
A depuis peu tary ma bourse,
Et le vin ne se donne pas.

[1] Allusion à un cheval de bois monté dans la boutique de Jean Vollant,
qui était sellier du personnage dont il est ici question.

# SUR UNE DISGRACE.

USE, quitte les soins divers ,
Qui pour moy te donnent des peines ;
Mon sang est glacé dans mes veines ,
Tout meûrt pour moy dans l'univers ;
Le soleil qui fait tout revivre ,
N'a rien qui m'oblige à le suivre ,
Mon ame a perdu la raison ;
Je suis brute , je suis sauvage

Depuis qu'Amarillis s'engage
A me bannir de sa maison.


Belle nymphe n'estime plus
Que ta vertu me rajeunisse,
Je déteste comme injustice
Tous les entretiens superflus,
Je meurs d'ennuy, je désespère ;
Après ce sanglant vitupère,
Je ne trouve plus rien de beau ,
Je ris quand la mort me menasse ,
Et quittant les vers du Parnasse,
Je cherche les vers du tombeau.

# A LA PRINCESSE MARIE [1].

A beauté qui vous accompagne,
Estant digne de tous les vœux,
J'enrage quand je voy Champagne [2]
Porter la main à vos cheveux ;
Vous ternissez vostre loüange,
Soufrant que cet homme de fange

[1] Le poéte, dans un voyage qu'il fit à Paris en 1638, étant allé rendre ses hommages à la princesse Marie, fut fort étonné de lui voir abandonner sa belle chevelure aux mains roturières d'un coiffeur, et lui adressa ces stances.

[2] Malgré les dédains de Maître Adam, ce même Champagne fut chargé, avec madame de Senecé, de mettre la couronne sur la tête de la princesse Marie, lors de la célébration de son mariage avec le roi de Pologne.

Maitrise des liens qui font tout soûpirer,

   Et vous faites un sacrilége

   De luy donner un privilége

De prophaner ainsi ce qu'on doit adorer.


   Tel monarque pour vous soûpire,

   Dont personne ne s'apperçoit,

   Qui voudroit changer son empire

   Aux biens que cet homme reçoit;

   Pensez-vous qu'en cette advanture,

   Le ciel, amour et la nature,

Qui font dans vos beautez esclater leur apas,

   Ne ressentent pas un outrage

   D'avoir fait un si bel ouvrage,

Et voir que vostre humeur ne s'en contente pas.


   Quittez ce fat et ses remèdes,

   Croyez, pour vous désabuser,

   Que si l'art n'est propre qu'aux laides,

   Vous n'en devez jamais user;

   Considérez bien vostre grace

   Dans la beauté de vostre glace,

Alors vous connestrez que véritablement
Mon conseil doit estre en usage,
Puis que vous avez un visage
Qui, pour blesser les cœurs, n'a que trop d'ornement.

# SUR LA NAISSANCE DE LOUIS XIV[1].

INCOMPARABLE effet des soins de la nature,
Monarque couronné de feux et de rayons,
Grand ornement des cieux, brillante créature
Qui peins de tes regards tout ce que nous voyons ;
Enfant prodigieux de la masse première,
Principe des saisons, père de la lumière,
Astre dont la naissance anima l'univers,
Sage dispensateur des fruits de la mémoire,

[1] 7 septembre 1638.

Grand soleil, si jamais tu fis rien pour ma gloire ;
Je t'invoque à cette heure en faveur de mes vers.


Le sujet que je prends est d'un si haut mérite,
Que je n'en puis assez admirer la splendeur,
Et tout ce qu'en ton cours ta flamme ressuscite,
Doit servir quelque jour de prix à ta grandeur ;
Ce dauphin dont le ciel comble nostre espérance,
Qui coûte tant d'autels et de vœux à la France,
Est de mes passions l'objet impérieux ,
Prodigue moy les fruits que ta nature enserre,
Et ne t'offense pas si je lui donne en terre
La mesme dignité que tu tiens dans les cieux.


Grand effet de nos vœux, prince de qui l'enfance
Porte déjà l'effroy parmy les nations,
Surjon de saint Loüis, dont l'heureuse naissance
Estouffe pour jamais l'hydre des factions ;
Si dedans le berceau ton auguste visage
Tesmoigne à nos désirs un asseuré présage,
Que bien-tost nos malheurs seront ensevelis ;
Que ne verra-t'on pas dans le temps qui te reste,

Lors que, ton père assis dans un trosne céleste,
Tu te verras assis dans le trosne des lys.


Dans cet événement où la fortune espère
D'enchaisner sous tes pieds l'envie et le malheur,
Que cent peuples divers, subjuguez par ton père,
Préviendront à genoux l'effet de ta valeur.
Si quelque passion doit fournir un orage,
Qui touche de ton cœur l'invincible courage,
Ce doit estre une ardeur de vaincre et d'acquérir ;
Mais que trouveras tu pour plaire à ton envie,
Si le plus grand des roys, en te donnant la vie,
T'a donné tous les biens que tu peux conquérir.


Son bras victorieux sur l'onde et sur la terre,
Imprime tellement la grandeur de ses faits,
Que par toy l'on dira que ce Dieu de la guerre,
Par un prodige heureux fut le Dieu de la paix.
Ainsi le Dieu des flots, pour laisser à l'histoire
Les monumens qui font les autels de sa gloire,
Esleva jusqu'aux cieux l'empire de la mer ;
La nature en blesmit, et contre sa coustume,

De cette violence il engendra l'escume,
D'où nasquit le démon qui nous force d'aimer.


C'est par toy que la paix doit retourner encore
Enfermer nos ennuis dedans le monument.
En naissant, grand soleil, tu préviens cette aurore,
Aussi tu nous parus miraculeusement;
Ce temps où les frayeurs ne donnoient point de craintes
Où l'amour seulement faisoit naistre nos plaintes,
Va reprendre pour toy ses divines couleurs,
Et de tes devanciers possédant les conquestes,
De mesme que ton père a foulé les tempestes,
L'on te verra marcher sur la face des fleurs.


Ce monstre qui de sang peint sa gloire et son estre,
Qui n'assouvit sa faulx que de meurtres espais,
Et qui, dès le moment que l'enfer l'eut fait naistre,
Esleva la discorde au trosne de la pais.
Cette guerre, en un mot, qui, pour punir nos crimes,
Immole à sa fureur de si grandes victimes,
Va cesser désormais son parricide effort;
Tu seras l'alcyon qui vaincra ces orages,

Ce qui fera rouiller ce fer dont les outrages
Font périr la nature et triompher la mort.


Ce siècle où le printemps faisoit toute l’année,
Où les contentemens surpassoient les désirs,
Où de l’ambition la tempeste effrénée,
Ne venoit point troubler le calme des plaisirs ;
Ce beau temps où nature enfanta toutes choses,
Où les plus simples fleurs valloient mieux que nos roses,
Va reprendre pour toy son adorable cours ;
Ainsi que ta naissance estouffe nos désastres,
De mesme tu seras la merveille des astres,
Sous qui doit refleurir ce miracle des jours.


Ces tyrans dont l’espoir n’est plus qu’une chimère,
Qui regarde nos faits avec un œil jaloux ;
Ce rigoureux climat qui, sans l’œil de ta mère,
N’aurait jamais rien fait d’aimable ny de doux ;
Ces peuples qui n’ont rien de si grand qu’une audace,
Dont jamais les effets n’ont suivi la menace ;
Grand soleil, ton abord les rendit tous confus,
Ton esclat a deffait leurs passions avares,

Et tous leurs vains projets furent autant d'Icares,
Que l'on vit submerger aussi tost que tu fus.


Mais ô divins transports, célestes rêveries,
Brulantes passions qui m'enchantez les sens,
Que le respect icy retienne vos furies,
Puis que c'est d'eux que vient l'objet de notre encens;
Honorons du passé leurs grandeurs souveraines,
Quant le ciel fit chez eux ce miracle des reines,
Par qui Mars et l'hymen viennent nous secourir :
Ils sont assez punis que leur démon soûpire,
De voir qu'imprudemment il orna nostre empire,
D'un ange qui nous sauve et qui les fait périr.

# ODES

ET

## PIÈCES ÉLÉGIAQUES.

# ODE

## AU CARDINAL DUC DE RICHELIEU.

Inistre de l'estat le plus grand de la terre,
Atlas dont nostre empire est l'immobile faix,
Qui cultive nos lys dans un hyver de guerre
Pour les éterniser dans un printemps de paix;
Invincible héros dont la gloire infinie
A, des héros passez, la mémoire ternie,
Et d'un puissant effort les Titans abattus;
Tutélaire démon que la France a fait naistre,

Souffre encore une fois que ma muse champestre
Consacre ses chansons à tes rares vertus.


Mon ame s'en allait tristement abatue
Sous le pesant fardeau de cent soucis divers,
Et la nécessité qui la ronge et la tue,
L'éloignoit pour jamais de la source des vers :
Mais le bruit glorieux que fait ta renommée,
De climat en climat superbement semée,
M'empêcha d'écouter ces lâches passions,
Et malgré la rigueur du destin qui m'outrage,
Je vis tes grands exploits faire dans mon courage
Ce que font sur les flots les nids des alcions.


Quand j'ose contempler l'éclat de ton mérite
Qui porte dans les cœurs, ou l'amour, ou l'effroy,
Qu'à ton zèle sacré la terre est trop petite
Pour orner dignement la grandeur de ton roy ;
Que dans ton cabinet ce que tu délibères
Détruit tous les conseils du prince des Ibères,
Je sens d'un nouveau feu rallumer ma chaleur,
Et sans me consumer aux labeurs de l'estude,

Je consulte en repos, dans une solitude,
Un ange qui m'enseigne à chanter ta valeur.


Mais cette sainte ardeur qui pour toy me transporte,
Dont mon cœur enflammé s'eslève jusqu'aux cieux,
Et qui, contre le cours d'un homme de ma sorte,
M'inspire en ta faveur le langage des Dieux;
Grand prince, n'est-ce pas l'une de ces merveilles
Par qui le ciel bénit tes travaux et tes veilles,
Et te rend admirable aux yeux de l'univers;
Et me peut-on qu'à tort disputer l'avantage
D'estre l'un des rayons des esprits de nostre âge,
Qui font de ta vertu le temple de leurs vers.


N'est-ce pas un effet de l'essence supresme,
De voir d'un feu divin mes esprits animez,
Que ressemblant un champ cultivé de luy mesme,
Je produise des fruits que l'on n'a point semez :
Ainsi vit-on jadis une troupe divine
Porter par l'univers nostre sainte doctrine,
Et ravir les mortels des merveilles de Dieu;
Sans avoir de l'estude aucune expérience,

Et pour en bien parler, que la mesme science
Qui m'apprend à chanter les faits de Richelieu.


Ce n'est pas sur ce mont qui se perd dans les nuës,
Que pour peindre tes faits je cherche des couleurs,
Le Parnasse a pour moy des routes inconnuës.
J'en laisse à nos esprits et les fruits et les fleurs;
Sans grimper sur l'orgueil de ces grands précipices,
La nature a pour moy des soings assez propices,
C'est elle seulement qui me vient animer,
Et sans faire le vain, j'auray bien l'asseurance
De dire qu'il n'est point de menuisier en France
Qui sçache comme moy ce bel art de rimer.


Un village voisin du beau fleuve de Loire,
Où le siècle de fer n'a pas encore esté,
D'où, sans le bruit des eaux et le bruit de ta gloire,
Le silence jamais ne seroit écarté;
Dans ce séjour plaisant autant qu'il est sauvage,
Assis dessus les fleurs qui bordent le rivage,
Je borne mes désirs au soin de te priser;
Sans que l'ambition me flatte d'espérance,

M'estimant trop heureux si j'ay la récompense
En t'immortalisant de m'immortaliser.


Bien que je ne sois point parmy l'or et les marbres
De ces palais fameux de richesse éclatans,
Que je ne voye ici que des eaux et des arbres,
Mes innocens désirs ne sont pas moins contens ;
Loin de l'ambition d'une foule importune,
Où souvent l'on se perd en gaignant la fortune,
Dans ces lieux reculez mon désir est mon roy ;
Et quelque passion qui flatte nostre vie,
Je serois aussi franc d'amour comme d'envie,
Si je n'en avois point de discourir de toy.


Mais lors que ta vertu me paroist sans exemple,
Quand j'y voy que ta vie est maistresse du sort,
Que la postérité te doit bastir un temple
Où tu triompheras du temps et de la mort.
Que le plus digne roy qui soit dessus la terre
Tire de tes conseils cet orgueilleux tonnerre,
Qui porte en mille endroits la crainte et le trespas,
Et que ceste splendeur qui luit en sa couronne,

Emprunte tant d'éclat de ta seule personne,
Je croirois estre injuste en ne le disant pas.


Je sçay qu'un lâche esprit plein d'une ardeur infâme,
Qui de quelque mégère implora le secours,
A voulu, d'un crayon aussi noir que son ame,
Ternir insolemment la gloire de tes jours ;
Mais comme le soleil montre un plus beau visage
Quand il a dissipé les voiles du nuage,
De mesme ton mérite en a paru plus beau ;
Et ce monstre d'horreur eut l'ame bien punie,
Car ton intégrité vainquit sa calomnie,
Et luy fit en naissant rencontrer le tombeau.


Depuis que sous les loix du plus juste monarque
Qui jamais ait régi l'empire des vivans,
Tu tiens comme un nocher le timon de sa barque,
As-tu jamais blesmy pour la crainte des vents :
Quels syrtes vagabons, quels escueils effroyables,
Par force ou par amour n'as-tu rendu ployables,
Et quels prodiges peut l'histoire renommer
Qui puissent égaler ceste heureuse avanture,

Où le ciel te permit, ainsi qu'à la nature,
D'élever des rochers dans le sein de la mer.


Ce jour qu'en ta faveur le ciel fila de soye,
Neptune fit pour toy de si puissants efforts,
Qu'au temps qu'il bâtissoit les murailles de Troye,
Il travailloit bien moins qu'il ne faisoit alors.
Cependant ta fortune ardemment animée,
Alla voir des Anglois la sacrilége armée,
Et d'un œil de courroux qui leur sembloit parler,
Leur prédit les malheurs qui menaçoient leurs crimes,
Et conta leurs vaisseaux comme autant de victimes
Que ta sainte fureur lui devoit immoler.


Ces murs de qui l'orgueil détrempa les matières,
Dont la cime aujourd'huy baise les fondemens,
Ces colosses changez en fameux cimetières,
Où ta gloire a basty de si beaux monumens :
Ces affreux boulevars, ces superbes machines,
Ces forts ensevelis sous leurs propres ruines;
La Rochelle, en un mot, qu'est-elle maintenant ?
N'as-tu pas abatu sa pompe injurieuse ?

Et mis aux pieds du roy l'audace impérieuse
Du rebelle démon qui l'alloit soûtenant.

Mais tant d'autres exploits dont l'histoire est ornée,
Tant d'effets merveilleux qui brillent en nos jours,
Et qui ne verront point leur gloire terminée
Qu'alors que la nature aura finy son cours ;
Tant d'ennemis courbez au joug de cet empire,
Malgré tous les desseins que l'Austrice conspire
Pour assouvir la faim de son mourant orgueil ;
Tous ces faits glorieux sont-ils pas à ta vie
Autant de Pélions pour écraser l'envie,
Et sauver tes vertus de la nuict du cercueil.

Puisse-tu, grand héros, estendre nos conquestes,
Aux bords où le soleil naist et va finissant ;
Et que tous tes progrez soient autant de tempestes
Pour émousser l'orgueil des cornes du croissant ;
Que s'il faut que ton corps, comme Auguste, succombe
Sous le faix esclatant d'une pompeuse tombe,
Puisse-tu faire naistre un laurier glorieux,
Qui de tes faits divins soit la marque éternelle,
Et pousse au monument une tige immortelle
Qui porte ses rameaux jusques dedans les cieux.

# ODE

## AU CARDINAL MAZARIN [1].

❊

Marche grand Mazarin [2], où l'Europe t'appelle,
Romps le cours violent de cent meurtres épais,
Estoufant nos malheurs, rends ta gloire immortelle,
Par le fameux retour d'une éternelle paix;

[1] Jules Mazarin, né à Rome, le 14 juillet 1602, mort à Paris, le 9 mars 1661.

[2] C'est à Ruel, vers la fin de 1630, que fut composée cette ode, demandée par le cardinal de Richelieu. Dès 1628, Mazarin avait révélé ses talents diplomatiques dans les négociations de la Valteline, et marqué la haute position que lui réservait l'avenir. La première fois que Richelieu le vit à Lyon, il conçut de lui une haute opinion; et le quittant à la suite d'une longue conférence, il dit qu'il venait de parler au plus grand homme d'état qu'il eût jamais vu. L'épithète de Grand employée par le poète se trouve donc vraiment justifiée.

Joins par les soins heureux de ta saincte prudence,
Le paisible olivier aux lauriers de la France,
Ensevelis Bellonne en sa propre fureur,
Et fais ressusciter cet ange dont la perte,
Faisant de l'univers un théâtre d'horreur,
Rend la mort triomphante et la terre déserte.


Rends-nous cette saison où le démon des armes
N'avoit point desgorgé le venin des malheurs,
Où les yeux des vivans ne voyoient point de larmes,
Que celles que l'aurore espanchoit sur les fleurs ;
Que le sanglant désir de régir les provinces
Laissoit en liberté les courages des princes ;
Esteins l'ambition dans l'ame des vainqueurs,
Arrache-leur ce fer qui fait naistre nos craintes,
Et qu'amour seulement triomphant de nos cœurs,
Soit l'invincible autheur du sujet de nos plaintes.


Le ciel lassé de voir les tragiques désastres
Dont il punit le cours de nos iniquitez,
Fera qu'à ton abord tes yeux seront des astres
Qui prédiront la fin de nos calamitez ;

Ces triples Gérions, ces antiques barbares,
Ces Titans que l'orgueil a changez en Icares,
Pour faire un sacrifice à la gloire des lys,
N'attendent plus que toy pour calmer les orages,
Qui vont rendre bien tost leurs trônes démolis,
Si la paix n'adoucit l'aigreur de nos courages.


Il n'est pas de besoin d'enseigner à ton âme
Les insolens projets de cet ambitieux,
Ton esprit éclairé d'une divine flâme,
A travers du soleil pénètre dans les cieux ;
Dans les trônes brillans des majestez divines,
Tu discernes nos fleurs d'avecques leurs espines ;
Et par un jugement qui n'a point de pareil,
Tu lis dans les décrets d'une chose future,
Et descouvres nos faits bien mieux que le soleil
Ne descouvre au matin le sein de la nature.


Pour marques des vertus qui couronnent ta vie,
N'as-tu pas empesché les tragiques efforts
Dont s'alloient assouvir la discorde et l'envie,
Pour faire enfler le Pô d'un déluge de morts.

Si d'un simple chapeau [1] tu calmas la tempeste,

Qui sur tant de héros se montroit toute preste,

Pour inonder de sang l'empire du trépas,

Invincible ennemy des projets de Bellonne,

Pour une entière paix que ne feras-tu pas

De l'éminent chapeau que l'Église te donne [2]?


Le monarque des lys en qui le sort d'Auguste,

De toutes les vertus fait un second fanal,

[1] Les Espagnols ayant mis le siége devant Casal, les Français vinrent au secours de la place. Mazarin avait d'abord obtenu des chefs des deux armées une trève de six semaines. A l'expiration de ce délai, il voulut faire déclarer un nouvel armistice; mais les Français le lui refusèrent, et se présentèrent au combat le 3 octobre 1630. Ce fut en vain qu'il essaya de les décider à abandonner les conditions qu'ils mettaient à un traité de paix, en leur faisant un tableau de l'état formidable des forces espagnoles. Il passa dans l'armée ennemie, où il employa les mêmes moyens, et cette fois avec plus de succès. Le général espagnol consent à ce qu'on lui propose; Mazarin pousse alors son cheval à toute bride entre les deux armées, et, sans s'effrayer des balles qui sifflent à ses oreilles, il crie, en agitant son chapeau, *la paix! la paix!* Entraînés par leur ardeur, les soldats le repoussent et répondent : Non, non, point de paix! Cependant il arrive jusqu'au maréchal de Schomberg, qui accepte le traité et fait poser les armes à ses troupes. Cette paix fut confirmée l'année suivante par le traité de Cherasco.

[2] Ce ne fut que bien long-temps après qu'il obtint le chapeau de cardinal, vainement demandé pour lui à Urbain VIII par Richelieu. De retour à Rome, et sentant que l'habit militaire offrait peu d'avantages au milieu d'une cour tout ecclésiastique, il abandonna ce costume. En 1632 il fut gratifié d'un bénéfice, et obtint une charge de référendaire à la chancellerie de Rome. Telle fut la minime récompense qu'il reçut comme rénumération des services rendus au pape. Ce fut seulement en 1641, après le traité de paix entre la duchesse de Savoie et ses beaux-frères, qu'on l'éleva à la dignité de cardinal. Il fut compris dans la nomination du 16 décembre, et il reçut la barrette des mains de Louis XIII, le 25 février suivant.

Mérite doublement le grand titre de juste,
D'avoir joint ton mérite au nom de cardinal,
Et dans quelques douceurs où ton pays se noye,
Depuis l'exil fameux du vagabond de Troye,
Quelques félicitez dont il goûte le fruit,
La raison par tes faits nous oblige de dire
Que le prodige heureux qui chez luy t'a produit,
A passé les Césars au bien de son empire.


Ces illustres héros que l'histoire renomme,
Par les sanglants effets de la flâme et du fer,
Dans le char belliqueux qui les rendoit à Rome,
N'ont pas mieux triomphé que tu vas triompher;
Et ce démon sorty du centre de la terre,
Que l'enfer a nommé le monstre de la guerre,
Au lustre des Césars n'a point donné d'orgueil,
De qui tous les vivans ne perdent la mémoire,
Aussi tost que ton bras ayant fait son cercueil,
Aura remis la paix au throsne de sa gloire.


Armand, de qui les faits sont de sacrez miracles,
Qui brilleront aux yeux de la postérité,

Qui pour l'appuy des lys n'a point trouvé d'obstacles,

Qu'il n'ait mis au-dessous de leur prospérité;

Parmy les grands travaux où son ame s'adonne,

Pour agrandir l'esclat d'une illustre couronne,

Entre tous les exploits qui le font adorer,

Il n'a jamais si bien flatté nostre espérance,

Que lors que sa raison te fit considérer,

Pour prendre avecque luy l'interest de la France [1].


Ce prince, l'ornement des princes de l'Eglise,

Cet ange revestu du nom de Richelieu,

Ce vigilant Nestor qui, pour nostre franchise,

A fait tous les effets que pourroit faire un Dieu,

Voyant que ses conseils sous un autre Alexandre,

Ont mis l'aigle [2] au-dessous du vol qu'il vouloit prendre

Pour achever le cours de ses intentions,

Se sert de ton esprit après mille conquestes,

Comme le Dieu des flots se sert des alcions

Quand il veut arrester la course des tempestes.

[1] Richelieu l'avait si bien gagné à sa politique, qu'à l'époque du traité de Cherasco, il nous fit obtenir la ville de Pignerol, et cela grace à une ruse toute italienne que ne lui pardonnèrent jamais les Espagnols. Il mérita la reconnaissance de Louis XIII, et ce qui valait mieux encore, celle de Richelieu. Acquis dès-lors complétement aux intérêts de la France, il reçut, en 1649, des lettres de grande naturalisation.

[2] Allusion à l'abaissement de la maison d'Autriche en Italie.

Cet Atlas nompareil, ce merveilleux génie,
Ne doit moins espérer pour ses faits glorieux,
Que d'estre environné d'une gloire infinie,
En beuvant le nectar à la table des Dieux ;
C'est lors que l'on verra l'Olympe se résoudre
A mettre entre ses mains tous les traits de la foudre,
Et que les immortels le prenant pour apuy,
Trouveront sous son bras leur puissance asseurée,
Et seront redoutez bien mieux que sous celuy
Qui défit en tremblant l'orgueilleux Briarée.


Quelles noires frayeurs ! quelles fières tempestes
Ont jamais esbranlé ces constantes vertus !
Et quels hydres affreux ont assez eu de testes,
Que la sienne aussi tost ne les ait abattus ;
Ces nouveaux rejettons des enfans de la terre,
Ces peuples basannez de l'esclat du tonnerre,
Qui dessus leurs ayeulx se vint précipiter,
Ne sont-ils pas réduits à fléchir leur audace,
Et dire en rugissant, qu'un coup de Jupiter
Est moins à redouter qu'un trait de sa menace ?


Aussi le plus puissant de tous les roys du monde,
S'appuyant sur les soins de sa fidélité,

S'est plus fait rédouter sur la terre et sur l'onde,
Qu'aucun de tous les roys que la terre ait porté;
Maintenant que, couvert de lauriers et de pálmes,
Nos foibles ennemis cherchent des routes calmes,
Accablez sous l'effort de ses faits inoüys.
Achève, Mazarin, d'user de ta prudence,
Et leur donnant la paix, apprens leur que Louis
Est moindre en sa fureur qu'il n'est en sa clémence.


Cherche donc, grand esprit, cette divine fée,
C'est de tes grands travaux que nous la requérons;
Et quand tu la verras, chante-luy le trophée
Et les divins concerts que nous luy préparons,
Destache-là des fers qui la tiennent captive,
Oste-luy le cyprez, et luy rendant l'olive,
Dis-luy que Mars n'a plus le nom de triomphant,
Et qu'en la chrestienté tout le monde l'espère
Avecque autant d'amour qu'en auroit un enfant
Qui verroit du tombeau ressusciter son père.


Il me semble de voir cette nymphe adorable,
Ayant à ses costez la justice et l'amour,
Retourner dans un char bien plus considérable
Que celuy qui conduit la lumière du jour.

Mais de quelques beautez dont elle soit pourvuë,
Quelque divinité qui paroisse en sa vuë,
Au doux ravissement qui vient m'entretenir,
Entre mille pensers mon ame se promène,
Pour sçavoir qui des deux premier je doy bénir,
Cette reyne des cœurs, ou toy qui nous l'amène.


Tous les peuples, ravis de voir cette déesse,
Perdant le souvenir de leurs ennuis passez,
Ne feront qu'un tombeau de l'infame tristesse
Qui, sous le joug de Mars, les avoit terrassez;
Le passant que la nuit arreste en un bocage,
Qui n'a point de clarté pour luire en son passage,
Que celle que les loups eslancent de leurs yeux,
N'est pas mieux satisfait quand l'aurore s'éveille,
Que nous serons alors que la faveur des cieux
Te fera conducteur d'une telle merveille.


Les laboureurs, pressez de cent peines serviles
Qui leur font habiter les bois et les buissons,
Ne verront plus de joug dans leurs champs infertiles,
Que celuy dont les bœufs produisent les moissons;
Que si des maux passez ils cherchent la vengeance,
Ne leur sera-ce pas une extrême allégeance,

Ensuite des malheurs qui les ont affligez,
De trouver sous le soc des fosses toutes pleines,
Où mille et mille corps qui les ont outragez,
Serviront de fumier pour engraisser leurs plaines?


Moy qui de tous les biens où tout le monde aspire,
N'ay jamais recherché pour plaire à ma raison,
Qu'un rabot que j'estime à l'égal d'un empire,
Puisqu'il est dans mes mains un sceptre à ma maison;
Si tost que le récit de tes sainctes merveilles
Viendra charmer mes sens et ravir mes oreilles,
Quelques nécessitez dont j'esprouve les loys,
Pour montrer mon amour à la cause publique,
De mesme que mon cœur j'embraseray mon bois,
Et ne feray qu'un feu de toute ma boutique.


Laissant pour quelque temps la scie et la varlope,
Pour immortaliser la gloire de tes jours,
J'irai sur le Parnasse employer Caliope
A te cueillir des fleurs qui dureront tousjours;
Sur ce mont glorieux où peu de monde habite,
Où malgré le trespas la gloire ressuscite,
Je feray ta peinture en mille et mille lieux,
Et feray voir aux yeux du grand siècle où nous sommes

Que je sçay bien parler le langage des Dieux
Quand il faut discourir de la vertu des hommes.


Là d'un pinceau, parlant de la haute advanture
Dont ton ame aura mis nos malheurs à l'écart,
Je te prodigueray tout ce que la nature
M'inspire pour atteindre aux miracles de l'art;
Et tous ces grands esprits dont je ne suis que l'ombre,
Qui sçavent pénétrer dans la nuit la plus sombre,
Dont les cieux ont rendu leurs mystères couverts,
Ces doctes héritiers du trésor des neuf filles,
Te loüeront doublement d'avoir tiré des vers
D'un homme qui jamais ne fit que des chevilles.


En ce rencontre heureux je feray reconnestre,
Malgré l'intention de ton humilité,
Que pour le genre humain ta naissance est un estre
Qui nous montre un rayon de la divinité;
Et dans ce grand bonheur où le ciel me convie,
Je ne demande rien aux grandeurs de ta vie,
Pour me récompenser des biens que je prédis,
Sinon que sous tes pieds je fasse deux colonnes,

Au sainct trône où l'on tient les clefs du paradis,
En despit de l'erreur de tant d'ames félonnes.


Marche donc, grand esprit, puisque le ciel l'ordonne,
Achève ton ouvrage, et, d'un zèle obstiné,
Fais que la chrestienté ne soit qu'une couronne,
Pour reprendre l'empire où Mahomet est né;
Joins par les soins heureux de ta saincte prudence,
Le paisible olivier aux lauriers de la France;
Ensevelis Bellonne en sa propre fureur,
Et fais ressusciter cet ange dont la perte,
Faisant de l'univers un théâtre d'horreur,
Rend la mort triomphante et la terre déserte.

# ÉPITAPHE

## DE M. PAULLET[1].

Si pour avoir servy d'exemple,

Aux plus illustres de ce temps ;

Si pour avoir orné ce temple,

Mieux que les roses le printemps ;

Si le cours d'une belle vie,

De gloire et de vertu suivie,

Doit mettre une ame en paradis,

On peut dire avec juste cause,

[1] Chanoine et doyen de l'église cathédrale Saint-Cyr de Nevers, mort en 1643 à une procession et au moment où il ornait le Saint-Sacrement d'une couronne de fleurs.

Celuy qui cy-dessous repose
A plus besoin d'autels que de *De profundis.*


Passant, pour te faire connestre
Comme le ciel se le donna,
Sçache qu'en couronnant son maistre,
Son maistre aussi le couronna ;
La mort, d'une pompe célèbre,
Luy fit une pompe funèbre,
En le dérobant à nos yeux ;
Mais ce fut avec tant de gloire,
Que jamais l'œil de la mémoire
N'a veu naistre un tombeau qui fust plus glorieux.


Comme un nourriçon de Bellone,
Qui, parmy l'orage et l'effroy,
Meurt en maintenant la couronne
Dessus la teste de son roy ;
De mesme, au mespris de la Parque,
Il rendit au divin monarque
Tous les restes de son devoir,
Et quand le mal le vint poursuivre,

Il aima mieux cesser de vivre,
Que de rester vivant et manquer de devoir.


Au milieu d'un peuple fidèle,
Qui de toutes parts le suivoit,
Autant pour imiter son zèle,
Que pour la charge qu'il avoit ;
En célébrant l'auguste feste
Du moteur qui tient la tempeste
Et la destinée en ses mains,
La mort, d'un coup doux et funeste,
L'eslevant au séjour céleste,
Le sauva pour jamais de celuy des humains.


Funeste de voir sa présence,
L'objet d'un véritable amour,
Marcher sur les pas d'une absence
Qui ne promet point de retour ;
Mais favorable en ce rencontre,
Que par son salut Dieu nous montre,
Un lieu superbe et sans pareil,
Où l'homme le plus misérable,

Imitant sa vie adorable,
Marchera comme lui sur le front du soleil.


Grands imitateurs de sa vie,
Sacrez ministres de ce lieu,
Qui ne respirez que l'envie
D'accroistre la gloire de Dieu,
Pardonnez-moy si je vous blasme
De vous voir prier pour son ame,
Qui n'est plus capable d'ennuy;
Sa gloire est toute indubitable,
Et je trouve plus raisonnable
De le prier pour nous, que de prier pour luy.

# ÉLÉGIE

## POUR G. A. C. O. B. I. A. L[1].

ENFIN, graces aux cieux ces flâmes sont esteintes,
Qui m'ont fait tant jeter de larmes et de plaintes,
Je n'idolâtre plus en adorant ces yeux
Qu'amour me fit nommer mes soleils et mes Dieux;
Leur esclat ne m'est plus qu'une lumière sombre,
Angélique, en un mot, ne me semble qu'une ombre,
Un fantosme trompeur dont le magique sort
M'a fait nommer Amour, l'image de la mort.
Ce n'est pas qu'elle n'ait encore assez de charmes

[1] Nous n'avons pas su découvrir quelle est le personnage que prétend désigner ici Maître Adam.

Pour rendre un malheureux tributaire à ses armes ;
Mais par trop de rigueur mes sentimens remis,
Ne trouvent qu'un enfer où fut leur paradis ;
Un regret seulement me suit et me bourelle,
D'avoir passé dix jours à soupirer pour elle,
Sans que jamais l'ingrate ait permis seulement
La moindre privauté que mérite un amant.
L'insolente rigueur qui gouverne son ame,
A mis à si bas prix la grandeur de ma flamme,
Qu'au mespris de mes feux, son courage inhumain
M'a refusé l'honneur de luy baiser la main.
Je ne prévoyais pas que cette ame cruelle
Donne beaucoup d'amour et n'en prend point pour elle
Qu'elle est un vif portrait de l'infidélité ;
Qui n'a rien de parfait qu'une extrême beauté ;
Un astre malheureux à qui les destinées
Donnoient à gouverner mes plus belles années.
Mais grace à ma raison je suis désabusé ,
Et je vas, esloignant ce visage rusé,
De mesme qu'un escueil où l'amoureux orage
M'alloit faire esprouver un tragique naufrage.
Souverains qui réglez le destin des mortels,
Dieux à qui nous devons seulement des autels,
Que j'ay désobligé vos puissances supresmes,
Que mes aveuglemens ont paru bien extresmes,

Quand de peur d'irriter son perfide courroux,
Je luy donnois des vœux qui n'estoient deubs qu'à vous
Hélas! pour me punir de cette ingratitude,
Vous ne sçauriez choisir de chastiment plus rude
Que le ressouvenir qui sans cesse me suit,
D'avoir semé le grain dont un autre a le fruit.
Dans ce ressentiment qui vous venge et m'outrage,
Je ressemble au nocher qui, sauvé du naufrage,
Assis dessus le port, tous les sens esperdus,
Voyant tous ses travaux et tous ses biens perdus,
Après avoir maudit l'empire de Neptune,
En des lieux plus heureux va chercher sa fortune:
Ainsi je fais serment par la clarté du jour,
Que je n'auray jamais de desseins pour l'amour.
Qu'un homme est malheureux de qui l'ame soupire,
Dessous le rude faix d'un si barbare empire,
Puisque le seul tourment qu'on ne peut exprimer,
Est celuy qui nous vient de la douleur d'aimer.
Cependant quand ce mal présidoit à mon ame,
J'avois tant d'amitié pour l'ardeur de ma flamme,
Que l'on m'eust plustost fait passer dans les enfers
Que de me préparer à délaisser mes fers.
Que de mauvaises nuits ont gouverné mon ame,
Que sans l'eau de mes pleurs j'aurois senty de flammé,
Et que sans le mespris qui m'est venu saisir,

J'aurois gousté long-temps ce perfide plaisir.

Vengeances, désespoirs, soucis, inquiétudes,

Flammes, soûpirs, sermens, larmes, ingratitudes,

Ministres de l'amour, vos soins sont superflus,

Et vous perdrez vos pas si vous revenez plus.

Et toy fière beauté qui m'as tant fait de peine,

Apprens que tu n'es plus qu'un objet à ma haine,

Et que si je vis plus, c'est à dessein de voir

Succomber sous le temps ton orgueilleux pouvoir.

C'est tout ce que l'espoir prépare à ma vengeance;

Donnant à mes langueurs cette foible allégeance,

De voir un jour ton œil qui me sembloit si beau,

N'avoir non plus d'éclat qu'un funèbre flambeau,

Que devant un cercueil un misérable porte,

Pour honorer la fin d'une personne morte.

C'est lors que si je puis encore discourir

Des maux dont tu m'as fait tant vivre et tant mourir,

Opposant à tes yeux, pour punir ton audace,

Ton portrait d'àprésent et l'aspect d'une glace.

Je suis bien asseuré qu'en ces extrémitez,

Voyant tant de laideurs après tant de beautez,

Tu te repentiras d'avoir été cruelle

Aux justes sentimens d'une amitié fidelle,

Et par ces changemens ton corps tout affligé,

Mourra de déplaisir, et je serai vengé.

# ÉPITAPHE



## CLAUDE DE SAULX DE TAVANNES [1].

ASSANT, si l'on pouvoit fléchir les destinées,
Quand leur fatalité nous veut priver du jour;
Si la grandeur du sang, la fortune et l'amour
Pouvoient faire durer la course des années,

[1] Cette maison est une des plus anciennes et des plus illustres de la Bourgogne; son histoire commence au XIIᵉ siécle. Madame Claude de Saulx de Tavannes avait épousé le marquis Despoisses en Nivernais; elle mourut le 25 mars 1639.

Celle dont ce tombeau se vante sans pareil,
Exempte du tribut qu'on doit à la nature,
N'auroit jamais entré dedans la sépulture
    Qu'avecque le soleil.


L'immortelle vertu dont elle fut suivie,
Sembloit estre au dessus des volontez du sort,
Et l'on va s'estonnant comme une injuste mort
Osa bien triompher d'une si juste vie ;
Car, quoy que la raison nous puisse discourir
Sur la nécessité de la loy naturelle,
Je tiens que c'est à tort qu'une chose si belle
    Soit subjecte à mourir.


Ses moindres actions ont passé pour divines,
Elle fut icy bas un miracle à nos yeux,
Mais comme un beau rosier dont la rose est aux cieux,
Ce triste monument n'en a que les espines ;
C'est en vain d'espérer par des pleurs superflus,
Qu'arrosant ce tombeau cette fleur vienne encore,
Quand mesme ce seroit des larmes de l'aurore,
    Nous né la verrons plus.

Elle est dans un séjour d'éternelle durée,
Où l'astre qui nous luit fait le jour sous ses pas,
Où l'empire du temps ny celuy du trespas,
N'ont point d'authorité qui soit considérée ;
Là si le souvenir donne de la pitié,
Si la terre a pour elle encore quelques charmes,
C'est le fascheux plaisir de voir tomber des larmes
          A sa chère moitié.


Après le rude effort de ce coup invincible,
Son espoux devint sourd aux consolations,
Et son cœur, fléchissant dessous les passions
Par trop de sentiment, devint presque insensible ;
La constance luy fut un object de mespris,
Sa parole cessa, sa couleur devint blesme,
Et près de ces deux corps la mort mesconnut mesme
          Celuy qu'elle avait pris.


Aussi, depuis le jour d'un si cruel outrage,
Quand il vient aborder ce funeste cercueil,
Il ressemble au nocher qui regarde l'escueil,
Où l'orage impiteux a causé son naufrage ;

Il meurt de desplaisir de voir que sa valeur,
Qui cent fois a servy de rempart à la France,
N'a fait qu'un vain effort contre la violence
    De ce commun malheur.


De quelque fermeté dont un esprit se pare
Contre les accidents qui le peuvent toucher,
S'il ne soûpire pas, faut qu'il soit un rocher
Quand il sent que son cœur de son cœur se sépare ;
Et c'est un grand bonheur que le ciel luy fait voir
Contre la passion du mal qui le possède,
Que son propre malheur a fait naistre un remède
    Contre son désespoir.


Ce qui rompit le cours de sa mortelle plainte,
Et des flots de ses yeux arresta les débords,
Ce fut par le récit qu'on lui fit, qu'en son corps
On avoit rencontré les marques d'une sainte,
Sa gloire se trouvant escrite dans son fiel [1],

[1] Le poëte raconte très-naïvement qu'après la mort de madame de Tavannes
« on trouva dans son fiel dix-huit petites pierres comme des chiffres, qui
» formaient le nom de sainte Claude sa patronne. » Une partie du fait rap-
porté par Maître Adam se renouvelle de temps à autre, et quelques calcüls

Confirme à l'univers cette saincte coustume,
Qu'on ne sçaurait trouver qu'avecque l'amertume
　　Les délices du ciel.


Dans cet heureux séjour où tout le monde aspire,
Où les contentemens surpassent les désirs,
Où tout est immortel, où les moindres plaisirs
Sont plus à désirer que l'éclat d'un empire,
Dans des félicitez qu'on ne peut exprimer,
Assise sur les bords du céleste rivage,
Elle voit des mortels l'ambitieux orage,
　　Sans crainte de la mer.


Passant, pour mériter le bon-heur de la suivre,
Et rendre ton esprit à jamais satisfait,
Apprends par le chemin que sa vertu te fait,
Qu'il faut, pour bien mourir, que l'on sçache bien vivre.
Imprime dans ton cœur la grandeur de sa foy,

biliaires, de forme ovoïde, ont une structure lamelleuse et brillante qui a pu
frapper certaines imaginations. Ainsi que cela arrive d'ordinaire, grace aux
récits du peuple, le prodige a été grossissant.

Et pour participer à sa gloire immortelle,
Invoque-la plustost (que de prier pour elle)
Qu'elle prie pour toy.

# A MA MÈRE [1].

❧

Touché d'une douleur amère,
Je viens tous les jours sur ces borts,
Où le cadavre de ma mère
Croist le triste nombre des morts,

[1] Elle mourut de la peste, et fut enterrée dans une île de la Loire, à peu de distance de Nevers.

Pendant les trente premières années du XVIIᵉ siècle, Nevers fut ravagé à différentes époques par la peste. Il s'agit sans doute ici de celle qui se déclara le 14 mai 1627, et ne se termina qu'à la fin de janvier 1629. Trois ans plus tard, les échevins, pour remercier Dieu d'avoir fait cesser ce terrible fléau, firent élever une croix en pierre devant la chapelle de Saint-Sébastien. La croix et la chapelle ont disparu, comme tant d'autres monuments dont il ne nous reste que le souvenir.

Où suivant l'ordre de nature,
Considérant la sépulture
Où gist l'objet de mon amour,
Je sens de si dures attaintes,
Que je fais redire mes plaintes
A tous les échos d'alentour.


Pressé d'une horrible manie,
J'appelle les Dieux inhumains,
Exerçant une tyrannie
Contre moy-mesme de mes mains ;
Là mon âme en fureur déteste,
Contre la rage de la peste
Qui me suscite ces malheurs ;
Et mes yeux en ouvrant leur bonde,
Font que mesme la Loire gronde
Se voyant grossir de mes pleurs.


On ne me voit plus dans la ville,
L'œil d'Aminte ne m'est plus beau,
Mon élément est dans cette isle,
A gémir dessus ce tombeau ;

Mes amis ont perdu l'usage
De reconnestre mon visage,
Tant il est pasle et décharné,
Et maintenant je ne m'amuse
Qu'à faire chanter à ma muse
Un *Libera me Domine.*


Si dans un deüil si plein de rage,
Cloton m'ouvroit le monument,
Elle répareroit l'outrage
Qu'elle a fait à mon sentiment,
Parmy ces marescages sombres,
Où la mort engage les ombres
A l'éternité d'un séjour,
Bannissant l'ennuy qui m'entame,
J'iray rejoindre la belle ame
Sous laquelle je vis le jour.


En quelque part que tu repose,
Chère ame, si pour me punir,
Le ciel, de ce que je propose
Ne t'empesche le souvenir,

Tu sçauras que toute ma vie,
Poussé d'une pieuse envie,
Je viendray pleurer dans ces lieux,
Et qu'avant que finir mes larmes,
Jupin aura perdu les armes
Dont il murmure dans les cieux.

# A LA MÊME.

Depuis l'heure triste et funeste,
Que le messager du malheur
Me dit pour croistre ma douleur,
Ta mère est morte de la peste,
Je n'ay cessé de souspirer,
Mes yeux n'ont cessé de pleurer,
Le flambeau du jour m'importune ;
J'ay si peu de contentement,

Que l'œil de la bonne fortune
Me plaist moins que le monument.


Je ne vois plus rien qui me plaise,
C'est en vain de me consoler,
Si quelqu'un me pense parler,
Il est ennemy de mon aise ;
Ce coup est si rude à mes sens,
Que je croy les Dieux impuissans
Pour m'y rapporter le dictame,
S'ils ne vouloient d'un mesme accord,
Comme mon corps, rendre mon ame
Tributaire aux loix de la mort.


Car quand bien le coup de la Parque
M'auroit réduit sur l'Achéron,
Que j'aurois accru de Caron
Le trésor qui vient de sa barque ;
Si quand et mon corps au cercueil,
Mon ame n'enfermoit le deüil
Qui m'auroit fini ma fusée,
Par la suite de mes douleurs,

Je ferois dedans l'élisée,
Naistre un déluge de mes pleurs.


Je jure la saincte lumière,
Que dans ce trouble qui me suit,
La couche ne me sert de nuit
Que pour espandre une rivière ;
Que si le sommeil seulement
Me va captivant un moment,
Dedans ce tourment qui me mine,
Je ne songe qu'à des corbeaux,
Et m'esveillant je m'imagine
D'estre couché dans des tombeaux.


Tous les jours, sur les bords de l'onde,
Où gist cet immobile corps,
Ma langueur fait voir les efforts
Que peut une ame furibonde.
Bref, dans ce funeste revers,
J'ay de l'horreur pour l'univers ;
Et par un désespoir extresme,
Par qui mon sort guide mes pas,
J'acheveray par mon bras mesme,
Ce que la mort n'achève pas.

# ÉPITAPHE [1].

ORRUPTIBLE mortel, aprens à te résoudre
A ne point murmurer au partir de ces lieux,
Puisque l'illustre Henry [2] n'est plus qu'un peu de poudre
Luy qui fut en vivant un miracle à nos yeux ;
Croy que si les vertus pouvaient fléchir l'envie,
Qui fait agir les loix de la Parque et du sort,

[1] Le premier éditeur nous apprend que ces vers étaient destinés à être placés sur le tombeau de M. Boulacre, « lieutenant-général au bailliage et pairie de Nivernois. » Ils doivent avoir été composés en 1640. On a pu déjà remarquer que Maître Adam affectionne singulièrement le titre qu'il a donné à ces vers, et dont il serait facile de contester la propriété.

[2] Henri IV.

L'incomparable cours d'une si belle vie
N'aurait jamais passé par les mains de la mort.


Cette invincible horreur qui range toutes choses
Sous la nécessité de ces barbares loys,
Et dont l'arrest sanglant, en ces métamorphoses,
Fait une esgalité des bergers et des roys,
Après avoir filé de si belles années,
A ce corps qui parut l'ornement de nos jours;
Mourons sans murmurer contre ces destinées;
Puisque leur inconstance en a rompu le cours.


Cher Henry, tu devois, par des droits légitimes,
Posséder des faveurs que nous n'espérons pas,
Car, comme tes bienfaits ont surmonté les crimes,
De mesme tu devois surmonter le trépas.
Fameux et grand flambeau de justice et de gloire,
Dont la splendeur esteinte a fait naistre mes vers,
Tu devois bien durer autant que ta mémoire,
Qui ne périra point qu'avecque l'univers.


Cet astre dont la flâme estincellante et pure,
Aveugle à son resveil tous les astres des cieux,

33

Et sans qui les trésors qu'étalle la nature,
Seroient à nos regards des objets odieux.
Ce vagabond flambeau, dans sa course adorable,
R'animant l'univers, a-t'il rien fait de beau
Que ton divin esclat ne luy fust comparable,
Avant qu'il fust esteint par la nuit du tombeau.


Ce miracle visible, en se levant de l'onde,
Efface de la nuit les lugubres couleurs,
Et par un grand effet qui restablit le monde,
Rend la vie à la terre et la naissance aux fleurs ;
Il règle les saisons par l'ordre de ses veilles,
Tous les autres flambeaux vers luy n'ont point de lieu,
Et ces divins rayons sont autant de merveilles
Qui montrent les effets des miracles de Dieu.


Ainsi, quand tu vivois d'une mesme puissance,
Tes jugements perçoient dans la plus sombre nuit,
Et les fleurs qui naissoient de ta belle éloquence,
Ne cédoient point aux fleurs que cet astre produit ;
Tes veilles n'aspiroient qu'à détruire le vice,
Ton bras parut tousjours l'appuy de l'innocent,

Et tu n'as jamais fait un acte de justice,
Que pour faire esclater celle du Tout-Puissant.


Mais tu n'es plus vivant que par ta renommée,
Qui, bravant du trespas le funeste appareil,
De tes hautes vertus se voyant animée,
Durera plus long-temps que le cours du soleil,
Car dans ce dernier jour où Dieu viendra parestre,
La grandeur de la foy m'aprend à discourir,
Que le soleil verra le retour de ton estre,
Alors qu'il se verra sur le point de mourir.


C'est lors que ton esprit, ranimant cette cendre
Dont se pare l'horreur de ce froid monument,
Par un décret divin que Dieu seul peut comprendre,
Ira voir la nature en son dernier moment;
C'est lors que, délaissant cette demeure sombre,
La Parque n'ayant plus que de foibles efforts,
Vers ce juge équitable on te prendra pour l'ombre
Dont sa divinité composera le corps.

# ÉLÉGIE

## A M. DE G***.

PRODIGE de constance et de fidélité,
Martir dont la douleur fait la félicité,
Permets qu'au vif esclat de la divine flame,
Qui sans l'eau de tes pleurs eust consommé ton ame,
Je montre dans mes vers les violens efforts
Dont amour sans mourir te donne mille morts.
Je recognois assez que le feu qui te brusle,
Est plus sainct que celuy qui triompha d'Hercule,
Bien qu'en le consommant il eust la qualité
D'en faire d'un mortel une divinité;

Tu trouves tant d'apas en ta mélancolie,
Que sans elle ta joie est comme ensevelie,
Et je sçay qu'en tes maux te vouloir secourir,
Ce n'est pas te vouloir empescher de mourir ;
Je n'escris pas aussi pour soulager tes peines,
Ta liberté vaut moins mille fois que tes chaines ;
De ta propre douleur dépend ta guérison,
Et si quelqu'un vouloit te tirer de prison,
Par l'effet rigoureux d'un si barbare office,
Il t'osteroit des fers pour te mettre au supplice.
Exemplaire parfait des plus dignes amans,
Souffre, puisque tes maux sont tes contentemens,
Laisse meurir le fruict de ta saincte espérance,
Et dans les longs travaux de ta persévérance,
Ne fais pas comme font ces imprudens nochers
Qui, menacez des vents, des flots et des rochers,
Presque désespérez de revoir leurs rivages,
Recherchent leur salut à rompre leurs cordages.
Considère plustost, pour flatter tes ennuis,
Que les jours les plus beaux sont enfantez des nuits ;
Après des monts de flots on voit des routes calmes ;
En montrant des cyprès, amour donne des palmes ;
Les hyvers ont toujours précédé le printemps ;
Le zéphire paroist en suite des autans,
Et la reyne des fleurs, en ces beautez divines,

A tousjours fait sortir les roses des espines ;
Bien qu'amour soit conçeu des vagues de la mer,
Son breuvage ne peut jamais sembler amer
Que lors qu'une beauté pleine d'ingratitude
Triomphe avec mespris de notre servitude ,
Lors il faut présider sur nos affections ,
Et noyer dans l'oubly toutes ces passions ,
Qui nous font le butin d'un objet plein d'audace ,
D'une ame qui nous brusle et qui n'est que de glace ,
Jadis ainsi que toy je sucé ce poison ;
Mais la mesme beauté qui m'osta la raison ,
Par trop de cruauté me redonna l'usage
De retourner au port dès l'abord de l'orage ,
Et dans ce labyrinte où je m'estois rendu ,
Je me vis aussi tost dégagé que perdu.
Les rigoureux dédains d'une belle inhumaine ,
Qui faisoit vanité de rire de ma peine ,
Me firent esprouver qu'il n'est rien de si cher
Que d'esviter l'escueil d'une ame de rocher ;
Et comme une Méduse en sa rigueur cruelle ,
Son regard dédaigneux me fit roche comme elle.
Mais ce n'est pas ainsi que tu dois espérer ,
A force de soupirs tu fais tout soupirer ,
Cette divinité que tu nommes ta sainte ,
De mesme qu'un écho, va redisant ta plainte ,

Et comme ses soupirs ne vont point paroissant,
C'est sa saincte pudeur qui les tue en naissant;
Son naturel n'est pas barbare ny farouche,
Pour donner à tes vœux des sentimens de souche,
La nature et les dieux joignirent leurs efforts,
A luy former les traits et de l'âme et du corps.
Et pour faire admirer leurs faveurs nompareilles,
Ils firent de son teint l'abrégé des merveilles;
Pour immortaliser cet œuvre sans pareil,
Ses beaux yeux, en naissant, blessèrent le soleil,
Et pour l'achèvement d'un si parfait ouvrage,
La douceur de son cœur esgalla son visage.
J'accorde que ton mal ne se peut esgaller,
Qu'on souffre doublement quand on n'ose parler;
Mais ce divin objet dont ton ame est blessée,
A l'exemple des Dieux lisant dans ta pensée,
Voit son divin portrait que son œil ton vainqueur,
D'un regard tout bruslant a gravé dans ton cœur;
Et voit comme l'amour orgueilleux de tes peines
Serpente dans le feu qui flote dans tes veines,
Dans cette passion ne m'accorde-tu pas,
Qu'ainsi que le phœnix tu renais du trépas,
Et que malgré l'ardeur qui te veut mettre en cendre,
Ton ame vit de feu comme la Salamandre?
Tu te plains sans raison qu'incessamment tu suis

Cette divinité qui cause tes ennüis,
Que le plus grand bon-heur que ta belle te livre,
C'est de considérer son carosse et le suivre;
Régarde le soleil en l'ordre de son cours,
Depuis que sa naissance a composé les jours,
Qu'imperceptiblement la belle avantcourrière,
Qui trace à ses chevaux une humide carrière,
Estalle devant luy d'un visage riant,
Les perles qu'elle prend aux rives d'Oriant,
Qu'un vase de cristal, d'azur, d'or et d'yvoire
Espanche sur les fleurs par les mains de sa gloire;
Voy, dis-je, si jamais son cours précipité
L'a pu faire aborder cette divinité.
Un ordre que le ciel a mis en la nature,
Ne les joindra jamais que par cette adventure
Qui doit à l'advenir, par un fatal revers,
Redonner au chaos l'ame de l'univers.
Si d'un mesme destin tu suivois la malice,
Je tiendrois le trespas plus doux que ton supplice;
Mais j'espère qu'enfin, après tant de douleurs,
Tu cueilleras le fruit dont tu n'as que les fleurs,
Et qu'avant que le temps ait terminé l'année,
Les faveurs de l'amour et celles d'hymenée
Vous joindront d'un lien si divin et si fort,
Que rien ne vous pourra séparer que la mort.

# A MADAME DE ***.

J'ACCORDE qu'en faisant trop durer vostre ouvrage [1],

Je vous ay fait outrage;

Mais ce n'est pas aussi me vouloir pardonner

De ne m'en rien donner.

Que si mon mauvais sort empesche votre altesse

De me faire largesse,

Qu'elle me fasse au moins ce misérable bien

Que l'on ne m'oste rien;

[1] Maître Adam nous avertit lui-même que ces vers furent adressés à une dame dont il avait excité le mécontentement par sa négligence, et qui lui fit attendre son argent. Aux expressions dont il se sert, on pourrait supposer qu'il s'agit d'une des deux princesses dont le nom revient si souvent dans ses vers.

J'avois pris un dessein de tracer une histoire,
        Où la main de la gloire
Rendroit par mon pinceau vos attraits adorés
        De mille traits dorés ;
Mais le moyen de peindre une si digne chose
        Comme je le propose,
Veu que je n'ay point d'or pour ces traits précieux,
        Que dans le blanc des yeux ;
Mais, Madame, il n'est pas d'assez bonne nature
        Pour orner ma peinture,
Il est trop peu luisant et trop semblable aussy
        A la fleur du soucy.
Il en faudroit un peu de celuy de ce coffre
        Que fortune vous offre,
Et qui fait qu'aujourd'huy l'on fleschit les genoux
        En s'approchant de vous.
Ne trouvez pas mauvais si, parlant de la sorte,
        La fureur me transporte,
Le plus grand ennemi qu'aist la félicité,
        C'est la nécessité.
Le roy va conquérir l'empire de la terre
        Par une jûste guerre [1];
Pourtant il manqueroit d'estre assez diligent,

[1] Il s'agit sans doute de la guerre d'Italie, pour la succession du duché de Mantoue.

S'il n'avoit point d'argent.
C'est ce traitre métal, dans ce siècle où nous sommes,
Qui fait priser les hommes;
C'est luy qui charme tout, et sans qui la vertu
Ne vaut pas un festu;
C'est ce brutal démon qui me force d'écrire
Pour vous prier de dire
A monsieur l'Argentier de ne point retrancher
L'argent de mon plancher.

# ÉLÉGIE

## A GASTON DE FRANCE [1].

PRINCE dont le mérite [2] esgale la naissance,
Race de mille roys, grand et grand fils de France,
Oseray-je sans crime, illustre sang des Dieux,
Croire que la douleur t'ait réduit en ces lieux,

[1] Jean-Baptiste Gaston de France, duc d'Orléans, troisième fils de Henri IV et de Marie de Médicis, frère du roi Louis XIII avec le titre de Monsieur, né à Fontainebleau, le 25 avril 1608, mort à Blois le 2 février 1660.

[2] Gaston avait éminemment le goût des lettres, et possédait des connaissances fort étendues en botanique. Il fit preuve de talents militaires en défendant l'île de Rhé contre Buckingham, et il ne se distingua pas moins au siége de la Rochelle. En 1645, après la mort de Richelieu, il prit Mardick, Béthune, Cassel, Saint-Venant et plusieurs autres places.

GASTON JEAN BAPTISTE DUC D'ORLÉANS

Et que parmy ces eaux [1] tu cherches ton dictame [2];

Toy de qui les ayeulx par la foudre et la flamme,

Ont fait tonner leur gloire en mille lieux divers,

Et porté leur renom plus loin que l'univers,

Quelle injuste rigueur ose bien te contraindre

A trouver sous ses lois l'usage de te plaindre ;

Et pour quelle raison produit-elle un effet,

Que de donner du mal à qui n'en a point fait.

Depuis le jour fameux que la masse première,

Enfanta du soleil la courante lumière,

Que nature establit son empire et sa loy,

Quel monarque icy bas a mieux vescu que toy?

L'astre qui contribuë aux grandeurs de la vie,

Enchaisnant sous tes pieds la discorde et l'envie [3],

[1] Cette élégie fut adressée au Prince, nous dit l'abbé de Marolles, pendant qu'il était aux eaux de Bourbon-l'Archambault. Il y vint en effet plusieurs fois demander quelque soulagement aux cruelles douleurs que lui causaient la goutte et de fréquentes attaques de rhumatisme.

[2] On écrit aussi dictamne; c'est un terme de botanique qui se dit de quelques plantes. Le véritable dictame croît dans l'île de Crète, dont il a pris le nom. Il était fort estimé des anciens, pour la guérison des plaies ; ils lui attribuaient la propriété de faire tomber les flèches qui sont dans le corps, et prétendaient que les chèvres de Crète ou de Candie, en étant blessées, mangeaient du *dictame* pour les faire sortir.

[3] Le poëte, dans son enthousiasme, oublie que Gaston, pendant sa vie orageuse, sortit quatre fois du royaume, et y rentra quatre fois les armes à la main ; qu'il fut pensionné des Espagnols et abandonna lâchement le duc de Montmorency, décapité à Toulouse, le 30 octobre 1632, après la malheureuse bataille de Castelnaudary. Il oublie encore que dix ans plus tard il se couvrit de honte dans la conspiration de Cinq-Mars et de Thou ; en effet, ses réponses

Par tes actes humains t'a plus gaigné de cœurs,
Que n'a fait la valeur à ces sanglans vainqueurs,
Qui sur l'ambition où leur gloire se fonde,
Pour gaigner l'univers détruisent tout le monde ;
Jamais tes sentimens n'ont choqué la raison,
Tes libéralitez sont sans comparaison,
Et le ciel où tu prends ces qualitez divines,
A fait de tes vertus, des roses sans espines,
Où les roys seulement qui les pourront cueillir,
Trouveront le secret de ne jamais vieillir ;
Car le temps qui détruit et mine toutes choses,
Qui fait différemment tant de métamorphoses,
Ne te rendra jamais les autels abattus,
Dessus qui les mortels adorent tes vertus.
Ton père, dont la gloire à nulle autre seconde,
Fit bruire sa valeur sur la terre et sur l'onde,
Et qui dans le palais de l'immortel séjour,
S'enyvre du nectar que tu boiras un jour,
Parmy les deïtez dont il accroist le nombre,
Où dessus le soleil ses pas impriment l'ombre,

seules servirent de preuve contre ces deux victimes de la tyrannie de Richelieu;
le traité d'Espagne ayant été brûlé, son silence les eût sauvés. Gaston ne se
conduisit pas avec plus de générosité ni plus de loyauté à travers les troubles
de la Fronde. L'abbé de La Rivière disait un jour à Mademoiselle que
Gaston était un prince très-sage, très-pieux, et qu'il valait beaucoup. —
« Vous devez le savoir, répondit la princesse, car vous l'avez vendu assez de
» fois. »

Où ses contentemens surpassent ses désirs,

Que peut-il voir de grand parmy tous ces plaisirs,

A l'esgal des faveurs dont le destin l'oblige,

Par deux fils eslevez de sa royale tige,

Qui recouvrent en eux ses projets commencez ;

Car de quelque valeur dont on vante Alexandre,

Quelques grands monumens qu'on eslève à sa cendre,

Qu'a-t-il fait de si grand, que ton frère aujourd'huy

N'ait mérité l'honneur d'estre plus grand que luy [1].

Tous ces fameux héros que le Tybre renomme,

Qui de tout l'univers ne firent qu'une Rome,

Entre tous leurs exploits, qu'ont-ils fait de si beau,

Que ce grand fils de Mars n'ait mis dans le tombeau.

Auguste, dont le nom est adorable encore,

Des rives du couchant au lever de l'aurore,

S'il eust eu pour obstacle un monarque si grand,

On l'aurait veu captif plustost que conquérant,

Et tous ces grands lauriers qu'a fait naistre sa gloire,

Ombrageroient les bords et de Seine et de Loire ;

Mais de quelque immortelle et brillante couleur

Dont la mémoire ait peint sa boüillante valeur,

Quelque bruit dont sa vie ait la terre semée,

Par le son esclatant que fait la renommée,

[1] Il serait impossible de comprendre l'exagération des flatteries du poète, si on ne se reportait à l'esprit et aux mœurs du temps.

Quoy que ce prince ait fait d'illustre et d'esclatant,

Un seul de tes désirs en pourra faire autant,

Sans te donner en proye aux travaux de Bellonne,

Pour enrichir ton front d'une illustre couronne,

Sans donner à la mort cent peuples innocens,

Enfumant ses autels de sang au lieu d'encens,

Les yeux que la nature en ta fille [1] a fait naistre,

Dont tu te peux vanter et le père et le maistre,

Peuvent en un moment, par leurs divins regards,

Accroistre tes grandeurs du lustre des Césars;

La fureur ne fait rien par la force des armes,

Qui ne soit tributaire à l'orgueil de ses charmes,

Et sans faire marcher mille peuples divers,

Tu peux, quand tu voudras, t'acquérir l'univers,

L'esclat impérieux de ses beautez supresmes,

Semble faire un mespris des plus grands diadesmes,

Et l'amour tout craintif auprès de ces appas,

Tout immortel qu'il est, a crainte du trespas.

Le jour que la nature et les Dieux avecque elle,

Firent en ta faveur son merveilleux modellè,

[1] Anne-Marie-Louise d'Orléans, connue sous le nom de Mademoiselle, duchesse de Montpensier, née au Louvre, le 29 mai 1627, morte le 5 mars 1693. Elle est aussi célèbre par la multiplicité de ses projets de mariage manqués, que par le rôle qu'elle joua dans les troubles de la Fronde. Ce fut elle qui sauva l'armée du duc de Condé à la bataille de Saint-Antoine. Le 2 juillet 1652, elle fit, comme on sait, tirer le canon de la Bastille sur les troupes royales. *Voy.* ses Mémoires, Amsterdam. ( Paris ), 1746, 8 vol in-12.

Ils y mirent des traits plus doux et plus parfaits,
Que celuy sur lequel eux-mêmes furent faits.
Mais de quelques attraits dont elle soit pourvueuë,
Quelque esclat nompareil qui brille dans sa veuë,
J'ose, sans te donner aucune vanité,
Estimer sa naissance autant que sa beauté,
Et dire qu'elle doit à ta pudique flàme,
Les belles qualitez qui brillent en son âme.
Mais parmy tous ces traits d'amour et de pudeur,
Où l'on voit le pourtrait de toute ta grandeur,
Je déteste de voir que le ciel porte envie
A la félicité qui gouverne ta vie;
Et que, jaloux des vœux qu'on offre à tes autels,
Il te rende sujet aux peines des mortels.
Plût aux Dieux que le sort qui régit l'advanture,
Des miracles vivans qui sont en la nature,
Pour faire en ta faveur un prodige nouveau,
M'eût fait comme Aréthuse, un murmurant ruisseau,
Et que ta guérison où tout mon heur aspire,
Dépendist seulement de mon liquide empire,
Pour rendre à ta santé ses utiles appas,
Adorable Gaston, que ne ferois-je pas.
Tous ces canaux de sang qui serpentent mes veines,
Offrant à tes vertus leurs vivantes fontaines,
Formeroient un cristal qui seroit révéré

35

Avec plus de respect que ce fleuve doré,
D'où ressort malgré lui la flâme pure et belle,
Qui rend à l'univers sa beauté naturelle ;
Mais prince incomparable, en l'estat où je suis,
De te donner ces vers ; c'est tout ce que je puis.

# AU TOMBEAU

# DU DUC BERNARD DE SAXE WEIMAR [1].

Le prince, dont le cœur plus grand que l'univers,
Des plus fameux héros a surmonté l'estime,
N'est plus dans ce tombeau qu'une pasle victime
Que la Parque a soubmise à la mercy des vers.

[1] Né à Weimar, le 16 août 1600. Après la mort de Gustave-Adolphe, à Lutzen (16 septembre 1632), il prit le commandement de l'armée, força l'ennemi à la retraite et chassa les Impériaux de la Saxe. Plus tard, sa retraite à travers le pays difficile de Vaudrevange et sur le Saar, fut considérée comme un chef-d'œuvre de stratégie. Après avoir concerté ses plans de campagne avec le cardinal de Richelieu, il surprit, en 1636, Hohembaar, s'empara de Saverne, et acheva la conquête de l'Alsace. A la fameuse bataille de Rhinfeld (3 mars 1638), il marqua son rang parmi les plus grands capitaines du XVIIe siècle. La ville de Rhinfeld capitula le 22 mars. Fribourg et Brisach

Sans la fatalité du funeste revers,

Dont la mort fait tomber du throsne dans l'abysme,

Cet Hercule auroit mis par un coup légitime,

L'insuportable orgueil de l'Austriche à l'envers.


Son bras plus redoutable et plus craint que la foudre,

Aux plus hardis Titans faisoit mordre la poudre,

Et fut des opprimez l'inébranlable appuy.


( 19 décembre ), tombèrent également en son pouvoir. Ainsi se termina cette brillante campagne de 1638, pendant laquelle Bernard avait gagné huit batailles et pris trois forteresses réputées inexpugnables.

Au moment de commencer une nouvelle campagne, et comme il était à Neubourg, le 18 juillet 1639, une fièvre pernicieuse l'enleva à sa glorieuse carrière, dans toute la force de l'âge. Nous ne croyons pouvoir mieux terminer cette rapide esquisse de la vie du héros, qu'en rappelant ici son portrait, tracé par Schiller :

« A la bravoure du soldat, Bernard joignait le coup-d'œil calme et rapide » du général ; au courage réfléchi de l'âge mûr, la fougue de la jeunesse ; à » l'ardeur farouche du guerrier, la dignité du prince, la modération du sage, » la délicatesse de l'homme d'honneur. Jamais abattu par l'infortune, il se » relevait du coup le plus terrible avec autant de promptitude que d'énergie. » Son génie ambitieux le portait vers un but élevé que peut-être il n'eût point » atteint, mais les hommes de cette trempe ont d'autres règles de conduite » que le vulgaire. Plus capable qu'aucun d'exécuter de grandes choses, son » imagination semblait se faire un jeu des projets les plus audacieux. Bernard » apparaît à nos yeux, dans les temps modernes, comme un beau modèle de » ces siècles vigoureux où la grandeur personnelle avait encore quelque valeur, » et donnait des états, où enfin les vertus des héros élevaient un chevalier sur » le trône impérial. »

Tel fut le héros qui sauva la France d'une invasion, en détruisant les armées de Gallas et de Jean Werth, et cependant c'est à peine s'il vit encore dans notre mémoire.

Bernard fut l'ami fidèle et dévoué de Henri de Rohan, un des plus grands hommes de son siècle.

Mais Jupiter sur luy fit esclater son ire,

De crainte que, montant sur l'Aigle de l'empire[1],

Il ne se fust rendu plus redouté que luy.

[1] Allusion aux armes d'Autriche.

# SONNETS.

# À M. DE LA MEILLERAIE [1].

Quel prodige veux-tu nous montrer de nouveau,
Toy qui ne vomis rien que flame et que tempeste,
Crois-tu que les lauriers qui font courber ta teste,
Estant nourris de feu puissent vivre dans l'eau.

[1] Charles de la Porte, duc de la Meilleraie, pair et maréchal de France, était petit-fils d'un riche apothicaire de Parthenay en Poitou. Après s'être signalé, en 1629, dans la guerre de Piémont, à l'attaque du Pas-de-Suze, il ne se distingua pas moins l'année suivante, à la bataille de Carignan. Après le siége de La Mothe en Lorraine, son cousin, le cardinal de Richelieu, lui donna la charge de grand-maître de l'artillerie de France. Il servit en cette qualité dans les guerres du comté de Bourgogne et des Pays-Bas, et reçut le bâton de maréchal en 1639, des mains du roi, sur la brèche de Hesdin. Il défit, en 1640, l'armée espagnole commandée par le marquis de Fuentes, et contribua ainsi à la reddition d'Arras. Il prit l'année suivante trois places importantes, Aire, La Bassée, Bapaume. En 1644, il fit la guerre des Pays-Bas, et prit, deux ans plus tard, Porto-Longone et Piombino en Italie, et hâta ainsi la conclusion de la paix avec la cour de Rome. Il remplaça, en 1648, d'Émery dans la charge de surintendant des finances, dont il se démit l'année suivante, après avoir fait preuve d'une grande probité.

Il fut l'un des hommes de guerre les plus estimés de son temps. Ses connaissances étaient très-variées et très-étendues, et il fut l'ami de Descartes. Il mourut à Paris, à l'arsenal, le 8 février 1664, à l'âge de soixante-deux ans, après avoir parcouru une carrière vraiment utile à son pays.

Son fils unique épousa la fameuse Hortense Mancini, nièce de Mazarin, dont il prit le nom et les armes; il se fit appeler duc de Mazarin.

Hercule, ainsy que toy, dès l'âge du berceau,
Eut toujours aux combats sa dextre toute preste;
Mais ayant achevé sa dernière conqueste,
La flame couronna sa vie et son tombeau.

Toutefois, admirant ta valeur sans pareille,
Estre comme un soleil, une errante merveille;
Qui sert de phare aux yeux de cent héros divers,

Le seul raisonnement où mon âme se fonde,
C'est qu'ayant par tes faits estonné l'univers,
Tu vas, comme un soleil, te reposer dans l'onde [1].

---

## A GASTON [2].

Atlas sur qui l'estat fonde son espérance,
Prince dont mille roys ont esté les ayeux,
Quelle injuste douleur t'oblige dans des lieux,
A périr dedans l'eau sa barbare licence [3].

[1] Ce sonnet fut adressé au maréchal, lorsqu'il traversa Nevers pour aller aux bains de Bourbon-l'Archambault, après la prise d'Arras (1640).
[2] Gaston d'Orléans de France. *Voyez* page 268.
[3] Le Prince était alors aux eaux de Bourbon-l'Archambault, comme il y vint pendant plusieurs saisons. Il nous est impossible de préciser l'époque où

Ton frère, ainsi que toy, sorty du sang des Dieux,
Tout courbé sous le fais des lauriers de la France,
Par des bouches de feu maistrisant la souffrance,
Esgalle son empire à la gloire des Cieux.

Que dis-tu, ma raison, en pareille advanture,
De voir deux éléments de contraire nature,
Par différends accords faire un effet si beau,

Ne m'accordes-tu pas que ce qu'on peut résoudre
Est qu'imitant Jupin, mon roy vit par la foudre,
Et qu'ainsi que Neptun, son frère vit par l'eau.

---

## A M. DE BEAUSONNET [1].

Ces feux où tu dépeins l'amour de ton pays,
Où Rheims montre à son roy le zèle qui l'enflame,

fut composé ce sonnet; nous savons seulement que Gaston était aux eaux au commencement du printemps de 1647, et qu'il revint à Paris le 21 mai, pour aller rejoindre la reine à Compiègne.

[1] Selon l'usage qui régnait alors, de grands feux de joie avaient été allumés à Reims, à l'occasion de la naissance du dauphin Philippe de France, duc d'Orléans (21 septembre 1640). M. de Beausonnet avait rappelé cette circonstance dans des vers auxquels le poète fait allusion.

N'auroient, sans la clarté des beaux feux de ton ame,
Rendu comme ils ont fait cent peuples ébahis.


En admirant tes vers, mes yeux sont éblouis,
Pour y voir deux soleils faire une mesme flame,
L'un procédant du Dieu que ta muse réclame,
Et l'autre de l'esclat du grand fils de Louis.


Rheims peut donc se vanter d'avoir en sa closture,
De mesme que des cieux un don de la nature,
Ayant l'ampoule sainte et tes vers pleins d'appas.


Si Rheims garde à nos roys l'onction de leur estre,
Ta muse, d'autre part, fait assez reconnoistre
Qu'elle peut garantir leur renom du trépas.

---

## A M. DE MAROLLES [1].

Merveille des esprits dont la féconde plume
Jamais ne se repose, et d'un vol sans pareil,

[1] Né le 22 juillet 1600, au bourg de Genillé, des environs de Tours, mort
à Paris, le 16 mars 1681. Il était fils de Claude de Marolles, zélé ligueur
connu par son duel contre de l'Ile Marivault, qu'il tua le 2 août 1589, le

Composant tous les jours la beauté d'un volume [1],
Honore l'univers à l'esgal du soleil.

Entre tous ces sçavans qui du Dieu du sommeil,
Laissent aux demi-morts son oysive coûtume,
De leurs traits plus divins l'immortel appareil,
Esgale-t'il l'ardeur du beau feu qui t'allume?

Mille cayers divers sont autant de tesmoins,
Avec qui ton sçavoir d'infatigables soins,
Relève des défuncts la mémoire abatuë [2].

On te voit tous les jours d'un prodige nouveau,
Lever à ton renom une vive statue,
En tirant un héros de la nuict du tombeau [3].

premier jour du règne de Henri IV ; depuis il fut attaché à la maison du duc de Nevers, et devint gouverneur du frère de la princesse Marie. Michel de Marolles obtint son abbaye de Villeloin le 14 avril 1627.

[1] L'expression dont se sert Maître Adam pourrait être prise à la lettre, tant l'abbé a laissé d'écrits en tous genres, sans compter son immense collection de gravures.

[2] Ce fut en 1638, au mois de septembre, que cet infatigable travailleur obtint de la princesse Marie la commission de faire un inventaire général de tous les titres de la maison de Nevers. Ce prodigieux travail, contenu en six énormes volumes, *douze grands coffres* et deux mille sacs, fut exécuté en moins de cinq mois. Il est fort à regretter qu'il soit perdu, car il pourrait être d'un grand et important secours à l'histoire du Nivernais. Le laborieux abbé nous apprend, dans ses mémoires, qu'il dicta ou écrivit de sa main dix-neuf mille huit cent cinquante-cinq titres qui furent expédiés à l'hôtel de Nevers, à Paris.

[3] L'abbé, auteur de plusieurs généalogies, fit la préface de l'édition des *Chevilles* de 1644.

## A M. DE ***.

Traiter en quatre vers un seigneur de ta sorte,
Je serois accusé de peu de jugement ;
Ton mérite est trop grand et mon amour trop forte,
Pour ne te présenter qu'un quatrain seulement.

Pour plaire à ton désir, l'ardeur qui me transporte
Me fait naistre ces vers qui n'ont point d'ornement,
Sinon qu'ils sont tracés par l'ange qui me porte
A chanter tous les jours les merveilles d'Armand [1].

Ils ne font pas icy le portrait de ta gloire ;
Pour un sujet si beau, les filles de mémoire
M'enfermeront tantost dedans leur cabinet.

Alors à tes vertus je ne seray point chiche ;
Mais pour le temps présent n'estant pas assez riche,
Je ne te puis offrir que ce pauvre sonnet.

[1] Ce sonnet fut improvisé en l'honneur du cardinal de Richelieu.

# AU DUC D'ENGHIEN [1].

Race de mille rois [2], illustre sang de Mars,
Si dedans ton printemps l'ardeur de ton courage
Efface en l'univers le lustre des Césars,
Que feras-tu plus tard dans l'été de ton age?

Ton bras fera bien-tost, au mespris des hazards,
Reverdir tes lauriers sur les rives du Tage,
Où l'Espagne [3] verra, par d'humides regards,
Partager ses trésors au frais de leur ombrage.

Mais, grand prince, parmi tant de travaux divers,
Qui ceindront de nos lys le front de l'univers,
Si tu n'arreste un peu le cours de ta victoire,

[1] Louis II de Bourbon, prince de Condé, à qui ses glorieux exploits valurent le nom de Grand, né à Paris le 8 septembre 1621. Il fit ses premières études chez nos voisins, au collège des jésuites à Bourges, où il fit preuve des dispositions les plus remarquables pour les sciences. Ce sonnet lui fut sans doute adressé après la bataille de Rocroy, 19 mai 1643. Le prince n'avait pas encore atteint sa vingt-deuxième année.

[2] Il était prince du sang.

[3] Rocroy fut réellement le tombeau de la puissance espagnole : dix mille hommes restèrent sur le champ de bataille, et cinq mille furent faits prisonniers. Le jeune général, qui venait d'inaugurer si heureusement le nouveau règne, sut profiter de sa victoire par le siége et la prise de Thionville.

Tu blesseras ton roy des traits de ton amour,
Car en lui gagnant tout, tu luy ravis la gloire
D'employer sa valeur à t'imiter un jour.

## POUR UN INCONSTANT.

Qu'Aminte vive ou non en des lieux désolez,
Les beautés d'Amasis ont rappelé ma flame,
Il faut, recommençant à luy donner mon ame,
Luy rendre les respects qu'un autre avait volez [1].

Je connois que mes yeux se sont désaveuglez,
Que ma raison blessée a trouvé son dictame [2],
Et j'ay sauvé mes sens de cet objet infame
Qui, par un si long-temps les avait déréglez.

Enfin, chère Amasis, doux espoir de ma joye,
J'aperçois que nos jours se vont filer de soye,
Que le ciel n'aura plus de malice pour nous.

[1] Il paraît que cet inconstant abandonnait une seconde maîtresse pour retourner à la première.
[2] *Voyez* page 269.

Je ne me repens plus des caresses d'Aminte,
Le fruict de ses baisers n'estant plus que d'absinte,
Les vôtres me feront trouver le miel plus doux.

---

## AU COMTE DE LANGERON [1].

Après avoir cent fois, d'un généreux effort,
Attaché sur ton front l'honneur d'une victoire,
Cher comte, faudra-t-il que la rigueur du sort
Ne nous fasse plus voir ta valeur qu'en l'histoire.

Au printemps de tes ans faudra-t-il que la gloire
Regrette, en te perdant, son plus fameux support,
Et tant de grands exploits donnez à la mémoire
Ne fléchiront-ils point les rigueurs de la mort.

Non, je voy par ton mal qu'il faut que tu succombes
Dans le pâle séjour où s'eslèvent les tombes;
Mais jamais le trespas ne seroit ton vainqueur,

[1] M. de Langeron, un des meilleurs amis de Maître Adam, était abandonné des médecins lorsque celui-ci lui adressa ces vers. *Voyez* page 36.

37

Et les plus grands héros te porteroient envie,
Si le ciel eust pris soing en te donnant la vie,
De faire ton poulmon [1] aussi bon que ton cœur.

---

## A M. D. L***.

Cours généreux héros où Bellone t'appelle [2],
Dans les plaines de Mars triompher du malheur,
Suivant les mesmes pas qu'a tracé ta valeur,
Rends toy digne du cours d'une gloire immortelle.

J'espère à ton retour, comme un second Apelle,
T'achever un portrait d'éternelle couleur,
Où ma verve, s'enflant d'un exceds de chaleur,
Fera voir les efforts d'une ardeur naturelle.

Je peindray comme Hercule au rang des immortels,
Encore qu'on luy donne un temple et des autels,
Amour sceut triompher de sa valeur extresme;

[1] Le comte mourut d'une maladie de poitrine.
[2] Époque de la guerre d'Italie, qui eut lieu pour la succession du duché de Mantoue.

Mais que tout au contraire, on voit paroistre au jour,
Que plûtost qu'enchaisner ta valeur sous l'amour,
Tu laisses à la cour la moitié de toy-mesme [1].

---

## SUR LE DÉPART DES PRINCESSES [2].

Misérable château qui n'est plus qu'un champestre
Visité des démons de la nuit et du jour,
Toy qui dedans ton sein autrefois a veu naistre
Les nourrissons de Mars, de Minerve et d'Amour.

Mon dieu que les destins ont bien changé ton estre,
Que tu semble à mes yeux un désolé séjour,
Et que tu passes bien pour château de Bicestre,
Depuis que tu n'es plus de tes princes la cour.

Que n'as-tu comme moy quelque ressentiment,
Pour te considérer dedans ton changement,
Presque aussi malheureux que les restes de Troye,

[1] M. de L*** s'était fiancé avant de partir pour la guerre.
[2] Ces vers furent composés dans la cour même du château de Nevers.

Tu pourrois justement injurier les cieux ,
Et dire , quoy, faut-il estre aux démons en proye ,
Moy qui fus autrefois la demeure des Dieux?

---

## A MONSEIGNEUR LE CHANCELIER [1].

Fameux et grand esprit , dont la haute prudence
Eternise ses faits d'immortelles couleurs ,
Et de qui la vertu fait aux lys de la France ,
Ce que fait le soleil sur la tige des fleurs.

Quel ministre a jamais , d'une auguste assurance ,
A l'égal de tes soins , combattu nos malheurs ,
Et qui peut mieux que toy joindre à nostre espérance
Le retour de la paix et la fin de nos pleurs.

[1] Pierre Seguier, nommé chancelier en 1635 , il mourut le 28 janvier 1672 , à l'âge de quatre-vingt-quatre ans , aprés avoir traversé les temps difficiles de la Fronde ; il donna pendant quarante ans des preuves de la plus haute capacité. Louis XIV disait « qu'il avait toujours reconnu dans le chancelier un » esprit intègre et un cœur dégagé de tout intérêt. » Ses graves occupations ne l'éloignèrent jamais de la culture des lettres. Il présida jusqu'à la fin de sa vie l'académie dont il était un des principaux fondateurs; et après la mort de Richelieu , les académiciens se réunirent dans son hôtel. Il ne protégea pas avec moins de zéle les beaux-arts , et concourut à former le talent de Lebrun , en l'envoyant à Rome à ses frais. *Voyez* son éloge par le fameux Barrère.

Le désir d'élever au temple de mémoire,

Avec des traits d'or le portrait de ta gloire,

De mille ardens pensers vient m'embraser le sein ;

Mais le barbare sort qui fait mon advanture,

Me va ravir l'honneur d'un si fameux dessein,

Si ton illustre main n'en fournit la peinture [1]

---

## SUR UNE ABSENCE.

Beaux-yeux, vivans pourtraits de la divinité,

Trosnes estincellans de l'amoureux empire,

Quel bien est comparable à ma félicité,

Depuis que sous vos loix ma liberté souspire.

Invincibles auteurs de ma captivité,

C'est vous qui respandez le jour que je respire,

Et l'Astre dont la terre emprunte la clarté,

Quand vous estes fermez, ne luit que pour me nuire.

[2] Le chancelier avait accordé une pension à Maître Adam, qui fit ce sonnet en 1640, pour en réclamer le payement.

Loin de vous à la cour je contemple des yeux [1],
Qu'on appelle à bon droit des astres et des dieux,
Pour n'avoir point en eux de qualitez mortelles.

Mais, ô divins flambeaux dont l'esclat me conduit,
Vous pouvez au-dessus (tant vos clartés sont belles),
Ce que peut le soleil sur les feux de la nuit.

---

## SUR LA MORT DE LOUIS XIII [2].

Grand Roy, tu ne vis plus, et ton bras redoutable,
Qui s'alloit acquérir l'empire des vivans,
Plus fresle qu'un roseau combattu par les vents,
A perdu pour jamais le titre d'indomptable.

Que ce malheur sanglant me semble espouvantable,
Que l'aveugle fortune a des traits décevans,
Et que le monde est peu, lors que ses poursuivans
Rencontrent de la mort l'écueil inévitable.

[1] Ce sonnet avait été composé pour le comte de A. P., seigneur de la cour de Louis XIII.
[2] 14 mai 1643.

Après avoir paru la merveille des roys,
Eslevé jusqu'au ciel ses lauriers et ses lois,
Et basty des autels sur le front de l'envie,


Qui ne s'estonnera d'un si tragique sort,
Et qui des demy-Dieux peut s'asseurer la vie,
Voyant ce fils de Mars abattu par la mort.

---

## A MADAME DE B***.


Enfin je suis contraint de céder à tes charmes,
Amour, par tes appas, s'est rendu mon vainqueur,
Et tu peux bien juger, par le cours de mes larmes,
Que tes yeux ont fondu la glace de mon cœur.


Mille souspirs bruslans, témoins de ma langueur,
Sont les traits que ce Dieu m'a laissé pour mes armes :
Mais si comme en beauté tu triomphe en rigueur,
La mort, malgré l'amour, finira mes allarmes.

Cruelle, sois sensible à ma juste amitié,
Adoucis ta rigueur d'un trait de ta pitié,
Amour estant un bien le plus doux de la vie;

Ne le disperse pas si prodigalement,
Que de le tout donner sans qu'il te prenne envie,
De t'en servir un peu pour mon soulagement.

---

## À LA MÊME.

Aminte, ma raison a perdu son usage,
Icare audacieux, j'espère que demain
Amour te permettra de baiser ton visage,
    Aussi bien que ta main.

Encore que ton œil ait causé mon dommage,
Je lis dans sa douceur un présage certain,
Qu'à l'exemple d'un Dieu dont on baise l'image,
    Tu loüeras mon desséin.

Mais hélas ! je voy bien, inhumaine adorable,
Que c'est par un adieu que ce bien désirable
Doit accroistre l'ardeur qui vient m'inquiéter.


Qui vit jamais tourment esgal à mon martyre,
Que pour joüir du bien où mon cœur tant aspire,
    Il te faille quitter.

---

## A UN RIVAL.

Lucidor, c'en est fait, nostre amante cruelle
A senty de la mort le coup infortuné,
Et nous n'avons plus rien d'une chose si belle,
Que l'immortel amour qu'elle nous a donné.


Au mespris de nos vœux, la Parque a butiné
Tous les divins attraits que nous voyons en elle,
Et ce sanglant malheur m'a si fort estonné,
Que si je ne la suy ma vie est éternelle.

38

Si tost que sa belle ame eut changé de séjour,

Que ses yeux en mourant ostèrent à l'amour

Deux throsnes où sa gloire estalloit tous ses charmes,


Je crûs qu'un Dieu jaloux de nous voir tant aymer,

Avança son trespas à dessein que nos larmes

Esteignissent le feu qui nous doit consumer.


---


## AU PÈRE LE MOINE [1].


Grand esprit, dont les cieux ont obligé le monde,

Le Moine, dont les vers sont si charmans et doux,

Que si le Dieu qui va se coucher dedans l'onde

Ne te croyoit son fils, il en seroit jaloux.


Ta veine nous paroist tellement sans seconde,

Que le plus fier critique est pour toy sans courroux,

Et la terre en lauriers n'est pas assez féconde,

Pour le riche labeur que tu fais voir à tous.

[1] Le père Le Moine avait adressé des vers à Louis XIII sur sa guérison, après une grave maladie qui avait failli l'enlever à Lyon.

Les triomphes du roy si justement dépeints,

Et de sa guérison les miracles si saints,

Font croire que la mort en le voulant poursuivre,


Lisant dans tes projets, retira son poison,

Aimant mieux te laisser chanter sa guérison,

Que de te voir l'honneur de le faire revivre.


---


## A M. DU PUY [1].


Aujourd'huy que le temps fait renaistre l'année,

Je sens qu'à t'estrenner je manque de pouvoir;

Car que te puis-je offrir, si ton ame est ornée

Des dons les plus parfaits que l'ame puisse avoir.


Toutefois, par coustume ainsi que par devoir,

Ma vie offre à tes pieds toute sa destinée,


[1] Jean du Puy de Saint-Galmier. Sa famille, d'extraction noble, était établie dans le Forez et la Bourgogne. Ses vastes connaissances lui valurent le titre de médecin du roi et de la maison de Nevers. Il épousa mademoiselle Brisson, de Nevers, dont il eut Charles du Puy, écuyer gentilhomme du prince de Condé. Il mourut à l'âge de quatre-vingt-six ans, plein de force et d'énergie. Quelques heures avant de s'éteindre, il composait encore des vers philosophiques.

Tu peux en disposer, puis qu'avec ton sçavoir
Au mespris du trespas tu me l'as redonnée,

Divin et grand esprit, c'est ainsi que je veux
Te donner après Dieu, les plus grands de mes vœux ;
Et si jamais l'amour des filles de mémoire

M'ouvre le cabinet de leurs riches présens,
J'espère d'augmenter la grandeur de ta gloire,
De mesme que tu fais la course de mes ans.

---

## A LA PRINCESSE MARIE [1].

Quand vous ne seriez pas de cette antique race,
Dont la tige a poussé la cime dans les cieux,
Un des traits que nature a mis sur vostre face,
Vous peut faire adorer des hommes et des Dieux.

Vous estes le pourtrait d'amour et de la grace,
Vos regards ont des traits si fort impérieux,

[1] 1644.

Que je suis estonné comme dans vostre glace,
Vos yeux, sans s'aveugler, peuvent voir dans vos yeux.

Mais dans ce digne objet de grandeurs nompareilles,
Dans ce corps, l'abrégé de toutes les merveilles,
Qui rend des plus grands rois les sceptres abattus,

Pardonnez si je dis, ô princesse adorable,
Que tous ces traits divins n'ont rien de comparable
Auprès du grand esclat qui brille en vos vertus.

---

## A M. LE COMTE D. A. P.

Va généreux héros d'une illustre colère,
Renouveller l'effort de tes actes guerriers,
Et du bras dont tu fis les victoires du père,
Coupes-en pour le fils des forests de lauriers.

La France, pour sa gloire, à son secours t'apelle,
Elle a receu par toy tant d'esloges divers,
Que si l'on eust suivy ta valeur et ton zèle,
Ses bornes s'estendroient aux bouts de l'univers.

Mille fois la pitié m'a porté jusqu'aux crimes,
De présenter aux Dieux des vœux illégitimes,
Pour esteindre l'ardeur de tes sanglants efforts.

Mais sçachant à quel point tu peux monter l'histoire,
J'abandonne au hazard la valeur de ton corps,
De crainte d'offenser la grandeur de ta gloire.

---

## POUR UN AMOUREUX.

Enfin je connois bien, trop ingrate Silvie,
Que ton ame est de glace et ton cœur de rocher,
Et que la passion dont mon ame est suivie,
    Ne te sçauroit toucher.

Soit que le jour se lève, ou qu'il s'aille coucher,
De tes divins regards mon ame est poursuivie,
Je meurs, je désespère, et ne sais où chercher
    Le repos de ma vie.

Mon supplice est un mal à nul autre pareil,

Je ne trouve en mes sens ny raison ny conseil,

    Pour ce malheur estrange.

O cieux, à quelle fin m'avez-vous condamné,

De me faire souffrir au service d'un ange,

    Le tourment d'un damné.

---

## A M. DE LÀNGERON.

Je ne me pique pas de dire dans mes chants,

A quel point ta valeur a fait monter ta gloire,

Il faudroit être aymé des filles de mémoire,

Comme ce grand esprit qu'on appelle Deschamps [1].

Je n'ay jamais cherché ny par monts ny par champs,

Cette source où la muse à toute heure va boire,

Aussi je n'ose pas entonner ton histoire,

De crainte que mes vers ne fussent trop meschans.

[1] Ce Deschamps ayant apporté, le jour des Rois, des vers latins offerts à M. de Langeron, pour étrennes, Maître Adam improvisa aussitôt ce sonnet.

J'invóque seulement pour toy la destinée,
Que devant que le temps ait terminé l'année,
Tu passes des Césars les belliqueux exploits,

Que ce bras dont tu tiens et pares la tempeste,
Fasse que ce jourd'huy l'on célèbre ta feste,
Car tu mérites bien d'estre au nombre des roys.

---

## A CLORINDE.

### SUR L'INCONSTANCE DE SON AMANT.

Beaux yeux de qui j'ai peint la candeur et les charmes,
Astres dans qui le ciel montre un œuvre parfait,
Vivans pourtraits des Dieux, pouvez-vous bien sans larmes,
Voir le nuisible affront qu'un perfide vous fait.

Amour qui, sous vos traits, n'a que de faibles armes,
Par cette ingratitude auroit esté deffait,
N'estoit l'espoir qu'il a que dans un champ d'alarmes
La mort le vengera d'un si barbare effet.

Pour expier l'horreur d'une telle advanture,
Je commence de voir le ciel et la nature,
Préparer leur justice à venger vos douleurs.

Le soleil seulement faisant sa course ronde,
Avec juste raison peut rire de vos pleurs,
Car lors que vous pleurez, il est unique au monde.

---

## A UN RIVAL.

Ouy, je l'ay résolu, je te cède ma place ;
Ta nouvelle prison cause ma liberté,
Je saute d'un hyver dans un beau jour d'esté,
Et je suis de rocher ainsi qu'elle est de glace.

Connoissant de Philis l'ingrate dureté,
Je deviens orgueilleux pour punir son audace,
Et bien que sa beauté toutes choses surpasse,
Je veux, par un dépit, surmonter sa beauté.

C'est ainsi qu'Alcidor, au mespris de sa flame,
Cédoit à son rival son infidelle dame,
Pensant en ce rencontre adoucir son tourment.

Il jura sur l'autel de quitter cette belle,
Mais il fut si surpris en prenant congé d'elle,
     Qu'il faussa son serment.

---

## SONNET [1]

J'ay planté des lauriers qui seront tousjours vers,
Mes exploits ont plus fait de bruit que le tonnerre,
Et mes divins conseils ont brisé comme verre,
Les orgueilleux desseins de cent peuples divers.

La France, par mes soins, voit les sentiers ouverts,
Où César fit passer la victoire et la guerre,
Et bravant le démon d'Espagne et d'Angleterre,
J'ay porté mon renom au bout de l'univers.

[1] L'abbé de Marolles intitule ce sonnet *Prosopopée après la mort du cardinal de Richelieu*, le 4 décembre 1642.

Plein de jours et d'honneurs j'ay terminé ma vie,
Malgré les factions de la plus noire envie,
Je brille dans l'histoire en despit du trespas.

Et pour montrer Loüis au throsne d'Alexandre,
Imitant le Phénix, j'ay laissé de ma cendre,
Un second cardinal[1] pour esclairer ses pas.

---

## A LA PRINCESSE ANNE.

Puisque vous le voulez, j'ay commis une offence,
Je me rends, pour vous plaire, à tous mes ennemis,
Et me voilà tout prest à faire pénitence
De l'horrible péché que je n'ay pas commis.

Je prie encore celuy qui soustient l'innocence,
Devant qui vos pareils sont moins que des fourmis,
Qu'il retienne le frein de la juste vengeance
Des maux que j'ay soufferts quand vous l'avez permis.

[1] Mazarin.

J'ay fait, si vous voulez, d'une ardeur insensée,
Tout ce qu'une ame ingrate allume en sa pensée,
J'ay négligé l'honneur qu'on doit à vos appas [1].

Mais belle Amarillis, mon crime plus extresme,
C'est d'avoir pris vos yeux pour les yeux de Dieu mesme
Qui lisent dans nos cœurs, et vous n'y lisez pas.

---

## A LA MÊME.

Digne objet de nos vœux, princesse sans seconde,
Reine dont mille rois ont esté les ayeux [2],
Et de qui l'œil, plus beau que le flambeau du monde [3],
Fait brusler les mortels et souspirer les Dieux.

Ma muse, ce matin, pour vous faire une estrene [4],
A fait ce qu'elle a pu pour en venir à bout,

[1] La princesse avait sans doute reproché avec bonté au poëte de négliger de lui faire sa cour.

[2] *Voyez* au *Villebrequin*, le sonnet adressé au duc de Mantoue.

[3] *Voyez* page 150.

[4] Ces vers sont très-probablement du 1er janvier 1640, Anne de Gonzague étant restée à Nevers pendant que sa sœur, la princesse Marie, était retournée à Paris, après avoir pris, en grande pompe, possession du gouvernement du Nivernais, le 29 mai 1639.

Mais elle n'a trouvé qu'une inutille peine,
D'entreprendre à donner à qui possède tout.

Vous possédez les cœurs, vous triomphez des ames,
Sans le feu de vos yeux, amour serait sans flames,
Les rois, sous vos appas, ne voudroient rien céder.

Tout ce que je sçaurois vous désirer de juste,
C'est de voir vos attraits posséder un Auguste,
Qui mérite l'honneur que de les posséder.

---

## CONTRE LE PORTIER D'UNE GRANDE DAME [1].

L'on ne vous voit non plus que si vous estiez morte,
Cependant vostre esclat ne fut jamais plus beau.
Que la nuit dureroit, si l'unique flambeau,
Aux yeux de l'univers se cachoit de la sorte.

[1] Il s'agit encore de la princesse Anne. Il paraît que son suisse, impitoyable Cerbère, excita la verve du poète en ne voulant pas le laisser parvenir jusqu'à sa gracieuse souveraine.

Cinq ou six fois le jour, planté sur vostre porte,
Comme un fantosme assis sur le bord d'un tombeau,
Je caresse un faquin qui, d'un ton de corbeau,
Croit que tout doit céder à l'orgueil qui l'emporte.

Le désir de vous voir m'est si cher et si doux,
Que mesme je fléchis sous l'orgueilleux courroux
Qui fait rider lé front à cet homme de fange.

Je pratique le ciel par ce honteux devoir,
Afin de me venger, quand vous serez un ange,
Par l'éternel plaisir que j'auray de vous voir.

# ACROSTICHE



Abattre d'un conseil les plus forts boulevars,
Renverser les projets d'une orgueilleuse race,
Moissonner des lauriers parmy des estendars,
Apprendre à l'univers que mieux qu'un Dieu de Trace,
Nostre roy doit monter au throsne des Césars,
Dresser en un moment cent bataillons espars,
Donner de la chaleur à leur guerrière audace,
Eslever des autels du débris des rempars,
Réduire les mutins au recours d'une grace,
Instruisant la valeur dans les plaines de Mars,
Combattre pour la foy[1] plutost que pour la gloire,
Honorer les vertus des filles de mémoire,
Estre en cent mille endroits sans eslongner un lieu,
Luire comme un soleil en d'éternelles veilles,
Ioindre nos intérests aux volontez de Dieu,
Enfin estre un prodige à faire des merveilles,
Uoilà ce que l'Europe admire en Richelieu.

---

[1] Le poëte oublie que, pendant que Richelieu écrasait La Rochelle, il faisait alliance avec les protestants de Suéde, et leur fournissait des subsides contre l'empire d'Autriche.

# ÉPIGRAMMES.

MARIE DE GONZAGUE
Reine de Pologne

# POUR METTRE AU BAS D'UN PORTRAIT [1]

DE LA PRINCESSE MARIE.

Un fameux artiste d'un labeur sans pareil,
Montre dans ce pourtrait l'abrégé des merveilles ;
Mais quelque grand effet qui soit né de ses veilles,
Il n'a fait qu'un rayon, pensant faire un soleil.
Ce n'est pas qu'en son art il n'aist suivy la règle,
Et son travail seroit dans un poinct glorieux,
Si son désir hautain, prenant le vol d'un aigle,
Pour voir dans son objet, il en eust pris les yeux.

[1] Dans son beau roman de *Cinq-Mars*, M. Alfred de Vigny la peint ainsi : « Elle était petite, mais fort bien faite, et quoique ses yeux et ses » cheveux fussent très-noirs, sa fraîcheur était éblouissante, comme la » beauté de sa peau. »

Son portrait a été gravé par Mellien, Just d'Egmont, Hondins et Nanteuil. Celui que nous donnons ici est dû à l'habile crayon de M. Achille Dévéria.

## POUR LE MÊME SUJET.

L'incomparable objet qui brille en ce pourtrait
Où la gloire et l'amour font, dedans chaque trait,
Esclater leurs grandeurs dans des thrônes de flames,
Paroist si charitable en causant les douleúrs,
Que pour vaincre l'ardeur dont il brusle les ames,
Il donne en mesme temps et la flame et les pleurs.

## POUR LE MÊME SUJET.

De toutes les beautez dont la terre se pare,
L'on voit dans ce pourtrait ce qu'élle a de plus beau,
Et bien que son esclat fasse naistre un tombeau,
Qui rende chaque amant compagnon d'un Icare,
Je conclus toutefois qu'auprès de ces appas,
Les rigueurs de la mort sont des traits de délices,
Puis qu'elle fait d'un coup éviter cent supplices
Que l'on pourrait soufrir en ne la voyant pas.

## A L'ABBÉ DE SAINT-MARTIN [1].

Monseigneur mon parain , vostre vie est si sainte ,
Que l'on vous tient par tout un pilier de la foy,
Et c'est ce qui m'oblige à vous faire une plainte ,
Pour voir si vous ferez un miracle pour moy.
En faveur de mes vers, je ne veux autre chose ,
Pour braver de mon sort les rigoureuses lois,
Sinon que vous fassiez une métamorphose,
De changer en du cuir mes deux souliers de bois.

## A UN NOMMÉ GRANDCHAMP [2].

Ta promesse m'est inutile ,
Puisqu'elle ne produit aucun événement ,
Et tu n'es qu'un grand champ stérile
Qui ne donne du verd que difficilement.

[1] Un des enfants de Maître Adam avait été tenu sur les fonds baptismaux par l'abbé de Saint-Martin ; le poète l'envoya un premier de l'an vers son parrain , dans un équipage qui ne laissait guère de doute sur sa mauvaise fortune.

[2] Cette épigramme, très-médiocre, roule sur deux jeux de mots. Elle fut composée contre un nommé Grandchamp qui ne tenait pas sa promesse à Maître Adam de lui donner les œuvres d'un sieur du Vair, littérateur fort peu connu.

## A M. DE MONTMOR [1].

Par un terrible changement,
Qui m'a ravy mes premiers charmes,
Je ne suis plus qu'un jugement
En proye à dix mille gendarmes ;
Le harnois que j'ay sur le dos,
Est fait de tailles et d'imposts,
Pourtant dans cette servitude,
Qui met ma franchise au trespas,
Mon tourment me seroit moins rude,
Si mon mors ne me blessoit pas.

## CONTRE UNE BELLE DAME

### QUI SE FARDAIT.

La beauté n'a point d'artifice,
Voicy comme chacun le croit,

[1] Montmor avait amené des troupes dans le Nivernais, et il prenait ses dispositions pour assurer la subsistance des gens de guerre, lorsque, soupant avec Maître Adam, celui-ci lui adressa cette épigramme, où il fait parler la ville de Nevers.

C'est qu'un des chefs de la justice
Sur ce point luy donne le droit ;
Pour vanter une ame si belle,
Je ne veux pas de Philomelle
Emprunter le gazouillement ;
Je n'aspire qu'à l'adventure
D'estre geay deux jours seulement [1],
Pour bien parler de sa nature.

---

## AU COMTE D'ARPAJON [2].

Comte, je n'ay rien autre chose
A te dire pour compliment,
Sinon qu'Appollon se dispose
A te faire un remerciement [3];
La nécessité de ma muse
Rend mon âme toute confuse,
Et pour me tirer de soucy,
Tu n'as qu'à venir à l'offrande,
Car j'escris mieux un grand mercy
Que je ne fais une demande.

[1] Allusion au geai paré des plumes du paon.
[2] *Voyez* page 1.
[3] Il s'agit du payement d'une pension accordée par le comte d'Arpajon.

## A M. DE LA VIGNE [1].

N'est-ce pas un effet admirable et divin,

Que parmi les efforts d'une douleur insigne,

J'aye évité la mort par le jus de la vigne,

Et n'avoir pas usé d'une goutte de vin;

Docte pharmacien à qui j'en dois la gloire,

Qui, me privant du vin pour m'en faire mieux boire,

As remis mes esprits en leur vivacité,

Maintenant que Bacchus préside à mon envie,

N'ay-je pas bien raison de boire à ta santé,

Puis-que par ton sçavoir j'ay recouvert la vie?

## AU CARDINAL MAZARIN,

### SUR LA MORT DE SA MÈRE [2].

Atlas qui de nostre empire

Soustient l'immobile faix,

[1] Apothicaire de la princesse Marie. Ce praticien fort habile avait guéri Maître-Adam d'une maladie qui l'avait atteint à Paris, lors de son voyage, en 1638. Il y avait à Clamecy une famille noble de ce nom, qui fut propriétaire de la terre de Bulcy. Le dernier rejeton de cette famille, qui descendait peut-être du personnage dont il est ici question, fut une demoiselle de la Vigne, morte il y a quelques années à Clamecy.

[2] Hortense Buffalini.

Comme toy chacun souspire

De la perte que tu fais;

Mais de ton illustre mère,

La mort seroit plus amère,

Si d'un coup infortuné,

Pour affliger nostre vie,

La Parque nous l'eust ravie

Avant que tu fusses né.

---

## AU MARÉCHAL DE SCHOMBERG [1].

Hercule des Français, grand Phœnix des guerriers,

Héros dont la valeur soustient nostre couronne,

Pourras-tu bien un jour supporter les lauriers

Que parmy les combats ton courage moissonne;

Mars porte de l'envie à tes sanglans efforts,

Tu cultives nos lys sur la cendre des morts

[1] Henri, duc de Schomberg, né à Paris, en 1583. Sa famille était originaire de la Misnie. Il reçut le bâton de maréchal en 1625, chassa les anglais de l'île de Rhé, en 1627; entra le premier dans La Rochelle, et se couvrit de gloire au Pas de Suze. Le 1er septembre 1632, il livra la bataille de Castelnaudary aux ducs d'Orléans et de Montmorency, et y fit prisonnier ce dernier. Nommé gouverneur du Languedoc, il mourut à Bordeaux, le 17 novembre de la même année.

C'était un zélé protecteur des hommes de lettres. Son fils Charles, à son exemple, eut la gloire d'être le premier appui de Bossuet, honorable patronnage qui se conserva religieusement dans sa famille. Le dernier descendant de Schomberg fut l'ami de Voltaire et de d'Alembert.

Que la témérité contre toy fait résoudre ;
L'ennemy qui te voit et ne recule pas,
Fait croire qu'il se dit plus puissant que la foudre,
Ou qu'il fait vanité de mourir par ton bras.

---

## A QUELQUES UNS DE MES AMIS [1].

Je vous envoye une bouteille
Qui vous fera dire merveille,
Gouvernez-là dans la douceur
Dont nous allons traiter sa sœur ;
Elle l'auroit accompagnée,
Mais nous l'en avons esloignée,
Car son ordre ny ses desseins
Ne semblent pas les ""
A qui le cœur palpite et tremble,
Quand ils ne sont pas deux ensemble.
Je vous offre cette liqueur
D'affection et de bon cœur,
Comme sans aucun artifice
Je vivray pour vostre service.

[1] En leur envoyant une bouteille de vin d'Espagne.

## A M. DESNOYERS [1].

Pour te faire un présent digne de ton envie,
Il faudroit que le ciel, d'un effet glorieux,
Noùs fist ressusciter ce prince dont la vie [2]
Passa comme un esclair pour faire mal aux yeux ;
Le cruel desplaisir dont ton ame se glace,
Iroit dans le cercueil se loger à sa place,
Ton ame, en ce rencontre, auroit un bien parfait,
Cela ne se pouvant, tout ce que tu peux faire,
C'est de te consoler, voyant que la sœur fait,
Pour payer ton mérite, autant qu'eùst fait le frère.

## A M. DE BOIS-ROBERT [3].

Cher abbé, ne t'offense pas,
Si ma trop longue impatience

[1] *Voyez* page 58.
[2] Ferdinand de Gonzague, troisième fils du duc de Mantoue, frère de la princesse Marie, et duc de Mayenne par la mort de son oncle, qui avait été tué au siége de Montauban, en 1621. Il mourut lui-même fort jeune, à Casal en Italie, au mois d'octobre 1631. M. des Noyers avait été attaché à sa maison. Cette épigramme doit être du 1er janvier 1632.
[3] *Voyez* l'*Approbation du Parnasse*, à la fin du volume.

Me fait retourner sur mes pas,

Pour nettoyer ma conscience,

Demain, si tost que mes péchez,

Seront de mon cœur détachez

Par l'effet de la pénitence [1],

Tu me reverras en ce lieu [2];

Peut-estre qu'assisté de Dieu,

Je verray mieux son éminence.

---

## A UNE DAME [3].

Aimable cause de ma peine,

Veillez et priez nuict et jour,

Jamais la grandeur souveraine

Ne vous donnera son amour.

Tant que vostre ame inexorable

Rendra la mienne misérable,

Vous perdrez vos vœux et vos pas;

Pource que la bonté suspresme

[1] Cette épigramme fut faite la veille de Pâques 1638.

[2] Ruel, la maison de campagne de Richelieu, entre Paris et Saint-Germain; c'est là que l'implacable cardinal fit juger et condamner l'infortuné maréchal de Marillac. Cette charmante villa a appartenu, dans ces derniers temps, au maréchal Masséna, qui en avait fort embelli le parc.

[3] Ces vers charmants et d'un goût exquis, furent improvisés. Maître Adam les écrivit sur un livre d'heures.

Veut qu'on ayme ce qui nous ayme,
Cependant vous ne m'aymez pas.

## AU SURINTENDANT [1]

Grand œconome de la France,
Armand m'achète un bastiment,
Mais le pauvre homme est sans finance
Pour achever le payement;
De grace, accorde à ma requeste
Ce qu'il faut pour payer le reste;
Que si mes soins sont superflus,
Du moins donne moy cette grace
De jouyr un mois de ta place,
Je ne t'importuneray plus.

## À LA PRINCESSE ANNE.

Vos yeux à nuls autres pareils [2],
S'ils sont, comme on dit, des soleils,

[1] Maître Adam ayant acheté une maison située à Nevers, dans la rue qui a pris son nom depuis quelques années, le cardinal de Richelieu l'engagea à adresser des vers au surintendant des finances, afin qu'il le mît à même d'acquitter ce qui restait dû encore sur le prix d'acquisition.

[2] *Voyez* page 150.

Ils se font eux-mêmes la guerre ;
Puisqu'ils peuvent tout enflammer,
S'ils n'ont pas desséché la terre,
Mon cheval est-il à blâmer [1] ?

## A M. DE MAROLLES [2].

De Marolles, dis à Madame [3]
Que je suis presque au désespoir
De porter un deuil dedans l'ame,
Que mon corps ne peut faire voir ;
Qu'en cette incomparable perte [4]
Que cette princesse a soufferte,

[1] Maître Adam escortait le carosse de la princesse, à cheval, lorsqu'en traversant un bourbier, il eut le malheur de l'éclabousser et de lui jeter un peu
de boue au visage ; il improvisa cette épigramme en forme d'excuse.

[2] Abbé de Villeloin. *Voyez* page 284.

[3] Ce fut un matin des derniers jours de septembre 1637, que la princesse
Marie apprit à Nevers la mort de son père, arrivée le 21 du même mois, dans
sa capitale de Mantoue. Quelques jours après, le roi lui fit mander « qu'il ne
» pouvait recevoir de nouvelle qui l'affligeât davantage que celle qu'il venait
» d'apprendre du décès de son cousin, M. le duc de Mantoue, qu'il savait
» lui être affectionné, et qu'il avait éprouvé en toutes occasions qui s'étaient
» présentées, de sorte qu'il ne pouvait faire de perte qui lui fut plus sensible.
» Qu'au reste, il envoyait un gentilhomme exprès, et pour lui offrir tout ce
» qui dépendait de son pouvoir en ce rencontre. »
La lettre est datée de Saint-Maur, 6 octobre 1637.

[4] Le duc qui venait de mourir, était Charles de Gonzague, Clèves I du nom,
duc de Nevers et de Rethel, devenu duc de Mantoue et de Montferrat, après
la mort de son cousin, Vincent II.
Le poète s'adresse à M. de Marolles pour avoir des vêtements de deuil.

CHARLES DE GONZAGUE

Duc de Nevers

J'enrage contre le trespas,

Et qu'en l'ennuy qui me dévore,

Si nature m'avoit fait More [1],

Je ne l'importunerois pas,

---

## AU BARON DE CANILLAC [2].

Illustre rejeton de Mars,

Pour rendre ma boutique à jamais embellie,

Apporte-moy de l'Italie,

Un tronc des vieux lauriers qu'ont planté les Césars,

Je te jure par les neuf filles,

Qu'au lieu d'en faire des chevilles,

J'en feray sur ta teste un si digne appareil,

Que cette couronne enflammée

Du Dieu qui te ressemble en ce qu'il n'a qu'un œil,

N'aura pas tant de renommée.

[1] Les jeux de mots de cette espèce ne sont pas rares, comme on sait, parmi les contemporains de Maître Adam ; celui-ci reparaît souvent.

[2] Les vœux de Maître Adam ne furent point exaucés ; le malheureux baron rapporta peu de gloire de sa campagne d'Italie, et revint avec un œil de moins, qu'il perdit au siège de Casal.

## A UN AMI [1].

Cher Alcandre, je vois la mort, comme une harpie,
Porter dedans mon sein son appétit brutal,
C'est pourquoy hastes-toy de prendre la copie
Dont tu verras bien-tost périr l'original;
Tandis qu'il reste encore empreint en mon visage,
Quelques traits languissans de mon premier usage,
Préviens la cruauté que me livre le sort,
N'attends pas que le mal ait changé ma figure,
Du moins si tu ne veux faire par ma peinture,
    Le pourtraict de la mort.

## A LA PRINCESSE MARIE [2].

Incomparable et grand appuy
De ma fortune et de ma gloire,

[1] Le poète était gravement malade, lorsque cet ami, qui était peintre, lui demanda une heure pour faire son portrait.

[2] Elle avait acheté à la foire Saint-Germain un étui, dont elle avait fait cadeau à Maître Adam.

La foire Saint-Germain commençait le 3 février et durait jusqu'au samedi veille des Rameaux. Son existence, qui est antérieure au XII<sup>e</sup> siècle, se prolongea jusqu'à la révolution de 89. Elle se tenait sur l'emplacement d'abord

Vostre altesse ne sçauroit croire
Comme je chéris cet estuy
Que j'eus de vos mains à la foire ;
Mais je doublerois la mémoire
Des bien-faits de vostre bonté,
Si j'avais un hanap [1] pour boire
A vostre adorable santé.

---

## A UN POËTE.

Marouffle que l'on fit esquiver du Parnasse,
Ainsi que des cieux on fit sortir Vulcan [2],
Apprens que ta fureur m'a servi de bonace [3],
Et que tes vers ont mis ton honneur à l'encan ;

occupé, dans le vieux Paris, par la maison de plaisance des rois de Navarre, issus de Philippe-le-Hardi, et cédé ensuite à l'abbaye de Saint-Germain. Ce vaste terrain est occupé aujourd'hui par le beau marché Saint-Germain, dont l'ouverture a eu lieu en 1818.

[1] Ce mot, qui signifie un grand vaisseau servant à boire, ne peut plus être employé que dans le style burlesque. Il vient de l'Allemand *heinnap*, qui signifie écuelle à oreilles. D'autres croient qu'il vient du latin *aheneus*, parce qu'on le faisait d'airain. Ducange le dérive de *anax* ou *anas*, qui était un vaisseau d'argent, dont parle Grégoire de Tours. Il dit qu'il peut aussi venir du mot saxon *hnœp* ou *hnœppa*, qui signifie un vaisseau à boire.

[2] Vulcanus, Vulcain.

[3] Vieux mot peu usité, signifiant calme, tranquillité. Il ne s'emploie guère que pour exprimer le calme de la mer. En *bonace*, le vaisseau n'avance pas.

Tes escrits ont rendu ta sottise connuë :
Je passe pour soleil, et tu passes pour nuë.
Tes sentimens n'ont pas l'ordre de la raison ;
Pour te payer, pourtant, de tes soins inutiles,
Je t'offre de bon cœur six vers et trois chevilles,
Pour faire un épitaphe et bastir ta maison.

---

## A M. DE ***.

Damon, que veux-tu que je fasse,
Tout mon printemps s'en va passé,
Et j'incague[1] muse et Parnasse,
Depuis qu'Armand est trépassé[2].
Si quelque pitié te convie
De ne point traverser la vie
D'un esprit débile et perclus ;
Il faut que tu me considère
Plutost pour ce que j'ay sçeu faire,
Que pour ce que je feray plus.

[1] Ce mot a vieilli et ne se dit plus qu'en plaisantant ; il signifiait se moquer de quelqu'un, le défier. Il a été remplacé par le verbe narguer.

[2] Richelieu.

## POUR UN PORTRAIT OFFERT A UNE DAME.

Je vous fais offre d'un pourtrait,
Où l'art, jusques au dernier trait,
Vous monstre mon triste visage ;
Que j'aurois un parfait bonheur,
Si j'estois peint dans vostre cœur,
Comme je suis dans cet ouvrage.

## A UNE BELLE DAME,

### SUR LA MORT DE SON PÈRE.

Je n'ay pas entrepris de flatter vos douleurs,
Un funeste trespas m'oppose l'impossible,
Ce monstre des vivans, ce fantosme invincible,
D'un injuste tombeau tire vos justes pleurs.
Vos beaux yeux, où l'amour admire sa puissance,
Se voilent justement d'un lugubre bandeau,
Et la nature doit en cette violence,
De leurs sources de feux faire des sources d'eau.

## SUR LA MORT D'ALCANDRE [1].

Jamais l'incomparable et valeureux Alcandre
Ne seroit succombé sous les traits du malheur,
Si lorsque le trespas s'arma pour l'entreprendre,
Il eust eu le dessein d'affronter sa valeur ;
Ce monstre des vivans, par un lâche artifice,
L'a conquis par le feu, comme par l'eau, Narcisse ;
La mine du premier a terminé son sort,
L'autre, pour qui la France est en deuil extresme,
Tout couvert de lauriers, sa mine, tout de mesme,
    Est cause de sa mort.

## A UN MAUVAIS PEINTRE.

Peintre qui te dis sans pareil,
Il faut pour dauber sur ta malle,
Monstrer qu'à peindre ce soleil,
Tu n'es rien qu'un peintre de balle,

[1] Cet Alcandre mourut au siége de Casal, victime de la mine qu'il avait préparée lui-même, et qui le tua en éclatant avant qu'il n'eût eu le temps de s'en éloigner. C'est sur ce fait que roule le jeu de mots du poète.

Retire-toy, sot ignorand,
Ton sçavoir n'est pas assez grand
Pour comprendre tant de merveilles.
Chacun te donne du dessous,
D'aútant qu'un miroir de deux sous
Fera plus que toutes tes veilles.

# PIÈCES DIVERSES.

# VERS COMPOSÉS POUR UN BALLET [1].

⤜⋙✠⋘⤛

AUX DAMES.

Nous sortons de ces lieux où la rigueur du sort
Oblige nos esprits aux rigueurs de la flame,
Où préside la nuict, où le soleil est mort,
Où nous ne recherchons que la fin de nostre ame.

Nous sommes retournez en ces terrestres lieux,
En ce temps que chacun court à la pénitence,

[1] Autrefois le mot baller était plus usité que le verbe danser, dont il a la signification. Ménage le fait dériver de *ballare*, formé lui-même du grec *balein*. Inutile de dire que *ballet* est le substantif, et la représentation harmonique d'une action par gestes.

Le ballet, on ne saurait le révoquer en doute, joua un grand rôle dans les réjouissances publiques, et même dans les cérémonies religieuses des anciens. Les deux fameux danseurs, Pylade et Bathyle, formèrent deux écoles rivales composées d'ardents partisans, qui, divisés en Pyladiens et Bathyliens, ensanglantèrent plus d'une fois les théâtres, et jetèrent la discorde au milieu des plus grandes familles de Rome. Les empereurs Caligula et Néron figurèrent eux-mêmes dans les ballets.

Dans les temps de barbarie, la danse dut se perdre et s'effacer. M. Castil-Blaze assure cependant qu'il a retrouvé les traces d'un ballet à la cour de Caribert, roi de Paris. Mais ce fut Catherine de Médicis qui rendit aux ballets leur ancienne splendeur, et établit les ballets poétiques à la cour de France. Le grave Sully y figura plus d'une fois comme danseur, après avoir été l'or-

43

Pour voir si les damnez pourroient tirer des Dieux
Le bien qu'ils ont promis dedans la repentance.


Mais au premier abord que vos divins appas
Nous ont fait voir en vous les attraits de l'aurore ,
Nous nous sommes dédis , et ne craindrions pas ,
Sçachant vous posséder , à nous damner encore.


Nous prendrions plaisir au milieu de nos fers ,
Nos démons quitteroient leurs fureurs et leurs rages ,
Si l'on voyoit parestre au milieu des enfers ,
La douceur que l'on voit luire sur vos visages.


Alors nous banirions nostre cruel soucy ,
Sur nous le désespoir n'auroit plus de puissance ,

donnateur de ces brillantes fêtes. Plus tard ; le duc de Nemours composa des
ballets où figura le triste Louis XIII. Le cardinal de Savoie fit le ballet
de *les Montagnards*, qui eut un grand succès. Mazarin fit danser Louis XIV
en public , dans le ballet *la Prospérité des armes de France*, et ce ne fut
qu'en 1669 que le grand roi renonça à ses ronds de jambes ; il avait alors
trente-un ans , et dansait depuis l'âge de treize ans , ayant fait ses débuts dans
le ballet de *Cassandre*, le 16 février 1651.

Le ballet, ainsi qu'on vient de le voir, n'appartenait pas encore au théâtre
comme aujourd'hui. Ce fut seulement en 1661 que Louis XIV fonda l'académie
royale de danse. Ces divertissements étaient propres à la cour et aux grands.

Le ballet d'action, ou ballet pantomime, est celui où l'on ne fait que
danser et gesticuler. Les vers que donne ici le poëte, furent donc composés
pour un opéra-ballet représenté par les dames et les seigneurs formant la
petite cour de la princesse Marie , au château de Nevers. Les noms des divers
personnages nous indiquent assez qu'il appartient au genre mythologique.
L'action commence au moment où ils sortent de l'enfer.

Et dedans un ballet meilleur que celui-cy,
Nous vous apprendrions une plus belle dance.


### L'ESPRIT DE TANTALE.


Je suis ce détestable et malheureux Tantale,
    Que l'avarice a mis au poinct
D'estre jusqu'au menton dedans l'onde infernale,
    Qui meurt de soif et ne boit point.
Mesdames, si le ciel, pour finir mon tourment,
    Me rendoit mon humaine course,
Afin de le gagner, tout mon contentement
    Seroit à remplir vostre bourse.


### L'ESPRIT DE NEMBROC.


Mon dessein, autrefois, d'un faste audacieux,
Au plus puissant des Dieux voulut faire la guerre,
Mais je n'ay rencontré, voulant monter aux cieux
Que ce que Lucifer a trouvé dans la terre.


Cependant, aujourd'huy que je revois le jour,
Par l'esclat de vos yeux que le soleil surmonte,
Mesdames, vous pouvez m'obliger si je monte
Sur un lieu qui vaut bien le sommet de ma tour.

### L'ESPRIT DE CAIN.


C'est moy de qui, jadis, la détestable envie
Fit voir à l'innocent son courage inhumain,
Et qui, du coup fatal de ma barbare main,
Fis vomir à mon frère et le sang et la vie.


Aujourd'huy que Caron m'a repassé le port,
Si mon mauvais dessein me veut tousjours poursuivre,
Mesdames, j'ay de quoy vous donner une mort
Qui vous empeschera le désir de revivre.


### L'ESPRIT D'AMON.


Amour se fit si bien de mon cœur possesseur,
Et m'enflama si fort de son feu de luxure,
Qu'il força jusques-là ma brutale nature,
Que d'aller rechercher la couche de ma sœur.


Si jamais ce plaisir me ressembla si doux,
Qu'il me fist trébucher dans ce poinct déshonneste,
Je vous laisse à penser, ayant fait cet inceste,
Ce qu'on ne feroit pas estant avecque vous.

### L'ESPRIT DATIA SERVILIUS.

Icy je représente un esprit de paresse
Qu'on accuse d'avoir trop aimé le repos ;
Mais si quelqu'une veut éprouver ma vitesse,
On verra que je suis damné mal à propos.

### CARON.

Je suis ce vieux nocher dont les sévères lois
Font payer aux mortels le tribut de la Parque,
Qui passe également dans sa fatale barque,
Pour un semblable prix, les bouviers et les rois ;
Qui vous inviteroit à voir nos tristes borts,
Si vous n'aimiez mieux voir les vifs que les morts.

---

# ÉPIGRAMME

## POUR UN MAGICIEN A UN BALLET [1].

Urgande n'a jamais approché mon sçavoir,
Je prédis quand je veux une chose future,

[1] Ces vers et les suivants furent faits pour un ballet donné à Blois, par M. le duc d'Orléans, au mois de février 1637. M. de Langeron y représenta l'Europe et l'air. M. de Brion y parut avec les attributs du feu. C'est ainsi que le duc d'Orléans s'efforçait d'oublier les ennuis de son exil, en donnant de magnifiques fêtes en l'honneur de la belle Louise Roger, dont il eut un fils.

Et quand une beauté prépare un désespoir,
Ma verge a le pouvoir d'amollir sa nature.

---

## POUR M. LE COMTE DE LANGERON.

Celle pour qui mon ame en flamme est convertie,
Cet astre des beautez à qui tout doit céder,
Avec les immortels a tant de sympathie,
Que je ne montre icy qu'une seule partie
Des biens que ses vertus ont droit de posséder.
Que je rencontrerois une heureuse adventure,
Et que mon cœur seroit amplement satisfait,
Si du moins je pouvois lui donner en effet,
Ce qu'icy je ne puis luy donner qu'en peinture.

---

## POUR LE MÊME.

Si, parmy les douleurs, l'usage de parler
Ne peut estre interdit aux libertez de l'ame,
Beaux astres de la cour, sous un habit de l'air,
Amour brusle mon cœur d'une éternelle flame ;

Toutefois , je me plais si fort dans mon tourment,

Que sans ma passion aucun bien ne m'assiste ,

Et je me sers de l'air comme d'un élément

    Par qui le feu subsiste.

---

## POUR M. LE COMTE DE BRION [1],

Je vis dans le plus pur de tous les élémens ,

Et tout resplendissant de flammes immortelles ,

Je suis comme un soleil aux plus dignes amans ,

Aussi vais-je mourant pour l'unique des belles;

Le feu de mon amour m'est si doux et si cher,

Son aymable fureur me donne tant d'envie,

Que lors que le trepas, par luy, me vient toucher,

Imitant le Phœnix , je recouvre la vie

    Dans mon propre bûcher.

[1] Il appartenait à la famille Chabot, l'une des plus anciennes et des plus illustres du Poitou.

# A L'ABBÉ DE SAINT-MARTIN [1].

## ACROSTICHE ET ANAGRAMME.

Jmitateur des plus grands saincts ,

Esprit le plus parfait de ce siècle où nous sommes ,

Abbé dont les pieux desseins

Ne sont sortis des cieux que pour sauver les hommes.


Dieu , cet artisan sans pareil ,

En qui nous adorons une essence éternelle ,

Voulut, en suite du soleil ,

Icter ton grand esprit dans son mesme modelle.


Et s'il t'a mis en ce bas lieu ,

N'en devons-nous pas mieux célébrer ses loüanges ,

Nous possédons un ANGE NÉ EN DIEU ,

Et si nous t'imitons , nous serons tous des anges.


[1] M. l'abbé de Saint-Martin s'appelait Jean de Vienne. On trouve dans ce nom *Ange né en Dieu*. L'abbé appartenait sans doute à l'illustre maison de Vienne, qui possédait La Rochemilay, la seconde baronnie du Nivernais, qui devint plus tard le patrimoine du duc de Villars., dont les héritiers la cédérent à M. Laferté-Langeron.

L'abbaye de Saint-Martin, fondée dès le huitième siècle, acquit une grande importance par la suite. L'abbé dont il est ici question, Jean de Vienne, fut un de ses principaux bienfaiteurs ; il fit construire, en 1634, le logement abbatial et l'enclos du monastère. Le jardin de la Visitation, qui en devait faire partie, fut alors démembré. Le prieur claustral

# A UN AMI MALADE D'UNE SCIATIQUE.

## RONDEAU[1].

Pour te guérir de cette sciatique,

Qui te retient comme un paralitique,

Dedans ton lict sans aucun mouvement,

Prens moy deux brocs d'un fin jus de sarment,

Puis lis comment on le met en pratique :


Prens en deux doigts, et bien chaud les applique

Dessus l'externe où la douleur te pique,

Et tu boiras le reste promptement,

      Pour te guérir.


Sur cet advis ne sois point hérétique,

Car je te fais un serment authentique

Hays, fit aussi de grandes dépenses dans cette maison. En 1740, Charles Fontaine des Montées, évêque de Nevers, légua sa bibliothèque à l'abbaye de Saint-Martin.

L'anagramme, autrefois, était fort à la mode. Le poëte Dorat se fit une réputation immense dans ce genre. Une des plus heureuses anagrammes est celle qui fut faite sur le nom du meurtrier du roi Henri III ; l'anagramme de *Frère Jacques Clément* donne, sans aucun changement, *c'est l'enfer qui m'a créé.* Ce genre de poésie n'est guère usité de nos jours.

[1] Maître Adam a dû long-temps une partie de sa renommée à cette boutade vraiment originale, que reproduit Voltaire dans son siècle de Louis XIV. « Il ne faut pas oublier, dit-il, cet homme singulier qui, sans aucune litté- » rature, devint poëte dans sa boutique. On ne peut s'empêcher de citer de » lui ce rondeau, qui vaut mieux que beaucoup de rondeaux de Benserade. »

Que si tu crains ce doux médicament,
Ton médecin, pour ton soulagement,
Fera l'essay de ce qu'il communique
    Pour te guérir.

***

## A MADAME ***.

### RONDEAU.

De vostre vin nous rougissons nostre ame,
Vous protestant que tous ards de sa flame,
Nous occirons tout chagrin et soucy,
Tant que bonté vous fera faire ainsi,
De chicheté n'encourez aucun blâme.

Alcandre et moy criant à haute game,
A la santé de la moult bonne dame,
Le dos au feu n'avons nulle mercy
    De vostre vin.

Mais un mal-heur qui griefvement diffame,
Et contre qui vous portez le dictame,
Est que Baccus va déguerpir d'icy.
Nostre Phœbus deviendra tout transy,
Si n'envoyez encore quelque dragme
    De vostre vin.

## RONDEAU.

De vos beautez on me verroit espris,
N'estoit qu'amour pour un autre m'a pris,
Qui me possède avecque tant d'empire,
Qu'il me faudroit un siècle pour descrire
Le labirinte où je me trouve pris.

Quand vous seriez plus belle que Cypris
N'estoit aux yeux du beau berger Pâris,
Je ne pourrois autre chose vous dire
        De vos beautez.

Ne croyez point que j'en fasse un mespris,
Car je sçay bien que mille beaux esprits
Souffrent pour vous un rigoureux martyre ;
A vous servir tout mon désir aspire,
Sans que pourtant je me sente surpris
        De vos beautez.

## AU BARON DE LA HUNAUDAYE [1].

### CAPRICE.

Baron, sans toy j'estois perdu,
Tout mon bien estoit dépendu,
Aussi pauvre qu'un rat d'église,
Prest à vendre habit et chemise,
Le ventre creux en violon,
Je disois nargue d'Apollon,
De Pégase et de la fontaine
Que nous appellons hypocreine ;
Mais grace à l'extresme vertu
Dont ton esprit est revestu,
Mon destin a changé d'usage,
Je reprends mon premier visage,
Paris [2], qui du premier moment,
Me plaisoit moins qu'un monument,

[1] De la famille d'Annebaut en Normandie, barons de Retz et de la Hunaudaye. Claude d'Annebaut, un des aïeux du personnage cité ici, fut fait prisonnier à la bataille de Pavie, en 1554, et reçut depuis le titre de maréchal de France.

[2] En 1638, Maître Adam, dans un voyage qu'il fit à Paris, se trouva dans un dénuement complet, lorsque le baron de Hunaudaye le recueillit dans son hôtel.

M'est un paradis délectable ;
C'est l'abondance de ta table
Et le vin qu'on y boit sans eau ,
Qui me le font trouver si beau ;
Dans ce contentement extresme ,
Je ne croy plus estre moy-mesme ,
Mon mauvais sort ne dit plus mot ,
Je ne songe plus au rabot ,
Je ne cherche plus de pratique ,
Et la face de ma boutique
Me semble aussi peu de saison
Que la porte d'une prison.
Que je dois chérir le génie ,
Qui me donna ta compagnie ;
Que sans luy la nécessité
Choquoit bien ma félicité ;
Je ne sçavois à qui me rendre ,
Le désespoir en a fait pendre
Qui vivoient plus heureux que moy,
Avant que j'entrasse chez toy ;
Mais maintenant rien n'importune ,
Le doux repos de ma fortune ;
Les espines de mes malheurs
Ont succombé dessous les fleurs ;
Bref, par ta bonté , mes supplices

Succomberont sous mes délices,
Pourveu que parmy ces plaisirs
Tu ne changes point de désirs.

## A M. LE COMTE D'ARPAJON [1].

### RONDEAU.

Estant vestu de nouvelle façon ,
J'ay délaissé ces habits de maçon
Qui me faisoient partout rougir de honte ,
Muse , il en faut remercier ce comte ,
En vérité , c'est un noble garçon.

Inspire-moy quelque belle chanson ,
Du plus subtil qui soit dans ta leçon ,
Pour luy montrer que j'ay trouvé mon comte
          Estant vestu.

J'estois plus nu que le sauvage Orson ,
Quand Valentin l'alla prendre à rançon ,

[1] C'est encore un remerciment ; M. d'Arpajon avait fait présent à Maître Adam d'un habit.

Et cet hyver qui toutes choses dompte,
Malgré ses dents, voit que je le surmonte,
Ne craignant plus tremblement ny frisson,
Estant vestu.

---

### RONDEAU

## POUR UN GASCON.

Ouy cap de bioux, proche de ses appas,
Par la corbioux, je ne souffriray pas
Qu'autre que moy possède cette belle,
Faut l'adorer sans estre amoureux d'elle,
La harnanbioux, l'on y perdroit ses pas ;

Car ma valeur qui, dedans les combats,
A renversé mille ennemis à bas,
Auroit bien-tost mis fin à la querelle,
Ouy cap de bioux.

C'est à moy seul à prendre ce repas,
Son corps est fait pour plaire à mes esbas,
Digne morbioux, si quelqu'un se révèle,
Contre l'amour dont son œil me bourrelle,
Qu'il se prépare à souffrir le trespas,
Ouy cap de bioux.

# SILVIE RÊVE QU'AMOUR LA BLESSE.

## RONDEAU.

Ah ! je me meurs dans ce ravissement,
Parlons des yeux, laissons le compliment,
Si vous aymez les plaisirs de Silvie,
Ne craignez pas à lui ravir la vie,
Ma guérison vaut moins que mon tourment ;

Que vostre dard me blesse doucement,
Qu'en me blessant il est doux et charmant,
Et qu'il est bien digne de mon envie,
    Ah ! je me meurs.

Poussez plus fort que du commencement,
Vostre fureur fait mon soulagement ;
A cet effort mon ame vous convie,
Ah ! c'en est fait, vous me l'avez ravie,
Le dernier coup m'oste mon mouvement,
    Ah ! je me meurs.

# ÉPITAPHE [1].

Cy gist qui , pour atteindre un éternel renom ,
Dedans le champ de Mars engagea sa franchise,
Passant, asseure-toy s'il est mort d'un canon [2];
Qué ce n'a pas esté un canon de l'église.


Il n'auroit pas encore esprouvé le malheur
Qui fait passer aux morts la fatale rivière,
S'il eust aussi bien sceu ménager sa valeur,
Comme il savait jadis espargner son breviaire.


Passant, pour éviter la rigueur de son sort,
A deux genoux icy dis-luy des patenostres,
Parce que son printemps eust évité la mort,
S'il eust pris du plaisir à prier pour les autres.

---

[1] Cette épitaphe appartient plus à l'épigramme qu'au genre élégiaque.

[2] Le personnage dont il est question, était un bénéficier qui avait quitté sa paisible retraite pour aller se faire tuer à la guerre. Voilà ce qui explique le jeu de mots de Maître Adam.

## A LA PRINCESSE ANNE [1].

Princesse, je suis fils d'un faiseur de rabots,
Qui prend tous ses enfans pour des maîtres maroufles,
Car lorsque je me plains de porter des sabots,
Il dit que vous pouvez me donner des pantoufles.


Quand je luy vais parlant d'un sens sage et rassis,
Il me dit : mon enfant, tes misères sont grandes,
Puisque n'ayant pas eu l'argent de nos chassis,
Je ne peux accorder ce que tu me demandes.


Princesse, l'ornement de ce grand univers,
Qui, parmi les divins, avez des simpaties,
Donnez-moy des souliers en faveur de ces vers,
Ou du moins ordonnez l'argent de nos parties.

[1] Le poëte fait parler son fils, qu'il envoie, châussé de sabots, à la princesse Anne, le 1er janvier 1639.

## A MADAME *** [1].

Pour remerciment de tes vers,
Doux objet de pleurs et de joye,
Pour peindre mes malheurs divers,
Ce petit bouquet je t'envoye;
Il fait paroistre en deux couleurs,
Et ton visage et mes douleurs;
En ce rencontre de nature,
Ses roses y montrent ton teint,
Et ses soucis font la peinture
Des cruautés dont tu m'as peint.

---

## POUR UN AMI [2].

Marquis, si ma douleur ne cesse ses efforts,
Je t'escriray bien-tost du royaume des morts.
Le violent accez d'une barbare fiebvre,
Qui pose à tous momens mon ame sur ma lèvre,

[1] En lui envoyant un bouquet.
[2] Maître Adam était assez gravement malade, lorsqu'il envoya cette réponse à un seigneur de ses amis qui lui avait demandé des vers sur ses amours.

M'a si fort abattu , qu'à te bien discourir,
C'est la mort seulement qui me peut secourir:
Je porte dans mon corps un montgibel de flame ,
Qui réduit en brasier ce palais de mon ame ,
Et quelque douce humeur qui vienne à l'arrouser,
Esteint moins son ardeur qu'un amoureux baiser
N'esteint ta passion , quand sur un beau visage ,
En moissonnant ce fruict , tu brusles davantage ;
Enfin , n'espère pas que , parmy ces chaleurs ,
La muse ose pour moy faire naistre des fleurs ;
Les roses du Parnasse ont peur de mon haleine ,
Ainsi que du soleil les beautez d'une plaine ,
Que l'aurore a fait naistre , et qui , dans son retour,
Rencontre que la mort en a banny l'amour.
Sans cette cruauté qui bourelle ma vie ,
J'aurois fait un pourtrait pour ta belle Livie ,
Où j'eusse fait passer les beautez de son teint
Au-dessus des attraits dont nature se peint,
Alors que le printemps , recherchant son empire ,
Luy fait , par les oiseaux , annoncer son martyre ;
Mais, marquis, c'en est fait, je n'ay plus rien de beau,
Si j'escris plus en vers, ce sera mon tombeau ,
Car de toutes les fleurs dont me reste l'usage,
Sont les lys que la mort a peints sur mon visage.

## CHANSON BACHIQUE.

Amis, en dépit des impots,
Vivons sous l'empire des pots,
Et disons tous d'un air divin,
Nargue des ennemis du vin ;
Maugiron [1], j'en bois à ta santé,
  Bénissant ta bonté
  Qui nous traite si bien,
  Sans qu'il nous en couste rien ;
  Qui n'en fera raison,
Puisse-t'il devenir oyson.

Baron [2], je trinque de grand cœur,
A ta santé cette liqueur ;
C'est par ces plaisirs innocens
Que la paix règne dans nos sens.

[1] D'une ancienne famille noble du Dauphiné. C'est en dînant chez lui que Maître Adam improvisa cette chanson.

[2] Le baron de Canillac, d'une branche de la famille de Beaufort.

Si le coup favorable et fatal

   Qui te vint, à Casal [1],

   Enlever un lambeau

   De ton rouge museau ,

   Eust semblé celui-cy,

   Ton nez ne fust pas racourcy.


Suive qui voudra les hazars

Qui sont dans les plaines de Mars ;

J'ay moins de réputation

Que nostre Hercule Gassion [2],

Mais pourtant s'il estoit destiné ,

   Quand je suis enjeiné ,

   A troubler les appas

   Que je trouve au repas ,

   D'un *rôt* tant seulement ,

Je le mettrois au monument.

[1] Au siége de Casal, en octobre 1630.

[2] Jean de Gassion, maréchal de France, d'une rare bravoure. Il était fils d'un président à mortier de-Pau ; il s'échappa de la maison paternelle avec un petit écu dans sa poche, et dut toute sa fortune à son mérite. Il fit ses premières armes sous le grand Gustave. Blessé à mort d'un coup de mousquet à la tête, en assiégeant Lens, il mourut le 5 octobre 1647. Tallemant des Réaux a peint son caractère de la manière la plus originale.

# CHANSON.

Absent de vos appas, je ne voy rien de beau,
Tout me semble funeste,
Et je ne serois plus que l'objet du tombeau,
Sans l'espoir qui me reste
De revoir vos beaux yeux,
Dont la flame est si belle,
Que mon cœur les appelle
Ses soleils et ses Dieux.

Privé de leurs regards, les jours me sont des nuicts,
La lumière m'offence,
Et tout ce qui m'oblige en l'estat où je suis,
C'est la seule espérance
De revoir vos beaux yeux,
Dont la flame est si belle,
Que mon cœur les appelle
Ses soleils et ses Dieux.

C'est ainsi qu'Alcidon, dans son esloignement,
Souspiroit pour Silvie,
Et sans doute la mort eust finy son tourment,
Sans l'amoureuse envie

De revoir les beaux yeux,
Dont la flame est si belle,
Que son cœur les appelle
Ses soleils et ses Dieux.

## CHANSON BACHIQUE.

Quittons ce soin avare,
De nos ans le bourreau,
Et qui, d'un fer barbare,
Nous creuse le tombeau,
Et n'ayons plus d'envie
Que d'honorer Baçus,
Puis qu'en perdant la vie
Nous perdons nos escus.

Si la Parque inhumaine
Souffroit pour de l'argent,
De quinzaine à quinzaine,
Comme fait un sergent,
Pour vivre davantage,
Je serrerois du bien ;
Mais nargue du mesnage,
Puisqu'il ne sert de rien.

## CHANSON BACHIQUE.

Que Phœbus soit dedans l'onde
Ou dans son oblique tour,
Je bois tousjours à la ronde,
Le vin est tout mon amour ;
Soldat du fils de Semelle,
Tout le tourment qui me poinct,
C'est quand mon ventre grumelle
Faute de ne boire poinct.

Aussi-tost que la lumière
Vient redorer les coteaux,
Poussé d'un désir de boire,
Je carresse les tonneaux ;
Ravy de revoir l'aurore,
Le verre en main je luy dis :
Voit-on plus au rive more
Que sur mon nez de rubis.

Si quelque jour estant yvre,
La Parque arreste mes pas,
Je ne veux poinct, pour revivre,
Quitter un si doux trespas.
Je m'en iray dans l'Averne
Faire ennivrer Alecton,
Et planteray ma taverne
Dans la chambre de Pluton.


Le plus grand de la terre,
Quand je suis au repas,
S'il m'annonçoit la guerre,
Il n'y gagneroit pas.
Jamais je ne m'estonne,
Et je croy, quand je boy,
Que si Jupiter tonne,
C'est qu'il a peur de moy.


La nuict n'est poinct chassée
Par l'unique flambeau,
Qu'aussi-tost ma pensée
Est de voir un tonneau ;
Et luy tirant la bonde,
Je demande au soleil,

As-tu beu dedans l'onde,
D'un élément pareil.


Si l'humide partie
Du séjour des poissons
Alloit en sympathie
Au jus de nos poinsons,
Sans doute mon courage
Ne pourroit s'empescher
D'aller faire naufrage
Contre quelque rocher.


Disons donc, camarades,
Que le jus du sarmant
Peut chasser des malades
L'horreur du monument;
Que la plus douce guerre
Qui flatte l'intestin,
C'est le tintin du verre
Et boire le matin.


De ce nectar délectable,
Les damnez estans vaincus,

Je feray chanter au diable
La musique de Bacchus ;
J'appayseray de Tantale
La grande altération ,
Et , quittant l'onde infernale ,
Viendrai boire à Yxtion.

# LE

# VILEBREQUIN,

DÉDIÉ

## A M. LE PRINCE.

# ÉPISTRES.

# AU CARDINAL MAZARIN [1].

Vrayment, seigneur, vous deviez bien promettre
De m'envoyer quelque fameuse lettre,
Où vostre nom illustre et généreux,
M'effaceroit celuy de mal-heureux.
Vous deviez bien, héros incomparable,

[1] Cette pièce fut adressée au cardinal après la paix signée d'abord le 6 août 1648, à Osnabruck, entre l'empire et la Suède, et le 24 octobre suivant, à Munster, entre la France et l'empire. Le poète, qui avait envoyé à Mazarin six stances pour le féliciter sur le retour de cette paix tant désirée et conquise à la suite de treize années de guerres désastreuses, le poète, disons-nous, n'ayant pas reçu de réponse, et n'entendant plus parler d'un brevet de pension que le cardinal lui avait promis en passant à Nevers, lui adressa cette seconde pièce pour se plaindre de son oubli.

Réduire Adam à ce poinct misérable,
De vous écrire et de vous demander
Ce qu'autrefois vous sçeutes m'accorder,
Lors qu'en passant sur nos rives de Loire,
Tout couronné de triomphe et de gloire,
Vostre belle ame illuminoit la cour
D'un des rayons qui lui versent le jour.
Depuis ce temps j'ay fait dire vingt messes,
Pour voir l'effet de vos belles promesses ;
De tous mes vœux je n'ay rien retenu,
Et cependant il ne m'est rien venu.
Ha ! si le sort m'avoit paru propice,
En me tirant du sein de la matrice,
De m'élever au rang que vous tenez,
Qu'on verroit peu d'hommes infortunez !
J'entends de ceux qui sçavent faire vivre,
Par le burin, sur le marbre et le cuivre,
Les grands héros dont vos jours sont issus,
Et qu'en fils d'or les Parques ont tissus.
Ordonnez donc, merveille de nostre âge,
Vous, à qui tout rend un très-juste hommage,
Qu'en ma faveur vous soyez acquité
De vos effets de libéralité.
Mon Apollon déjà vous remercie
De m'avoir fait abandonner la scie ;

Mais si bien-tost je ne reçois secours,
Jules, le grand ornement de nos jours,
Ce menuisier que l'on fait tant attendre,
Enfin sera contraint de la reprendre.

# A LA PRINCESSE MARIE [1].

GRANDE princesse dont j'espère
Autant de faveurs que du père,
Et de l'illustre mère aussi,
Qui luy causa tant de soucy :
Quand le ciel, pour vous faire naistre,
Fit passer amour pour son maistre :

[1] Il ne s'agit point de la reine de Pologne, mais bien de sa filleule et nièce, la fille du prince palatin, qui se trouvait à Nevers à l'époque des étrennes, et qui avait demandé quelques vers à Maître Adam.

Race de mille et mille rois [1],

Sçavez-vous bien que je voudrois

Que feu l'invincible Alexandre

Fust régénéré de sa cendre ,

Comme l'on parle du Phénix ,

Aussi beau qu'estoit Adonis ,

Qu'il eust encore quelque chose

De plus grand que je ne propose ,

Et que plein de gloire et d'amour ,

Il vinst pour vous faire la cour.

Que pour flatter mes destinées ,

Vous eussiez dix de mes années ,

[1] La princesse Marie de Gonzague ne fut que la deuxième femme de sa maison appelée au trône de Pologne. Dès le milieu du XVIᵉ siècle, François III, deuxième duc de Mantoue, marquis de Montferrat , s'étant noyé en traversant le lac de Mantoue, sa veuve épousa en secondes noces le roi de Pologne.

Au mois de février 1622, Éléonore de Gonzague, sœur de Ferdinand , sixième duc de Mantoue, et quatrième de Montferrat, épousa l'empereur Ferdinand II.

Charles II s'unit, en 1629, à Isabelle Claire d'Autriche, archiduchesse d'Inspruk. Léonore Gonzague, sa sœur, épousa son cousin, l'empereur Ferdinand III. Presque tous les fiefs qui restaient à la maison de Gonzague en France , furent vendus pour subvenir aux dots qu'exigeaient de si brillantes alliances. Cette généalogie toute royale semble justifier l'expression de *race de mille rois* employée par le poète.

Nous ne devons pas omettre de mentionner ici que Nevers a encore donné une reine aux Polonais, en la personne de Marie-Casimire de la Grange d'Arquien, femme de Jean Sobieski, l'illustre héros qui, le 12 septembre 1683, en détruisant la formidable armée musulmane de Kara-Mustapha, sous les murs de Vienne, acquit le titre glorieux de *Sauveur de la chrétienté*, auquel on peut ajouter *et de la civilisation*.

Afin que vous fussiez égaux
Pour donner relâche à vos maux.
Et moy, pour reprendre une flame
Digne de vostre épithalame,
Et pour cet amoureux conflit,
Faire encore le bois de lit,
Où par l'hymen qui vous assemble,
Vous coucheriez tous deux ensemble.
Mais ces désirs sont superflus,
Estant mort on ne revient plus;
Lors que la Parque fière et dure
A creusé nostre sépulture,
Que pour nous priver du soleil,
Avec son funeste appareil
D'une nuict sombre et continuë,
Elle enveloppe nostre vuë;
C'est en vain de plus espérer
L'avantage de prospérer;
J'entends l'avantage du monde,
Où tel monarque qui s'y fonde,
Aussi-tost qu'il n'est plus vivant,
Reprend son lieu d'auparavant;
Il retourne dans sa course,
Sans espérance de ressource,
Qu'il se puisse encore en ces lieux

Placer au rang des demy-dieux.
Il est au-delà du Cocyte,
D'où jamais roy ne ressuscite,
N'ayant plus de pouvoir alors,
Croistre le nombre des morts.
Il vaut mieux que je me contente
Dessus quelque chose vivante.
Plust aux cieux que l'auguste roy,
Qui doit vaincre et donner la loy,
Par son formidable tonnerre,
A tous les tyrans de la terre,
Ce divin monarque des lis
Qui rend nos maux ensevelis
Par la valeur qui l'accompagne
Dessous les débris de l'Espagne,
Qui, par des actes triomphans,
Pour nous comme pour nos enfans,
Fera des actions si grandes,
Que pour luy donner des offrandes,
Parmy tous les climats divers,
Qui s'étendent par l'univers,
On n'en peut joindre à ses mérites,
Qui ne se trouvent trop petites,
Et je croy même qu'il faudroit
Que les Dieux pour lui faire droit,

Par une puissance féconde,

Fissent encore un nouveau monde ;

Car celuy-cy ne s'étend pas

Jusqu'où peuvent aller ses pas.

Mais ce n'est pas icy l'histoire

Que je prépare pour sa gloire.

Je prétends de faire un portrait

Où, jusques dans le dernier trait ;

L'on connoistra le zèle extresme

Que j'ay pour sa grandeur supresme.

Plust au ciel, dis-je, que ce Dieu

Dust posséder le mesme lieu

Que celuy que je vous désire,

Qui de ce tout fist son empire ;

Mais qui devant ce grand héros ;

Seroit au nombre des zéros,

Puisqu'il est mille fois plus brave

Ny qu'Alexandre, ny qu'Octave.

Pour vous parler plus franchement ;

Que n'est-il déjà vostre amant ?

Et que pour plaire à ma demande ;

N'estes-vous encore plus grande ;

J'entends plus grande pour le corps ;

Car pour les merveilleux accords

Qui formèrent vostre naissance ;

Vous n'avez que trop de puissance.
Ha ! que ce bien me sembleroit doux ,
Et que si quelque roy jaloux
Vouloit ce mystère débattre ,
Qui ne voudroit pas le combattre ?
Encore qu'un âge insolent
Ait rendu mon corps pantelant ,
Et que de ma chaleur première
Je n'ay presque plus de lumière ,
Douce merveille des appas ,
Pour vous que ne ferois-je pas ?
Mais qui seroit le téméraire ,
Qui ce beau nœud voudroit défaire ,
Et contre vos vœux attenter ?
Je croy plustost que Jupiter ,
Pour témoigner comme il vous aime ,
Ceindroit son plus beau diadème
Pour accompagner ce beau jour
Que l'hymen , Lucine et l'amour ,
Qui n'ont pour vous rien de farouche ,
Viendroient encenser vostre couche ;
Que l'aurore , avecque ses pleurs ,
Feroit exprès naistre des fleurs ,
Dont l'odeur surpasseroit l'ambre ,
Et que Flore , dans vostre chambre ,

48

Prendroit plaisir à s'exercer,
A dessein de l'en tapisser.
De moy si dans cette advanture,
Quelque faveur de la nature
Vouloit encore m'obliger,
Et mon triste sort soulager,
Que dans mes veines refroidies,
Par nos communes maladies,
Il vinst encore quelque feu
Qui pust les réchauffer un peu,
Que le suc de quelque Médée
Eust ma froideur dépossédée,
Et que par un charme puissant,
Comme Eson je fus renaissant ;
Chère merveille des merveilles,
Tous mes soins et toutes mes veilles
N'aspireroient qu'à vous fournir
Des vers pour vous entretenir.
Je regrimperois sur Parnasse,
Et je reboirais dans la tasse,
Qui l'eau de l'Hipocrène joint,
Où tout le monde ne boit point ;
Je ferois pour les neuf pucelles
Une douzaine d'escabelles,
Phébus ne seroit poinct jaloux,

Si vous en preniez trois pour vous;
Aussi, pour le mettre à son aise,
Je lui construirois une chaise,
Où sur les cordes de son lut,
Il vous rendroit humble salut.
Je vous souhaiterois encore,
Charmant miracle que j'adore,
Qu'en suite de tant de faveurs,
Dont vous méritez les douceurs,
Du Puy [1] dont l'éternelle marque
A tousjours fait pâlir la Parque.
Quand cette cruelle, à dessein
De tirer une ame du sein,
Le sçavoir de ce fameux homme
Que toute la France renomme,
Fait que dans sa main son ciseau
Paroist plus fresle qu'un roseau,
Mestant d'une adresse inouie
La mort au-dessous de la vie,
Que ce digne enfant du soleil,
Cet Esculape sans pareil,
Pour vous faire tousjours revivre,
Eust l'avantage de vous suivre,
Et que par ses faits éclatans,

_______________________
[1] Voyez page 299.

Vous dussiez triompher du temps,
Comme son renom dont la gloire
Doit vivre autant que la mémoire.
Enfin, merveille de nos jours,
Objet de mille et mille amours,
Voilà tout ce que vous souhaite
Un pauvre et languissant poëte,
Qui sur les bords de son tombeau,
Ne peut rien offrir de plus beau.
Qui voudroit davantage faire
Pour l'honneur de vous satisfaire,
Mais dedans l'état où je suis,
Je vous offre ce que je puis.

# A M. TEURREAU [1].

L**AISSONS** à part cure et canonicat,
Pour cet effet ne sois plus advocat,
Ardent amy, je suis las de tes peines,
Tu tâches en vain à dénoüer mes chaisnes.
Si le destin ne me veut contenter,
Que te sert-il de tant de tourmenter?

[1] Ce M. Teurreau était intendant de la maison du marquis de Saint-André. L'épître lui est adressée en réponse à une lettre dans laquelle il mandait à Maître Adam qu'après avoir obtenu, pour le fils du poëte, un canonicat, il avait eu le regret de le lui voir enlever par le prévôt des chanoines de Ternan.

Laisse tout faire à l'ingrate fortune,

Dont la rigueur si souvent m'importune,

Et seulement si tu vois la beauté [1],

Qui, pour mon fils, a tant eu de bonté,

Luy procurant bien plus qu'il ne mérite,

Dis-luy qu'un âge insolent qui m'irrite,

M'a dérobé ces belles passions

Qui fomentaient mes occupations.

Quand la vigueur par qui l'ame éternelle

Faisoit en moy ce que l'on voit en elle,

Et que les ans m'ont si fort abattu,

Que je n'ay plus ny force ny vertu.

Un certain feu qui reste en ma pensée,

Me dit parfois que j'ay l'ame insensée

De n'oser pas, en sa dernière ardeur,

Faire éclater son reste de vigueur.

C'est un charbon presque mort sous la cendre,

Qui s'éteindra quand je le voudray prendre,

Et j'ayme mieux le laisser languissant,

Que de le voir mourir en renaissant.

Illustre amy, ce n'est pas que pour elle,

Un beau désir sans cesse ne m'appelle.

J'ay mille fois, pour flatter mes ennuis,

Passé des jours aussi bien que des nuits,

---

[1] Il s'agit sans doute de la fille du marquis de Saint-André.

Tary cent fois l'encre d'une écritoire ,

Pour élever des autels à sa gloire.

Mais que peut-on sur cette extrémité ,

Qui de nos ans le cours a limité ?

Dès le printemps, j'ay veu les belles choses,

L'éclat des lis , le vermillon des roses ,

Et tout l'émail dont la terre se peint ;

Mais tous ses traits valent moins que son teint ,

Et pour en faire une digne peinture ,

L'art ne sçauroit imiter la nature.

C'est un objet digne de tous nos vœux ,

Et de ses pieds jusques à ses cheveux ,

L'on ne sçauroit rien trouver que de rare ,

Et qui ne pût adoucir un barbare ,

Et cent portraits qu'on a faits à la cour,

De ses beautés ont emprunté le jour.

Tel a dépeint , pour plaire à son envie ,

Les yeux d'Aminte , un autre de Silvie ;

L'autre a décrit d'un amoureux dessein ,

De sa Philis et la bouche et le sein ,

Mais dans l'ardeur d'une action si belle ,

Ils n'ont rien fait qui ne se trouve en elle.

Tu luy diras , confident généreux ,

Jusqu'à quel point va mon sort rigoureux ;

Que je l'adore et que je la contemple ;

Et que mon cœur n'est pour elle qu'un temple,
Et que le don qu'elle m'a procuré,
S'il ne fait pas un de mes fils curé,
Je ne suis pas moins serviteur fidèle
De son papa, de sa maman et d'elle.

# A M. LE MARQUIS DE SAINT-ANDRÉ [1].

LLUSTRE et généreux marquis
A qui mon cœur est tout acquis,
Ornement du siècle où nous sommes,
Homme qui valez tous les hommes,
Teurreau le fidèle porteur,

[1] Adam Billaud, qui n'omet aucun détail, a soin d'ajouter : « Epistre écrite
sur le champ et en beuvant à sa santé. »

Comme moy vostre serviteur,
M'a dit que dans vostre mémoire,
J'aurois encore quelque gloire,
Que vostre générosité,
M'accordoit la félicité,
D'estre vers vous ce que doit estre,
Un serviteur près de son maistre.
Cela me ravit jusqu'au point,
Que de boire à creve-pourpoiut,
Avecque une troupe notable,
Qui ne quittera point la table,
Qu'on n'ait beu et reboiras-tu,
Tant à vostre illustre vertu,
Qu'à celle de l'illustre dame,
Qui fait la moitié de vostre ame.
Pour la fille de la maison,
Dieux! qui n'en feroit pas raison?
Du depuis que je ne l'ay veüe,
Teurreau m'a dit qu'elle est pourveüe
De tant de merveilleux appas,
Qu'elle a causé plus d'un trépas,
Et que ses traits justes et rares,
Font de mille amans mille Icares,
Dieu veuille vous tous conserver,
Et de tout mal vous préserver;

Un pauvre faiseur d'escabelle,

De qui la muse est telle quelle,

Souhaiteroit tricon [1] si doux,

De pouvoir plus faire pour vous.

[1] Terme de brelan, de hoc et autres jeux de cartes.

# À M. ROBINET [1].

ꝶoʙɪɴᴇᴛ à la robinette,
Cette nimphe charmante et nette,
Qui mérite pour ses douceurs,
D'estre la dixième des sœurs,
Est cette muse sans pareille,
Qui m'a mis la puce à l'oreille,
De voir qu'elle entend mieux que moy,

[1] Maître Adam répond ici à un article de gazette qui avait été envoyé à la princesse palatine, et où le poète était traité, dit-il lui-même, au-delà de son mérite, 1656.

Chanter les merveilles du roy,
Et former par des traits insignes,
Autant de sceptres que de lignes.
J'étois sur le point de quitter
Les neuf filles de Jupiter,
Et sur nos tristes bords de Loire,
Où mes mal-heurs s'en font à croire,
Contre la raison et le droit,
Mille fois plus qu'il ne faudroit;
Touché d'une céleste envie,
Je ne songeois plus à la vie.
Un livre de Sénèque en main,
Je méprisois le lendemain,
Et dans cette philosophie,
Qui nostre vertu fortifie,
Pressé d'un désir précieux,
Laissant la terre pour les cieux,
Je me narguois de la fortune,
Et de la faveur importune,
Qui ne nous fait le plus souvent,
Trouver que de l'ombre et du vent.
Quand sur cette innocente rive,
Ta haute et brillante missive,
Où si tu veux, ce grand écrit,
Qui fait éclater ton esprit,

Paroissant aux yeux de mon ame,
D'un rayon de gloire et de flame,
Par des traits doux comme puissans,
A remis l'ardeur de mes sens,
A fait régénérer ma verve,
A ressuscité ma Minerve,
Et réuny les doux accords,
Qui maintiennent l'ame et le corps.
C'est ainsi qu'on vit ce grand homme,
Que toute l'Europe renomme,
Depuis ce médecin fameux,
Rendre à mon cœur ses premiers feux,
Alors que la Parque suivie,
De tous les tyrans de la vie,
Presque réduit dessous sa loy,
S'en alloit triompher de moy,
Et d'une commune adventure,
Enfermer dans la sépulture,
Tous les maux que l'on peut trouver,
Quand l'âge a formé nostre hyver.
Enfin, Robinet, je proteste,
Que cette vigueur qui me reste,
Reprend de toy comme de luy,
Tout ce qui me reste aujourd'huy.
Or pour te bien faire paroistre,

Ce renouvellement de l'estre,
J'estime qu'il faut commencer,
Par le plus digne et beau penser,
Qui jamais partit de la gloire,
Des saintes filles de mémoire.
Nostre princesse dont les yeux,
Par des regards impérieux,
Font une rude et douce guerre,
Aux plus fiers vainqueurs de la terre,
De qui le fier et doux aspect,
Trouve en tous lieux tant de respect,
Que le ciel mesme porte envie,
Aux félicités de sa vie.
Cet objet qui vient m'enchanter,
Et qui m'oblige de chanter,
Sur les derniers sons de ma lire,
Les vers que sa vertu m'inspire.
Je croy que tu n'ignores pas,
Que ces doux et charmans appas,
Ont dissipé toutes nos craintes;
Et que par de douces contraintes,
Depuis son aymable retour,
Si nous souspirons, c'est d'amour.
Jamais je ne la vis plus belle,
Et dedans la saison nouvelle,

L'esmail que la nature peint,
N'a rien de si beau que son teint.
C'est une vivante merveille,
Et Dieu dans la première veille,
Qu'il prodigua pour l'univers,
Quand ses thrésors furent ouverts,
Pour la terre ou bien pour Cybelle,
N'en forma pas une plus belle,
Croire autrement c'est un abus;
Et pour te parler en Phœbus,
La reine qui nasquit de l'onde,
Pour faire l'ornement du monde,
N'avoit que de foibles attraits,
Auprès du moindre de ses traits.
Cette orgueilleuse chasseresse,
Qu'Endymion eut pour maistresse;
L'aurore avec tout l'appareil,
Qui trace le cours du soleil,
Les astres et le soleil mesme,
Sous le plus brillant diadesme,
Dont il tire ses beaux rayons,
Qui peignent ce que nous voyons,
Et mille autres beautés vers elle,
Seroient une foible étincelle;
Et pour te le dire tout net,

Je croy mon fameux Robinet,
Que sans l'éclat de cette sainte,
Nostre vigueur seroit éteinte,
Et que tous deux nous luy devons
Cent fois plus que nous ne croyons,
Quand je la vis d'une autre sorte
Qu'on ne me l'avoit peinte morte,
Jamais mortel ne fut ravy,
Comme je fus quand je la vy.
Mes sens se donnèrent en proye,
A tout l'entretien de ma joye.
Et la douceur de mes plaisirs,
Jointe à celle de mes désirs,
Firent presque dans ce meslange,
Au divin aspect de cet ange,
Tout ce qu'auroit fait la douleur,
Si l'injustice du malheur,
Sous la tombe l'avoit conduite.
Pour me faire l'un de sa suite,
Or puis qu'elle se porte bien,
Faisons-en tout nostre entretien,
Et dans ta première gazette,
Fais chanter à ta Robinette,
Dans la suite de cet avé,
Ce que je n'ay pas achevé.

# STANCES.

# AU DUC D'ENGHIEN [1].

⁂

RDENTES passions, célèbres resveries,
Effets miraculeux, admirables transports,
Mélancoliques soins, raisonnantes furies;
Rendez à mes esprits vos célestes accords.
Et toy, puissant démon qui fais agir la flame,
Qui porte jusqu'aux cieux le mouvement de l'ame;
Peintre, pour qui la gloire a tant brûlé d'encens;
J'implore de rechef ta peinture vivante,

<hr>

[1] Le grand Condé. *Voyez* page 287.

Pour le plus grand héros que l'histoire nous vante,
Depuis que la valeur préside sur les sens.


La cruauté du sort, dont mon ame est suivie,
M'a tant fait esprouver ses injustes revers,
Que je perdois l'espoir aussi bien que l'envie
De retourner jamais à la source des vers,
Préférant un rabot aux lauriers du Parnasse,
De crainte de porter une infâme besasse ;
Je n'estois plus émeu du feu qui fait rimer,
Tes plus vives ardeurs me faisoient un outrage,
Et voyant l'hypocrène, ainsi qu'après l'orage,
Un pilote eschapperoit aux flots de la mer.


Quand le grand Richelieu, par la chute commune [1],
Fit pâlir, en mourant, les rayons du soleil,
Que ces yeux qui servoient de guide à ma fortune,
Furent enveloppez d'un lugubre sommeil,
J'ay cru que le malheur dont la cruelle atteinte,
Dépouilloit l'univers d'une vertu si sainte,

----

[1] Le cardinal de Richelieu mourut le 4 septembre 1642, dans sa cinquante-septième année.

De l'amour des neuf sœurs m'esteignoit le flambeau,
Que de ce coup fatal l'injuste violence,
Enfermoit avec luy, sous son morne silence,
Ma verve et mes pensées dans un mesme tombeau.


Ce mont où les vertus étalent tous leurs charmes,
Qui des antres profonds s'eslève jusqu'aux cieux,
Sur qui l'aube jamais ne répandit ses larmes,
Parce qu'il fait ombrage à l'éclat de ses yeux,
Ce sommet échappé du débris du déluge,
Sur qui Deucalion eut un si beau refuge,
Ne me présentoit plus que de funestes dons.
Ces nymphes me sembloient des mortelles personnes,
Et les plus belles fleurs, dont tu fais des couronnes,
Plaisoient moins à mes yeux que de rudes chardons.


Enfin, mes passions t'avoient tourné usage,
Et mercenairement mes outils dans mes mains,
Je quittois malgré moy ce ravissant visage,
Dont tu fais triompher la vertu des humains,
Mais un jeune vainqueur qui promet à la France,
Plus de prospérité qu'elle n'a d'espérance,

M'oblige de rechef à d'illustres transports :
Je sens qu'en sa faveur une autre ardeur me picque,
Et comme d'un tombeau je sors de ma boutique,
Pour me rejoindre à toy, comme l'ombre à son corps.


Enghien, de qui le nom en tous lieux va s'estendre,
Avecque tant d'éclat, de triomphe et de bruit,
L'emporte desjà mieux sur l'honneur d'Alexandre,
Que ne fait le soleil sur les feux de la nuit ;
C'est pour ce conquérant qu'encore je t'appelle,
Que je voudrois atteindre aux mérites d'Appelle,
Avec tant de génie et de si puissants traits,
Que ceux qui nous suivront à peine puissent croire
Qu'un simple raboteur ait annoncé la gloire
Du plus fier combatant que l'on peindra jamais.


Rends-moy donc un rayon de la flame immortelle,
Qui malgré le trespas fait régner ses vertus,
Et sous qui tant de rois que la tombe recelle,
Verroient comme leurs corps, leurs renoms abattus,
Estouffe mon malheur, et d'un regard propice,
Qui détourne mes pas d'un honteux précipice,

Satisfais aux désirs qui vont me dévorant,
Et pour ce grand auteur de tant de faits insignes,
Accorde à mon destin la nature des cygnés,
Qui tirent vanité de chanter en mourant.


Puissant libérateur, auguste panacée,
Qui prodigues ton sang pour nostre liberté,
Et qui dans les dangers n'as point d'autre pensée,
Qu'à mourir pour mieux vivre à la postérité,
Si-tost que ton beau nom fut sorty de ma bouche,
Je devins arbrisseau d'une mourante souche,
Mon esprit redoubla ses premières chaleurs,
Une ardente fureur se glissa dans mes veines,
Et comme par ses pleurs l'aube émaille les plaines,
Le feu de ce démon me redonna des fleurs.


Uranie aussi-tost apparut à ma veuë,
Avec les puissans traits d'un visage charmant,
Telle comme elle estoit quand sa flame imprévcuë
M'inspira de chanter les merveilles d'Armand;
Jamais tant de beautez ne parurent en elle,
Son front estincelloit d'une gloire éternelle,

Et ses beaux yeux brilloient de tant d'appas divers,
Que la nymphe du jour n'a pas tant d'avantage,
Quand cherchant son amant du Gange jusqu'au Tage,
Elle rend à nos yeux l'ame de l'univers.


Annonce, me dit-elle, à la race future,
La gloire d'un héros dont les actes guerriers,
Jusqu'aux derniers climats où règne la nature,
Ombrageront vos lis de forests de lauriers.
Chante de sa valeur la merveille féconde,
Attache à ses travaux la conqueste du monde,
Et par des traits divins en rayons éclatans,
Peins comme sa fureur éclate dans l'orage,
Et que Mars avoit moins de force et de courage,
Quand il sauva les cieux de l'orgueil des Titans.


Celuy dont Ménélas chercha la bienveillance,
Pour venger son honneur sur les murs d'Ilion,
Avoit de ce grand duc l'estime et la vaillance,
Le corps infatigable et le cœur d'un lion;
Mais tu peux, sans ternir la mémoire d'Achille,
Montrer, quand tu peindras les assauts d'une ville,

Que Troye, avant sa chute, a mis ce prince à bas,
Et que de ton héros la vigoureuse adresse,
A plus fait en dix mois, qu'Achille ny la Grèce
N'ont fait contre l'Asie en dix ans de combats.


Depuis que le soleil, pour la gloire du monde,
Passe rapidement dans ses douze maisons,
Et qu'en un char pompeux en la terre et sur l'onde,
Il verse obliquement la vertu des saisons,
Depuis que ce flambeau si grand et nécessaire,
Des ombres de la nuit le brillant adversaire,
Par son cours vagabond ranime l'univers,
Quel hercule apparut sur le front de l'histoire,
Qui se puisse élever au temple de mémoire,
A l'esgal du vainquéur qui t'inspire ces vers ?


César, qui subjugua les lieux les plus sauvages,
Luy, pour qui tant d'autels sont encore élevez,
Qui planta des lauriers aux bords de cent rivages,
Que de rigueurs du temps son mérite a sauvez,
Luy, dis-je, qui tira par l'effort de ses armes,
Des ennemis vaincus tant de sang et de larmes,

Ce digne ambitieux, qu’a-t-il fait d’important,
Sur tant de bataillons qui dessous luy tombèrent,
Et parmy tant de roys qui devant luy tremblèrent,
Que le bras de ton duc n’en eust bien fait autant?


Il rangea sous ses loix l’un et l’autre hémisphère,
Son char se vit comblé de sceptres abattus,
Où des roys enchaisnez dressoient, par leur misère,
Tous ces grands monumens où brillent les vertus.
Mais s’il ressuscitoit en ce siècle où nous sommes,
Pour forcer des remparts et pour vaincre des hommes;
Quoy qu’il ait fait de grand, il seroit estonné,
Quand ton prince affrontant ses plus fières tempestes,
Seicheroit, par le feu dont il fait ses conquestes,
Les verdoyans lauriers qui l’auroient couronné.


Rome, qui vit par luy sa splendeur si célèbre,
De son faste passé qu’a-t-elle aujourd’huy?
Que l’antique débris de quelque urne funèbre,
Où dormoit ce démon qui lui servoit d’appuy.
Qu’a-t’elle maintenant de sa grandeur passée?
Que le vaste flambeau d’une pompe effacée,

Que l'ombre d'un vieux corps par les siècles détruit.
Et Paris n'est-il pas ce vainqueur supresme,
Plus que Rome n'estoit par ce grand diadesme,
A qui tous les Césars ont donné tant de bruit ?


Ses belliqueux exploits ont estonné la terre,
Tout cède à la grandeur de ses pénibles faits,
Et le sang qu'il respand dans les champs de la guerre,
Vous trace le chemin du temple de la paix.
Cet aigle ambitieux de qui le vol n'aspire
Qu'à porter jusqu'aux cieux les bornes de l'empire,
Succombe sous l'orgueil qui l'a fait résister,
Ce nouveau fils de Mars l'aveuglant de la foudre,
Ce monarque de l'air doit bien-tost se résoudre
D'imiter sous mon roy l'aigle de Jupiter.


L'Espagne, dont l'orgueil a poussé jusqu'aux nuës
Les insolents projets de la témérité,
Et qui d'un règne affreux, aux terres inconnuës,
A fait sentir l'aigreur de sa sévérité,
Sous ce grand conquérant, criminelle et craintive,
Repousse en vain les fers qui la rendent captive.

Ses injustes desseins sont presque ensevelis,
Il a fait trébucher ses murs les plus superbes,
Et ses forts abattus semblent, dessous les herbes,
Craindre encore le Dieu qui les a démolis.


Pour immoler aux lis ses plus fières victimes,
Ce courage invincible aux plaines de Rocroy [1],
Devançant le démon qui, pour punir les crimes,
Accompagne tousjours les armes de mon roy,
Sous un nuage espais aussi mortel que sombre,
Dont la poudre et le plomb formoient l'éclair et l'ombre.
Cet alcide des lis fit de si grands efforts,
Que la Parque le prit pour le Dieu des batailles,
Et s'estonna de voir les grandes funérailles [2]
Que son bras consacroit à l'empire des morts.


Thionville [3] orgueilleuse ensuite de la proye,
Qui causa dans nos cœurs tant de justes regrets,

[1] 19 mars 1643. Le jeune prince n'avait alors que vingt-deux ans; c'est ce qui a fait dire à Voltaire : « Il était né général, l'art de la guerre était en lui un instinct naturel. » Ce fut contre l'avis de son conseil qu'il donna cette mémorable bataille destructive de la puissance espagnole, dont Bossuet a tracé un si fidèle et si admirable tableau.

[2] Dix mille hommes restèrent sur le champ de bataille, cinq mille furent faits prisonniers.

[3] Prise la même année, avant la fin de cette campagne si glorieuse pour les armes françaises.

Et qui crut ses remparts plus forts que ceux de Troye,

Avant que leur débris n'eust assouvy les Grecs,

A l'aspect triomphant des foudroyantes mines,

Dont ce prince écrasa ses murs jusqu'aux racines;

Trembla comme un navire agité par les eaux,

Et son front abattu par ce foudre de guerre,

Parut moins qu'un espy sous l'effort du tonnerre,

Ou que sous aquilon le moindre des roseaux.


Fribourg [1], où la fureur d'un soin impitoyable

Portoit de toutes parts l'espouvante et la mort,

Et sur des monts de corps, dans un thrône effroyable,

Charmoit par ses regards, Mars, Bellonne et le Sort,

Quand elle vit Enghien tout noir de la fumée [2]

Que vomissoit l'une et l'autre armée,

Décocher tant de coups dont sa foudre esclatoit,

Cette affreuse beauté devint toute de glace,

[1] Condé livra sous les murs de cette ville, au célèbre Mercy, un combat qui dura trois jours. C'est dans cette sanglante affaire qu'ayant vu fléchir ses troupes, il jeta son bâton de commandant au milieu des rangs ennemis. Aprés cet exploit, Condé traversa le Necker et se joignit à Turenne. Les deux généraux attaquèrent Mercy à Nordlingue, et remportèrent une victoire complète. L'armée allemande fut mise en déroute, et perdit son général, l'illustre Mercy.

[2] Le prince courut les plus grands dangers; un boulet emporta le pommeau de sa selle, et une balle brisa le fourreau de son épée. L'image que présente ici le poète est donc vraie.

Et d'un jaloux dépit, en luy laissant la place ,
Alla tenir ailleurs le rang qu'elle quittoit.


Au mespris des dangers, il grimpa sur des cimes,
Où de nouveaux géans , fiers et désesperez ,
Sous son luisant acier tomboient comme victimes
Sur les mesmes buchers qu'ils s'estoient préparez.
Puis , suivant les vaincus dans une forest noire ,
D'où l'ombre ne fuyoit qu'à l'esclat de sa gloire ,
Ces restes malheureux furent joints de si près ,
Que leur bruit en mourant, effroyant ces lieux calmés ,
À l'honneur du vainqueur, fit passer pour des palmes
Mille arbres qui pour eux passèrent pour cyprès.


Le Rhin , de qui la course est si longue et rapide ,
Que l'Euphrate et le Nil , de leurs vents escumeux ,
N'ont jamais disputé , dans l'empire liquide ,
Contre le vaste orgueil qui l'élève comme eux ;
Quand ce nouveau Jason eut abordé ses rives ,
Le murmure cessa de ses vagues plaintives ,
Et la nymphe parut en luy tendant les mains ,
Avec plus de respect , au mépris de l'Ibère ,

Qu'elle n'en eut alors qu'un rival de Tibère
Fit son nom immortel par celuy des Germains.


Si-tost que Philisbourg vit ses armes paraistre,
Bien qu'il fust à couvert du front de mille forts,
Le captif eschapé qui rencontre son maistre,
A moins d'estonnement qu'il n'en conceut alors ;
Il eut beau, s'eslevant d'une vaine puissance,
Par cent bouches à feu remonstrer sa deffence,
Son espoir fut flatté d'un appas décevant,
Il se voit de rechef au rang de nos esclaves,
Et son second vainqueur redoublant ses entraves,
L'asseure pour mon roy bien mieux qu'auparavant.


A Norlingue, où Mercy termina son histoire,
Par le triste succès de son dernier effort,
Et qui, dans ses sanglots, apperceut la victoire
Luy ravir ses lauriers dans les bras de la mort,
Dans ces champs tout fumeux encore de la poudre
Dont Enghien fait agir les carreaux de la foudre,
Le sang des Bavarois à longs flots s'espandit,
La terre s'en imbut, la terre en fut toute teinte,

Et le bruit des mourants effaça par leur plainte,
L'injure du combat que Weimar y perdit.


Dans le choc de Mardick; d'une force obstinée,
En lion rugissant on le voyoit courir
En des lieux où la mort croyoit la destinée
Trop foible pour pouvoir l'empescher de mourir;
Tout trembloit à l'aspect de sa guerrière audace,
Et pour esteindre un feu qui rampoit sur sa face,
Dont tout autre que luy se fust veu consommé,
La fureur redoublant celuy de son courage,
Il fut, pour l'amortir, puiser parmy l'orage
Le sang des ennemis qui l'avoient allumé.


Dunkerque; où les sillons des campagnes humides
Ont porté tant de fois le tribut des rochers;
Ce Charibde animé qui fait naistre les rides
Sur les fronts sourcilleux des plus hardis nochers,
Ce gouffre dévorant dont les grondans orages
Ont de tant de vaisseaux causé tant de naufrages,
Que luy reste-t'il plus pour son dernier support?
Cette ville qui fit tant d'horreur et de crainte;

Par ce libérateur n'est-elle pas contrainte
A faire d'un escueil les délices d'un port?


Comme un torrent superbe au sortir de sa source,
D'un roc inaccessible en bonds précipité,
Entraisne avec luy, d'une bruyante course,
L'obstacle qui s'oppose à sa rapidité,
Puis devenu plus lent dans les plaines prochaines,
Parmy l'herbe et les fleurs serpentant se promène,
En cent plis argentez se déploye et s'estend,
Et d'un cours amoureux, après un grand ravage,
Porte un bruit enchanteur au lieu d'un bruit sauvage,
Dans les flots azurés où Neptune l'attend.


Ainsy ce grand appuy de l'auguste couronne,
Dont les roys ses ayeuls ont leurs fronts revestus,
Plus viste que l'esclair, dans les champs de Bellonne,
Rend d'un camp d'ennemis les efforts abattus,
Puis après, tout courbé sous le faix de ses palmes,
Il cherche son repos en des routes plus calmes :
Le triomphe l'emporte aux pompes de la cour,
Il marche sur des pas que la gloire luy trace,

Et laissant pour un temps le nom du Dieu de Thrace,
Il reprend pour un temps celuy du Dieu d'amour.


Autant d'adorateurs que fait sa renommée,
Sçachant de quelle ardeur il brave le trespas,
Diront que les exploits dont il force une armée,
Sont des effets divins et qu'un Dieu ne meurt pas.
Qu'ils apprennent pourtant qu'il est de la matière
Du mortel qui, forçant le premier cimetière,
Exposa nostre vie aux assauts du malheur,
Et que s'il est vivant parmy tant de merveilles
Qui naissent et naistront de ses augustes veilles,
Il n'est et n'en sera tenu qu'à sa valeur.


C'est luy dont la fureur, dans la terre Idumée,
Fera naistre des lis sur les monts du Liban,
Et pour qui les climats dont la gloire est semée,
Orneront ses drapeaux des lambeaux du turban,
C'est luy qui doit un jour, suivant la juste cause,
Que pour finir vos maux l'Eglise vous propose,
Reporter en ces lieux la vengeance et l'effroy,
Et là, plantant la croix dont il suivra la trace,

Par de nouveaux labeurs faire chanter un Tasse
Plus puissant que celuy qu'y chanta Godefroy.


Laissant donc pour un temps la varlope et la scie,
Et d'un fameux prodige estonnant l'univers,
De ton bras raboteur, pour cet autre Décie,
Peins de cent traits parlans ses éloges divers,
Dresse-luy des autels tout enrichis de niches,
Où ses divins portraits soustiendront les corniches,
Et tu verras un jour, par de justes effets,
En suite des faveurs qui naistront de mes offres,
Que tu ne feras plus de bufets ny de coffres,
Que pour mettre les dons que les grands t'auront faits.


N'attends pas que le temps dans sa vitesse prompte
Ait esteint les esprits de ta masle vigueur,
Sers toy de ta chaleur tandis qu'elle surmonte,
De ce monstre affamé l'invincible rigueur.
Si tu pouvois monter encore sur le Parnasse,
Lors que tant de trespas qui suivront sa menasse,
Feront l'estonnement des siècles à venir,
Que ne ferois-tu pas en si belle advanture,

Et quelle de mes sœurs auroit l'ame assez dure,
Pour manquer au devoir de t'entretenir ?


Mais, ô sévères loix de vos courses humaines,
Tu n'auras plus alors de printemps ny d'esté,
Il ne te restera qu'un glaçon dans les veines,
Et le ressouvenir d'avoir jadis esté.
Cette ardente ferveur qui boüillonne en ton âme,
Cédant à la froideur d'une vieillesse infâme,
Remply d'estonnement te laissera confus,
Et l'on t'écoutera dans le dernier martyre,
En admirant ses faits et souspirer et dire,
Que ne suis-je à présent ce qu'autre fois je fus ?


Exemple merveilleux des plus dignes monarques,
Qui maintiens sous mon roy la gloire de nos lis [1],
Dont l'extresme valeur, par de si belles marques,
Rends des héros passez les noms ensevelis ;
Race de tant de roys dont l'histoire est ornée,
Formidable ennemy de la gent basanée,

[1] Condé n'avait pas encore employé son énergie et son talent contre la France ; ce fut plus tard qu'il commença à diriger les Espagnols.

Prince de qui l'estime a passé dans les cieux,
Auguste sang de France, illustre et grand génie,
C'est ainsy que pour toy la sçavante Uranie
M'inspira de nouveau le langage des Dieux.


Mais, grand prince, il faudroit pour de si grandes choses,
De cent divins pinceaux le superbe appareil,
Et comme le printemps pour la couleur des roses,
Emprunter les rayons que respand le soleil,
Ainsy pour t'élever une vivante image,
Qui du dernier art soit encore un hommage,
Pour mille traits dorez j'implore ton secours,
Ne m'abandonne pas en si belle carrière,
De crainte que ma main, en manquant de matière,
Ne devienne immobile au milieu de son cours.

# À LA DUCHESSE DE LONGUEVILLE [1].

QUE faites vous icy, princesse incomparable,
Merveilleux ornement de ce grand univers?
Quoy, la cour n'est donc plus de vos beautés capable,
Elle qui tient de vous tant d'éloges divers?

[1] AnneG-enevléve de Bourbon, sœur du grand Condé et du prince de Conti,
née le 29 août 1619, au château de Vincennes, où Henri II de Bourbon
Condé, son père, était prisonnier d'état, enfermé avec sa femme, Charlotte-
Marguerite de Montmorency. Elle fut l'héroïne de la Fronde, comme la
duchesse de Montpensier l'avait été de la Ligue.

« La duchesse de Longueville, dit le cardinal de Retz, avait une langueur
» dans ses manières qui touchait plus que le brillant de celles mêmes qui
» étaient plus belles. Elle en avait une dans l'esprit qui avait ses charmes,

Duchesse de Longueville.

Il semble que l'effet d'une telle adventure,
Par son déréglement offense la nature,
Comme si le soleil, pour changer ses saisons,
Respectant de la nuict les taciturnes voiles,
Luisoit parmy les morts et laissoit aux étoilles
La puissance d'agir dans ses douze maisons.


Quand le ciel vous forma si merveilleuse et belle,
En prodiguant pour vous ses plus riches trésors,
Son dessein estoit-il qu'une atteinte cruelle
Vous feroit ressentir de si rudes efforts?
S'il versa dans vos yeux d'une vertu fécondé,
Pour le faste éternel de la gloire du monde,
Tout ce qu'en ces bas lieux nous pouvions désirer,
Devoit-il endurer que tant d'ingratitude
Vinst confiner icy dans une solitudé,
Plus qu'il ne fit jamais pour se faire admirer?


» parce qu'elle avait des réveils lumineux et surprenants; elle eût eu peu de
» défauts, si la galanterie ne lui en eût donné beaucoup. Comme sa passion
» l'obligea de ne mettre sa politique qu'en second dans sa conduite, héroïne
» d'un grand parti, elle en devint l'aventurière. La grâce a rétabli ce que le
» monde ne pouvait lui rendre. »

Obligée de s'éloigner de Paris, à la suite des troubles de la Fronde, elle se
trouva, pendant l'hiver de 1649, à Nevers, où le poète lui adressa ces quatre
stances. Les souhaits de Maître Adam ne tardèrent point à s'accomplir.

Puisqu'il avoit dessein d'achever un miracle
Par l'admirable effet de tant de traits sçavans,
Il ne devoit laisser de fureur et d'obstacle
Qui pût vous disputer l'empire des vivans.
Il devoit enrichir d'une auguste couronne
L'éclat impérieux qui vostre ame environne,
Vous faisant triompher des cœurs les plus hardis,
Ou bien en vous tirant du modèle des anges,
Pour vos félicités comme pour ses loüanges,
Vous ne deviez jamais quitter le Paradis.


Mais toutefois le ciel sera bien-tost propice
Aux vœux dont vous sçavez addoucir vos ennuis,
Vous allez remonter sur vostre frontispice,
Et faire de beaux jours de vos cruelles nuits.
Apollon me l'a dit ; ma muse le désire ;
C'est pour vous étrenner tout ce qu'elle peut dire.
Puissiez-vous, grand objet de nos affections,
Paravant que le temps ayt terminé l'année,
Revoir un siècle d'or sous vostre destinée,
Et moy l'acquitement de quatre pensions [1].

1 Dües par le prince de Conti.

# A LA PRINCESSE MARIE [1].

Ce n'est pas sans sujet que vostre feüille tombe,
Beaux arbres dont nature avoit orné ces lieux.
Olympe, comme à vous, a préparé ma tombe,
Depuis que la Pologne a désiré ses yeux ;

[1] Ces stances, d'un caractère si doux et si mélancolique, furent inspirées
au poète en 1645 ; au moment où la princesse Marie se préparait à quitter la
France pour aller à Varsovie. C'était dans cette ville qu'elle devait terminer
sa carrière. Uladislas, son premier mari, étant mort sans postérité, en 1648,
elle épousa l'année suivante, son beau-frère, Jean-Kasimir, qui fut en même
temps élu roi de Pologne. Elle mourut d'apoplexie le 10 mars 1667, après un
règne de vingt ans, et sans laisser d'héritiers directs. Jean Laboureur a écrit
l'*Histoire et la relation du voyage de la reine de Pologne, et de son
mariage avec Uladislas IV, etc.* Paris, 1649, in-4°. Ce livre, devenu rare
aujourd'hui, est fort curieux.

Ce règne où pour jamais sa vertu la destine,
Prépare un changement si triste à ce séjour,
Que l'on va consommer aux feux d'une cuisine,
Vos rameaux qui devoient ne bruler que d'amour [1].


Vous ne reverrez plus ce miracle des choses,
Sous vos ombrages verds estaller ses appas,
Et les chardons naistront en la place des roses,
Que la reyne des fleurs animoit sous ses pas.
Vous n'admirerez plus en vos demeures sombres,
De ses traits innocens le superbe appareil,
Ny ses chastes regards qui pouvoient sur vos ombres
Ce que n'ont jamais pû les rayons du soleil.


Un insolent hyver tombera sur vos testes,
Vos branchages touffus en seront dépouillés,
Et vos fronts orgueilleux respectez des tempestes,
Sous de noires vapeurs seront toujours moüillés.
Tous ces chantres aislez qui régnent sur vos cimes,
Céderont leur empire aux funestes hibous,
Et vos antres n'auront de noirceur que les crimes
Des horribles sabats qui se feront chez vous.

[1] Ces vers s'adressent au parc de Nevers.

La gresle, au lieu des pleurs que vous versoit l'aurore,
D'un rigoureux effort viendra tomber icy,
Et Zéphire, amoureux des richesses de Flore,
En ne l'y trouvant plus, n'y viendra plus aussi.
Les bruïans aquilons, par des courses mutines,
Vous prenant pour l'objet de leurs déréglemens,
Vous heurteront si fort, que mesme vos racines
Feront voir des tombeaux parmy vos fondemens.


Vos promenoirs herbus deviendront infertiles,
Leurs parterres jadis par Olympe foulés,
Ne seront habitez que d'infames reptiles
Et de quelques démons des enfers exilés.
Bref, vous ne serez plus que des objets sauvages,
Pour qui le ciel fera d'inutiles efforts,
Moindres que ces ciprès qui bordent les rivages
Des noirs fleuves qui sont en l'empire des morts.


Du temps que ses beautez écartoient les outrages
Dont vous allez sentir le perfide courroux,
Quels arbres ont paru moins battus des orages,
Et que l'œil du printemps ayt plus chéry que vous?

Ces chesnes adorés par leurs fameux oracles,
Ceux qui, dans l'Elyzée, ombragent les amans,
Et les vergers de Chypre avec tous leurs miracles,
Vous ont-ils surpassez dedans vos ornemens ?


Dieu ! que ce changement m'épouvante et m'afflige !
Que ce triste départ me va couster de pleurs,
Et que les vains soûpirs où le devoir m'oblige,
Auront peu de puissance à calmer mes douleurs !
Que ne puis-je avec vous, dans l'ennuy qui m'arrive,
A vos troncs innocens faire comparaison ;
Et que ne suis-je un corps où la végétative
N'a point fait d'alliance avecque la raison.


L'insensibilité dont vous estes capables,
M'osteroit comme à vous l'usage de pleurer,
Et je ne serois pas au nombre des coupables
Qui se plaignent d'un bien qui la fait adorer.
De ce funeste adieu l'injuste violence
N'iroit de mille ennuis mon esprit agitant,
Et je n'interromprois l'empire du silence,
Qu'en tombant sous le fer qui m'iroit abattant.

Mais le ciel m'a formé d'une telle nature,
Que je suis trop sensible aux injures du sort,
Et que je ne puis rien en pareille aventure,
Qu'estouffer mes soûpirs dans les bras de la mort.
Royale ambition dont Olympe est suivie,
Agréable poison des esprits plus puissans,
Que ton estre est barbare aux plaisirs de ma vie,
Depuis que tu régis l'empire de ses sens.


Penses-tu que l'éclat de l'auguste couronne
Dont tu veux enrichir son front victorieux,
Soit égal à celuy qui tousjours l'environne,
Depuis que le soleil a redouté ses yeux?
Apprends que les brillans des plus grands diadesmes,
Approchant ses appas, entrent dans le tombeau,
De mesme que l'on voit les lumières supresmes
S'éclipser aux rayons du céleste flambeau.


Le jour que la nature inventa le modèle
Qui de ses traits divins composa les accords,
Le ciel en fut ravy, et d'un semblable zèle,
D'une ame sans pareille anima ce beau corps.

Les princesses des cieux en furent étonnées;
Ce prodige fameux embrâsa tous les cœurs,
Et l'amour y gaigna toutes les destinées
Dont il peut triompher des plus hardis vainqueurs.


Ce nécessaire autheur des martyres de l'ame,
Cet aimable tyran des Dieux et des mortels,
Qui des cœurs de glaçons fait des sources de flâme,
Et des plus beaux soûpirs l'encens de ses autels;
Quand Olympe eut fait voir la force de ses charmes,
Ce monarque invincible, en brisant son carquois,
Emprunta ses beaux yeux pour les plus belles armes
Dont il puisse dompter la liberté des roys.


Aussi-tost il alla trouver la renommée,
Qui prit en sa faveur cent langages divers,
Et pour rendre ma reine à jamais estimée,
Dedans un mesme char il courut l'univers;
Ils chantèrent par tout ses divines merveilles,
Cent rois furent captifs par ses attraits vainqueurs;
A qui cette déesse entroit par les oreilles,
Pour ouvrir à ce Dieu le passage des cœurs.

Ce fut lors, grand héros, dont les illustres marques
Font briller tant d'éclat sur les rives du Nord,
Que la terre sentit qu'entre tous les monarques,
Ton mérite avoit eu le plus superbe sort ;
Ce fut lors, ô grand roy, que ta gloire fut telle,
Que l'hymen à l'amour pour toy la demanda,
Et qu'au mépris des cœurs se consumant pour elle,
Pour tes rares vertus amour te l'accorda.

Tu la verras bien-tost de mille attraits parée,
En tes pays glacés dissiper les frimats,
Et d'un riche printemps d'éternelle durée,
A la honte des cieux reverdir tes climats.
Ce jour que les destins vont te filer de soye,
Tu n'as qu'à redouter cet aymable malheur,
Qu'en voyant ses beautez tu ne meures de joye,
Ainsi qu'en les perdant je mourray de douleur.

Telle parut jadis la sévère Diane,
Aux yeux de ce berger dont son cœur fut épris ;
Et sans comparaison et sans être prophane,
Telle parut à Mars la charmante Cypris.

Mais pour mieux discourir de la gloire d'Olympe,
Grand prince, grand héros, disons sans te flater,
Telle parut Junon sur les feux de l'Olympe,
Quand elle se joignit avecque Jupiter.


Pourras-tu, sans pasmer, succer dessus sa bouche
Un miel plus délicat que le nectar des cieux,
Et cueillir dans ses bras, en ta royale couche,
Une fleur qui sembloit n'appartenir qu'aux Dieux ?
Que de félicitez vont couronner ta gloire,
Qu'en tes fameux palais de myrthes on verra,
Et que de verds lauriers offrira la victoire
Aux belliqueux enfans qu'elle te donnera !


Hymen, puisqu'il le faut, achève ton ouvrage,
Arrache de ces lieux mon unique support,
Je suis prest de courir dans l'horreur du naufrage,
Pourveu qu'Olympe trouve un favorable port.
Puisque c'est un décret de la toute puissance,
Je cède aux dures lois de la nécessité,
Et je ne suis ingrat en plaignant cette absence,
Que pour montrer l'ardeur de ma fidélité.

C'est ainsi qu'Adamas, sur un départ si rude,
Troubloit par ses soûpirs le silence des bois,
Quand le froid qui régnoit en cette solitude,
Redoubla son horreur aux accens de sa voix.
Chaque objet fut touché de ses mortelles craintes,
Les oyseaux de ces lieux plaignirent son ennuy,
Et l'écho, prenant part à ses dures atteintes,
Fit autant de soûpirs et de plaintes que luy.

# A LA MÊME [1].

❧

A ! puisqu'à vostre choix, ma douleur est un crime,
Que mon ressentiment ne se peut endurer,
Je trouve malgré moy ma plainte illégitime,
Et tâche pour vous plaire à ne plus murmurer.
Régnez, grande princesse, en ces climats sauvages,
Où jamais le printemps ne borda les rivages,



[1] Cette pièce fut improvisée en réponse aux reproches de la princesse, qui avait dit à Maître Adam, en recevant les stances précédentes, « qu'il » devait plutôt la consoler de son absence que l'en affliger ; les cœurs » généreux sachant faire abnégation de leurs propres peines pour souhaiter » du bien à ceux qu'ils aiment. »

De l'esmail qu'il produit sous nos ombrages verds,
Lieux qui seront tousjours des objets de froidure,
Si pour exterminer les peines que j'endure,
Vos yeux n'en bannissoient la rigueur des hivers.

# A GASTON D'ORLÉANS [1].

Mes cruelles destinées,
Digne oncle de nostre roy,
Ont veu couler sept années,
Que tu n'as rien fait pour moy.


Pour partager ma fortune,
Je te dis d'un sens rassis,

[1] Ces stances furent adressées à Gaston pendant qu'il prenait les eaux à Bourbon-l'Archambault.

Que je me contente d'une,
Et je te quitte les six [1].


J'en prétendrois davantage
D'un courage si parfait,
Si je ne craignois l'outrage
De n'avoir rien tout à fait.


Que le ciel en récompence
D'un secours si libéral,
Te donne toute asseurance
De n'avoir jamais de mal.


Que l'adorable princesse,
Dont tu révères les lois,
Puissé reprendre l'adresse
De te faire un de Valois.


Et que le ciel équitable,
Pour ce digne jouvenceau,

[1] Le poëte, dans sa détresse, est donc obligé d'abandonner à son royal débiteur, six années de sa pension sur sept échues.

Me puisse rendre capable
De luy construire un berceau.


C'est la plus belle aventure
Qui me sçauroit arriver,
Avant que la sépulture
Ait arresté mon hyver.


Voilà tout ce que souhaite
Maistre Adam le raboteur,
Qui n'est pas si bon poëte,
Comme il l'est bon serviteur.

# AU MÊME [1].

·◦◦◦◦·

PRINCE illustre et valeureux,
Autant qu'un prince peut estre,
Tant par la grandeur de l'estre
Que par tes faits généreux :
Surjon [2] de ce grand monarque [3],
De qui l'éternelle marque,

---

[1] Encore aux eaux de Bourbon.

[2] Il faut écrire surgeon, petit scion, rejeton que pousse un arbre ; descendant d'une maison illustre.

[3] Henri IV.

Par un effet sans pareil,
Est au monarque du monde,
Sur la terre et dessus l'onde,
Ce qu'aux cieux est le soleil.


La grandeur de ton mérite,
Qui remplit tout l'univers,
A chaque moment m'excite
A te donner de mes vers ;
Mais sur le point de t'écrire,
Quelque chaleur qui m'inspire,
Mes desseins sont abattus ;
Je n'ose rien entreprendre,
Et ne sçais à qui m'en prendre,
Qu'au nombre de tes vertus ;


Comme dedans un parterre
Esmaillé de mille fleurs,
Que pour embellir la terre,
L'aube tire de ses pleurs,
Dans cet odorant empire,
La maistresse de Zéphire,

En admirant tant d'appas,
Pensant faire une guirlande,
La diversité trop grande,
Fait qu'elle n'en cueille pas.


Pour un semblable sujet,
Ma muse toute ravie,
Brûle d'une ardente envie,
A l'éclat de ton objet.
Mais voulant peindre ta gloire,
Cette fille de mémoire,
A beau resver et penser,
Elle demeure confuse,
D'autant que la pauvre muse,
Ne sçait par où commencer.


Or, puisque je ne puis faire,
Rien qui soit digne de toy,
Il faut pour me satisfaire,
Que je te parle de moy.
Mes cruelles destinées,
Ont veu couler deux années,

Que de toy je n'ay rien eu,
Pour partager ma fortune,
Tu n'as qu'à m'en donner une,
Et l'autre à ton revenu.


Si tu me trouve assez gueux,
Pour posséder l'une et l'autre,
Je te jure en foy d'apostre,
De les prendre toutes deux.
Pour peu que ta bourse fasse,
Elle peut dans ma disgrace,
Pousser mes ennuis à bout,
Pour-tant si tu me veux croire,
Pour mon bien et pour ta gloire,
Tu me payeras le tout.

# AU MÊME.

GÉNÉREUX truchemens des filles de mémoire,
Vigilans messagers des belles actions,
Superbes confidens du temps et de la gloire,
Qui formez dans les cœurs les nobles passions,
Illustres vagabonds, dont la supresme audace
Fut joindre mon rabot aux lauriers de Parnasse :
Thrônes de la raison, enfans mal reconnus,
Démons qui de tout temps, comme aux lieux où nous sommes,

Faites des monumens où renaissent les hommes,
Pensers impérieux, qu'estes-vous devenus?


Faut-il que le désir qui régne dans mon ame,
Pour peindre de Gaston les travaux glorieux,
Ne sente plus l'effet de la divine flâme,
Par qui vous composez le rang des demy-dieux?
Faut-il que par l'horreur de voir blanchir ma teste,
Vous détourniez de moy cette douce tempeste,
Qui formoit dans mes sens de si divins accords?
Et qu'un âge insolent qui serpente en mes veines,
Vous fasse ressentir les rigoureuses peines,
Dont il veut affoiblir la vigueur de mon corps?


Ce prince, dont l'estime est en tout infinie,
Qui rendra par ses soins nos maux ensevelis,
En faisant trébucher l'injuste tyrannie
Du lion rugissant, qui s'attaque à nos lis :
Ce prodige fameux, issu de ce grand prince,
Qui de tout l'univers, n'eust fait qu'une province,
Si d'une injuste parque il n'eust senti les coups,
N'est-il pas au dessus de ce que je propose?

Et voudriez-vous cruels, pour une juste cause,
Faire un juste sujet de me plaindre de vous?


Revenez, chers pensers, me servir d'un auspice,
Pour ce grand demy-dieu rentrez dans mon cerveau,
Et faites que ma main en si digne exercice,
Fasse pour ce héros le cadre et le tableau.
Mon rabot vous semond [1], ma plume vous apelle;
Comme il est mon héros, faites-moy son Appelle.
Ne vous ternissez pas d'un criminel refus,
Rendez à mes esprits leur puissance première,
Et devant que la Parque ait finy ma carrière,
Faites moy quelque temps ce qu'autre fois je fus.


Peut-estre pensez-vous, ô pensers adorables!
Que pour la récompense on n'ose plus penser,
Qu'on met les écrivains au rang des misérables!
Plus bas que le panseur qui chevaux sçait panser.
Mais pensez, ô penseurs, que pour un si grand homme,
Malgré le temps ingrat il faut qu'on le renomme,
Que sa propre vertu fait mon soulagement,
Et qu'en peignant ses faits au temple de mémoire;

[1] Vous invite.

Je rabaisse le gain au-dessous de la gloire,
Qui me fera par luy vivre éternellement.


Prince miraculeux, ornement de la terre,
De qui la piété par des insignes faits,
Fera bien-tost périr le démon de la guerre,
Sous le juste courroux du démon de la paix :
Je voy que c'est en vain que mes dieux je réclame
Pour rappeller en moy les mouvemens de l'ame,
J'ay beau faire des vœux, j'ay beau crier hélas ?
Rien ne m'inspirera pour te faire un volume,
Si pour moy tu ne fais distiller cette plume,
Qui régne dans la main du fidèle Goulas [1].

[1] Ce personnage était probablement l'intendant ou le trésorier du prince.

# A EUSTACHE DE CHÉRY [1].

ONNEUR de tout le genre humain
Merveilleux prince de l'église,
Dont la vertu fait un chemin,
Dans qui la gloire t'éternise,

[1] Cette pièce est de 1649 ; elle fut faite au château de Prémery, où Maître Adam avait été rendre, comme il le dit lui-même, ses très-humbles devoirs et hommages à monseigneur l'évêque, Eustache de Chéry. Le comté de Prémery appartenait à cette époque aux évêques du diocèse du Nivernais.

Eustache II de Chéry, quatre-vingt-douzième évêque de Nevers, succéda, en 1643, à son oncle, Eustache du Lys. N'étant encore que trésorier du Chapitre de Nevers, il avait été député aux états-généraux de 1614. Il résigna son évêché à Edouard Valot, en 1666, ne se réservant que le prieuré de Saint-Révérien et le château de Prémery, où il mourut, le 10 novembre 1669, âgé de soixante-dix-sept ans.

Ferme colomne de la foy,
Oracle du souverain Roy ;
Quand vostre main reprendra-t'elle ,
Ce mouvement si précieux [1],
Dont chaque signe nous appelle
Dans la saincte route des cieux.


Quand , dans le sacré tribunal ,
Dans qui vostre éminence excelle,
Reviendrez-vous, ô grand phanal ,
Eclairer un troupeau fidèle?
Merveille de mille éveschez,
Quand , pour effacer nos péchez ,
Vous verrons-nous paroistre encore ,
Pour faire cesser nos ennuis ,
Et comme un des traits de l'aurore,
Faire de beaux jours de nos nuits?


Le plus agréable plaisir ,
Qui régne à présent dans mon ame,
Prend sa naissance du désir ,
De ce doux bien que je réclame,

_______

[1] L'évêque de Nevers souffrait alors de la goutte à la main droite.

Puissant moteur de l'univers,
Faites que bien-tost dans mes vers,
Pour ce bien je vous remercie,
Que cette main sortant des fers,
Comme vostre fils le messie,
Nous vienne tirer des enfers.


Accordez à ma passion,
Cette santé si désirée,
C'est une bénédiction,
Qui rendra ma gloire asseurée,
Alors que ce grand de Chéry,
Parmi son troupeau si chéry :
Reprendra sa vigueur première,
Vous en serez mieux adoré,
Puisqu'après-vous c'est la lumière,
Dont vostre temple est esclairé.


Prélat le plus dévotieux,
Qui soit en toute la nature,
Dont l'exemple montre à nos yeux,
Le bien de la gloire future :

Puissiez-vous bien-tost nous bénir.
Que puissiez-vous bientost bannir
L'ennuy que vostre mal nous livre,
Et qu'en ce favorable accueil,
Puissions-nous tous cesser de vivre,
Avant que voir vostre cercueil.


C'est ainsy qu'Adam soûpiroit,
Dans une tristesse profonde,
Voyant souffrir sans aucun droit,
L'homme le plus digne du monde ;
Quand pour sa tristesse appaiser,
La muse avec un doux baiser,
De la part du ciel luy vient dire :
Cesse tes pleurs et ton ennuy,
La main pour qui ton cœur soûpire,
Demain te servira d'appuy.


Quand ce discours il eut oüy,
Sa passion fut assouvie,
Et mesme il fut si réjoüy,
Qu'il faillit en perdre la vie,

Tous ses sens furent agitez,
De toutes les félicitez,
Dans qui la tristesse se noye,
Et dans un si pressant bonheur,
Il fit presque faire à la joye,
Ce qu'allòit faire la douleur.


Divin appuy de nos autels,
Miracle du siècle où nous sommes,
Qui serez chez les immortels,
Plus que vous n'estes chez les hommes :
Supresme et lumineux flambeau,
Qui malgré la nuict du tombeau,
Ferez briller ses faits insignes,
Image du divin autheur,
Permettez qu'au bout de ces lignes,
Je signe votre serviteur.

ADAM BILLAUT.

# A MADAME ROYALE [1].

—»»)(««—

IMMORTELLES beautez, régentes du Parnasse,
Germaines de ce Dieu qui nous verse le jour,
Qui m'ostant un rabot, me donnastes l'audace
De fouler de mes pas vostre orgueilleux séjour;
Aujourd'huy que la France abandonne vos charmes,
Qu'elle n'a plus d'objet, que la fureur des armes;
Qu'Armand n'est plus l'Atlas de vostre double mont;
Filles de Jupiter, incomparables fées,

1 Ces stances furent adressées à Madame royale, par Maître Adam, lors de
son passage à Turin, pour se rendre dans le duché de Mantoue.

Allons porter l'esclat de vos divins trophées
        Chez les dieux du Piémont.


C'est dans ce doux climat, où régne une princesse,
Dont l'esclat orgueilleux a remply l'univers;
Et de qui les bontez ont plus fait de largesse,
Que tous vos nourrissons n'ont enfanté de vers.
Son mérite fameux m'oblige, ô troupe saincte,
A ces beaux mouvemens, dont mon ame est atteinte.
Charmantes Deïtez, ne m'abandonnez pas,
Rendez à mes esprits leur puissance première,
Et sauvez mes clartez en si belle carrière
        De la nuict du trespas.


J'ay long-temps combatu, si je vous devois suivre
Parmy tant de rigueurs, dont nous sentons l'effet.
Tantost j'ay disputé, pour l'ouvrage d'un livre
Tantost j'ay médité, pour celuy d'un buffet :
Mais pour ne point quitter les sentiers de la gloire,
J'assemble mon rabot avec mon escritoire,
En deust l'injuste sort accroistre mes douleurs,
Et je fais un serment, en vous faisant une offre,

De ne faire jamais, d'armoire ny de coffre
    Que pour mettre vos fleurs.


Cueillez nymphes, cueillez sur vos routes divines,
Un bouquet façonné de vos sçavantes mains;
Donnez m'en tout l'esmail, et laissez les espines,
A ces lasches flatteurs, qui trompent les humains.
Cette divinité, pour qui je le demande,
En fera sur son chef, une illustre guirlande,
Dont cent peuples divers se verront enchantez :
Et ce don précieux vous sera si prospère,
Qu'il pourra s'esgaller aux lauriers que son père
    Sur la terre a plantez.


Reine, de tant d'autres la juste idolâtrie,
Fameux estonnement de ce vaste univers,
Qui m'avez de Turin, jusques dans ma patrie,
Inspiré la fureur qui m'inspire ces vers;
A quelle autre qu'à vous, dois-je rendre un hommage?
Vous qui de tant de dieux, représentez l'image,
Aimant dont la puissance attire tous les cœurs :
Comment un raboteur, pourroit-il se défendre,

De vous idolâtrer, puisque vous faites rendre
        Les plus hardis vainqueurs?


La seule ambition, dont mon ame est charmée,
Des soins de la fortune a quitté le pouvoir ;
Et j'estime le bruict de vostre renommée,
Plus que tous les plaisirs qu'elle me peut devoir.
Cette aveugle beauté, cette trompeuse altière,
Qui fait le plus souvent, d'un thrône un cimetière,
N'a jamais devant elle abaissé mes genoux ;
Son miel empoisonné m'est une chose infame ;
Et s'il faut désormais adorer une femme ;
        Ce ne sera que vous.


Vous ne possédez rien qui ne soit adorable ;
Les sceptres à vos pieds paroissent abattus ;
Et vostre auguste sang est moins considérable,
Que le supresme esclat, qui brille en vos vertus,
Vous gagnez les esprits, par de si hautes marques,
Que mon roy, la terreur des plus hardis monarques ;
Sur le throsne des lis, donnera cet aveu,
Que parmy tant d'exploicts, dont il remplit l'histoire,

Son plus grand ornement dérive de la gloire
      D’èstre vostre neveü.


Une esclatante cour est partout où vous estes :
Les graces et l’amour accompagnent vos pas ;
Et les plus affreux lieux ont d’aimables retraites,
Au moment qu’on y voit vos merveilleux appas.
Ce Dieu qui , tous les jours, sort du milieu de l’onde
Pour l’ornement des cieux et la gloire du monde,
Auprès de vos attraits, n’eut jamais rien de beau ;
Et dans quelques climats où vous deviez paraistre ,
Un seul de vos regards fait plus de fleurs renaistre ;
      Que ne fait son flambeau.


Le temps qui m’accabloit, par les communs outrages
Dont il faict succomber la rigueur des humains,
Depuis qu’à vos autels j’ay donné mes suffrages ,
Ce monstre m’a remis la plume dans les mains:
Il semble qu’en faveur d’une si juste cause ;
D’un pavot que j’estois, il m’a fait une rose.
Ma verve se ranime, et sans doute je voy,
Qu’en suite des respects qu’il a pour vostre vie ;

Ce rapide affamé s'est privé de l'envie
De triompher de moy.


Aussi la passion qui faict que je respire,
Et qui, par vos attraits, régénère nos sens,
Engage ma raison à suivre vostre empire,
Et prodiguer pour vous tout ce que j'ay de sens :
Et je ne viens vous voir, merveille des merveilles,
Que pour faire régner mes innocentes veilles,
Aux traits estincelants qui partent de vos yeux.
Vous devez approuver la ferveur de mon zèle,
Si tant est que le cœur, soit la chose plus belle,
Qu'on puisse offrir aux dieux.

# A M. DU PUY [1].

Mon corps n'est plus qu'un tronc qui tremble et qui soûpire,
Le sang, dans ses canaux, va perdre sa chaleur;
Mais l'ame qui soûtient ce trébuchant empire,
Est exempte des coups qui causent ce malheur.
Belle comme elle estoit quand elle y fut infuse,
Cette confusion ne la rend point confuse;

[1] *Voyez* page 299. Ces stances, où l'on remarque tant de vigueur d'expression et un sentiment poétique si élevé, sont malheureusement défigurées par un de ces *concetti* de mauvais goût dont aucun écrivain de l'époque n'était exempt. Il est bon de rappeler qu'elles furent inspirées à Maître Adam, à la suite d'une contestation qui avait eu lieu entre lui et le célèbre médecin : il s'agissait de savoir « si les organes étaient maîtres de l'ame, ou l'ame maî- » tresse des organes. »

Son immortalité brave cette prison,
Et par des sentimens plus divins que profanes,
Elle rit de ces fous qui mettent les organes
Au-dessus du pouvoir qu'elle a sur la raison.


Les rochers, comme vous enfans de la nature,
Ces monstres sourcilleux qui pénètrent les airs,
Et qui, dès le moment que l'on vit leur structure,
Ont tousjours surmonté la foudre et les esclairs ;
Ces immobiles corps dont les testes chenuës
Avoisinent les cieux à la honte des nuës,
Par les rigueurs du temps ont-ils été destruits,
Et l'esclatante Echo, qui leur sert de génie,
N'a-t'elle pas tousjours la pareille harmonie
Que celle qu'elle avait quand ils furent construits ?

# A M. BOURC [1].

ESPRIT, merveille des esprits,
Lorsque j'admire les escrits
Qui font briller ta gloire en ce superbe livré,
Je me trouve tout abattu ;
Ma muse cherche en vain l'usage de te suivre,
Tu m'as tellement combattu ,

[1] Pierre Bourc, avocat au Parlement de Paris, auteur des *Paraphrases en vers français*, imprimées à Nevers, en 1655, avec une dédicace au président de la cour de Parlement de Paris (messire Pomponne de Bellièvre). L'ouvrage est précédé de diverses pièces de vers, parmi lesquelles nous en avons remarqué une de Berthier, prieur de Saint-Quaize. Les stances de Maître Adam, reproduites ici, s'y trouvent également.

Qu'à peine sçaurois-je plus vivre,
Voyant que mon burin, sur le marbre et le cuivre,
Ne sçauroit dignement imprimer ta vertu.


Faisant ressusciter David,
Ta fureur si fort me ravit,
Dans l'admiration de tant de faicts insignes,
Que je ne sçay que discourir.
La source d'Hyppocrène et la liqueur des vignes
Sont foibles pour me secourir ;
Je pasme en regardant tes lignes,
Et je n'écris ces vers qu'en imitant les cygnes,
Qui chantent quand le sort les contraint de mourir.


A-t'on jamais rien faict de beau,
Pour sauver son nom du tombeau ;
Qui se puisse esgaller à ton fameux ouvrage ?
Et ce prophète sans pareil,
Qui, par ses chants divins, s'exempta du naufrage
Parmy le plus humble appareil,
Dont ses pleurs calmèrent l'orage,
Pourroit-il m'accuser de luy faire un outrage
En l'appelant estoille et te nommant soleil ?

Quand cet illustre criminel

Eust désobligé l'éternel,

Là repentance fut son bien le plus utile ;

De traitre il devint pénitent,

Il s'abaissa plus bas que le moindre reptile,

Et dans ce mystère important,

Il prit Sion pour son asyle ;

Mais quels vers a-t'il faits dans cette auguste ville,

Qu'en un bout de la France il ne s'en trouve autant ?


Docte Bourc, ne te lasse pas

De prendre une trace à nos pas,

Par les traits éclatans de ta plume féconde.

Ce qu'elle puise en ton sçavoir,

Nous apprend que nos jours s'écoulent comme l'onde,

Et si ce grand David ressuscitoit au monde,

Pour apprendre à bien vivre, il le voudroit avoir.

# A M. LE PRINCE [1].

RENDEZ-nous cette paix si long-temps désirée,
Bornez par son retour la grandeur de vos faits,
Et du tronc des lauriers dont vous portez le fais,
Dressez-luy des autels d'éternelle durée.
Tirez-la des cachots ou plûtost du cercüeil,
Où, dans le désespoir qui met l'Europe en deüil,
Elle plaint avec nous sa barbare aventure.
Brisez ces durs liens qui la font soûpirer,

[1] Nom abrégé que l'on donnait au grand Condé.

Et d'un auguste bras relevez la nature
Du malheureux estat qui la fait expirer.


Quand par le coup fatal d'un sévère destin,
Vostre corps, séparé du beau feu qui l'anime,
Ne paroistra plus rien qu'une pasle victime,
D'un orgueilleux tombeau le lugubre butin ;
Quand des illustres morts vous accroîtrez le nombre,
Que d'un fameux héros vous ne serez qu'une ombre,
Lors vous ne pourrez plus adoucir nos malheurs.
Vostre ame généreuse en aura bien l'envie,
Mais quand vostre cercüeil nageroit dans nos pleurs,
Nos pleurs ne pourroient plus vous redonner la vie.


Quand Bellone aura mis les peuples aux abois,
Que la flame et le fer, instrumens de nos pertes,
Auront par tout rendu les provinces désertes,
Où verra-t'on régner la majesté des lois ?
Les princes sans sujets sont hommes sans puissance,
Et de quelque grandeur qu'on flatte leur naissance,
Dans les cris et les pleurs au monde ils sont venus,
Le sort, ainsy qu'à nous, leur a fait des entraves,

Et si de nos labeurs ils n'estoient soûtenus,
Ils seroient moins suivis que ne sont leurs esclaves.


Espargnez vostre sang tant de fois répandu,
A sa boüillante ardeur opposez une digue,
Et pour nostre salut paroissez moins prodigue
D'un bien qui nous perdroit si nous l'avions perdu.
Autant de fois que Mars vostre valeur inspire,
La peur au mesme instant fait blesmir cet empire,
Car de quelque bonheur dont vous soyez conduit,
Vous ne sçauriez trouver aux fruits d'une victoire
De quoy faire cesser la crainte qui nous suit,
De perdre, en vous perdant, l'appuy de nostre gloire.

# AU DUC D'ORLÉANS [1].

Comme un lac spacieux dont les dormantes eaux
Ont vingt ans respecté l'empire du silence,
Par un calme si doux que mesme ses roseaux
Ont plus souffert des vents que de sa violence,
Qui pourtant, orgueilleux en sa captivité,
En minutant le cours de sa rapidité,

[1] Après la mort du cardinal de Richelieu, Gaston, ayant sous ses ordres le maréchal de la Meilleraie et le brave Gassion, attaqua le duc de Lorraine son beau-frère, ainsi que les Espagnols qui lui avaient donné asile ; il assiégea et prit la ville de Gravelines (1644). C'est ce dernier exploit que rappelle ici Maître Adam. *Voyez* page 268.

Sape sans murmurer la digue qui l'engage,
Puis en un fier torrent tout d'un coup devenu,
Par des bonds impréveus, en se vengeant, ravage
L'héritage de ceux qui l'avoient retenu.


C'est ainsy qu'on t'a veu, race de mille rois,
Dans un siècle où ton ame a paru si captive,
Qu'à peine pouvois-tu seulement de la voix,
Accuser le démon qui la rendoit plaintive ;
Aujourd'huy que le temps a changé la saison,
Que ton astre est le Dieu des feux de l'horison,
Que ne voyons-nous point sortir de ton courage,
Et de quelle fureur ne renverses-tu pas
Ces rogues ennemis dont l'orgueilleux outrage
Veut encore opposer une digue à tes pas ?

# AU CARDINAL MAZARIN [1].

ENFIN, reine des cœurs, vous estes revenuë
De ces tristes climats où préside la mort,
Jule a brisé les fers qui vous ont retenuë,
Et ce pilote a mis nostre navire au port.
Mais à quoy peut servir au reste de ma vie,
Ny vous ny l'appareil dont vous estes suivie?
Et que doy-je espérer de vostre doux accüeil;
Si l'âge a surmonté la vigueur de mon estre,

[1] Après le retour de la paix. *Voyez* page 369.

Et si le ventre affreux d'un avide cercüeil
Vient pour me dévorer quand vous allez renaistre ?


Si j'avois veu plustost esclater vos merveilles,
Ame de l'univers, que n'aurois-je pas fait ?
La chaleur de mon sang auroit instruit mes veilles,
Et pour les conserver j'aurois fait un buffet
D'un cèdre incorruptible, et d'une main hardie,
Ma plume et mon rabot en mesme mélodie,
Auroient produit pour vous ce que j'avois de beau ;
Et je ne verrois pas sur nos rives de Loire,
Vostre esclat merveilleux esclairer mon tombeau,
Sans avoir eu l'honneur de chanter vostre gloire.


Pourtant, malgré le temps et sa vicissitude,
Pour vous ma passion reprend un nouveau cours,
Et la nécessité qui fait ma lassitude,
Ne sçauroit triompher d'un si fameux secours,
Ce sépulcre vivant où mon amé respire,
Semble régénérer sous vostre doux empire ;
Le Parnasse, pour vous, tâche à me secourir,
Et ranimant l'ardeur de ma flame première,

Je ressemble au flambeau qui, proche de mourir,
Redouble, en expirant, l'esclat de sa lumière.


Reines du double mont, incomparables fées,
Qui composez un corps de parfaite unité,
Vous, par qui les héros moissonnent des trophées
Qui vont au mesme pair que va l'éternité,
Pour ce Jule second qui veut qu'on le renomme
Plus que celuy qui fit de la terre une Rome,
Humectez mon pinceau du suc de ses travaux,
Et pour plaire au désir dont mon ame est suivie,
Rallumez dans mes sens, malgré tous ses rivaux,
La gloire de mes vers pour celle de sa vie.


De ces aymables fleurs dont vous parez vos testes,
Et par qui vous formez tant de charmes divers,
Dans ce jardin qui règne au-dessus des tempestes,
Où jamais les printemps n'ont senty les hyvers,
De ce brillant esmail que la gloire environne,
Faites en sur sa teste une illustre couronne,
Par l'art industrieux de vos sçavantes mains,
Qui puisse tesmoigner en si belle adventure,

Que cé libérateur a fait pour les humains,
Plus que n'ont jamais fait les soins de la nature.

De ce docte burin par qui l'on faict revivre,
Malgré les dures loix de la Parque et du temps,
Imprimez sur le front et du marbre et du cuivre,
L'immortelle grandeur de ses faits esclatans ;
Gravez qu'il a vaincu, par ses divins suffrages,
Le terrible démon qui faisoit nos outrages,
Par des efforts sanglans, par des faits inoüis,
Et que par les vertus d'une cause seconde,
Du bras dont il soûtient le trône de Loüis,
Il immole au cercueil les misères du monde.

# AU MÊME [1].

CHARMANTES filles du Parnasse,
Aujourd'huy que nostre bonnasse
Ramène nos félicitez,
Malgré tant de flots irritez,

[1] Ces vers appartiennent plus aux épitres qu'aux stances ; s'ils ont été placés ici, c'est qu'ils furent inspirés par le retour de la paix, qui avait déjà dicté les stances précédentes. Tel est le motif qui nous a engagé à leur conserver l'ordre que le poète leur avait lui-même assigné.

Ce fut au mois d'août 1658 que commencèrent, entre Louis Haro, premier ministre d'Espagne, et le cardinal Mazarin, les importantes conférences qui amenèrent, le 7 novembre suivant, la signature du traité de paix entre la

Que cette paix tant désirée,

Avecque une mine asseurée,

A fait trébucher le dieu Mars

Sous le faix de ses estendars;

Que ce barbare a le teint blesme

Autant et plus que la mort mesme,

Et que s'il n'est encore mort,

C'est que la justice du sort

Veut que ce parricide vive,

Sous cette belle fugitive;

Autant de temps que ses malheurs

Ont fait la cause de nos pleurs,

Et qu'après ses sanglans orages,

Son injustice et ses outrages,

Il soit enchaisné désormais

Dans les entraves de la paix;

Et que dans la fureur des armes,

Qui nous ont causé tant de larmes,

Il souffre les jours et les nuits

Sous le fer qui nous a détruits,

France et l'Espagne, avec un contrat séparé, contenant les conditions du mariage de Louis XIV et de l'infante d'Espagne. Ainsi fut terminée en trois mois, et par deux hommes seuls, un traité de paix que les ministres de l'Europe n'avaient pu conclure à Munster, en plusieurs années. Cette paix, le chef-d'œuvre de Mazarin et son plus grand titre de gloire, compléta le traité de Westphalie, assura l'abaissement de l'Autriche et donna à la France le rang qu'avait occupé l'Espagne sous Charles-Quint.

O sçavantes et belles fées,
Qui sçavez donner des trophées,
A ce retour si plein d’appas,
Nymphes, que ne devez-vous pas,
Sçavantes filles de mémoire,
De qui la bonté me fit boire,
Jusques dans les bras du berceau,
Du nectar de vostre ruisseau;
Qui m’avez, sans inquiétude,
Sans aucun travail de l’étude,
Inspiré, par vos soins divers,
La facilité de mes vers,
Parlons icy de ce grand homme
Que toute la terre renomme,
De ce Jules le nompareil,
Que vostre frère le soleil
A pris pour la cause seconde,
Le tout pour la gloire du monde.
C’est un héros de qui l’appuy
Nous fait bien paroistre aujourd’huy,
Que l’une de ses moindres veilles
Surpasse toutes les merveilles.
C’est luy dont les faits esclatans
Ont, malgré les rigueurs du temps,
Fait triompher l’auguste histoire

Et de son prince et de sa gloire.

Chères filles de Jupiter,

C'est luy qui fait ressusciter,

Avecque d'éternelles marques ,

La concorde entre deux monarques.,

Par un hymen si juste et doux [1],

Que les Dieux en seroient jaloux,

Puisque cette immortelle race

Voudroit bien posséder sa place,

Et s'assujettir au tombeau ,

Pour ce qu'ils ont fait de plus beau.

Oüy, grand et grand trois fois Jule ,

Tes faits sont des travaux d'Hercule.

Les Dieux qui t'ont si bien orné ,

Et de leurs vertus couronné,

Sont contraints de porter envie.

Aux félicitez de ta vie ,

Et confesser que tes autels

Surpassent ceux des immortels.

Ils peuvent lancer le tonnerre

Dans tous les climats de la terre ,

Mais tout ce qu'ils peuvent oser,

---

[1] Le mariage de Louis XIV avec l'infante d'Espagne , auquel le poète fait allusion , fut célébré le 9 juin 1660 , à Saint-Jean-de-Luz ; Mazarin y remplit les fonctions de grand-aumônier.

Tes soins le sçavent appaiser.
Ne voit-on pas que tes miracles
Ont détruit tant et tant d'obstacles ,
Que par un effort important ,
A peine en feroient-ils autant.
Armand , ce divin personnage ,
Qui fut l'ornement de son age ,
Dont les fruits , malgré le tombeau ,
Ont encore un lustre si beau ,
Cette ame haute et généreuse
Dont ma muse fut amoureuse ,
Ce grand oracle de mon roy ,
Que ne m'a-t'il pas dit de toy ?
Ce fameux et divin prophète ,
Dont je passe pour interprète ,
Dit en prose la vérité
De ce que mes vers ont chanté,
Te souviens-tu ; rare Génie ,
Objet d'une gloire infinie ,
De ce qu'il m'a dit du chapeau
Dont tu fis un effet si beau ,
Lors qu'à Casal , sous la tempeste [1]
Dont la Parque ombrageoit sa teste ,

[1] *Voyez* page 226.

On le vit parmy les hasards,
Plus Jules que tous les Césars,
Faire un effet de qui la gloire
Doit vivre autant que la mémoire ;
Quand il me dit que tu serois
Le grand arbitre de deux rois,
Et que le chapeau de l'Eglise
Couronneroit ton entreprise ?
A la fin le masque est levé,
Ce qu'il a dit est arrivé,
Et les causes en sont si belles,
Qu'elles en vont estre immortelles,
Et pour la garder en effet,
Ma main va construire un buffet
Où mes enfans iront connaistre
Les biens que tu nous as fait naistre.
Mais à propos de mes enfans,
Parmy tant de faits triomphans,
Pour rendre la chose accomplie,
Divin héros, je te supplie
De songer qu'en ce mesme temps,
Pour rendre mes esprits contens,
Armand parla d'un bénéfice ;
Et si la mort, par sa malice,
N'eust ce grand homme prévenu ;

L'un d'eux auroit du revenu.
Si ton cœur pour moy n'est de glace,
Puisque tu possèdes sa place,
Je croy que bien-tost on verra
Que le reste s'achèvera;
Car tu dois estre en tes largesses,
Tenu de ses faits et promesses,
Joint que d'ailleurs tu sçais fort bien
Que jamais de toy je n'eus rien,
Qu'une promesse et des paroles
Qui ne me seront point frivoles,
Quand avecque toy mes amis,
Le présent que tu m'as promis,
Sur ma table viendra paroistre,
Pour faire de mon fils un prestre.
Adieu, c'est trop t'entretenir,
Le ciel te veüille maintenir
Et me conserver cette gloire
D'estre bien fort dans ta mémoire,
Et que bien-tost je puisse voir,
Par un effet de ton pouvoir,
Entrer chez moy un bénéfice.
Dieu veüille que tout s'accomplisse;
Je te le demande à genoux,
Pour mettre le repos chez nous;

Toy qu'on tient par toute la terre
L'ennemy juré de la guerre,
Et dont je seray de grand cœur
Le très-obligé serviteur.

# A M. SAUTEREAU [1].

ÉGASE paissoit dans un pré
Tout nouvellement diapré
De l'esmail qu'ont produit les larmes de l'aurore ;
Et comme une fleur il paissoit,
On voyoit aussi-tost, pour la gloire de Flore ,
Une autre fleur qui renaissoit.

[1] Sautereau a donné un ouvrage encore estimé , sur l'hippique et l'art de dompter les chevaux. Les vers de maître Adam roulent , comme on voit, sur un jeu de mots emprunté au nom de celui qui les avoit sollicités.

Autour de ce cheval aislé,

D'un cœur pour le printemps zélé,

On voyoit sauteler dix mille sauterelles ;

Mais dans ce fameux pâtureau,

Ainsy que le sultan auprès de ses donzelles,

L'on n'y voyoit qu'un sautereau.


Ce petit animal dormoit

Sur une fleur qu'il estimoit,

L'un des plus beaux effects des soins de la nature,

Et sur le beau présent du ciel ;

De peur de l'éveiller, les mouches, sans murmure,

Craintives, en tiroient du miel.


Pégase, qui prenoit plaisir

A satisfaire le désir

Qui chatoüille les sens, quand l'appétit les touche,

Atteint d'un impréveu malheur,

En moins d'un tourne-main fit passer dans sa bouche

Le sautereau comme la fleur.


D'abord qu'il fut dedans son corps,

Il fit cent bonds et cent efforts,

Pour sortir des liens d'une prison mouvante,
    Et Pégase, en ce mal pressant,
Enrageoit de se voir une tombe vivante
    Pour cet animal innocent.


    Aussi-tost on le vit voler
    A travers les vagues de l'air,
Pour prendre des neuf sœurs un souverain remède,
    Et plus fier et plus furibond
Qu'il n'estoit lorsqu'il fust au secours d'Andromède,
    Il vola sur le double mont.


    Ces belles nymphes que je sers,
    De qui les superbes concerts
Sont des plus grands héros la gloire et le refuge,
    Crûrent, en voyant son abord,
Que l'univers estoit comme quand le déluge
    Sceut faire triompher la mort.


    Apollon soudain arriva,
    Qui de ce penser les priva,
Et touchant de ses doigts la lyre nompareille,
    Pégase aussi-tost s'endormit,

Et par l'aimable son qui luy charme l'oreille,
    Aussi-tost sa bouche vomit.


    Au milieu de cent mille fleurs
    Peintes de cent mille couleurs ,
Qui de ce beau cheval déchargeoient les entrailles,
    Ce charmant sautereau parut,
Et ravy de se voir de telles funérailles ,
    Il fit un saut et puis mourut.


    Phébus , sensible à la pitié ,
    Par un sentiment d'amitié ,
Pour le faire revivre , eut une ardente envie ;
    Mais en vain il la proposa ,
Car le fatal décret qui règle nostre vie ,
    Contre son dessein s'opposa.


    Quoy, dit le rigoureux destin ,
    Faut-il que ce petit lutin
Change un ordre réglé par les lois de nature ,
    Et qu'un microcosme imparfaict[1]

[1] L'homme abrégé des merveilles de la création , *petit monde.*

Fasse, au mépris du temps et de la sépulture,
  Plus qu'un Alexandre n'a faict?


  Apollon renguaisna son lut,

  Et tout ce qu'alors se conclut

Pour la postérité de cette illustre beste,

  Fut que, pour dompter les chevaux,

Tous ceux qui de ce nom auroient faict la conqueste,

  Ne trouveroient point de rivaux.

# AU CHANCELIER [1].

M**IRACULEUX** appuy du throsne de Thémis,
Qui donnes tant de lustre et de pompe à la France,
Qui, par l'auguste employ que le roy t'a commis,
Fais que nostre bonheur passe nostre espérance,
Seguier, de qui mon roy fit un si juste choix,
Pour graver dans les cœurs l'auctorité des loix,
Et remplir l'univers du brillant de sa gloire,
De quels doctes pensers dois-je m'entretenir,

[1] Pierre Seguier.

Pour célébrer ton nom si fameux dans l'histoire,
Et pour l'éterniser aux siècles à venir?


Pour chanter dignement l'esclatante vertu
Dont ton ame a vaincu la fureur de l'envie,
Et d'un illustre effort sous tes pieds abattu,
Le perfide dessein qu'il avoit sur sa vie;
Pour peindre sur le front de la postérité
L'immortelle candeur de ton intégrité [1],
Et de ton ferme esprit la sagesse profonde,
Où prendray-je un pinceau pour de si grands effects?
Et ces riches trésors dont le Parnasse abonde,
Peuvent-ils bien payer le moindre de tes faicts?


Apollon qui forma cet aimable destin,
Qui m'inspira des vers au point de ma naissance,
Et qui, sans m'obliger aux règles du latin,
M'a faict de ses vertus esprouver la puissance;
Dans cet oblique tour, où ses fameux rayons
Peignent de leurs clartez tout ce que nous voyons,

_______

[1] *Voyez* page 292, ce que Louis XIV disait du chancelier.

Ce vagabond flambeau, ce divin luminaire,
A-t-il rien veu de grand esclairant l'univers,
Qui s'ose comparer au vigilant mystère
Dont tu fais tous les jours cent miracles divers.


Mon sang, qui par les ans a perdu sa vigueur,
Semble régénérer pour un si digne ouvrage.
Le temps, à ton respect, a tardé sa rigueur,
Et je sens comme Eson renaistre mon courage.
Mais lorsque mon pinceau s'humecte de couleurs,
Pour faire le portrait de tant de belles fleurs,
Je demeure confus admirant ces merveilles ;
Tant de diversitez viennent m'entretenir,
Que je crains d'hasarder ma chaleur et mes veilles
Par un commencement et ne pouvoir finir.


Depuis que nostre empire, à l'ombrage des lis,
Ne borne que des cieux le courant de sa gloire,
Et que tant de lauriers cultivez et cueillis
Servent à son renom d'éternelle mémoire,
Quel prince a mieux que toy gouverné son timon ?
Et de quelque grandeur qu'on vante le démon

Qui d'un état pompeux entretient la cadence,
N'es-tu pas le flambeau qui luit devant ses pas?
Et suivant d'un Nestor l'admirable prudence,
Pour vaincre nos malheurs, que n'inventes-tu pas?


Quand par un coup fatal, si sensible à nos cœurs,
Le tombeau triompha de nostre grand monarque,
Et que son bras, l'effroy des plus hardis vainqueurs,
Succomba sous le coup du temps et de la Parque,
Quels funestes complots n'allions-nous pas sentir,
Par mille factions qui faisoient pressentir
Un passage sanglant aux fureurs de Bellone,
Si ton divin conseil, par des insignes faits,
N'eust écrasé l'orgueil ébranlant la colonne
Qui sert de fondement au throsne de la paix?


Puissant libérateur de nos félicitez,
A qui la France doit un éternel hommage,
Le débris que tu fais de nos calamitez,
Montre assez la splendeur de ta vivante image.
C'est ainsy que l'on voit le supresme flambeau
Quand il veut retirer le printemps du tombeau,

Par une providence admirable et connuë,
Qu'il fait rapidement ses rayons réüssir,
Brisant par ses regards le voile de la nuë,
Qui témérairement les vouloit obscurcir.

C'est par les grands effects de ton autorité,
Qu'aujourd'huy nous voyons la discorde captive,
Et que mon roy repose en pleine liberté
Sous les touffus lauriers que ton bras luy cultive.
C'est par ce zèle ardent de tes divins projects,
Qu'un astre favorable esclaire ses subjects,
Que la France n'a plus d'ennuy qui la dévore,
Et nous serions ingrats, si nous ne disions pas
Qu'il est comme un soleil dont ton âme est l'aurore
Qui trace devant luy la route de ses pas.

C'est ainsy que Chiron, d'un soin laborieux,
Inspira la vertu dans l'ame d'un Achille,
Afin de le pousser au rang des demy-dieux;
Par une instruction à peu d'hommes facile,
De mesme nous voyons que ton zèle discret
Enseigne à nostre prince un passage secret.

Dont tous les potentats n'ont pas la connaissance,
Et nous verrons un jour un mémorable écrit
Vanter que la grandeur qu'il tient de sa naissance
S'accrut en imitant celle de ton esprit.


Celuy de qui le nom plus grand que l'univers,
Extermina l'orgueil des tyrans de la terre,
Et d'une main fatale à cent maistres divers,
Et des exploits égaux aux exploits du tonnerre,
Cet Alcide, l'horreur et l'effroy des combats,
Quoy qu'il ait renversé tant d'ennemis à bas,
Par un dessein qui fut l'appuy de l'innocence,
Sa muse a-t'elle faict, pour le bien des humains,
Ce que, pour nous sauver, a faict cette balance
Que la sage Thémis faict régner dans tes mains?


Par elle nous voyons nostre prince adoré
Sous l'ombrage touffu de ses vivantes palmes;
Par elle nostre espoir voit un siècle doré
Qui rendra nos plaisirs et nos tempestes calmes;
Par elle la raison préside sur nos sens;
Par elle nos autels sont parfumés d'encens;

Par elle tout bénit l'auteur de la nature.
Bref, c'est elle qui faict nostre unique soûtien,
Et pour mieux annoncer nostre gloire future,
Tutélaire démon, c'est toy qui la soûtiens.

# AU COMTE DE LANGERON [1].

Pour peindre ta maison superbe,
Toute la vertu d'un Malherbe
Auroit pour cet effect d'inutiles crayons ;
Seulement le flambeau du monde ,

[1] *Voyez* page 36. Le comte avait embelli son château , et il en avait fait décorer les appartements avec un goût exquis. Les abords de ce palais et surtout le parc, qui n'est plus qu'un vaste champ enclos de murs, ont encore quelque chose de grandiose. Les chambres sont nues et désertes. Le gardien montre comme de précieuses reliques les béquilles du dernier comte. Ce vieillard perclus de goutte, avait voulu dans ses dernières années, visiter une fois encore le château de ses pères, avant d'aller mourir en Russie. Nous avons rappelé plus haut cette dernière circonstance. M le comte de Langeron fut gouverneur d'Odessa , et c'est là qu'il a dû terminer sa longue carrière.

Nous compléterons cette note en disant, à la honte du dernier des

Qui , dans sa course vagabonde ,

De tes lambris dorez enrichit ses rayons ;

Est le seul qui , dans la nature ,

Nous en peut faire la peinture.


Ce bel astre qui faict ma gloire ,

Souvent dans nos rives de Loire ,

Pour un si beau suject m'inspire quelques vers ;

Mais pour un si digne volume ,

Mon encre sèche dans ma plume ,

A l'esclat merveilleux de tant d'appas divers ,

Langeron , quelle fut sa conduite sous les murs de Paris , le 30 mars 1814.

Le corps de Marmont, après des efforts surhumains de constance et de valeur, ayant été acculé dans Belleville et resserré contre l'enceinte de Paris, le maréchal fut obligé de faire usage de l'autorisation du roi Joseph , et se décida à envoyer son aide-de-camp, Denis Damrémont, au quartier-général ennemi pour traiter ; là on convint d'une suspension d'armes de deux heures, afin de donner le temps à nos troupes de rentrer au-dedans des barrières. Les hostilités cessèrent sur toute la ligne ; il n'y eut que le général *russe* Langeron qui , *bien qu'il eût reçu l'ordre de cesser le feu*, persista à vouloir s'immortaliser à sa manière. Montmartre était découvert ; la cavalerie du général Belliard, qui avait d'abord occupé la plaine en avant des Batignoles , ayant été obligée de se retirer devant la nombreuse cavalerie de Blücher , Langeron s'avança héroïquement à la tête de vingt mille hommes, gravit les hauteurs sans combat, et eut la gloire d'en chasser deux cents sapeurs-pompiers qui y étaient restés sans défense ni retranchements.

Cet inconcevable acharnement, ne pouvant être excusé par l'amour et le respect du devoir , n'a pas besoin de commentaires : nous l'appellerons tout simplement une infamie.

( Consultez le général de Vaudoncourt , *Bataille de Paris* en 1814. )

Et pour un si rare mystère,
Ce que je peux, c'est de me taire.


Quelquefois l'ardeur de mes veilles
Pourroit bien chanter les merveilles
Des héros du présent et de ceux de jadis.
Ces choses ne sont pas estranges,
Mais tel qui sçait peindre les anges,
Tombe en confusion, peignant ton paradis;
Et ton palais, où tout abonde,
Est un des paradis du monde.


C'est un vray séjour de délices,
Où les insolentes malices
D'un siècle perverty n'ont jamais habité;
Les graces en font leur contrée,
Thémis en conserve l'entrée,
La raison s'y maintient en toute pureté;
Mais tout ce qu'on y voit paroistre,
Tire son esclat de ton estre.

# A UNE DAME.

### CAPRICE.

PENSIF, mélancolique et sombre,
Seulement suivy de son ombre,
Aux bords du murmurant ruisseau,
Sous la fraischeur d'un arbrisseau,
Entre l'espérance et la crainte,
Daphnis, touché de la douleur
Dont toute belle ame est atteinte,
Exprimoit ainsy son malheur.

Rigoureuse et belle Amarante,
Depuis qu'une ardeur dévorante,
Dont Amour imprime sa loy,
A voulu triompher de moy;
Que ton œil, d'une vive flame,
De mes sens s'est rendu vainqueur,
Se peut-il faire que ton ame
Soit moins sensible que mon cœur?


Je brusle d'un amour extresme,
Moy-mesme ennemy de moy-mesme,
Je n'aime qu'à m'entretenir
Des maux dont tu sçays me punir;
Toute autre chose m'importune,
Je cherche ces lieux écartez,
Pour préférer à ma fortune
La perte de mes libertez.


Ces affreux déserts solitaires,
Mes confidens et secrétaires,
Sont tesmoins de ma passion
Comme de ma discrétion.

Chez eux tous mes soûpirs s'assemblent
Pour blâmer ta sévérité ;
Ils m'écoutent, bien qu'ils te semblent
En ton insensibilité.


Voy comme quoy je te respecte,
Dis-moy si ma flame est suspecte,
Puisque je n'ose seulement
Te dire un mot de mon tourment.
Voy si je sçays chérir et craindre
Les maux que tu me rends si chers,
Et si jamais j'ose me plaindre
Qu'à des vallons et des rochers.


Une secrète violence
Fait que j'interromps le silence
De ces vieux antres d'alentour,
A qui mes feux donnent le jour.
Je leur propose mon martyre,
Je leur exprime ma langueur,
Et chaque mot que je soûpire,
Est un enfant de ta rigueur.

Mais cruelle, rien ne te touche,
Et le naturel d'une souche,
Qui dort sur le bord de cette eau,
De ton ame fait le tableau.
Toutefois, à tort je t'accuse,
Puisque je me suis toujours tu,
Dans la plus amoureuse ruse
Qui puisse tromper la vertu.


Il est vray qu'en ta conscience,
Par une ingrate expérience,
En mes regards tu peux juger
Des maux dont tu sçays m'affliger;
Car peux-tu douter que j'endure,
Si les boccages de ces lieux
Ont dix fois quitté leur verdure,
Depuis que j'adore tes yeux?


Cent fois cette innocente rive,
De ma voix mourante et plaintive,
A reçu le triste discours
De la misère de mes jours.

Cent fois la course vagabonde
Du torrent qui moüille ces fleurs,
A fait paslir le dieu de l'onde,
De l'amertume de mes pleurs.


L'écho de cette solitude,
Pour flatter mon inquiétude,
Voudroit bien respondre à ma voix
Et blâmer tes sévères loix;
Mais lorsque je chante ta gloire
Et la douceur de tes appas,
Jalouse, elle perd la mémoire,
Se taist et ne me respond pas.


Il est vray que pour tes merveilles,
Le ciel, par des illustres veilles,
A formé de nouveaux thrésors
Pour former ton ame et ton corps;
Et que la grandeur de ta vie
Fait qu'il n'est point de déïté
Qui ne doive porter envie
Au triomphe de ta beauté.

La plus adorable peinture
Dont le sçavoir de la nature
Redonne l'ame et les couleurs
A la diversité des fleurs ;
Tout ce qu'elle fait d'admirable ,
Au vif ésmail qu'elle nous peint ,
Y voit-on rien de comparable.
Au doux coloris de-ton teint ?


Les lis qui bordent ce rivage ,
Auprès de ton divin visage ,
N'auroient qu'une pasle blancheur ,
Ny qu'une mourante fraischeur ;
Et les plus vives de ces roses ,
Que dessus ces buissons on voit ,
Mourroient de regret d'estre esclaves ,
Si ta bouche les abordoit.


L'aurore , avec tout l'avantage
Qu'elle prend aux rives du Tage ,
Pourroit-elle , avecque raison,
Faire avec toy comparaison ?

Et l'astre qui, dans sa carrière,
Parcourt obliquement les cieux,
Dans sa plus pompeuse lumière,
Qu'est-il en abordant tes yeux ?


Ton sein, que l'amour idolâtre,
Couvert de deux mondes d'albâtre,
Est, pour tout dire, le séjour
De tous les thrésors de l'amour.
Que tes mains ont de privilége
Quand elles luy servent d'appuy,
Et qu'il montre bien, par sa neige,
Que la glace est proche de luy !


Mais cet abrégé de miracles,
Qui fait paroistre plus d'obstacles
Que n'en demande la pudeur
Pour vaincre une amoureuse ardeur,
Ce fameux auteur de mes peines,
Ce corps digne de tant de vœux,
Que gagneroit-il sans les chaisnes
Dont nature a fait tes cheveux ?

Ces liens qui savent tout prendre,
Contre la valeur d'Alexandre,
Seroient un plus ferme lien
Que n'estoit le nœud Gordien.
Ces douces et fortes entraves,
Qui souvent occupent tes doigts,
Peuvent te donner pour esclaves
Tout ce que la terre a de rois.


L'endroit plus doux où je m'attache,
Est un lieu que ta robe cache,
Et qui me tourmente le plus,
Parmy tant de cris superflus.
C'est le séjour qui plus me tente,
C'est le bien qui me peut guérir.
Ha ! ce mot te blesse, Amarante ;
Pour te venger, je vais mourir.

# SONNETS.

CHRISTINE

Reine de Suède.

# A LA REINE DE SUÈDE [1].

Fière amazone, allez, d'un invincible effort,
Vaincre les dures loix qui font nostre souffrance,
Et joignant l'olivier aux lauriers de la France,
Faites régner la vie où triomphe la mort.

Vostre père autrefois, comme nostre support,
De mille grands exploits combla nostre espérance,

[1] Christine, née le 18 décembre 1626, de Marie-Eléonore de Brandebourg, et de Gustave-Adolphe. Après avoir abdiqué, le 16 juin 1654, elle abandonna le luthéranisme à Inspruk. Elle avait adopté pour devise : *Fata viam inveniént*, les destins traceront ma route. Elle vint en France une première fois, au mois d'août 1656. Ce fut à son second voyage, comme on sait, qu'elle fit poignarder à Fontainebleau, le 10 novembre 1657, Monadeschi, son écuyer et son amant. Forcée de s'éloigner, elle voulut alors passer en Angleterre; mais Cromwell n'approuvant pas ce voyage, elle retourna à Rome, bien qu'elle fût très-mécontente du pape Alexandre VII. Maître-Adam lui adressa ce sonnet lors de son passage à Nevers, la félicitant de s'entremettre pour la paix à laquelle, comme reine de Suède, elle avait si puissamment contribué une première fois, en faisant signer le traité de Westphalie.

Et pour l'honneur des lis , d'une auguste asseurance,
Fit que le Tage eut peur des rivages du Nord.


Allez, reine des cœurs, dessus la mesme trace
Où tonna ce héros , cet autre Dieu de Thrace ,
Par de fameux travaux adoucir nos malheurs ;


Et par les grands effets que produisent vos charmes,
Dans ces champs où son bras fit tant verser de larmes,
De cette humidité faire naistre des fleurs.

---

## A LA MÊME [1].

Une dixième sœur des filles de mémoire ,
De qui toute la terre admire les appas ,

[1] Lors de son premier voyage en France , en 1656 , le roi envoya au-devant d'elle le duc de Guise (*Voyez* la page suivante.), qui alla la recevoir à Marseille. S'étant arrêtée à Nevers , la tradition rapporte qu'elle alla se promener avec son galant compagnon de voyage aux environs de la ville. Vivement émue par la beauté du site, subjuguée aussi par les avantages extérieurs et par l'esprit du noble duc, elle faillit céder à cette passion naissante et lui accorder un bonheur qu'on ne devait goûter qu'un peu plus loin. Charmée par tant de souvenirs, elle pria Maître Adam de lui faire des vers sur cette délicieuse promenade.

Se promenant un jour sur les rives de Loire,

Faisoit paslir partout les fleurs dessous ses pas.


Son teint, qui surpassoit le corail et l'ivoire,

Estoit cent fois plus beau que les fleurs n'estoient pas,

Et le feu de ses yeux, estincelant de gloire,

Sembloit au Dieu du fleuve annoncer le trespas.


Quand Neptune, sortant d'une grotte profonde,

Luy dit en soûpirant : Merveille sans seconde,

Modère cette ardeur qui prédit nos malheurs.


Christine, pour luy plaire, à l'instant se retire,

Et comme elle a sçeu faire un présent d'un empire,

Elle laissa régner et Neptune et les fleurs.


## AU DUC DE GUISE [1].


Monarque impétueux de l'empire des flots,

Démon par qui l'effroy desseigne tes ouvrages,

[1] Henri II, duc de Lorraine, quatrième fils de Charles de Lorraine, duc
de Guise, petit-fils du Balafré, né en 1614. Il fut destiné d'abord à l'Eglise,
et recueillit cette espèce de succession qui se conservait depuis long-temps
dans sa maison : l'archevéché de Reims et les plus riches abbayes du royaume.
Devenu l'aîné de la famille par la mort de son frère, il réunit pendant quel-

Qui fais , quand il te plaist , des plus fiers matelots
La gloire des escueils et le gain des naufrages.


Quand de Guise sera dessus ton vaste dos ,
Pour vaincre pour mon roy les plus grondans orages,
Respecte les desseins de ce fameux héros ,
Qui vont de tant lis ombrager les rivages.


Tu le verras bien-tost, au mespris des dangers,
Sous l'ombrage fameux de mille pins légers ,
Faire errer sur ton corps une forest aride.

que temps, en sa personne, les dignités de l'église aux grandeurs du siècle.

Il était bien fait, plein de grace et d'adresse pour tous les exercices du corps; doué de beaucoup d'esprit, il fut un des hommes les plus galants de son siècle. Soit dépit de se voir traversé dans ses amours avec Anne de Mantoue (depuis la princesse palatine), par le duc de Richelieu , qui redoutait leur union , soit envie de jouer un rôle comme ses ancêtres , il se jeta dans le parti du comte de Soissons, et entra dans cette ligue fameuse qui prit le nom spécieux de ligue confédérée pour la paix universelle de la chrétienté. La princesse alla le rejoindre à Cologne ; mais ne voulant pas qu'elle fût exposée aux hasards de la révolte, il la renvoya à Paris.

Pendant qu'on le condamnait à avoir la tête tranchée, il se rendit à Bruxelles pour y commander les troupes confédérées de la maison d'Autriche contre la France. C'est là qu'il épousa Honorée de Berghes, veuve du comte de Bossut. En 1643, il fit sa paix avec la cour, revint en France et oublia sa nouvelle épouse, avec laquelle son mariage fut déclaré nul en 1650. Il était à Rome, en 1647, afin d'obtenir cette rupture et de pouvoir épouser mademoiselle de Pons, lorsque les Napolitains se révoltèrent contre l'Espagne et l'élurent pour chef, lui donnant le titre de généralissime de leurs troupes. Ayant perdu , par sa légèreté et son peu de circonspection , cette royauté éphémère, ce fut sans succès qu'il tenta , en 1654, de rentrer à Naples, soutenu par une flotte française.

C'est à son passage à Nevers, lors de cette seconde expédition, que Maître Adam lui adressa ce sonnet. Le duc termina sa vie aventureuse en 1654 , sans laisser d'enfants.

Grand prince de la mer, n'en conçois point d'ennuy,

Mais laisse luy passer les colomnes d'Alcide,

Puisqu'il doit surmonter plus de monstres que luy.

---

## A LA DUCHESSE DE LONGUEVILLE [1].

### C'EST LE DUC DE LONGUEVILLE QUI PARLE [2].

Allez, grande princesse, au gré de mes désirs ;

Ordonner à la cour la gloire de ses charmes,

Et sous les loix d'hymen rejoindre des plaisirs

Sans qui vous ne pouvez respirer que des larmes.

Après mille travaux, après mille soûpirs,

Vostre injuste destin a veu tomber ses armes,

[1] *Voyez* page 416.

[2] Henri II du nom, fils de Henri Ier, né en 1595, membre du conseil de régence à l'avénement de Louis XIV, acquit quelque gloire dans les guerres d'Allemagne et d'Italie, au service de Louis XIII. Le cardinal de Retz trace ainsi son portrait : « M. de Longueville avait, avec le beau nom d'Orléans, de » la vivacité, de l'agrément, de la dépense, de la libéralité, de la valeur, de » la grandeur, et il ne fut jamais qu'un homme médiocre, parce qu'il eût » toujours des idées au-dessus de sa capacité. Avec la grande qualité et le » grand dessein, l'on n'est jamais compté pour rien, quand on ne les soutient » pas ; au moins l'on n'est pas compté pour beaucoup : c'est ce qui fait le » médiocre. »

Et par vostre constance on voit que les Zéphirs

Ont des fiers aquilons surmonté les allarmes[1].


Vous allez de nouveau vaincre mille vainqueurs;

Vos yeux, dont les regards s'immolent tous les cœurs,

Vont rendre à vostre époux sa charmante Euridice.


Ainsi qu'un autre Orphée, il vous ramène au port;

Et je croy que le ciel est trop plein de justice,

Pour rejoindre vos pas sur les pas de la mort.

---

## AU DUC DE MANTOUE [2].

Illustre rejeton d'une tige immortelle,

Grand prince, dont la gloire est peinte dans les cieux,

[1] Maître Adam, en félicitant le duc de Longueville et la duchesse de leur rentrée en faveur, fait allusion à la paix signée par les frondeurs, le 11 mars 1649, dans l'appartement même de la duchesse. C'est alors qu'elle retourna à la cour et n'y reçut qu'un froid accueil de la reine et de Mazarin. Le 18 janvier suivant, ses frères, les princes de Condé et de Conti, furent arrêtés avec le duc de Longueville; avertie à temps par la princesse palatine, son amie, elle put sortir de Paris et se retirer dans la province de Normandie, dont son mari était gouverneur. Les princes furent enfermés au fort du Hâvre; le cardinal Mazarin y alla lui-même les remettre en liberté, le 13 mars 1651; et il se retira à Bruhl, chez l'électeur de Cologne, son ami.

[2] Gonzague, Charles II, neuvième duc de Mantoue, de Montferrat, de Nevers et de Réthel. A peine sorti de l'adolescence, il s'abandonna à tous les

Auguste potentat, fils de cent demy-dieux,
Qu'on ne peut figurer que du pinceau d'Apelle,


Le Nivernois, tousjours à vos désirs fidelle,
Se sent régénérer à l'aspect de vos yeux[1],
Et le flambeau du jour ne sçauroit plaire mieux,
Quand par ses doux regards le printemps il rappelle.


Il est vray qu'en éclair vous paroissez icy,
Cet accident pourroit ranimer le soucy
Qui devant vostre abord naissoit de nos outrages;


Mais par les biens futurs que vous nous destinez,
Au rebours de l'éclair qui prédit les orages,
Race de mille rois, vous nous les détournez.

excès du libertinage. Il épousa, en 1649, Isabelle-Claire d'Autriche, archiduchesse d'Inspruck. Mais cette alliance illustre ne le fit point renoncer à ses
habitudes de débauche. La conduite de sa femme, du reste, ne fut pas moins
scandaleuse que la sienne. Il maria sa sœur, Léonie de Gonzague, à l'empereur
Ferdinand III; il fut obligé de vendre tous les fiefs qui lui restaient en France
de l'héritage de ses pères, dont le duché de Nevers vendu au cardinal Mazarin,
en 1659. Charles II mourut, le 15 septembre 1665, victime de son intempé-
rance, laissant un fils, nommé Charles-Ferdinand, qui lui succéda.

[1] Il entra à Nevers le mardi 3 août 1655, et n'y passa qu'une nuit. C'est
alors que Maître Adam lui adressa ce sonnet.

## SONNET [1].

Corps illustre et fameux, l'abrégé des merveilles,
Dont les divins concerts font retentir ce lieu,
Et qui vont jusqu'aux cieux enchanter les oreilles
Des esprits embrâsés de la gloire de Dieu,

Tes vœux sont éternels, leur course est sans milieu;
L'on ne peut exprimer leurs vertus sans pareilles;
Et la paix, dont le char a repris son essieu,
Doit presque son retour à tes augustes veilles.

La voicy de retour en suitte des malheurs
Qui nous ont tant coûté de soûpirs et de pleurs,
Faire à Mars ce qu'Alcide a fait contre un Busire.

Ce monstre des vivans succombé sous ses lois,
Mais disons, sans flatter, que le cœur de sainct Cyré
Est l'Hercule second qui l'a mis aux abois.

[1] Le poëte improvisa ce sonnet dans la cathédrale de Saint-Cyr; on y
chantait alors un *Te Deum* pour célébrer le retour de la paix désirée depuis si
long-temps. Un congrès s'était réuni à Hambourg, dès 1641, afin d'en arrêter
les préliminaires; mais elle ne fut signée que le 24 octobre 1648, à Munster.

# AU PRINCE DE CONTI [1].

## PREMIER SONNET.

Allez , grand demy-dieu par d'illustres travaux ,

Rendre , par vos exploits , nostre France embellie ,

Et des troncs des lauriers de la vieille Italie ,

Tirez-en pour mon roy des branchages nouveaux.

[1] Armand de Bourbon, né à Paris en 1629, frère du grand Condé. Il passa à Nevers en 1657, pour aller prendre le commandement de l'armée en Italie. Cette campagne ne fut point heureuse; il échoua avec le prince de Modène devant Alexandrie. A son retour, il obtint le gouvernement de Languedoc, et mourut à Pézenas, le 21 février 1666.

Le cardinal de Retz, dans ses *Mémoires*, le peint d'une manière peu flatteuse : « J'oubliais presque M. le prince de Conti, ce qui est un bon signe » pour un chef de parti , et je ne crois pas pouvoir mieux vous le dépeindre » qu'en vous disant que ce chef de parti était un héros qui ne se multipliait » que parce qu'il était prince du sang : voilà pour le public. Pour ce qui était » du particulier, la méchanceté faisait en lui ce que la faiblesse faisait en » M. le duc d'Orléans ; elle inondait toutes ses autres qualités , qui n'étaient » d'ailleurs que médiocres et toutes semées de faiblesses. »

A ce triste portrait, nous pourrions ajouter que le prince n'avait aucun respect pour les engagements contractés : lors de son passage à Nevers, il avait donné à Maître Adam le brevet d'une pension de cent écus , mais notre poète artisan n'en eut jamais que le parchemin. Quinze mois après, et à son retour d'Italie, comme il traversait de nouveau Nevers, Maître Adam lui adressa ce sonnet et les quatre suivants , sans pouvoir en obtenir une réponse.

Celle par qui l'amour fait vos biens et vos maux,
Celle dont le grand Jule a fait vostre Julie,
En vous donnant son cœur, fait qu'un chacun publie
Qu'il n'appartient qu'à vous de vaincre des rivaux.

Dans ces superbes lieux où l'honneur vous appelle,
Mille et mille vainqueurs furent vaincus par elle,
Tout trembla sous l'orgueil de ses divins appas.

Aujourd'huy que ses traits sont joints à vostre gloire,
Quels tyrans s'oseroient opposer à vos pas,
Que sur eux aussi-tost vous n'ayez la victoire?

---

## AU MÊME.

### DEUXIÈME SONNET.

Grand prince, je pensois que vostre souvenir
Devoit faire pour moy quelque chose d'illustre,
Et que vostre brevet devoit à l'advenir,
D'un véritable effet m'oster le nom de rustre.

La muse m'a depuis fait tourner maint' balustre,
Pour entourer l'autel qui vous sçait maintenir,
Espérant qu'en faisant esclater vostre lustre,
Vous deviez me donner de quoy l'entretenir.

Cependant, ô seigneur ! vostre promesse est morte,
Et dans cette rigueur, ce qui me reconforte,
C'est d'accuser mon sort de se mocquer de toy,

Et dire, pour flatter ce qui me persécute,
Faut-il qu'un rejeton de la tige d'Auguste
Se trouve moins fourny de mémoire que moy.

<hr>

## AU MÊME.

### TROISIÈME SONNET.

Ma mémoire, pourtant, paroistra tousjours vostre,
Sans espoir de butin je suis vostre valet,
Et si pour quelque grand je dis ma patenostre,
Vous aurez bonne part dedans mon chapelet.

Deussé-je aller pieds nuds, de mesme qu'un apôtre,
Prendre sur le Parnasse Apollon au collet,
Pour peindre vos vertus d'un des bouts jusqu'à l'autre,
Je m'en acquiteray jusqu'au dernier rollet.

Je ne regarde plus si ce grand appanage,
Dont vous aviez promis d'enrichir mon mesnage,
Dans la suite du temps me doit favoriser.

La seule ambition dont mon ame est suivie,
C'est qu'en chantant le cours de vostre illustre vie,
Je suive le désir de m'immortaliser.

---

## AU MÊME.

### QUATRIÈME SONNET.

Pourtant si ta faveur me paroist favorable,
En suite d'un brevet qui n'a point eu d'effet,
La muse m'en sera d'autant plus secourable,
Pour peindre en lettres d'or ce que l'encre auroit fait.

Esprit, de tant d'esprits le plus considérable
Que le ciel ait tiré d'un modelle parfait,
Il ne tiendra qu'à toy de rendre un misérable
Aussy bon écrivain que faiseur de buffet.


C'est trop te demander une chose promise
Qui ne devoit jamais esprouver de remise,
C'est à toy d'y songer ou de n'y songer pas;


Quand tu me donneras, je sçauray fort bien prendre,
Mais aussy, pour sauver ton renom du trespas,
Tu connoistras aussy que je sçay fort bien rendre.


---


## AU MÊME.

### CINQUIÈME SONNET.


Le trespas n'a jamais espargné les monarques,
Tout frémit sous l'orgueil de sa férocité;
Alexandre et César, par l'injure des Parques,
Ont presque veu la fin de leur félicité.

Mais , au mespris dù temps , leur libéralité
Attire des sçavans de si puissantes marques,
Que , pour les effacer, cent Carons ny cent barques
Ne pourroient nous ravir leur immortalité.

C'est ainsy qu'il faudroit , ô prince magnanime !
Eslever jusqu'aux cieux ta nompareille estime ,
Cependant qu'icy bas tu règnes et que je vis.

Si le ciel m'avoit fait capable de ton estre ,
Et qu'un second Adam me donnât cet advis ,
Que ne ferois-je pas pour me faire renaistre ?

## AU MÊME [1].

### PLACET.

Ton brevet m'a fait honneur
Plus que l'on ne sçauroit croire ;
Mais sans le bien , monseigneur,
Je ne puis vivre de gloire.

[1] Il est inutile d'expliquer au lecteur pourquoi nous avons placé ici cette pièce de vers , qui est comme le complément des sonnets précédents.

Prince , réponds si tu veux ,

Preste l'oreille à mes veux ;

C'est en vain que je t'appelle ,

T'ayant pris sur le lacet.

Ha ! gagnons sur l'escabelle

Et laissons-là le placet.


Lecteur, toutes mes paroles ,

Mes vers et mon entretien ,

Passèrent pour des frivoles ;

Le prince ne donna rien ;

J'eus pourtant le vent en poupe ,

Jusqu'à ce point de grandeur

De luy voir manger sa soupe,

Et d'en ressentir l'odeur.


---

## AU DUC DE MODÈNE [1].

Allez, fameux héros, par d'illustres conquestes,
Renverser les projets de nos fiers ennemis,

[1] Le duc passa à Nevers, en 1650, pour aller prendre de nouveau le commandement de l'armée du roi en Italie, un an après le siége de Paule, où il reçut une blessure au bras.

65

Et du bras que leur rage avoit presque soûmis ,
Faites leur ressentir de nouvelles tempestes.

Brisez de ces Titans les orgueilleuses testes,
Pour un si grand effect mon roy vous a commis ,
C'est un Dieu tutélaire à qui tout est permis ,
Et de qui les faveurs vous seront tousjours prestes.

Vostre fidélité jointe à vostre valeur,
Nous fera bien-tost voir qu'au mespris du malheur,
Vous sçavez triompher où l'honneur vous appelle.

Allez , grand conquérant , par des faits inoüis ,
Estouffer la fureur du Gérion rebelle
Dont l'orgueil ose bien s'attaquer à Loüis.

## SUR L'HOTEL DE NEVERS [1].

Graces à la bonté de madame de Benne [2],
Ma chambre est une salle à danser un ballet ;

[1] Maître Adam étant allé à Paris, en 1640, la princesse Marie ordonna à la concierge de son hôtel de lui donner une chambre. Le malheureux poëte s'y trouva dans un dénuement complet qui lui inspira ces vers.

[2] Nom de la concierge qui remplit si mal les intentions de la princesse.

La saleté m'y ronge à faute de balai,
Et je couche en des draps qui sont blancs comme ébène.


Moy qui ne suis pas tant effronté que Tobenne,
Pour parler en Gascon, je fais le bon vallet,
Moins affligé pourtant que n'estoit feu Gallet,
Quand monsieur de Suilly luy gaigna son aubene.


Ce lieu que je dépeins est l'hostel de Nevers [1],
Où j'écris contre un mur ces fantastiques vers,
D'un charbon qui vers moy n'eut garde de s'esteindre;


Car le maistre d'hostel, charitable en bigot,
Croit faire selon Dieu, pour m'achever de peindre,
De ne me pas donner la branche d'un fagot.

[1] Il était situé près du Pont-Neuf et du palais de l'Institut. Vendu à M. Guénégaud, il fit place plus tard à l'hôtel Conti, démoli vers la fin du règne de Louis XV, quand on construisit l'hôtel de la Monnaie. M. de Nevers fit élever son hôtel à l'époque de la construction du Louvre. Henri IV le trouvant trop magnifique pour être en face de son palais, lui dit un jour, en causant familiérement avec lui : « Mon neveu, j'irai loger chez vous quand votre maison sera achevée. » Cette parole du roi, et peut-être aussi le manque d'argent, suspendirent les travaux pendant quelque temps.

## AU DUC DE RICHELIEU [1].

Merveilleux rejeton de ce grand Richelieu,
Qui de tout l'univers fit l'autel de sa gloire,
Et dont les faits divins ont mis au plus haut lieu
Le triomphe des lys dans le sein de l'histoire,

Va sur les mesmes pas de ce grand demy-dieu,
Parmy des monts flottans achever ta victoire,
Et dans ces vastes champs qui n'ont point de milieu,
Orner, par tes travaux, le temple de mémoire.

Il planta des rochers dans le sein de la mer;
L'on vit, par ses exploits, cent monstres abîmer,
Dont l'orgueilleux dessein formoit nostré souffrance.

[1] Armand-Jean de Vignerot, duc de Richelieu, filleul et petit-neveu du cardinal, aïeul du maréchal de Richelieu, si célèbre par ses galanteries, né en 1629; il mourut en 1715. D'abord destiné à mademoiselle de Chevreuse, le plus grand parti de la cour, M. le Prince lui fit épouser madame de Pons, veuve sans fortune. Cette union, en excitant le ressentiment de la famille de Chevreuse et de la duchesse d'Aiguillon, sa tante, le mêla aux troubles de la Fronde.

Il ne luy restoit plus qu'à gaigner la toison ;
Mais que n'a-t-il pas fait pour l'honneur de la France,
Puisque d'un successeur il a fait un Jason ?

---

## A LA PRINCESSE PALATINE [1].

Esclatantes beautez, innocentes merveilles,
Beaux yeux d'où j'ay tiré la splendeur de mes vers [2],
Quel crime oserait-on reprocher à mes veilles,
Pour sentir de vos coups les injustes revers ?

Quelque lasche imposteur, par un discours pervers,
A-t'il, auprès de vous, enchanté vos oreilles ?
Mais sçachant pénétrer dans les cœurs moins ouverts,
Pouvez-vous ignorer mes ferveurs sans pareilles ?

Je pensois qu'en chantant vos divines clartez,
Les malheurs loin de moy se verroient escartez ;
Pourtant mon espérance est presque esvanoüye.

[1] *Voyez* page 46.
[2] *Voyez* page 150.

Miracle des cinq sens, yeux superbes et doux,
Serez-vous si cruels de souffrir que l'oüie
Me dérobe l'honneur de plus parler de vous?

---

## AU CARDINAL MAZARIN [1].

Venez, grand cardinal, dans ces lieux désolez,
Rendre par vostre aspect nos fortunes prospères,
Et joindre à nos désirs ces astres exilez,
Qui faisoient, par leurs soins, le repos de nos pères.

Relevez, par vos faits, cent peuples accablez,
Qui prétendoient de vous la fin de leurs misères,
Et recevant les vœux de nos esprits zélez,
Estouffez sous nos fleurs le venin des vipères.

[1] Ces vers furent adressés au cardinal-ministre, sur la nouvelle qu'il allait probablement acquérir le duché de Nivernais, échu à la maison de Gonzague par le mariage de Charles I<sup>er</sup>, fils de Louis, avec Catherine de Lorraine, qui lui apporta aussi le duché de Rethel (1585). Charles I<sup>er</sup>, père de la princesse Marie, devenue reine de Pologne, était également duc de Mayenne. Il hérita du duché de Mantoue à la mort de Vincent II (27 décembre 1627). Ce fut Charles II, son petit-fils, qui, trente-deux ans plus tard, vendit le duché de Nivernais à Mazarin. Le contrat de vente fut passé le 11 juillet 1659, et le cardinal prit possession le 19 octobre suivant, par l'entremise de Colbert, son fondé de pouvoirs.

Vous sçavez affermir l'autorité des lois,

Mon roy, par vos travaux est le maistre des rois,

Vostre pourpre aggrandit l'esclat de son empire.


La victoire, par vous, accompagne ses pas,

Et comme en vos vertus cette province aspire,

Pour la regénérer, que ne ferez-vous pas?

---

## AU COMTE DE LANGERON [1].

Que je te suis tenu, merveille de nostre age,

Que ton heureux retour rend mes désirs contens,

Et que sans ta faveur mon désolé ménage

Alloit bien esprouver les misères du temps.


Tu m'as porté des biens plus que je n'en prétends,

Tu me fais rencontrer le calme dans l'orage,

Et le père du jour, de ses feux esclatans,

Ne sçauroit mieux que toy dissiper un nuage.

[1] Le poëte remercie le noble comte du signalé service qu'il lui a rendu au milieu de sa misère, en lui faisant obtenir, par son crédit, les cent écus d'une pension accordée par Gaston d'Orléans, qui n'avait pas l'habitude de la lui payer très-exactement. *Voyez* page 431.

Tes extresmes vertus ont ces nobles appas
De procurer du bien quand on n'y songe pas ;
Ton exemple fameux est un trésor au monde,

Et Gaston, qui fait voir l'éternel en ce lieu,
Agissant dessous luy pour la cause seconde,
T'a dignement choisi pour estre un demy-dieu.

---

## A LA REINE MÈRE [1].

Grande reine, vos vœux ont triomphé du sort [2]
Qui vouloit obscurcir la splendeur de la France,
Et vostre piété, d'un invincible effort [3],
Fait que nostre bonheur passe nostre espérance,

Mon prince, vostre fils, dans les bras de la mort,
Ressentoit de ses coups l'injuste violence,

[1] Anne d'Autriche, née le 22 septembre 1601, veuve de Louis XIII, le 14 mai 1643.

[2] Le 10 novembre 1647, Louis XIV, enfant, se sentit subitement malade; le 12, la petite vérole se déclara, et le 21, on concevait les plus graves inquiétudes ; enfin, au bout de quelques jours il se trouva hors de danger.

[3] La reine était, comme on sait, fort pieuse : à l'occasion de la guérison de son fils, elle alla, le 23 mars 1648, en pèlerinage à Notre-Dame-de-Chartres. Le duc d'Anjou, frère du roi, avait eu la petite vérole, le 28 août précédent.

Quand tout l'art d'Esculape estoit un vain support
Pour le désengager d'un éternel silence ;

Lorsque le ciel, touché de vos tendres désirs,
Pour calmer vos douleurs et combler nos plaisirs,
Devint plus que jamais amoureux de vos charmes ;

Et malgré le destin qui tramoit nos malheurs,
Une seconde fois il a faict de vos larmes
Ce que l'aurore faict pour la gloire des fleurs.

---

## SUR LÁ CONVALESCENCE DU ROI [1].

Parques, vous en voulez aux lauriers de mon roy,
Fatales deïtez, osez-vous l'entreprendre ?
Quoy, ne sçavez-vous pas qu'il doit porter sa loy
Plus loin que n'ont paru les palmes d'Alexandre ?

Faictes régner ailleurs vostre lugubre effroy,
Dieu qui nous l'a donné, sçaura bien le défendre,

[1] *Voyez* le sonnet précédent.

Et quand vous esteindriez ce flambeau de la foy,
Il peut, comme un Phénix, renaistre de sa cendre.

Exercez désormais vostre injuste courroux
Contre les malheureux qui dépendent de vous,
Pour remplir les cachots de vos demeures sombres.

Vos armes contre luy n'ont qu'un foible appareil ;
Enfin, noires fureurs, vous n'estes que des ombres,
Mais ce prince des lis passe pour un soleil.

---

## A SEGUIER [1],

CHANCELIER DE FRANCE.

Grand héros, ton renom a remply l'univers,
Tes faicts seront un jour l'ornement de l'histoire,
Et le Dieu qui régit l'influence des vers,
T'eslève des autels d'éternelle mémoire.

Je tasche, en l'imitant par mille soins divers,
De péindre tes vertus sur nos rives de Loire,

1 Voyez page 292.

Mais un âge insolent, par un fâcheux revers,
D'un si divin subject me dérobe la gloire.

Illustre Mécenas, je demeure confus
De n'estre pas pour toy ce qu'autrefois je fus,
Quand de Jule et d'Armand je chantois les merveilles.

Il ne me manque plus que cette dignité,
Pour monstrer en ton corps d'influences pareilles,
L'adorable portraict de la divinité.

———————

## AU MÊME[1].

Que vous vivez heureux en ces lieux écartez,
Où, malgré la fureur de la plus noire envie,
L'astre qui faict le cours de vostre illustre vie,
Redouble à vostre aspect ses plus vives clartez.

Dans ces lieux, vos plaisirs ne sont point limitez
Aux doux attachemens où le ciel vous convie,

[1] Ce sonnet fut adressé au chancelier, à sa maison de campagne de Rosny, en Normandie, entre Mantes et Vernon, sur les bords de la Seine. Ce magnifique château, qui a eu pour dernier propriétaire la duchesse de Berry, vient d'être démoli.

Et c'est par ces transports dont vostre ame est ravie,
Que vos compétiteurs font vos félicitez.

L'aveugle déité qui du monde se jouë,
Sur le fatal pivot d'une inconstante rouë,
Passe icy pour l'object qui vous touche le moins.

Loin d'elle, vous régnez en cette solitude,
Et vous devez, seigneur, à son ingratitude
Plus que tous vos rivaux ne doivent à ses soins.

------

## A M. LE PRINCE [1].

Héros miraculeux, vous avez veu mon roy;
Son merveilleux accüeil vous vaut une victoire,
Et vous gaignastes moins dans les champs de Rocroy,
Quand vostre auguste bras triompha pour sa gloire.

Vous allez désormais faire esclater sa loy;
Vos faicts, dessous les siens, vont briller dans l'histoire,

[1] Le grand Condé, après sa réconciliation avec la cour, traversa Nevers en revenant d'Espagne.

Et vostre heureux retour va donner de l'employ
A tous les confidens des filles de mémoire.

Leurs escrits vont monstrer aux yeux de l'univers,
Comme vostre valeur, par mille exploits divers,
A rendu vostre nom plus craint que le tonnerre,

Et que si l'Eternel, qui faict tout pour le mieux,
Ne vous eust, pour deux roys, faict le Dieu de la guerre,
La paix seroit encore invisible à nos yeux.

---

## A EUSTACHE DE CHÉRY [1].

Le silence partout estendoit son empire ;
Le soleil, sous les flots, s'estoit allé cacher,
Et vostre grand esclat, pour qui mon cœur soûpire,
Me servoit de flambeau pour me faire coucher.

Le sommel, aussitost, me faisant trébucher,
Endormy que je fus, la muse me vint dire :

[1] Maître Adam lui offrit ce sonnet un premier de l'an, en lui portant six oranges pour étrennes, ainsi qu'il a soin de nous l'apprendre lui-même.

Voicy, de tous les fruicts de nostre vieux rocher,
Tout ce qu'a jamais pu mériter nostre lire.

Porte-les, me dit-elle, à ce grand de Chéry,
Dont le fameux renom est partout si chéry,
Qu'il doit un jour passer dans le nombre des anges.

Cette nymphe aussitost retourna sur ses pas,
Et le jour me fit voir que c'estoient six oranges.
Qu'en dites-vous, seigneur, ne vous en plaist-il pas?

---

## AU MÊME [1].

Seigneur, consolez-vous ; la mort est une chose
Qui triomphe des roys ainsy que des bergers ;
Pour vaincre ses rigueurs, tout ce qu'on se propose,
Ne sont que des désirs et trompeurs et légers.

En vain nous disputons contre elle nostre cause,
Cette noire fureur nous traite en passagers,

[1] Ce sonnet est adressé à Eustache de Chéry, pour le consoler de la mort de son neveu, évêque de Tripoli ( *in partibus* ), et son coadjuteur à l'évêché de Nevers.

Et comme après midy l'on voit faner la rose,
Sous elle nous tombons en de mesmes dangers.


Ce prélat, qui nous fut en tout considérable,
Vous trace dans les cieux une route admirable,
Par un ordre divin à nul autre pareil.


Sa chûte est un remède au mal qui vous dévore,
Puisqu'en cet accident il imite l'aurore,
Qui devance tousjours la course du soleil.

---

## A LA REINE DE FRANCE [1].


Après tant de malheurs et tant de funérailles,
Sous qui cent demy-dieux ont péri sous le faix,
La princesse des lis, pour annoncer la paix,
Faict naistre un Alcyon de ses chastes entrailles [2].


[1] *Voyez* page 466, ce que nous avons dit du mariage de l'infante d'Espagne avec Louis XIV.

[2] Ce sonnet fut adressé à la reine, le 1er novembre 1661, pour célébrer la naissance du Dauphin.

Peuples , ne songez plus aux funestes batailles ,
Qui formoient vos prisons par de sanglans effects ;
Ce bel astre naissant , par des augustes faitcs ,
De vos cachots affreux va briser les murailles.


N'aspirez qu'à bénir les merveilles de Dieu
Qui tire d'une reyne , en ce terrestre lieu ,
Son portraict accomply de ses pudiques flâmes,


Et chantez ces deux vers en vos divins accords :
Ce que Marie a faict pour le salut des âmes ,
Thérèse en faict autant pour le salut des corps.


---


## AU DUC DE LONGUEVILLE [1].


L'âge m'a faict tomber dans un gouffre d'ennuis ;
Tous mes sens sont gelez ; je n'ay plus de mémoire,
Et mes organes sont de moribonds conduits
D'où ma muse ne peut faire esclater ta gloire:

[1] Le duc traversa Nevers pour se rendre à Bourbon-l'Archambault.

J'ay ressué quatre jours, j'ay veillé quatre nuits,
J'ay tary quatre fois un cornet d'écritoire,
Et je n'ay rien pu faire, en l'estat où je suis,
Pour peindre de tes faicts la mémorable histoire.

Prince, pour tout dire, je me trouve confus
De n'estre pas pour toy ce qu'autrefois je fus,
Lorsque du grand Armand j'annonçois les merveilles.

Ha! grand et grand Henri! que je suis combattu
De voir les grands exploits qui naissent de tes veilles,
Et de n'en pouvoir pas exprimer la vertu.

## A SON CONFESSEUR.

Mon père, à deux genoux j'accuse mes malices,
Avec un repentir profond et solennel,
Et pour ne point tromper vostre soin paternel,
Je laisse de Phillis les aymables supplices.

Esloignant ces beaux yeux, mes souverains complices,
Je change en une nuict un beau jour éternel,

Et si pour bien aymer on devient criminel,
C’est trop peu que l’enfer pour expier mes vices.


Puisqu’il faut obéir aux loix du Tout-Puissant,
Pour un si grand subject je suis obéissant,
En brisant de mes fers la douce violence.


Ha! qu’en ce changement je me trouve estonné;
Et que j’ay peu besoin de vostre pénitence,
Si, cherchant mon salut, je passe pour damné.

---


## A M. LE BARON DE R*** [1].


Je reverray bien-tost le brillant de ces yeux,
Contre qui le soleil tesmoigne tant d’envie,
Ces astres qui me font esprouver en tous lieux,
En de mesmes moments, et la mort et la vie.

[1] Ce baron était aux eaux de Bourbon-l’Archambault; c’est là que Maître Adam lui adressa ce sonnet, dans lequel il le fait parler lui-même, pour se plaindre de l’absence de la belle Sylvie, sa maîtresse.

Je reverray bien-tost la cruelle Sylvie,
Qui me faict des rivaux de la tige des Dieux,
Qui m'a si doucement la liberté ravie,
Qu'en ma captivité je me croy dans les cieux.

Je reverray bien-tost la belle tresse blonde
Dont le moindre cheveu peut enchaisner un monde,
Ces liens qui m'ont pris d'un invincible effort.

Enfin, malgré l'ennuy que me faict son absence,
Son retour me sera les délices d'un port,
Si son esloignement n'a détruit sa constance.

## SONNET [1].

La noire deïté qui règne en ces bas lieux,
Qui paroist aux vivans sans yeux et sans oreilles,
Sous cette tombe a mis un miracle des cieux,
Et l'abrégé portraict de toutes les merveilles.

[1] A la mémoire de Marguerite Desprez, femme de Léonard de Maulnourry, conseiller du duc de Mantoue, à la chambre des comptes de Nevers.

C'est en vain d'employer nos soûpirs et nos veilles
Pour posséder deux fois ce trésor précieux,
Imitons seulement ses vertus sans pareilles,
Par qui le paradis se découvre à nos yeux.

Si son corps est icy, son ame est chez les anges,
Qui chante à l'éternel d'éternelles loüanges,
Rendant par son bonheur nos chagrins adoucis.

Vers Dieu, comme icy bas, c'est une marguerite,
Une fleur si brillante et pleine de mérite,
Qui doit pour tout jamais effacer nos soucis.

## A PAYEN DES LANDES [1].

Que je me suis donné de peine cette nuict,
Pour chanter de tes faicts la mémorable histoire,

[1] Pierre Payen des Landes, succéda à Alphonse du Plessis de Richelieu, cardinal de Lyon, comme quarante-neuvième prieur de La Charité. Il prit possession du prieuré au mois de juillet 1646, et résigna en faveur de Jacques Martineau d'Hornoir, peu de temps avant sa mort, arrivée en 1664.

Payen des Landes était aussi doyen des conseillers de la grand'chambre du Parlement de Paris. Lorsque, le 27 avril 1650, madame la princesse de Condé se présenta au Parlement pour demander justice sur la détention des princes ses enfants, et de son gendre, le duc de Longueville ; aucun conseiller n'ayant voulu accepter sa requête, ce fut Payen des Landes qui l'accepta et se chargea de faire valoir les droits des princes, illégalement emprisonnés.

Et que ma passion a trouvé peu de fruict,
Tant on est ébloüi du brillant de ta gloire.


J'ay cent fois invité les filles de mémoire,
Comme le bon démon qui ma chaleur instruict ;
J'ay beu le meilleur vin qu'on puisse boire ;
Mais tout cela, pour toy, ne faisoit point de bruict.


Enfin, tout confondu par ce malheur estrange,
Recherchant le sommeil, j'aperçeus ton bon ange
Qui, pour calmer l'ennuy d'un cœur inquiété,


Me dit ces vers suivans pour charmer mes oreilles :
Imite ce héros dedans sa piété,
C'est par là que l'on peut faire voir ses merveilles.


---


## AU MÊME.


Payen, je t'ay cherché deux fois dans ta maison,
Pour rendre à tes vertus un éternel hommage ;

Mais n'ayant rencontré ny toy, ny ton image,
Je n'ay sceu devant qui faire mon oraison.


J'ay veu ton beau palais, où la bonne saison
Faict paroistre en tout temps son abondant usage ;
J'ay veu le gros Bacchus, au rubicond visage,
Dans les antres voûtez placer sa garnison.


Encore ay-je trouvé ton œconome extresme [1],
Qui ne sçait prodiguer ton bien que pour soy-mesme ;
Et ce qui d'autant plus rend mes désirs contens,


C'est qu'il m'a faict passer pour un fils de ta race,
Me traitant en payen, en me cachant la tasse ;
Mais tu n'es pourtant pas de ces mahométans.

[1] Il paraît que cet économe réunissait à un éminent degré les qualités caractéristiques de sa charge. Cependant il est possible que Maître Adam, qui se voyait contraint de retourner chez lui à jeun, l'ait traité avec quelque partialité.

## AUX R. P. JÉSUITES [1].

Grand corps de qui l'esclat brille dans l'univers ;
À l'esgal du flambeau qui produit toutes choses ;
Arbitre des sçavans qui, par tes soins divers,
Peux de mille chardons composer mille roses ;


Toy, qui des ignorans fais des métamorphoses,
Leur montrant d'Hélicon tous les trésors ouverts,
Et qui, de cent vertus dont j'admire les causes,
Accrois de ta splendeur la chaleur de mes vers ;

[1] Un des fils de Maître Adam fut élevé par les jésuites. On n'a point de détails sur sa vie ; il s'agit sans doute ici du fils sur lequel il fondait de si douces espérances, et dont la mort lui inspira le sonnet suivant.

Le collége de Nevers fut confié aux jésuites, en 1572 ; expulsés en 1595, ils y furent réintégrés huit ans plus tard. Ils en conservèrent la direction jusqu'en 1762, époque de la fameuse dénonciation au roi, qui entraîna l'expulsion des jésuites de France.

Gresset, qui se destinait à entrer dans leur société, fut professeur au collége de Nevers, et ce fut sans doute pendant son séjour, qu'il y conçut l'idée de son joli petit poëme de *Vert-Vert*, ce chef-d'œuvre de grâce, de finesse et d'esprit, que J.-B. Rousseau, dans sa correspondance, appelle un phénomène littéraire.

Grand corps qui, jusqu'aux cieux, fais bruire tes conquestes,

Qui, de l'impiété, dissipes les tempestes,

Eternisant la foy par tes faicts triomphans;


Si ma muse, en passant, ne te peut satisfaire,

Il ne tiendra qu'à toy d'eslever deux enfans

Qui feront quelque jour ce que je n'ay pû faire.


---


## A SON FILS [1].


Mon fils, tu ne vis plus et je reste vivant.

Dure inégalité des loix de la nature!

Faut-il que tout le bien de ma gloire future

Ne soit plus à mes yeux qu'un peu d'ombre et de vent.


[1] Malgré les recherches les plus minutieuses, il nous a été impossible de découvrir à quelle époque mourut ce fils, dont la perte inspira au poéte de si tendres et si amers regrets. Ce fut probablement de 1654 à 1660, c'est-à-dire pendant le temps qui s'écoula entre la publication de la deuxième édition des *Chevilles* et celle du *Vilebrequin*. Nous avons seulement découvert sur les registres de la paroisse Saint-Jean, que, le 9 mars 1632, Maître Adam eut un fils, baptisé sous le nom de Jean. On prit pour parrain, Léonard Gascoing, échevin de Nevers, et pour marraine, demoiselle Marie Sallonnyer.

A la date du 1er mars 1663, on retrouve le décès *d'un fils de défunct Adam Billaut et de Catherine Renard.*

J'ay trompé mon espoir d'un appas décevant,
Croyant que tu devois clore ma sépulture.
Et me donner les pleurs que ta triste adventure
Faict tomber, par mes yeux, d'un sépulchre mouvant.

Ton trespas a destruict ma plus douce espérance,
Pour moy seul ton malheur a vaincu ma constance,
Et ma raison n'a plus qu'un inutile effort.

Pour charmer la douleur dont mon ame est suivie,
Il faudroit que le ciel te redonnast la vie,
Puisque sa cruauté me refuse la mort.

## A M. BERRIÉ.

Cher Berrié, par tes soins un chacun voit renaistre
Ce qu'un siècle doré nous peut monstrer de beau,
Et de tes grands labeurs dont tu sers nostre maistre,
Tu fais ressusciter nos plaisirs du tombeau.

Le soleil ne faict rien dedans ce renouveau,
Qui puisse surmonter la gloire de ton estre,

Et nous tenons de toy, comme de son flambeau,
L'abondance des biens que nous voyons paraistre.

Ce grand et grand héros, ce fameux cardinal,
Que la paix a choisi pour son divin phanal,
Redonne à l'univers sa liberté première,

Et pour nous esclairer de ses plus beaux rayons,
Il tire de tes faicts cette belle lumière
Qui découvre en ces lieux les fruicts que nous voyons.

---

## A M. FOULLÉ DE PRUNEVAUX [1].

Vous avez tous les soins qu'un héros doit avoir
Pour affermir l'orguëil d'une auguste couronne,
Et c'est par les effects d'un si divin sçavoir,
Que mon roy voit briller l'esclat qui l'environne.

Vos travaux assidus à la France font voir,
Par cette intégrité que la vertu vous donne,

[1] Intendant de la province du Nivernais. Un Foullé de Martangis, membre
de la même famille, était maître des requêtes en 1668.

Que la nécessité d'un si fameux pouvoir
Peut rappeler la paix et terrasser Bellonne.

Le monarque des lis, par tant d'actes guerriers,
Qui font courber son chef sous des faix de lauriers,
Augmente, par vos faicts, l'honneur de ses conquestes.

Vous estes l'un des nerfs de ce grand potentat,
Et vos prudens conseils sont autant de tempestes
Par qui l'on voit régner la gloire de l'estat.

## SONNET [1].

Sur les sacrez sommets des filles de mémoire,
Où la vertu respand ses trésors précieux,
Les Dieux, pour embellir le cours de nostre histoire,
Descendirent un jour sur ces monts glorieux.

[1] Ces vers devaient être gravés sur le portail du château de Druy, construit par Claude Marion, contrôleur-général des finances, seigneur de Villeneuve de Massouviliers.

La baronnie de Druy fut érigée en comté, par lettres-patentes du mois d'octobre 1658, en faveur de ce même Claude Marion, qui en avait hérité, le 18 avril 1630, par la mort de Françoise Marion, fille unique de Robert Marion et de Gabrielle de Pluvinel.

De mille antiquitez ils vantèrent la gloire ;
L'on parla des palais qui s'élèvent aux cieux ,
De Thèbes et d'Illion qui s'en firent accroire,
Pour s'être veus nommés les ouvrages des Dieux.


Quand le père du jour, pour le salut du monde,
Pressé d'entretenir sa course vagabonde ,
Pour rendre à l'univers l'usage des saisons ,


Dit , en quittant ces lieux , à l'immortelle race :
Mon père , Jupiter, m'a faict douze maisons ;
Mais le palais de Druy aujourd'huy les surpasse.

----

## SUR LE MÊME SUJET.

C'est icy le palais où règne la vertu ,
Où tousjours la raison a surmonté le vice ;
Si d'un marbre pompeux il n'est pas revestu ,
Il n'est pas moins superbe à son noble édifice.

Celuy qui l'a construict, a cent fois combattu
Les lasches passions d'une infâme avarice,
Et d'un sang innocent ny d'un cœur abattu,
Il n'a point cimenté ce fameux frontispice.

Sa pure intégrité, sa constance et sa foy,
Son zèle, comparable à celuy de son roy,
Et tant d'illustres faicts qui nous servent d'exemples,

Ont remply l'univers de son nom glorieux.
Aymant mieux, dans les cœurs, s'estre eslevé des temples
Que d'avoir, de ses tours, avoisiné les cieux.

## SUR LA MORT DE M. DE POUMEREU [1],

De Poumereu n'est plus ; Thémis en est en deüil ;
Elle perd, le perdant, un rayon de sa gloire,
Et jamais le trespas n'inventa de cercüeil
Qui l'ait faict triompher d'une telle victoire.

[1] Conseiller du roi en tous ses conseils, et premier président en son grand conseil.

Muse, dont tant de fois il a chéry l'accüeil,

Qui fistes de son nom l'ornement de l'histoire,

Quoy, ne pouviez-vous pas détourner cet écüeil,

Où ce cher Mécenas a trouvé l'onde noire?


Je demeure confus en ce triste accident,

Comme si le soleil trouvoit son occident

Au point que, dans son char, il sort du sein de l'onde;


Et tout ce que je puis, c'est d'accuser le sort

Qui faict insolemment, d'un demy-dieu du monde,

Un sanglant sacrifice aux autels de la mort.


---


## A MONSEIGNEUR DE NARBONNE [1].

Armand, tu ne vis plus; mais malgré le trespas,

Le triomphe des lis encore t'environne,

[1] L'archevêque de Narbonne étant venu boire les eaux minérales de
Pougues, voulut récompenser le curé de son bon accueil et enrichir son église.
Malheureusement il ne trouva rien de mieux que de faire cette largesse au
détriment de Maître Adam, en le dépouillant d'un brevet que le cardinal

Toy dont l'äügüste main fabriqua le compas
Qui marque en se tournant l'esclat d'une couronne;


Ha ! que si tu pouvois retourner sur tes pas,
Ranimer le beau corps qui dort dans la Sorbonne [1],
Arc-boutant de l'estat, que ne ferois-tu pas
Pour rompre les desseins du prélat de Narbonne ?


Aujourd'huy ce grand homme est plus puissant que toy,
Parce que tu n'es plus, et que, proche d'un roy
Qui remplit l'univers du brillant de sa gloire,


Sa puissance en tous lieux le peut rendre adoré,
Et ce qui d'autant plus m'oblige de le croire,
C'est qu'il m'oste le don que tu m'as procuré.

de Richelieu lui avait fait obtenir du roi, pour le transport des eaux :
M. de Narbonne l'obligea donc à s'en démettre en faveur de la fabrique.
Le poëte déplore avec raison cet abus de la puissance, et regrette la protection
de son bienfaiteur.

[1] Le cardinal de Richelieu fut inhumé dans l'église de la Sorbonne.

## AU MÊME.

Grand prélat, je consens à vostre volonté ;
Mon brevet, en vos mains, destruict ce qui m'opprime,
C'est un vieux parchemin qui ne m'a rien cousté,
Et sa perte introduict le retour de ma rime.


Hippocrène me rend sa première bonté ;
L'eau de Pougues, pour moy, ne fut jamais sublime ;
Pourtant, si sa vertu vous donne la santé,
Malgré mes sentimens j'en feray de l'estime.


Aux pieds de ce vieux mont, où les sçavantes sœurs
M'osteront un rabot pour gouster leurs douceurs,
Je diray de vos faicts le mérite et la gloire.


Là, malgré cet escrit qu'Armand m'a procuré,
Mon burin gravera, sur le front de l'histoire,
Que vous m'avez faict riche, obligeant un curé.

# A M. DE SAINT-ANDRÉ MONTBRUN [1].

Héros, dont la valeur est partout si connuë
Inébranlable appuy de nos prospéritez,
Quel démon assez noir peut, à ta bienvenuë,
Retarder le retour de nos félicitez?

Ainsy que le soleil, qui dissipe une nuë,
Ton esclat rompt le cours de nos calamitez :
Ta gloire s'augmentant, nostre mal diminuë,
Par les biens qu'en ces lieux tu nous à méritez.

Nous allons désormais voir nos tempestes calmes,
Sous l'ombrage touffu de tes vivantes palmes,
Par les soins assidus dont tu vas nous charmer.

Je suis le seul icy que ton abord irrite,
Par la seule raison que ton trop de mérite
Me dérobe l'honneur de pouvoir l'exprimer.

[1] Alexandre Dupuy de Montbrun, marquis de Saint-André. Maître Adam lui adressa ce sonnet, lorsqu'il vint prendre possession du gouvernement du Nivernais, en 1649. Roger de Rabutin, comte de Bussy, était, à peu près à la même époque, lieutenant-général de la province.

## A LA REINE DE SUÈDE [1].

Superbe et grand appuy du temps et de l'histoire,
Reyne, de qui l'esclat a remply l'univers,
De quel ton assez doux, sur nos rives de Loire,
Oserois-je chanter tes triomphes divers?

Toy qui fais des leçons aux filles de mémoire,
Toy pour qui le Parnasse a ses trésors ouverts,
Que sçaurois-je ajouter au faiste de ta gloire,
Quand mesme tous les Dieux parleroient par mes vers?

Je voy tant de vertus briller dedans ton ame,
Que, presque tout confus en l'ardeur qui m'enflame,
Entre mille pensers, je tombe sous le faix.

Pour conclure, pourtant, ornement de la terre,
Disons que tu seras le démon de la paix,
Comme ton père fut le démon de la guerre.

[1] *Voyez* pages 499 et 500.

## A M. L'INTENDANT DE LA BARRE.

Je ne demande rien , intendant généreux ,
Parmy les passions dont mon ame est atteinte,
Sinon que ta vertu détache de la crainte
Mon parent innocent autant que malheureux.

Six mois ont , contre luy, d'un effort rigoureux ,
Formé tous les sujets qui font naistre une plainte ,
Et pour le secourir, Astrée est bonne sainte ,
Qui cède son épée à ton bras vigoureux.

Je scay que tes exploicts sont des fruicts de ta gloire,
Que ton nom doit servir d'ornement à l'histoire ,
Et joindre à mon pinceau mille crayons divers.

Aussy , pour te construire une illustre guirlande,
Ma muse fera voir aux yeux de l'univers ,
Comme un remerciment doit suivre une demande.

<hr>

1 Maître Adam lui adressa ce sonnet, qu'il intitule *Requeste*, pour obtenir
la liberté d'un de ses cousins qui était renfermé dans les prisons de Nevers.

## A M. HUMBERT.

Je sentois écouler ma dernière vigueur,
La cruauté des ans me déclaroit la guerre ,
Et la commune loy, qui faict cette rigueur,
M'annonçoit que les cieux valent mieux que la terre.


Mon corps, en cet état , plus fresle que le verre ,
Dans les bras de la mort achevoit sa langueur ;
Et comme après midy, la fleur en son parterre ,
La suite de mes ans expiroit sa longueur.


J'abandonnois Phœbus, je quittois le Parnasse ;
Dans un séjour plus doux je cherchois ma bonnasse,
Par les divins effets d'un désir précieux ,


Quand Humbert, dont la gloire étale la loüange ,
Me fit voir en chantant, que , sans aller aux cieux,
Je pouvois, par sa voix, oüir plus que d'un ange,

# A M. DE MESMES [1].

De vos dignes ayeux la tige est immortelle,
Et vous qui de leurs faicts suivez les actions,
Grand homme, grand héros, de quelles passions
Oseray-je vanter vostre gloire esternelle?

Pour peindre vos vertus, il faudroit un Apelle,
Vous qui sçavez gaigner tant d'inclinations,
Et de qui les projects sont autant d'Alcyons,
Qui font resgner la paix où Thémis vous appelle.

Oracle de mon prince, en l'estat où je suis,
De vous donner ces vers, c'est tout ce que je puis,
Qui sont les confidens de mon désir extresme;

Et pour conclusion de tout mon procédé,
Je finis en disant que vous serez DE MESME,
Comme ces demy-dieux qui vous ont précédé.

[1] Président de chambre au parlement de Paris; il s'y fit remarquer par une incontestable capacité. Il prit une large part aux troubles de la Fronde, et fut un des signataires de la paix, conclue en XXI articles, à Ruel, le 12 mai 1649, entre la Cour et les Frondeurs. M. de Mesmes traversa Nevers en revenant de Bourbon-l'Archambault, où il était allé prendre les eaux.

# LE
# CLAQUET

DE

## LA FRONDE,

SUR

## LA LIBERTÉ DES PRINCES,

PAR

## LE MENUISIER DE NEVERS.

M. DC LI.

# NOTICE

## SUR LE CLAQUET [1] DE LA FRONDE [2].

—————

E principal mérite de cette pièce, aux yeux de bien des lecteurs, sera de reparaître ici, après avoir été omise dans tous les recueils qui ont précédé cette édition, et d'appartenir à la nombreuse et curieuse collection de pamphlets publiés, pendant les jours fiévreux de la Fronde, sous la dénomination caractéristique de *Mazari-*

---

[1] Claquet ou cliquet, pièce de moulin qui est sans cesse en mouvement, et fait un bruit continuel. On dit des femmes babillardes que leur langue va comme un claquet de moulin. ( *Dict. de Richelet.* )

[2] Le cardinal de Retz raconte, dans ses *Mémoires*, d'une manière assez piquante l'origine de ce mot : « Quand le Parlement, dit-il, commença à » s'assembler pour les affaires publiques, M. le duc d'Orléans et M. le Prince

*nades.* Bien qu'éclose vers 1651, elle ne put trouver place parmi les poésies du *Vilebrequin*, publié en 1663. Douze années en politique ont une portée immense. On était loin déjà de ces temps orageux qui avaient si profondément agité les esprits et excité les passions. Un fait important, celui de la puissance royale, avait triomphé ; les luttes qu'elle avait eu à soutenir, étaient terminées, les ambitions étaient satisfaites ou étouffées.

Chacun était rentré dans le devoir, s'appliquant à faire oublier son passé, reniant le langage dont il faisait parade autrefois, désavouant aux jours de calme les écrits lancés avec audace au milieu de la tempête. Mazarin, qui avait soulevé les grandes fureurs de la Fronde, n'était plus [1], et Louis XIV, commençant à jeter les bases de son omnipotence, personne n'eût osé rappeler les fatales agitations de sa minorité, dont il conservait lui-même un amer souvenir. Nous aimons aussi à dire que Louis se montra toujours plein de reconnaissance envers Mazarin, qui lui avait réellement servi de tuteur [2]. Son respect pour tous les actes du successeur et du continua-

» y vinrent assez souvent, et y adoucirent même les esprits : le calme n'y était » que par intervalle ; la chaleur revenait au bout de deux jours. Bachaumont » s'avisa de dire un jour, en badinant, que le Parlement faisait comme les » écoliers, qui frondent dans les fossés de la ville de Paris, qui se séparent » dès qu'ils voient le lieutenant-civil, et qui se rassemblent dès qu'il ne pa-» raît plus. Cette comparaison fut trouvée assez plaisante ; elle fut célébrée » par les chansons : elle fit fortune. *Voyez* les *Mémoires*, tome II, pgae 90. » Amsterdam, M. DCC XVII. »

On commença par porter des cordons de chapeaux en forme de fronde, et bientôt tout fut à la mode de la fronde, comme on disait alors : les gants, les mouchoirs, les éventails, les garnitures, jusqu'aux pains ; et la langue fut enrichie d'un mot, ayant une nouvelle signification.

*Voyez* Anquetil, sur la mode de la paille.

[1] Mort le 9 mars 1661.

[2] Le cardinal avait tenu Louis XIV sur les fonds de baptême, et la reine Anne d'Autriche, lui avait confié la direction de son éducation.

reur de Richelieu, est incontestable : il le prouva en maintes
circonstances, et surtout en élevant au pouvoir Colbert,
l'homme qui lui avait été, pour ainsi dire, légué par Mazarin,
à son lit de mort.

Une observation digne de remarque, c'est que le jeune roi,
malgré sa précoce connaissance des affaires et son expérience,
dues aux nombreuses vicissitudes durant lesquelles s'était mûrie
son enfance [1], sut renfermer en lui tout sentiment d'ambition
et d'amour-propre, tant que le cardinal put se maintenir au
timon de la machine gouvernementale, c'est-à-dire jusqu'au
jour de sa mort. Après avoir déchiré le testament du ministre, qui l'instituait légataire universel de sa grande fortune,
le roi n'eût pas souffert qu'on publiât rien qui put atteindre
sa mémoire [2] ; il se rappelait trop bien que le hardi politique
s'était attiré l'injure en défendant la royauté contre de dange-
reuses ambitions.

Il n'est donc point étonnant de ne trouver le *Claquet de la
Fronde*, ni dans l'édition des *Chevilles* de 1654, ni dans le
*Vilebrequin* imprimé sept années plus tard.
Cette production du menuisier de Nevers n'offre ni la facilité
du style, ni la finesse qui distinguent souvent ses autres poésies,
et entre autres, plusieurs de ses épigrammes. On dirait qu'il
a seulement cédé au torrent, et payé son tribut aux impé-
rieuses nécessités de l'époque. Il s'est mêlé un instant aux
chœurs des carrefours qui vomissaient l'injure, et sa voix s'est
confondue dans ce déplorable concert.

La politique est un terrain brûlant et infécond qui convient
rarement au poète ; elle l'enferme dans d'étroites limites, elle

---

[1] *Voyez* ses lettres à son oncle Gaston d'Orléans.

[2] Mazarin avait été déclaré, dès 1643, premier ministre par la reine. Il en
fit les fonctions le reste de sa vie, à quelques interruptions près ; mais il n'en
reçut jamais les lettres-patentes, comme Richelieu.

arrête les plus généreux élans de son génie ; en un mot, l'esprit de parti tue la poésie, car la poésie, dans sa grandeur, embrasse l'humanité tout entière : aux trésors de l'imagination, ses élus doivent joindre la philosophie, prisme divin qui grandit les hommes et les choses. Eh! quoi de plus mesquin que l'esprit de parti?

Nous sommes bien obligé de le dire, le *Claquet* fait peu d'honneur aux sentiments du poète, car il désavoue tout son passé ; il substitue l'injure à la louange ; il verse le fiel après avoir prodigué l'encens. Tel est le résultat des réactions politiques ; aussi la sagesse fait-elle au poète un devoir de les fuir, s'il veut conserver sa dignité et ne point souiller son royal manteau de pourpre. Ici on le voit, avec d'autant plus de regrets, saisir sa lyre pour en tirer des sons accusateurs, que c'est au moment où le cardinal-ministre succombe sous les efforts de ses ennemis [1] ; le *væ victis* ne convient point aux âmes généreuses !

Et cependant, comment s'armer de sévérité, lorsqu'on envisage cette époque si féconde en événements, où les alliances les plus bizarres et les revirements les plus inopinés déjouent les prévisions habituelles. Le caractère étrange de ces temps s'explique, à coup sûr, en voyant les personnages les plus éminents partager l'aveuglement général, et jouer un rôle dans ce drame de quatre années, qui occupe une si large place dans notre histoire. Combien de très-nobles seigneurs n'y furent en effet que de misérables comparses ? Qu'il nous soit donc permis d'en esquisser rapidement les phases les

---

[1] Il s'échappa de Paris, dans la nuit du 6 au 7 février 1651, et se retira à Bruhl, chez l'électeur de Cologne son ami, refusant l'asile que lui offraient les Espagnols. Par arrêt du Parlement, du 2 mars, son hôtel, sa bibliothèque furent confisqués et vendus, et plus tard sa tête mise à prix, moyennant 50,000 écus à prendre sur le produit de la vente de ses biens.

plus remarquables, et le lecteur, à l'aspect de ce grand pêle-mêle politique, restera, comme nous, sans colère. Il est difficile, en effet, de se refuser à l'indulgence et de faire au malheureux poëte un crime de l'inconstance de ses sentiments, lorsqu'on voit le grand Condé assiéger Paris pour le roi, et bientôt après défendre Paris contre le roi; le prince de Conti travailler à la perte du cardinal, et épouser sa nièce [1]; Turenne prendre la qualité de lieutenant-général de l'armée du roi (contre le roi), pour la liberté des princes, puis livrer à Condé la bataille du faubourg Saint-Antoine.

En face de cette singulière versalité des plus grands hommes de l'époque, à la vue de leur drapeau, dont chaque caprice changea les couleurs, on pardonne facilement à l'humble menuisier de Nevers. Pouvait-il se défendre contre les influences du milieu dans lequel il vivait faible et ignoré, quand les plus fiers obéissaient servilement aux événements [2]?

Les troubles de la Fronde ont, de prime abord, l'aspect d'un véritable chaos : ils nous semblent environnés d'épaisses ténèbres qui nous en dérobent la cause et le but; on dirait un long et pénible malentendu politique. Il en est nécessairement ainsi de toute tourmente enfantée par de coupables passions, et dans laquelle les agitateurs ont intérêt à dissimuler leur mauvaise foi, marchant avec opiniâtreté vers un but ardemment désiré, mais soigneusement désavoué. La volonté énergique de parvenir donne tant d'habileté à l'ambition, qu'il est parfois très-difficile de lui arracher son voile d'hypocrisie. Le plus souvent il n'apparaît tel qu'il est, qu'après avoir franchi le dernier échelon qui le séparait du pouvoir, l'unique mobile de toutes

[1] Anne-Marie de Martinozzi.

[2] On demandait à un diplomate anglais s'il était l'ambassadeur de Monk ou de Lambert, qui se faisaient la guerre. Je suis, répondit-il, le très-humble serviteur des événements.

ses actions. Là peut-être est tout le secret de la *dépopularisa-tion* de bien des gens ; là est encore la cause réelle du déses-poir de certains apostats reniant tout à coup les moyens qui les ont fait *arriver*, pour en embrasser de diamètralement op-posés à ceux adoptés au point de départ.

Ce portrait est applicable à plus d'un acteur de la Fronde. Les divers partis s'efforçaient sans cesse de se calomnier et de se prêter des intentions qu'aucun d'eux ne voulait avouer, et que nul n'osait admettre pour son propre compte : on est tout dé-concerté par ce croisement continuel d'invectives et de récrimi-nations [1]. Ces sourdes menées, ces obscures conspirations ont quelque chose d'énigmatique dont on ne saisit pas de suite la clef ; mais en pénétrant davantage dans le labyrinthe, on par-vient à démêler le fil de l'intrigue ; on comprend la Fronde ; elle apparaît écrite dans les événements antérieurs.

Si tels furent la plupart des hommes qui exploitèrent la si-situation politique du royaume, pendant la minorité de Louis XIV, n'en concluons pas qu'il eurent la puissance de la créer ; il nous faut en chercher ailleurs la cause, la raison véritable. Ici il faut embrasser largement les événements, et écarter pour un instant les personnages les plus influents du drame.

La France n'avait pas, comme les royaumes d'Aragon, fait, avec le souverain, des pactes écrits. Les prérogatives de la couronne et les droits des sujets ne reposaient pas dans les chartes, mais seulement dans les coutumes, dont le dépôt, d'abord confié aux Etats-Généraux, tomba aux Parlements chargés de vérifier et d'enregistrer les édits pour la levée de l'impôt. Il n'est point, en effet, de pouvoir capable de vivre dans l'isolement, et entièrement abandonné à lui-même. Ce

[1] Plus de deux mille pamphlets furent publiés au temps de la Fronde, sous la désignation de *Mazarinades*.

sage contrôle, cet équitable milieu étaient indispensables ; de là dépendait le maintien de l'équilibre.

Quelques-uns des rois de la monarchie surent respecter les lois et leur soumettre une partie de leur autorité. Mais la sombre jalousie de l'astucieux Louis XI, écrasant la féodalité au profit de la couronne, ne s'arrêta pas devant les lois ; après avoir trempé ses mains dans le sang, il ne devait point hésiter à fouler aux pieds cet obstacle. La continuation de cette œuvre revenait de droit au despote que le poëte appelle avec une si juste énergie l'*Homme rouge* [1]. Lorsqu'il entreprit de jeter définitivement les bases de l'unité de la nationalité française, le génie ambitieux du cardinal se trouva avoir fort avancé cette tâche gigantesque en abattant la tête de Montmorency [2], de Cinq-Mars et de Thou [3]. Il ne traita pas mieux les lois qu'il n'avait traité les hommes ; elles furent reniées, méconnues. Le président Barillon, en voulant les protéger, se fit confiner à Amboise, et la persécution n'épargna aucun des magistrats qui voulurent remplir leur devoir, en faisant entendre la voix de la vérité.

Richelieu était enfin parvenu à établir une odieuse tyrannie, mais, grâce à Dieu, sans pouvoir lui assurer l'avenir ; les racines du despotisme n'étaient point encore irrévocablement attachées au sol des vieilles franchises. L'échafaud épouvante et détruit ; mais le sang qui en découle ne peut rien féconder ni créer.

Le Parlement sentit enfin le besoin de se réveiller de son dangereux et coupable assoupissement. Louis XIII avait ac-cordé la régence à sa veuve, conditionnellement et avec cer-taines limites. En offrant à la reine de la lui déférer, purement

---

[1] Dernière scène du ve acte de *Marion Delorme.*
[2] Décapité à Toulouse, le 30 octobre 1632.
[3] Décapités à Lyon, le 12 septembre 1642.

et simplement, le Parlement fit un acte de haute politique,
et ressaisit d'un seul coup sa haute position d'autrefois. Anne
d'Autriche y trouvant son compte, ne refusa pas un tel appui
contre les prétentions ambitieuses des princes. Elle accepta
sans s'arrêter aux graves inconvénients de relever ce nouvel
adversaire qui devait, par la suite, lui causer tant de tourments.

Si l'on se rappelle que le faible Louis XIII était descendu
au tombeau six mois environ après son premier ministre, laissant son sceptre à un enfant à peine âgé de cinq ans, on trouvera que ces circonstances étaient bien faites pour réveiller
l'ambition du duc d'Orléans, et pour le faire retomber dans
les coupables incertitudes de toute sa vie. Ce prince s'était
réconcilié avec son frère, qui avait reconnu, en mourant, son
mariage avec Marguerite de Lorraine; puis il s'était entièrement déconsidéré en trahissant lâchement Cinq-Mars et de
Thou [1].

Le cardinal Mazarin avait trop de finesse et d'habileté pour
ne pas sentir les difficultés de sa position : il sut prévoir les
attaques auxquelles il allait être en butte. Il importait avant
tout de se fortifier et de prendre racine; il commença donc par
temporiser et par faire des concessions. La violence n'était pas
dans son caractère; incapable d'employer des moyens extrêmes,
comme Richelieu, il savait arriver par la séduction. Rien ne
résistant d'ordinaire à son caractère insinuant, c'était un autre
genre de puissance.

Allant au-devant des prétentions de Gaston, et voulant s'assurer une place dans l'état, il avait déterminé le roi, dès le
21 avril 1643, à former un conseil de régence [2]. Les préten-

---

[1] *Voyez* page 269.

[2] Il était composé du duc d'Orléans, du prince de Condé, de M. le chancelier Seguier, des secrétaires-d'état Bouthillier et Chavigny, et enfin du cardinal Mazarin.

tions de la reine une fois détruites, il s'était habilement emparé de son esprit et de ses bonnes grâces. Anne d'Autriche avait consenti à éloigner de la cour l'évêque de Beauvais, qui avait autrefois toute sa confiance; elle déclara son nouveau favori premier ministre. La tranquillité fut rétablie au-dedans, et il y avait si long-temps qu'on n'avait joui de ses bienfaits, que les passions les plus mauvaises restèrent dans le calme, ou pour mieux dire, dans l'engourdissement. Mazarin, d'ailleurs, en homme habile, avait donné un aliment à l'ambition de ceux qu'il devait le plus redouter.

Gaston, ayant sous ses ordres les maréchaux de la Meilleraye et de Gassion, combat son beau-frère, le duc de Lorraine, et les Espagnols; il assiége et prend Gravelines (1644); l'année suivante, il s'empare de Mardik, de Béthune, de Cassel, de Saint-Venant, etc.; en 1646, Courtrai, Berghes, Saint-Vinoc, font leur soumission. De son côté, le duc d'Enghien gagne la bataille de Rocroy, défait les impériaux à Fribourg, les bat de nouveau et détruit leur armée à Norlingen (3 août 1645); prend Dunkerque et se couvre de gloire dans la campagne de Flandre (1646) et à la bataille de Lens.

Trop occupés à l'armée pour entraver la marche du cardinal, et se mêler aux affaires du cabinet ou de la diplomatie, ils lui laissèrent toute son action, et même l'aidèrent de leurs succès. Il put alors terminer la guerre par le fameux traité de Westphalie, dont les effets furent immenses pour le présent et l'avenir, en créant pour ainsi dire la grande constitution européenne, et même la politique moderne, par l'abaissement de la maison d'Autriche, dont la puissance exorbitante fut obligée de ployer sous les efforts de ses voisins coalisés.

Ces faits si importants et si glorieux pour la France, pourraient expliquer, au besoin, pourquoi les troubles de la Fronde n'éclatèrent que cinq ans après la mort de Louis XIII, malgré

les conditions si favorables des commencements d'une minorité
et d'une régence.

Plus tard, les princes songèrent à se prévaloir de l'importance acquise dans les camps. Après avoir servi le pays, n'était-
il pas juste d'en recevoir la récompense? Ceux qui avaient su
agrandir la France et la défendre, pouvaient bien la régir.
Le gouvernement ne leur appartenait-il pas, d'ailleurs, par
droit de naissance? Leur susceptibilité se réveilla plus vive que
jamais; ils ne concevaient pas comment ils avaient pu laisser
si long-temps, à la tête des affaires, un étranger parvenu
par l'intrigue, et ne présentant aucuns droits.

Le peuple se révolta à cause de l'augmentation de l'impôt
sur le pied fourché [1] et sur d'autres denrées. La création de
douze nouvelles charges de maîtres-des-requêtes, et la demande de payer par anticipation le droit de paulette [2], jetèrent
la perturbation et l'insubordination dans le Parlement. Si l'on
ajoute à ces dispositions hostiles, l'influence d'un esprit turbu-
lent, inquiet et ambitieux, mais d'une valeur incontestable,
tel que celui du coadjuteur de l'archevêché de Paris [3], on ap-
préciera exactement les causes et les ressorts les plus cachés de
la Fronde. Paul de Gondy est à nos yeux le génie personnifié
de l'intrigue, car s'il sert de point de ralliement aux fauteurs
des troubles, c'est qu'il sait exploiter tous les mécontente-
ments, et faire converger, à l'insu de tous, vers le même but,
les passions les plus opposées.

[1] Droit d'entrée payé pour les bœufs, moutons et autres animaux à pied
fendu ou fourché.

[2] Tous les magistrats du royaume devaient, de neuf ans en neuf ans, payer
le droit de paulette, qui assurait la possession de leurs charges à leur famille, et en assurait la vénalité. Ce droit avait été établi sous le ministère
du duc de Sully, par le chancelier Paulet, qui lui avait donné son nom.

[3] Jean-François-Paul de Gondy, coadjuteur de son oncle; et plus tard cardinal de Retz.

Le cardinal de Retz avoue franchement, dans ses *Mémoires*, qu'on ne doit pas chercher la cause de cette étrange révolution ailleurs que dans le dérangement des lois, qui causa insensiblement celui des esprits, et qui fit qu'avant qu'on se fût aperçu du changement, il y avait déjà un parti. Puis, au sujet du Parlement, il ajoute que de tous ceux qui furent appelés à y opiner dans le courant de cette année (1648), il n'y eut pas un seul individu, non plus que dans les autres compagnies souveraines, qui eût la moindre prévision, non-seulement de ce qui s'en suivit, mais de ce qui pourrait s'en suivre.

Nous aimons à faire ressortir cette opinion pleine de sens du cardinal de Retz, car elle peut s'appliquer à la plupart des révolutions. Les masses, et surtout avec elles les corps d'élite, se meuvent instinctivement, on pourrait presque dire allant à l'aventure. Les ambitieux donnent seuls une direction au désordre ; ils savent, par un autre genre d'instinct, vers quel but ils marchent, et surtout ils n'ignorent point qu'ils arriveront.

La paix n'était pas encore conclue au dehors, que les troubles qui devaient déchirer l'intérieur du pays, éclatèrent plus formidables que jamais. Les traités avaient été signés le 6 août 1648, à Osnabruck, entre l'empire et la Suède ; le 27 du même mois, Paris se couvrait de barricades, et le 13 septembre suivant, Mazarin emmenait le roi de Paris, pour le conduire à Saint-Germain. Il y rentra au mois d'octobre, et, poursuivant énergiquement les négociations avec l'étranger, ses plénipotentiaires signèrent, le 4 du même mois, à Munster, avec l'empire, le traité de paix dont nous avons dit les incontestables avantages.

Deux mois après, toute la cour prenait la fuite avec le roi, dans la nuit du 5 au 6 janvier, et Mazarin était déclaré ennemi de la patrie. Mais arrêtons-nous ici ; le cadre resserré de cette notice et sa nature, ne comportent pas une histoire de la Fronde.

Ce n'est point à nous de dire les négociations entre la cour et le Parlement, l'arrestation des princes et leur mise en liberté, les mutineries du peuple et la bataille Saint-Antoine ; nous devons nous borner à soulever un coin du voile. Nous voudrions seulement que cette rapide esquisse pût donner au lecteur une juste idée de la position morale dans laquelle se trouvait le poëte, et surtout qu'elle pût expliquer les réflexions que nous a suggérées, au premier aperçu, cette page si remarquable de notre histoire.

# LE CLAQUET DE LA FRONDE.

Parmi tant de subjects que le ciel nous envoye
Pour bannir la tristesse et vacquer à la joye,
Après avoir souffert tant de justes douleurs
Que nous avoient causé les ministres voleurs [1];

[1] Cette accusation est lancée contre Mazarin, dont les richesses étaient immenses. Ses bénéfices seuls lui rapportaient plus de 500,000 livres de rente. Le roi lui ayant abandonné les charges de la maison de la reine, il les vendit toutes jusqu'à la plus basse et en retira plus de six millions. Sa fortune a été portée jusqu'à 160 millions; mais cette somme est évidemment exagérée. Comment un ministre aurait-il pu amasser une telle fortune dans un temps où les revenus de l'état ne dépassaient pas 50 millions? D'autres l'ont évaluée 100 millions; Pomponne dit qu'il laissa 40 millions, dont 13 en argent monnayé. Cependant cette somme ne parait pas assez forte, s'il est vrai qu'une de

En ces jours consacrés à la réjouissance,

Un me rit , qui déjà plaît à toute la France ,

De voir que la douceur venge la cruauté [1] ;

Que nos princes , remis en pleine liberté [2],

Semblent auctoriser l'allégresse publique

A leur prêter sa voix , afin qu'elle s'explique.

Il est temps , désormais , de gouster des plaisirs

Souhaités ardemment avec tant de désirs ,

Puisque l'heureux project qu'avait conçu la *Fronde* [3],

ses nièces, la plus favorisée, à la vérité, Hortense de Mancini, reçut, pour sa part, 28 millions.

Quoiqu'il en soit de ces différentes versions, le 3 mars 1661 , Mazarin , à son lit de mort , sentit le besoin de mettre sa scandaleuse fortune sous la protection et la sauvegarde du roi en la lui légant tout entière. Louis XIV lui renvoya trois jours après son acte de donation. Ses dilapidations et exactions se trouvèrent ainsi légitimées par sanction royale.

Nous devons dire toutefois , à la louange du cardinal , que dans son nouveau testament il affecta 800 mille écus à la fondation d'un collége , qui prit le nom des Quatre-Nations, à cause de la réunion à la France, de Pignerol , de l'Alsace , de l'Artois et du Roussillon. Combien de ministres nous ont volés sans faire à la France la plus mince remise !  .

[1] Ce reproche, reproduit dans plusieurs pamphlets du temps , est injuste ; il convenait mieux à l'implacable Richelieu. Mazarin avait plus de finesse, de ruse et de dissimulation que de cruauté ; il préférait l'intrigue aux moyens extrêmes. Il n'avait nullement les qualités ou plutôt les vices qui font le tyran, lorsqu'il disait en réponse aux injures dont on l'accablait : « *cantano, pagaranò ;* ils chantent, ils paieront. » Le cardinal Mazarin avait fait des injures ce que Mithridate était parvenu à faire du poison, qui , au lieu de le tuer, finit par lui servir de nourriture ; il en tirait si bon parti qu'il s'en faisait un mérite auprès de la reine.

[2] Ce fut Mazarin lui-ême qui alla au Hâvre au commencement de février 1651, annoncer aux princes leur mise en liberté, en se retirant à Bruhl , chez l'électeur de Cologne, son ami.

[3] Les Frondeurs, après avoir facilité l'arrestation des princes, se coalisèrent plus tard pour les faire remettre en liberté.

Réussit, à la fin, au gré de tout le monde.

Il est vray que ce fou, de qui l'ambition

Fomentoit les motifs de nostre affliction,

Pourra, de déplaisir, mettre fin à sa vie;

Mais qu'il peste s'il veut, et qu'il meure d'envie,

Une brebis galleuse ou deux ou trois agneaux

Ne doivent pas gaster tout le corps des troupeaux.

Le rouge cramoisi n'a plus rien qui nous flatte :

L'éminence est à bas avec son écarlate;

Ces coyons qui, jadis, lui portèrent respect;

Fuyent, honteux de lui, dédaignant son aspect.

La France tout entière a conspiré sa perte;

De nos braves captifs la prison est ouverte,

D'autant moins supportable à des princes françois,

Que mesme elle n'est pas permise par les loix [1]...

----

[1] Ce fut le 16 janvier 1650 que de Guitaut et Comminges, son neveu, capitaine des gardes, arrêtèrent au Palais-Royal M. le prince de Condé, M. le duc
de Longueville et M. le prince de Conti, au moment où ils se rendaient au conseil. Ce fut Condé qui signa lui-même par surprise l'ordre qui devait faciliter
et assurer son arrestation. Il avait cru travailler contre ses ennemis et donner
l'ordre d'arrêter un certain Descoutures, syndic des rentiers, dont les révélations,
lui avait dit Mazarin, devaient être fort importantes dans le procès porté par
M. le Prince au parlement de Paris, contre le duc de Beaufort et le coadjuteur, qu'il accusait d'avoir voulu l'assasiner.

M. le Prince, au moment de son arrestation, fit preuve d'une grande fermeté
et d'un courage inébranlables. Les princes furent d'abord conduits au château
de Vincennes, où ils arrivèrent à dix heures du soir. Plus tard, leur prison
fut tranférée à Marcoussy; puis enfin au Hâvre, où ils restèrent jusqu'au
moment de leur délivrance.

Condé excitait une si vive admiration et une si grande vénération, que la

Un superbe aperçoit trop tard , à son dommage ,

Qu'un vassal qui s'attaque aux princes, n'est pas sage;

Il connaît son défaut, et je crois , sans mentir,

Qu'il n'est pas, à présent , à s'en bien repentir.

Encor n'est-il pas seul de cette humeur fantasque :

Des François sont meslés dans la mesme bourrasque;

Mais tous les sectateurs de ce lasche parti

Ont , dans un corps françois , un cœur mal assorti ;

Ils enragent de voir l'aposthême crevée,

Et de leur maudit chef , la puissance énervée.

Il estoit trop enflé de ses prospéritez ;

Il falloit ce revers à ses iniquitez ;

chambre où il avait été à Vincennes, fût visitée avec curiosité et respect par plusieurs personnes de distinction. Mademoiselle Scudéry y alla comme les autres ; et voyant dans un pot des œillets que **M.** le Prince prenait plaisir à arroser et cultiver , elle crayonna ces vers sur les murs de sa chambre :

> En voyant ces œillets qu'un illustre guerrier
> Arrosait de sa main qui gagnait des batailles.
> Souviens-toi qu'Apollon a bâti des murailles ,
> Et ne t'etonne plus de voir Mars jardinier.

Nous croyons à propos de rappeler encore ici que Payen des Landes, prieur de la Charité , conseiller au parlement de Paris, se distingua par son zèle pour les princes ; et contribua puissamment à les remettre en liberté en usant de son influence auprès de ses collègues, afin de faire déclarer leur emprisonnement illégal.

Le 7 février 1651, ce fut encore l'énergique prieur de la Charité qui proposa au parlement de décréter et de défendre pour jamais aux cardinaux l'administration des affaires, vu qu'ils avaient juré et promis fidélité au pape, et qu'ainsi ils ne pouvaient servir deux maîtres à la fois.

Cette proposition fut suivie du fameux arrêt qui proscrivait Mazarin et les siens , en ordonnant aux communes de *courre sus*.

Et que, pour s'opposer à son orgueil extresme,
Gaston interposast sa puissance supresme [1].
Cet insigne gredin a faict un coup d'estat ;
En rabattant ainsy les cornes de ce fat,
Prince très-généreux, dont l'illustre naissance
Faict de nostre grand roy la plus noble alliance,
Chassez ce tyranneau qui, malgré vostre sang,
Veut usurper sur vous-mesme, le premier rang ;
Et ne permettez pas que ce vilain bardache
Publie aux estrangers nostre pays Gavache.
Sages dispensateurs des thrésors de Thémis,
Sur cet auguste throsne où les Dieux vous ont mis,
Où sont, en champ-d'azur, les fleurs de lys semées,
Gardez le droict du roy, gardant vos renommées ;
Punissez ce coupable et vengez les affronts
Que ce traître a promis de mettre sur vos fronts.
Frondez si fortement, que le bruit de la Fronde
Estende son pouvoir vainqueur par tout le monde ;
Enfin, faictes connoistre à la postérité
Que vous estes tuteurs de la minorité.
Invincibles *Frondeurs*, honneur de nos provinces,
Appuis de ce royaume et soûtiens de nos princes,
Taschez, pour couronner la gloire de vos faicts,

[1] Gaston, pendant les troubles de la Fronde, prit le titre de lieutenant-général du royaume.

Qu'en ces jours nous puissions voir renaistre la paix ;

C'est le plus noble emploi que vous deviez prétendre,

Et que nostre grand roy, de vos vœux, doive attendre

*Voyez* à l'*Appendice*, l'*Elégie* et l'*Epigramme aux Dames frondeuses.*

# CHANSON BACHIQUE [1].

—❦—

| | |
|---|---|
| Aussitôt que la lumière | Auchitout qué lai lumiére |
| Vient redorer nos côteaux, | Al achllardi nous couteaux, |
| Je commence ma carrière | Y quemoince mai carriére |
| Par visiter mes tonneaux ; | Pou aller vouër mas touneaux ; |
| Ravi de revoir l'aurore, | Ben age de r'vouër l'ourore, |
| Le verre en main je lui dis : | Le varre en maigne y li dis : |
| Vois-tu sur la rive more, | Ot que t'vois chu lai rive more, |
| Plus qu'à mon nez de rubis ? | Mas qu'chu mon nez de rouésis ? |
| | |
| Le plus grand roi de la terre, | Le pu grand ré de lai tarre, |
| Quand je suis dans un repas, | Quand y seus dans n'ein repas, |
| S'il me déclarait la guerre, | Cho me dacllarot lai guarre, |
| Ne m'épouvanterait pas : | Ne m'apouvanterot pas : |

[1] Selon notre promesse, nous reproduisons ici la chanson bachique de Maître Adam, telle qu'on la chante aujourd'hui. Nous pensons être agréable à nos lecteurs du Morvand, en leur donnant en regard du texte, une traduction morvandelle que nous devons à l'obligeance de M. Balandreau, de Château-Chinon.

<table>
<tr><td>

A table rien ne m'étonne,<br>
Et je pense, quand je boi,<br>
Si là haut Jupiter tonne,<br>
Que c'est qu'il a peur de moi.

</td><td>

Ai taible ran ne m'atoune,<br>
Et y sonze, quand y boi,<br>
Chi lai-haut Zupitar toune,<br>
Que y ot qu'ol ai pour de moi.

</td></tr>
<tr><td>

Si quelque jour, étant ivre,<br>
La mort arrêtait mes pas,<br>
Je ne voudrais pas revivre<br>
Pour changer ce doux trépas;<br>
Je m'en irais dans l'Averne<br>
Faire enivrer Alecton,<br>
Et planter une taverne<br>
Dans la chambre de Pluton.

</td><td>

Chi queuque zor atant ivre,<br>
Lai mort airraitot mas pas,<br>
Y ne veudro pas revivre<br>
Pou çanzer o doux traipas;<br>
Y m'en iro dans l'Aivarne<br>
Fére enivrer Ailecton,<br>
Et planter eine taivarne<br>
Dans lai mayon de Pluton.

</td></tr>
<tr><td>

Par ce nectar délectable<br>
Les démons étant vaincus,<br>
Je ferais chanter au diable<br>
Les louanges de Bacchus.<br>
J'appaiserais de Tantale<br>
La grande altération,<br>
Et, passant l'onde infernale,<br>
Je ferais boire Ixion.

</td><td>

Pour o beuvraize aigueriable,<br>
Las damons se trouànt baittus,<br>
Y fairo çanter au guiable,<br>
Las louanzes de Baichus.<br>
Y aipayero de Tantaile<br>
Lai grande ailtération,<br>
Et, paissant l'onde infernaille,<br>
Y fairo boire Ixion.

</td></tr>
<tr><td>

Au bout de ma quarantaine,<br>
Cent ivrognes m'ont promis<br>
De venir, la tasse pleine,<br>
Au gîte où l'on m'aura mis;<br>
Pour me faire une hécatombe,<br>
Qui signale mon destin,<br>
Ils arroseront ma tombe<br>
De plus de cent brocs de vin.

</td><td>

Au bout de mai quairantaine;<br>
Chent ivrognes m'ont aisseuré<br>
Qu'ois vindraint, lai tasse piene,<br>
Al l'endret qu'in m'airot bouté;<br>
Et pou faire eine hacaitombe,<br>
Qui chignaile mon destingne,<br>
Ois airroseraint mai tombe<br>
De mas d'chent pilargniers de vingne.

</td></tr>
<tr><td>

De marbre ni de porphyre,<br>
Qu'on ne fasse mon tombeau;<br>
Pour cercueil je ne désire<br>
Que le contour d'un tonneau,<br>
Et veux qu'on peigne ma trogne,<br>
Avec ces vers à l'entour:<br>
« Ci-gît le plus grand ivrogne<br>
» Qui jamais ait vu le jour. »

</td><td>

De mairbre ni de pourphyre,<br>
Qu'in ne fias pas mon tombiau;<br>
Pou çarcueil y ne dasire<br>
Que lai rondu d'ein tougniau,<br>
Et veux qu'in taigne mai trougne,<br>
Aitout las vars-chi ai l'entor:<br>
« Itchi ot l'pu faimeux ivrougne<br>
» Que zaimas a veu le zor. »

</td></tr>
</table>

# A M. LE PRINCE [1].

## QUATRAIN.

Prince plus grand qu'Alcandre,
Tu m'as promis cent écus ;
Je suis venu pour les prendre :
Que réponds-tu là-dessus ?

[1] *Voyez* pages 457 et 524. Nous avons dû ne pas omettre ce quatrain, qui n'est pas dans les œuvres, mais que la tradition donne à Maître Adam. L'abbé Goujet s'exprime ainsi à cet égard : « On dit que M. le Prince fut curieux » de voir notre poète-menuisier, et lui promit cent écus, et que le poète vint » les lui demander à Paris, par ces quatre vers. »

( Bibliothèque française, t. xvii, page 56. )

# POST-SCRIPTUM [1]

D'UNE LETTRE DU CARDINAL MAZARIN A COLBERT,

Datée d'Avignon, le 20 mars 1660.

( *L'original autographe existe à la Bibliothèque royale, dans le fonds Baluze.* )

« Le menuisier poëte, de Nevers, m'a envoyé des vers sur la paix , et il me fait instance de me souvenir de son fils dans les occasions de vacanse de quelque petit bénéfice. Je vous prie de luy faire sçavoir que j'ay reçeu ses poésies, et que je les ay eues fort agréables , et que je vous ay escrit de vous sou-venir de son fils dans les rencontres qui s'offriront. »

1. *Voyez* page 462.

# ÉPITAPHE [1]

## DE MAITRE ADAM.

### HIC JACET

*Secundus Adam et ultimus.*
*Primus tamen in sublimi genere*
*Scribendi.*
*Proceribus, principibus, regibus,*
*Charus.*
*Amicis jucundus, doctis facundus,*
*Omnibus amandus.*
*Thesaurus abscunditus, lux in tenebris,*
*Sol potius eclipsi*
*Laborans,*
*Ætatem explevit,*
*Poëta laureatus*
*Immortalitati*
*Sacer.*
*Hæc Augustinus-Franciscus Bertherius,*
*Flendo, admirando, rogando,*
*Ponebat.*

Obiit. 14. Kalend. Jun. 1662.

[1] Cette épitaphe fut composée et mise en tête du *Vilebrequin*, par M. Berthier, prieur de Saint-Quaize, l'ami et le bienveillant éditeur des vers dus aux dernières inspirations du poète nivernais. Malgré nos investigations, il nous a été impossible de découvrir si un tombeau avait été élevé à la mémoire de Maître Adam.

En dépit de l'admiration et des éloges que lui prodigue l'excellent prieur, le pauvre menuisier, sans aucun doute, tomba promptement dans l'oubli des grands, pour ne survivre que dans les souvenirs et les traditions populaires. Si un modeste tombeau, élevé dans le petit cimetière de la paroisse Saint-Jean, par la piété de quelques amis, fut destiné à recevoir cette épitaphe, il a dû disparaître vers la fin du siècle dernier, à l'époque de la translation des cimetières hors de la ville.

MAISON DE MAÎTRE ADAM

Monnaie de Nevers

# LA MAISON D'ADAM BILLAUT [1].



Qu'un autre, visitant nos monuments divers,
Plus ou moins mutilés en nos jours de tempête,
Admire nos remparts, nos temples; qu'il s'arrête
En extase devant le Château de Nevers !


Au palais de nos Ducs, s'élançant dans les airs ;
Moi, je préfère, ami, cette humble maisonnette,

[1] Nous donnons ici, comme corollaire du dessin de M. Paul Bourgeois, ce sonnet inspiré à M. Antony Duvivier, par la vue de la maison de Maître Adam. Ce jeune poëte patriote, auteur d'*Une Voix du Morvand*, plein d'amour et d'admiration pour tout ce qui peut jeter quelqu'éclat sur le pays, doit bientôt enrichir notre littérature nivernaise d'une *Histoire de la Ville et du Prieuré de La Charité.*

Etroit et bas logis , où l'artisan-poéte ,
Où Maître Adam chantait et rabotait ses vers !


Ici , rien n'est changé : c'est la même boutique ,
Avec son large cintre et sa madone antique ,
Et le feuillage épais qui l'ombrage, l'été !


Le nom d'Adam Billaut a protégé l'échoppe ,
Et le pieux respect dont ce nom l'enveloppe ,
Voudrait, aussi pour elle, une immortalité !

Antony DUVIVIER.

# APPROBATION

# DU PARNASSE

SUR LES

CHEVILLES DE MAITRE ADAM.

# APPROBATION DU PARNASSE [1]

## ÉPIGRAMME.

On peut dire en tout l'univers,
Voyant les beaux escrits que Maistre Adam nous offre,
Qu'il s'entend à faire des vers
Comme il s'entend à faire un coffre.

SAINCT-AMANT [2].

[1] L'abbé de Marolles n'avait pas rassemblé moins de soixante-dix pièces de vers de toutes sortes, adressées à maître Adam en français, en latin, en grec, en espagnol, en italien. L'abbé de Villeloin donna ce recueil en tête de l'édition des *Chevilles* de 1644, sous le titre assez original de l'*Approbation du Parnasse*. Nous avons cru devoir ne reproduire ici que celles composées par les personnages les plus renommés ; pour compléter notre choix, nous l'avons fait suivre des noms de tous ceux qui donnèrent à maître Adam quelques marques de sympathie.

[2] Marc-Antoine Gérard, sieur de Saint-Amant, enfant de Rouen, comme le grand Corneille, naquit, en 1594, d'une famille honorable. Il était très-versé dans la connaissance des langues modernes. Il vécut dans l'intimité du comte d'Harcourt, cadet de la maison de Lorraine, et l'accompagna lors de ses glorieuses expéditions sur la Méditerranée. Il fut un des premiers

# ÉPIGRAMME.

> Adroit menuisier de Nevers,
> Mais plus adroit tourneur de vers,
> Va travailler en Catalogne
> Ou vers le Rhin ; pour nos guerriers ;
> Ne mets plus de bois en besogne,
> Si ce n'est du bois de lauriers.

BOIS-ROBERT [1],

Abbé de Chastillon.

membres de l'Académie, en remplacement de l'abbé de Cassagnac. En 1649,
l'abbé de Marolles lui procura, avec une pension de trois mille livres, une
place de gentilhomme ordinaire de la chambre, près de la reine de Pologne.
Revenu de Varsovie, où il n'avait fait qu'un court séjour, la fortune lui devint contraire, et il tomba dans un dénument complet ; une sombre mélancolie le conduisit au tombeau, en l'année 1660. C'est à la critique de son
*Moïse*, qu'il faut attribuer ce passage de l'*Art poétique* de Boileau :

> N'imitez pas ce fou, qui, décrivant les mers,
> Et peignant, au milieu de leurs flots entr'ouverts,
> L'Hébreu sauvé du joug de ses injustes maîtres,
> Met, pour les voir passer, les poissons aux fenêtres.

On doit cependant reconnaître que Saint-Amant a écrit plusieurs pièces
avec verve et esprit, telles que la *Solitude*, l'*Eté de Rome*, le *Poète crotté*,
la *Débauche*, etc. N'oublions pas ses *Stances sur la grossesse de la reine de
Pologne*, publiées en 1650 ; *Rome ridicule*, etc.

Musicien habile, il lisait ses vers avec beaucoup d'agrément ; il leur prêtait
même un charme qui s'évanouissait à une lecture plus reposée.

Un homme d'esprit et de goût, M. Géruzez, a donné dernièrement une
excellente appréciation du caractère littéraire de Saint-Amant.

[1] François Metel de Bois-Robert, naquit à Caen, vers 1592. Son père était
avocat, et il porta lui-même quelque temps ce titre. Dans un voyage qu'il fit

## SONNET [1].

Le Dieu de Pythagore et sa métempsycose,
Jetant l'amé d'Orphée en un poëte françois,
Par quel crime, dit-elle, ay-je offensé vos loix,
Digne du triste sort que leur rigueur m'impose ?

Les vers font bruit en France ; on les louë, on en cause :
Les miens, en un moment, auront toutes les voix ;
Mais j'y verray mon homme à toute heure aux abois ;
Si, pour gaigner du pain, il ne sçait autre chose.

à Rome, en 1630, Urbain VII, charmé de son esprit, lui donna un petit prieuré en Bretagne ; il échangea alors l'épée contre la soutane. De retour en France, il entra dans les ordres, et fut pourvu d'un canonicat à Rouen. Sa réputation lui valut l'amitié du cardinal Richelieu, et bientôt la société de l'homme d'esprit devint indispensable au grand politique. Tout le monde connaît la prescription du célèbre Citois : « Monseigneur, nous ferons tout ce » que nous pourrons pour votre santé ; mais toutes nos drogues seront inutiles, » si vous n'y mêlez une ou deux drachmes de Bois-Robert. »

L'abbé était fécond en bons mots ; ils lui valurent de riches bénéfices. Ce fut lui qui donna à son patron l'idée de fonder l'Académie, dont il fut un des premiers membres. Il était un des cinq auteurs qui élaboraient les tragédies du cardinal ; il en a fait dix-huit pour son compte. Il mourut le 30 mars 1662, emporté par une courte maladie.

Il eut un frère, Antoine de Metel, sieur d'Ouville, qui ne fut qu'un médiocre écrivain.

[1] Dans cette pièce, tombée de la plume de notre grand tragique, on a quelque peine à reconnaître l'auteur du *Cid*. Elle devait cependant trouver place ici, puisque nous avons fait un choix dans la volumineuse collection qui précède la première édition, et forme l'*Approbation du Parnasse*.

Nous sçaurons, dirent-ils, le pourvoir d'un mestier :
Il sera fameux poëte et fameux menuisier,
Afin qu'un peu de bien suive beaucoup d'estime.


A ce nouveau party, l'ame les prit au mot ;
Et, s'asseurant bien plus au rabot qu'à la rime,
Elle entra dans le corps de Maistre Adam Billot.

CORNEILLE.

---

## ÉPIGRAMME.

Ennemy du repos et de l'oysiveté,
Maistre Adam fait des vers et non pas des chevilles ;
Pour attacher les noms à la postérité,
Des lauriers du Parnasse, il a fait des chevilles.

COLLETET [1].

[1] Guillaume Colletet, né à Paris, le 12 mars 1596, se fit recevoir avocat au parlement de Paris ; mais il négligea cette carrière, et devint le poète que nous connaissons. Il fut admis à l'académie dès 1634, c'est-à-dire lors de sa fondation. Il mourut le 16 février 1659, si pauvre, qu'il fallut quêter pour le faire enterrer. Plus tard, son fils vendit sa bibliothéque pour vivre, comme nous le raconte spirituellement M. Charles Nodier.
( Voy. Mélanges tirés d'une petite bibliothèque.)

# ODE.

Toy qui, d'un pied chausse-sabot,
As pu monter dessus Parnasse,
Et dont la main pousse-rabot
Charmes dessus charmes entasse ;
Rare menuisier de Nevers,
Qui fais bien plutost mille vers
Qu'une douzaine d'escabelles,
Tes vers, qui courent l'univers,
Sont leus dans les fines rüelles,
En dépit de l'envie au regard de travers :


Ils sont, ventre Apollon, si beaux ;
Qu'ils dureront, chose certaine,
Plus long-temps que tes escabeaux,
Fussent-ils de buis ou d'ébène.
Quitte donc ton mestier de bois,
Viens voir les princes et les roys,
Dis leur tes chansons immortelles :
Par mon chef, je n'en voy pas trois
Qui puissent en dire de telles,
Et ne croy pas en voir de plus de quatre mois.

Un quidam , venu]l'autre jour
Des bords de la saincte Fontaine ,
Dit qu'on a battu le tambour
Aux environs de l'Hippocrène.
Que , pour ton rabot exalter,
Des rimeurs , le grand magister,
Par tous les lieux de son empire ,
Entendoit que , sans résister
Et sans y trouver à redire,
On ne dit plus limer un vers , mais raboter.

L'abbé Scarron [1].

---

[1] Paul Scarron, né à la fin de 1610. En 1637, une folie de Carnaval, à laquelle il prit part au Mans, le paralysa presqu'entièrement, et le fit devenir, selon ses propres expressions, un *raccourci de la misère humaine*. En 1652, il épousa Françoise d'Aubigné, si célèbre depuis sous le nom de madame de Maintenon. Il agit, dans cette circonstance, avec une délicatesse de sentiments et de procédés qui lui fit le plus grand honneur. Il termina sa triste carrière le 14 octobre 1660 , en plaisantant et disant : « Par ma foi, je ne me » serais point imaginé qu'il fût si facile de se moquer de la mort. » Il était, dit Segrais, fort aimé et fort aimable. Il écrivit lui-même son épitaphe ; elle est pleine de grâce et de finesse.

> Celui qui cy maintenant dort,
> Fit plus de pitié que d'envie,
> Et souffrit mille fois la mort
> Avant que de perdre la vie.
> Passant, ne fais ici de bruit,
> Et garde bien qu'il ne s'éveille,
> Car voici la première nuit
> Que le pauvre Scarron sommeillé.

Ses œuvres , publiées en 1737, par Bruzen de la Martinière, en dix vol. in-12 , furent réimprimées en 1786, en sept vol. in-8. On y trouve l'*Enéide travestie*, *Thyphon*, ou la *Gigantomachie*, *Jodelet*, *Don Japhet d'Arménie*, l'*Héritier ridicule*, le *Roman comique*, un de ses meilleurs ouvrages , etc., etc.

# ÉPIGRAMME.

Vous, règle, et vous, compas, qu'Adam transforme en plume,
Qu'un fiel de vain orgueil contre vos vers ne fume :
Est-il dit qu'Apollon, Dieu qui se fit bouvier,
N'ose, sur un poëte, enter un menuisier?

M<sup>lle</sup> DE GOURNAY [1].

# ÉPIGRAMME.

Puisque ce docte menuisier,
Lorsqu'il veut tourner un laurier,
Fait des choses dignes d'envie ;

[1] Marie Lejars de Gournay, née à Paris, en 1566, de parents distingués. Elle vécut dans l'amitié de Montaigne, dont elle devint la fille d'adoption. Il fait son éloge à la fin du chap. XVII du liv. 2 des *Essais*. Il lui donna une grande preuve d'estime et d'attachement en lui léguant ses manuscrits. Nous devons à cette savante fille trois éditions des *Essais* (1596-1602-1635 ; ) la dernière fut publiée aux frais du cardinal de Richelieu, qui en agréa la dédicace. Mademoiselle de Gournay la fit précéder d'une préface assez curieuse,

La libéralité des roys
Pourroit défendre qu'en sa vie
Il travaillast sur d'autre bois.

TRISTAN LHERMITE [1].

## ODE.

Quel Dieu t'a rendu son oracle?
Quel démon t'inspire ces vers?
Dois-tu passer dans l'univers
Pour un monstre ou pour un miracle?

et traduisit les passages grecs , latins et italiens que cite fréquemment Montaigne.

Elle termina sa longue carrière à Paris, le 13 juillet 1645, à l'âge de 80 ans. C'est donc peu de temps avant sa mort qu'elle adressa l'épigramme que nous reproduisons ici à maître Adam , et au moment où il publiait sa première édition des *Chevilles* en 1644. Ses ouvrages furent réunis en deux volumes in-4°, 1634 et 1641 , sous le titre d'*Avis* ou *Présents* de mademoiselle de Gournay. Tallement des Réaux , donne sur la fille adoptive de Montaigne les détails les plus piquants.

[1] Tristan Lhermite , qui se faisait gloire de descendre du fameux prévôt de Louis XI, est né en 1601, au château de Soliers , dans la Marche. Conduit à la cour, il fut, à l'âge de 13 ans, placé d'abord près du marquis de Verneuil, fils naturel d'Henri IV. Notre poëte s'enfuit en Angleterre, à la suite d'un duel dans lequel il tua son adversaire. Rentré dans sa patrie , il obtint la place de secrétaire du marquis de Montpezat ; attaché ensuite au duc d'Orléans , il composa la tragédie de *Mariame*, qui obtint un prodigieux succès en 1637. Entré à l'académie en 1649 , il mourut en 1655 et fut enterré à Saint-Jean-en-Grève. Outre ses tragédies, qui eurent de la réputation , ses pièces fugitives , contenant les *Amours*, la *Lyre*, et les vers héroïques, ne sont pas sans mérite. Quinault fut l'élève de Tristan Lhermite.

O prodige entre les esprits ,
Qui sais tout et n'as rien appris !
Merveille du siècle où nous sommes !
Estonnement de tous les yeux !
A peine as-tu connu les hommes,
Et tu parles comme les Dieux.


Docte ignorant , puissant génie ,
Qui, parmy le bruit et le bois ,
As sceu trouver plus d'une fois,
Et la cadence et l'harmonie.
Ta main est sçavante au compas ,
La règle ne te manque pas ,
Et tu ne fais rien sans mesure ;
Mais en ce labeur immortel ,
Ce n'est point l'art , c'est la nature
Qui t'enseigne à le rendre tel.


Quitte , quitte le mont Parnasse ,
Illustre et fameux menuisier ;
Laurier, myrthe , palme et rosier,
Pour toy, n'ont rien qui satisfasse.
Va, malgré l'orgueil du turban ,
Sur le sommet du mont Liban ,
Te servir d'un moyen qu'il t'offre ;
Là , comme tes vers sont sans prix ,
Prends du cèdre, et t'en fais un coffre
Pour y conserver tes escrits.


Sans les flatter, ils en sont dignes ;
Et tout le monde est estonné

De voir un rabot couronné
Faire taire et chanter des cygnes.
O Nevers, séjour glorieux,
Cache ton émail curieux,
Ne le fay plus voir à l'Europe;
Mais fay voir à tous les passans
L'immortelle et grande varlope,
Sur l'autel où fume l'encens.


Fay voir, sur les rives de Loire,
Des arcs de triomphe eslevez,
Où soient doctement engravez
Et le rabot et l'escritoire.
Fais-y pendre de toutes parts,
Comme marques de ces deux arts,
Des chevilles et des couronnes.
Et, pour affliger l'Eridan,
Fais lire au-dessus des colonnes,
A LA GLOIRE DE MAISTRE ADAM.


DE SCUDÉRY [1].

---

[1]. Georges de Scudéry, frère de la célèbre Madeleine de Scudéry, si connue
par ses interminables romans de la Clélie et du grand Cyrus. Il naquit au Hâvre
vers 1601. Après avoir suivi la carrière des armes jusqu'à l'âge de 30 ans, il
la quitta pour ne plus s'occuper que de littérature. Il fit représenter seize
pièces de théâtre de 1631 à 1644 ; il publia en outre, *Alaric*, le *Tombeau de
Théophile*, et plusieurs autres ouvrages. Il mourut à Paris, le 14 mars 1667.
Scudéry avait une grande facilité de style, mais aussi un prodigieux amour-
propre : la vanité étouffa en lui le germe du talent.

## SONNET.

Adam, premier homme du monde,
Vray poëte et vray menuisier,
Dont le rabot n'est point altier,
Quoy que la plume en soit féconde.

De ta princesse sans seconde,
Grave le beau nom sur l'acier ;
Qui peut, mieux que toy, publier
Les mérites dont elle abonde ?

Que tu mettras ta gloire haut,
Si tu travailles comme il faut,
Pour tant de qualitez illustres ;

Tu dois bien estre utile aux roys,
Puisque tu peux faire à la fois
Leurs esloges et leurs balustres.

DE BENSERADE [1].

[1] Benserade ( Isaac de ), né à Lyons-la-Forêt, petite ville de Normandie, en 1612, mort le 19 octobre 1691. Il fut reçu à l'académie française le 17 mai 1674. Comme l'a dit un écrivain du XVIIIᵉ siécle, ce furent moins ses poésies que ses bons mots qui le mirent à la mode.

# ÉLÉGIE.

Puisqu'on n'estime plus le mortel qui s'amuse
A charmer les humains en courtisant la muse ;
Que le docte, aujourd'huy, ne passe que pour sot,
Sers-toy, si tu me crois, seulement du rabot.
On connoissoit jadis le mérite des hommes ;
Mais depuis, cher Adam, qu'en ce siècle où nous sommes,
Le siècle a corrompu l'ordre de l'univers,
C'est un pauvre mestier que de faire des vers.
Que le docte travail jamais ne t'importune,
Aussy bien tu ne peux y faire ta fortune,
Et crois que, sans railler, Pégase est un cheval
Qui mène les rimeurs en poste à l'hospital.
J'honore ton sçavoir, ta pauvreté m'irrite :
Sçais-tu ce qu'on dira, parlant de ton mérite,
Alors qu'on te verra, je dis mesme plus nu
Encore mille fois qu'on ne peint la vertu ;
Considérez Adam, n'est-ce pas un grand dommage
De le voir malheureux en un tel équipage ;
Son génie est puissant, j'admire ses escrits ;
S'il eust estudié, qu'il eust beaucoup appris ;
J'ay pitié de luy voir faire le pied de grue ;
Et, faute de logis, coucher dans une rue.
Apprends en ce temps-cy que, pour estre adoré,
Il faut estre veau d'or, ou bien asne doré.

Un jeune impertinent, dont la sotte posture
Sera de rajuster tousjours sa chevelure,
Et de prendre conseil sur chacun des cheveux ;
Qui, souriant un peu, puis parlant comme deux,
Après avoir songé quelque meschante phrase,
Adjoustera, morbieu, pour donner de l'emphase,
Et de mauvaise grace, en faisant le censeur,
Méprisera le frère et gausera la sœur,
Perdra, dans un discours, cent fois la contenance,
Fera rire les murs de son impertinence,
Cherchera, tout confus, par un discours nouveau,
Le fil de son discours autour de son chapeau,
Et ne le trouvant point, finira sa harangue
Par un peste du sort, maugré bieu, de la langue.
Faut-il estre gesné dans la suite des mots,
Passera pour habile au jugement des sots,
Et, s'en faisant accroire, il voudra qu'on le prise,
Et qu'on donne le mot d'éloquence à sottise ;
Le vulgaire croira qu'il est beaucoup sçavant,
Pour avoir osé mettre un discours en avant ;
Et se fera vanter par toute la contrée,
D'autant qu'il sçait par cœur un compliment d'Astrée.
Un autre, moins hardy, mais aussy sot que luy,
Taschera, corrigeant les ouvrages d'autruy,
D'acquérir du renom ; et, tout bouffy de gloire,
Pour monstrer qu'il a leu, vous mettra sur l'histoire,
Accusera Duplex, blâmera Coiffeteau.
Dira que le discours n'est ny coulant ny beau ;
Et, passant tout d'un coup aux œuvres de Plutarque,
Que cet homme doit estre affranchy de la Parque,
Mais qu'il n'apporte pas d'assez fortes raisons,
Et qu'il trouve à redire à ses comparaisons ;

Que Cicéron estoit plus grand que Démosthènes,
Bien qu'il eust dérobé l'éloquence d'Athènes.
Après, pour assiéger Regnault de Montauban,
Que Charlemagne fist sonner l'arrière-ban ;
Et puis, recommençant un autre coq-à-l'asne,
Qu'il a leu quelquefois dedans Aristophane,
Mais que tous les romans, à son gré, sont camus,
Auprès de son Maugis ou de Nostradamus ;
Enfin, il vous rompra tout un jour les oreilles,
S'imaginant avoir raconté des merveilles,
Et sous ombre qu'on sçait qu'il a un peu d'argent,
Il est plus glorieux qu'un recors de sergent.
Ainsy les ignorans ont tousjours l'advantage ;
Celuy qui, pour tout bien, a l'esprit en partage,
N'esprouve désormais qu'un destin rigoureux ;
On dit, en le voyant dans le nombre des gueux :
Il est brave garçon et de bonne famille,
Et s'il avoit du bien, il seroit pour ma fille.
Car on estime plus ces riches libertez,
Ainsy, comme l'on tient, sept superbes citez,
Voyant que l'on vantoit partout les vers d'Homère,
Disputèrent jadis ce beau titre de mère :
Toutes vouloient son corps ; sa besace, dit-on,
Demeura sans maîtresse avecque son baston :
Car il ne put jamais, avec sa resverie,
Eviter ce fascheux monstre de gueuserie.
On laisse le poëte, et l'on croit en effet
L'avoir récompensé, disant : Il a bien fait.
Car s'il donne du vent à celuy qui l'employe,
Il le paye souvent de la mesme monnoye ;
Ou si, peut-estre, il est en sa mauvaise humeur,
Il ne songera pas seulement au rimeur.

Enfin , pour avoir mis des lauriers sur la teste
D'un poltron qui n'osa jamais lever la creste ,
Et de qui l'ignorance auroit plustost besoin
Qu'on luy fit un présent d'une botte de foin ,
On dira de tes vers , pour toute récompense ,
Vrayment , ils tombent tous d'une belle cadence.
Icy les médisans sont contraints d'avouër,
Que l'auteur a des traits qu'on ne peut trop louër,
Et qu'il a bonne grâce à composer un livre.
Los muses, cependant, ne donnent pas à vivre ;
Ce n'est pas d'aujourd'huy ; car aux siècles passez ,
Leurs travaux ont esté fort mal récompensez.
Et sçais-tu bien pourquoy ces neuf sœurs sont pucelles,
C'est qu'aucun des mortels n'a jamais voulu d'elles ;
Qu'elles n'ont rien vaillant , et que leur pauvreté
A conservé l'honneur de leur virginité ;
En un mot, qu'elles sont dedans une campagne,
N'ayant, pour se loger, qu'une pauvre montagne ,
Et peuvent bien louër la valeur de Maugis ,
Qu'elles n'ont pas moyen de louër un logis.
Quitte donc Appollon, dont tu prônes la gloire ,
Puisqu'aussy bien ce Dieu n'a que de l'eau pour boire ;
Car je connois fort bien, à ton rouge museau ,
Qu'un homme comme toy ne sçauroit boire d'eau ;
Ou , si tu veux encore faire des vers sans cesse ,
Que ce ne soit au moins que pour nostre princesse,
Tu sçais qu'elle a dessein de te récompenser ,
C'est à toy, cher Adam, maintenant d'y penser.
Pour moy, qui ne vis point dans l'espoir du salaire ,
Et qui ne prétends rien que l'honneur de luy plaire ,
Je jure, par celuy qui préside à Nevers ,
De ne faire jamais que pour elle des vers ;

Et quand j'auray finy ma tragi-comédie,
Que je me guériray de cette maladie,
Je veux bien estre après privé de jugement,
Si je songe jamais à rimer seulement,
Si ce n'est quelquefois pour faire une satire.
Adieu, lis bien ces vers que je te viens d'escrire,
Après avoir resvé sur mon luth ce matin,
Et maudit mille fois la muse et le destin.

### CARPENTIER DE MARIGNY [1].

[1] Jacques Carpentier de Marigny, fils du sieur de Marigny, seigneur du village de ce nom, dans le Nivernais, et non d'un marchand de fer, comme le prétend à tort Dutillet. Après avoir embrassé l'état ecclésiastique, il fit, pendant sa jeunesse un voyage en Suède. De retour en France, il s'attacha à la fortune du cardinal de Retz, et fut un des principaux auteurs des libelles composés contre Mazarin. Son penchant au sarcasme lui attira plus d'une mauvaise affaire. Ayant accompagné le prince de Condé à Bruxelles, il y reçut des coups de bâton, dont il se plaignit amèrement dans une lettre rendue publique. Il mourut d'apoplexie en 1670. A beaucoup de verve, Carpentier de Marigny joignait une grande facilité de style; il excellait surtout dans l'impromptu : mais il s'est souvent laissé aller à un cynisme que n'admettait guère la gravité de sa position.

Le piquant satirique niverniste nous a laissé : un *Recueil de Lettres en prose et en vers*, vol. in-12, La Haye, 1658; un poème sur le *Pain bénit*, 1673, in-12. Guy Patin lui attribue « le fameux *Traité politique...* où il est prouvé, par l'exemple de Moïse et autres, que tuer un tyran (*titulo vel exercitio*), n'est point un crime, Lyon, 1658, petit in-12, publié comme traduit de l'anglais de William Allen. Cet ouvrage a été réimprimé à Paris en 1793.

L'élégie de Carpentier de Marigny adressée ici à maître Adam, est, sans contredit, une des meilleures de l'approbation du Parnasse, sinon par le style, du moins par la pensée.

## SONNET.

Je croyois estre seul de tous les artisans,
Qui fût favorisé des dons de Caliope :
Mais je me range, Adam , parmy tes partisans,
Et veux que mon rabot le cède à ta varlope.

Je commence à connoistre,  après plus de dix ans,
Que , dessous moy, Pégase est un cheval qui chope ;
Je vay donc mettre en paste et perdrix et faisans ,
Et contre le fourgon me noircir en cyclope.

Puisque c'est ton mestier de fréquenter la cour,
Donne-moy tes outils pour eschauffer mon four;
Car tes muses ont mis les miennes en déroute.

Tu souffriras pourtant que je me flatte un peu :
Avecque plus de bruit tu travailles , sans doute ,
Mais , pour moy, je travaille avecque plus de feu.

RAGUENEAU [1].

[1] Ragueneau nous apprend lui-même qu'il était pâtissier ; mais les biographies ne contiennent aucun détail sur sa personne.

# ÉPIGRAMME.

Ce fameux artisan, si cher à la mémoire,
D'effet, comme de nom, le premier des humains,
Entr'autre ouvrage de ses mains,
S'est dressé des autels au temple de la gloire.

ROTROU [1].

---

[1] Jean Rotrou, né à Dreux, en 1600, d'une famille très-ancienne, mort en 1650. Il donna *Wenceslas*, et il refusa de se joindre aux détracteurs du *Cid*.

# ÉPITRE A MAITRE ADAM[1],

## MENUISIER DE NEVERS.

Cher Adam , de Nevers et la gloire et l'honneur,
Un frère en Apollon , de son métier tailleur,
Et n'ayant ici-bas ni qualité ni titre ,
Vient te prier, tout franc , d'accepter une épître.
Beaucoup ont oublié le pauvre menuisier ;
Mais moi je n'ai jamais passé dans ton quartier,
Sans que ton souvenir, présent à ma pensée ,
Ait laissé dans mon cœur ton image tracée ,
Sans fixer mes regards sur ton humble maison ;
Qu'une vigne embellit de son riant feston ;
Sans dire : C'était-là que, dans sa rêverie ,
Maître Adam , suspendant son rabot et sa scie ,
Souriant à sa muse, une plume à la main ,
Composait un sonnet où rimait un refrain.
Tourmenté comme toi d'un instinct poétique ;

[1] Nous espérons être agréable à nos lecteurs, surtout aux Nivernais, en terminant l'ancienne *Approbation du Parnasse* par cette épître pleine de verve et de pensées philosophiques, que M. Rouget, dans le principe , ne destinait point à l'impression. Comme maître Adam , M. Rouget appartient à la classe laborieuse des artisans ; mais , plus heureux , il doit à son travail une douce aisance que la faveur des grands ne donna jamais au pauvre poète-menuisier.

Je néglige le soin d'une mince boutique ;
Et, laissant quelquefois l'aiguille et les ciseaux,
Je courtise ma muse et cadence des mots.
Mais, plus libre que toi, je n'attends pas pour vivre,
Ou l'aumône d'un grand, ou la vente d'un livre ;
Chaque jour mon travail, peu lucratif, mais sûr,
M'apporte le pain blanc arrosé d'un vin pur,
Et, sans aucun souci, plus heureux qu'un monarque,
Au gré des doux zéphirs je laisse aller ma barque.
Le roc est impuissant contre un léger bateau ;
L'écueil est pour les grands qu'emporte un lourd vaisseau.
Où t'entraînaient, ami, les filles de mémoire ?
Tu quittas le repos pour un vain bruit de gloire,
Tu connus de la cour le pompeux appareil ;
Mais jamais le bonheur n'y berça ton sommeil ;
Et, dans ce beau séjour où l'intrigue se rue,
Tu regretteras Nevers et ta paisible rue.
Hélas ! tu sus trop tard que la faveur des grands
Est l'image frappante et du sable et des vents ;
Celui qui, pour les suivre, en secret se consume,
En remporte en son cœur une vive amertume :
Malheureux qui se fie à leurs dehors trompeurs,
Et se fait courtisan pour avoir des flatteurs !
Cependant, tu revins à ton modeste asile,
Retrouver le repos dans un travail utile,
Et, tout désabusé de tes rêves brillans,
Reprendre tes outils oubliés trop long-temps.
Mais le démon des vers t'aiguillonnant sans cesse,
Dans tes trop courts loisirs tu buvais au Permesse.
Et tu peignais du moins, plus libre dans tes chants,
Ta bonne foi trompée et ton mépris des grands.
Tu leur lançais les traits de ton humeur caustique.

Il me semble, d'honneur, te voir en ta boutique,
Virgile en tablier, la varlope à la main,
Accompagné souvent de ton proche voisin,
Des intrigues des grands racontant la chronique;
Ou, joyeux, entonner quelque chanson bachique,
Et d'un vieux vin du crû mouiller chaque refrain;
Car (soit dit entre nous), tu prisais la bouteille,
Et l'odorant fumet du doux jus de la treille,
A ton esprit malin inspira quelquefois
Plus d'un couplet piquant et tant soit peu grivois.
Je ne t'en blâme pas. Pour féconder ta veine,
La tonne de Bacchus était ton Hippocrène,
Et, dans les flots pourprés de ce nectar divin,
Tu puisais de beaux vers et noyais maint chagrin.
Tu mettais à profit le précepte d'Horace,
Et tes vers, avoués par le dieu du Parnasse,
En illustrant ton nom, des beaux esprits cité,
Ont su marquer ta place à l'immortalité.
Cependant, que n'as-tu, dans une obscure vie,
Cultivé pour toi seul les arts, la poésie,
Jouissance du cœur! doux plaisir de l'esprit!
Il est vrai que ton nom n'eût pas fait tant de bruit;
Mais tu n'eus pas connu la grandeur opulente,
Et de ta pauvreté, ta sagesse contente,
N'eût pas, sur tes vieux jours, qui ne pouvaient finir,
Eprouvé le tourment d'un triste souvenir!
Le regret d'être né de parens sans aisance,
Poursuivit les beaux jours de ton adolescence;
Regret amer, hélas! Il t'eût semblé si doux
De vivre pour les arts, où t'appelaient tes goûts.
Que veux-tu, cher Adam, la nature bizarre
Et d'hommes accomplis chaque jour plus avare;

Sans règles et sans choix, dispensant ses faveurs,
Comble souvent un sot de fortune et d'honneurs,
Et jette, sans pitié, dans la triste indigence,
Un homme en qui les dieux ont mis l'intelligence;
Privé d'instruction, sans gloire et sans éclat,
Cet homme est inconnu; dans un obscur état
Il végète, et pourtant, par fois une étincelle
De génie ou d'esprit l'enflamme et le révèle;
Mais ce ce n'est qu'un éclair au milieu de la nuit,
Qu'enveloppe aussitôt l'obscurité qui suit.
Ah! combien parmi nous, dans un noble délire,
Manîraient un pinceau, toucheraient une lyre,
Si l'éducation, dès leurs plus jeunes ans,
Avait développé leurs organes naissans !
Toi-même, cher Adam, qui sait, dans l'opulence,
Ce que ton âme ardente eût acquis de science,
Si l'étude et les arts, t'absorbant tout entier,
Tu n'eusses point perdu ton temps dans un métier?
Ton siècle t'eût peut-être, enfantant ses merveilles,
Proclamé le rival de l'aîné des Corneilles;
Tandis que ton esprit, que guidait le hazard,
Ne put faire de toi qu'un poëte sans art.
On aspirait jadis au temple de mémoire;
L'artiste, au noble cœur, travaillait pour la gloire :
Il préférait à l'or le laurier d'Apollon,
Et, pour toute fortune, il n'avait qu'un beau nom.
Quand celui qui peignit la douleur de Chimène
Donnait pour trente écus les enfants de sa veine,
En conscience, ami, dis-moi, que vendais-tu
De ton *Vilebrequin* le mince contenu?
Pour vivre, as-tu jamais compté sur tes *Chevilles*,
De tes loisirs charmants, humbles et bonnes filles?

Non, parbleu ! De ton temps le libraire gagnait,
Et le poète, hélas ! écrivait et jeûnait.
Ce n'est pas le tout d'être, a dit notre Voltaire,
Il faut venir encor à temps sur cette terre.
Corneille vivotait, tu mendiais ton pain.
Mais Corneille, aujourd'hui, serait sûr d'un beau gain ;
Les fils de l'Hélicon, du temple de mémoire,
Remportent, de nos jours, plus d'argent que de gloire.
L'artiste d'aujourd'hui sacrifie à Plutus,
Et Scribe, tous les ans, gagne vingt mille écus.
Et Scribe, ami, n'est point un Racine, un Corneille ;
C'est un auteur charmant qui, semblable à l'abeille,
Va butinant partout, à la ville, à la cour,
Au château féodal, dans le roman du jour,
Et refondant le tout dans un travail habile,
De ses vols déguisés compose un vaudeville ;
Bluette littéraire, avorton qui, par fois,
Voit le jour, vit et meurt dans l'espace d'un mois.
Il est un autre écrit bien sinistre, bien terne,
Bien obscène surtout : c'est le drame moderne.
Pour avoir des horreurs, on fouille les tombeaux,
On en tire sanglants de dégoûtants lambeaux ;
Puis on montre à nos yeux ces images funestes
De meurtres, de poisons, d'adultères, d'incestes ;
De six siècles passés, ramassis monstrueux,
Où l'absurde toujours le dispute au hideux ;
Cauchemar incessant d'écrivains en délire,
Qui prennent leurs écarts pour des traits de Shakespeare !
Et ces drames honteux, qui choquent le bon sens,
Donnent à leurs auteurs deux fois vingt mille francs !
Le théâtre n'est plus un temple où la sagesse,
Dépouillant la vertu de son âpre rudesse,

Sachant la rendre aimable à tous les spectateurs,
Par le charme des vers la glissait dans les cœurs.
Quelle mère, en effet, quelle épouse fidèle
Voit la veuve d'Hector sans pleurer avec elle,
Sans remporter en soi ses douloureux accents,
Avec plus de vertus, d'amour pour ses enfants ?
Et quel est le guerrier qui voit le vieil Horace
Sacrifier, d'un mot, le dernier de sa race,
Sans comprendre aussitôt, dans son cœur enivré,
L'amour de son pays plus grand et plus sacré !
Voilà l'ancien théâtre. Une muse divine,
Conservant la beauté de sa sainte origine,
S'y drapait décemment et n'élevait la voix
Que pour flétrir le vice et faire aimer les lois.
Mais aujourd'hui la scène est d'horreurs polluée,
La muse s'est salie et s'est prostituée :
Elle vient enseigner comment, à son vainqueur,
Une femme à l'instant abandonne son cœur,
Trahit tous ses devoirs et d'épouse et de mère,
Et d'un suicide affreux couvre son adultère.
Voilà, mon cher Adam, le spectacle vanté
Où s'entasse Paris par curiosité,
Et dont plus d'un quidam à mine hétéroclite,
Connaisseur délicat, rabâche le mérite,
Résume en un instant le présent, le passé,
Et tient à tout jamais Jean Racine *enfoncé*.
Ces drames passeront ; mais l'argent qu'à la caisse
La foule, chaque soir, donne et donne sans cesse,
Enrichit en un mois le trop coupable auteur,
Et c'est tout ce qu'il veut pour son triste labeur.
Tout auteur corrompu puise à d'impures sources ;
Les arts, touchés par l'or, sont flétris dans leurs courses,

Et tombent dégradés ! [1] .   .    .    .    .    .    .    .    .

.   .    .    .    .    .    .    .    .    .    .    .    .    .

.   .    .    .    .    .    .    .    .    .    .    .    .    .

.   .    .    .    .    .    .    .    .    .    .    .    .    .

.   .    .    .    .    .    .    .    .    .    .    .    .    .

C'est assez , cher Adam , trop long - temps je babille ,
Ma besogne m'appelle et je reprends l'aiguille ;
Je t'ai parlé, tout franc , de ce qu'on fait chez nous ,
De notre siècle , ami , ne sois donc pas jaloux ,
Car chez tes descendans rien ne manque à ta gloire ;
Tu fus le favori des filles de mémoire ,
Et , comme pour sceller ton immortalité ,
L'illustre auteur du *Cid* , Corneille t'a chanté !

ROUGET.

Septembre 1836.

[1] M. Rouget s'était livré ici à une longue dissertation sur la littérature actuelle , que nous avons dû retrancher , de son consentement , comme étant étrangère au sujet principal.

# NOMS

DES PERSONNES QUI ADRESSÈRENT DES VERS A MAITRE ADAM.

De Marolles, abbé de Villeloin.
De Sainct-Laurent.
De Sainct-Amant.
De Bois-Robert.
De Scudéry.
Beys.
L'abbé Scarron.
Corneille.
Colletet.
De Benserade.
D'Alibray.
De Gérard.
Janvier.
Gillet.
Ragueneau.
Monglas.
F. Mathurin.
Sallart.
Rampalles.
Carpentier de Marigny.
De Réault.
Maugiron.
Delisle.
Chevreau.

Tristan Lhermite.
Grenaille.
Le Cadet.
Beausonnet.
Martial.
Toussaint Quinet.
La Poirée.
P. Mesmyn.
Vieux-Marché.
Daguerre.
Sainct-Malo.
Le marquis d'Arimant.
D'Argis.
Mademoiselle de Beaupré.
Sainct-Germain.
De Mezeray.
Courrade.
B. dit La Miche.
Floridor.
Mademoiselle Dorgemont.
Mademoiselle de Gournay.
Gombauld.
Rotrou.
De L'Estoille.

Maloisel.

Du Pelletier.

De Villenes.

De la Chairnais.

Du Puy.

Des Fontaines.

Le marquis D. P. de B.

De Charpy.

P. Richer.

Bense-Dupuis.

Berthier.

Le comte de Saint-Aignan.

De Scudéry.

Bertault.

Ménard.

De Nicolle.

Panseron.

Le chevalier Chenu de Maziére.

Antony Duvivier.

Rouget.

# TABLE DES MATIÈRES.

## LE VILEBREQUIN.

FIN DE LA TABLE.

# ERRATA.

A la notice, page x, ligne 7, au lieu de *dont s'est servi*, lisez *que s'est servi*.
Page 41, ligne 6, au lieu de *serment*, lisez *sarment*.
Page 102, ligne 9, au lieu de *Argaunistes*, lisez *Argonistes*.
Page 154, ligne 4, au lieu de *impérieurs*, lisez *impérieux*.
Page 189, ligne 1, au lieu de *prince d'Infinit*, lisez *prieuré d'Inf*.
Page 206, à la note, au lieu de 7, lisez 5.
Page 239, à la note, au lieu *quelle*, lisez *quel*.
Page 348, à la note, au lieu de 1554, lisez 1525.
Page 494, ligne 15, au lieu de *esclaves*, lisez *escloses*.
Page 513, à la note, ligne 3, au lieu de *où il reçut*, lisez *où il avait reçu*.
Page 600, ligne 17, au lieu de *tu regretteras*, lisez *tu regrettas*.

---

# PORTRAITS.

# APPENDICE.

# APPENDICE

## AUX POÉSIES

DE

# MAITRE ADAM,

MENUISIER DE NEVERS.

NEVERS,
IMPRIMERIE DE J. PINET, PLACE SAINT-SÉBASTIEN.
1842.

# APPENDICE.

⁕⁕⁕

## À M. BARDOU[1].

### STANCES.

Cher Bardou, ton pet est si beau;
  Que, malgré la nuict du tombeau,
Le dernier des vivans sentira sa fumée,
  Et le beau cul qui l'a produit,
  Est bien au-dessous du conduit
Dont Vénus a tant faict bruire la renommée.


  La fable dit que Jupiter,
  Après qu'il eust oüy peter
Le cul délicieux du mignon Ganymède,
  Au mespris des nymphes des cieux,
  Dans ce pertuis délicieux,
Pour se venger d'amour, il y prit son remède.


  Ha ! que si le lien eust paru,
  Quand ce Dieu se sentit féru
Des traits par qui l'amour faict régir toutes choses,
  Ganymède, comme je croy,
  Auroit esté, proche de toy,
Ce que sont les chardons proche des plus belles roses.


[1] Le bon prieur de Saint-Quaize a soin de nous apprendre « que les beaux vers » composés par M. Bardou, sur la quintessence d'un pet, obligèrent Maistre » Adam à faire ceux-ci, à la gloire de ce pétillant auteur. »

1

Ce pet illustre et vagabond
N'est pas un pet du second bond :
Son souffle est un effect des soins de la nature,
    Quand cette reine l'inventa,
    Au mesme instant elle enfanta
Le mouvement fumeux de la gloire future.


    Le Zéphir amoureux des fleurs,
    En faisant chanter ses douleurs
A la divinité que l'on appelle Flore,
    Si son vent ressembloit au tien,
    La bise ne seroit plus rien,
Et le siécle doré retourneroit encore.


    L'ingrate beauté que tu sers
    N'a pas besoin d'autres concerts
Pour semer en tous lieux le bruict de sa loüange ;
    Et si, comme toy, j'eus peté,
    Mon Iris m'auroit contenté,
Et sa gloire courroit du Tage jusqu'au Gange.


    Mais cette ingrate, un beau matin,
    Ne me donna pour tout butin,
Qu'une vesse qui fit la perte de ses charmes.
    Cê souffle éteignit mon respect :
    Mais s'il eust ressemblé ton pet,
Comme toy je serois encore dans les larmes.


    Péte toujours de la façon,
    Et si quelque pet de maçon,
Quelque jour, par hasard, embrene ta chemise,
    Je diray, pour ce beau rayon,
    Que les moutardiers de Dijon,
A l'esgal de ton cul, n'ont faict qu'une sottise.


<hr>


## ÉLÉGIE [1].


Si j'estois aussy beau comme vous estes belle,
Je ne ferois jamais de banc ni d'escabelle ;
Mon entretien seroit à vous faire la cour,
Et je mourrois de faim, ou je vivrois d'amour.
Vous n'avez rien en vous qui ne soit adorable,
Puisque mesme l'orgueil vous rend considérable,
Et tout le monde dit, en admirant vos appas,
Qu'un Dieu vous aymeroit, si vous ne petiez pas.
Mais cette infirmité, pourtant, est générale,
Et tous culs, en ce point, sont de mesme cabale.
Lorsque le Dieu Jupin sur la terre habitoit,
Encore que divin, comme un autre il petoit,


[1] Ces vers, que Maitre Adam aurait pu se dispenser de ranger parmi les élégies, furent improvisés contre une demoiselle d'une beauté remarquable, mais fort orgueilleuse. Elle excita la verve du poëte en lui tournant le dos au moment où il venait lui présenter ses hommages.

Et je croy, quand il veut espouvanter la terre,
Que c'est avec un pet qu'il forme son tonnerre.
On dit qu'un jour Cypris sentoit plus fort que musc,
Un beau matin que Mars vint luy baiser le busc;
Cela ne causa point entr'eux aucun divorce;
Au contraire, la belle en accreut son amorce,
Parce que la rougeur que sa honte forma,
Se joignant à ses lis, son galant plus l'aima.
Mais c'est trop discourir d'une vaine matière,
Achevons de parler de vostre mine altière.
Enfin, vous possédez les plus riches trésors
Dont jamais la nature ayt embelly les corps,
Et vous deviez sortir d'une tige plus rare
Que celle qui, d'un sceptre, aujourd'huy vous sépare,
Puisqu'on ne connoist point de princesse, en ces lieux,
Qui veuille, mieux que vous, se comparer aux Dieux.
Vostre nom, quoique beau, est d'étoffe si mince,
Qu'on le met en lambeaux aussitost qu'on le pince.
La nature devoit un peu vous mieux traiter,
Et des communs mespris vostre gloire exempter,
Ordonnant qu'un chacun vous traiteroit d'altesse,
Puisqu'en vostre mespris vous faictes la princesse;
Ou bien, en vous faisant de basse qualité,
Vous donner, pour me plaire, un peu d'humilité.
D'abord que je vous vis, je devins idolâtre;
Je ne vous blasme point d'avoir un teint de plastre,
Quoique la médecine en parle assez souvent,
Mais, devant moy, ce bruirt est de l'ombre et du vent.
Il est vray qu'un moment fut le seul avantage
Qui me vint en esclair monstrer vostre visage,
Et qu'en vous saluant, je demeuray vaincu,
Quand, loin de vostre nez, j'aperceus vostre cul.
Que vous eussiez accru mon désir téméraire,
M'opposant le devant ainsy que le derrière :
Un seul de vos regards m'auroit tout confondu,
Et peut-estre qu'amour m'auroit faict son pendu.
Je vous suis obligé d'un traitement si rude,
Et je dois mon salut à vostre ingratitude.
Vous m'avez, en ce point, tout métamorphosé;
Mais ma punition, pour avoir trop osé,
N'est pas, aux malheureux, un trop fâcheux mystère,
D'avoir, d'un menuisier, faict un apothicaire.

---

# LES AMOURS DE DIANE ET D'ENDYMION.

## RONDEAU.

Par le milieu d'un bois superbe et glorieux,
De voir que sa fraischeur ne craint point l'œil des cieux,
Endymion estant aux plaisirs de la chasse,
Rencontra, par bonheur, Diane toute lasse,
Qui couroit, comme luy, les bestes de ces lieux.

Abordant cet object qui captive les Dieux,
Il luy dit, en baisant son beau sein et ses yeux,

Souffrez que mon ardeur échauffe vostre glace,
                    Par le milieu.


Amour, qui de nature est fort impérieux,
Jaloux de leurs plaisirs, devint si furieux,
Qu'il fit que le respect à la fureur fit place,
Que ce cruel amant son amante terrasse,
Luy poussant dans le corps un trait délicieux,
                    Par le milieu.

----

# A M. DE LA MOTTE.

### RONDEAU.


Divin esprit, adorable rimeur !
Si je pouvois entrer en belle humeur ;
Qu'un temps cruel, qui m'est venu confondre,
M'eust accordé le bien de te répondre,
J'enrichirois bientost mon imprimeur.


Mais Apollon est pour moy sans rumeur ;
Mon chef est plein d'une morne tumeur,
Et ne suis bon qu'à mettre poule pondre,
                    Divin.


N'attends donc pas d'un mauvais escrimeur,
Panégyrique, éloge ny clameur :
L'engin des sœurs je ne sçaurois plus tondre.
Ha ! sur ce mot je m'en vais les semondre
D'estre pour toy comme autrefois, limeur
                    Divin.

----

# ÉPITAPHE [1].


De Boisvert, icy-bas, n'est plus qu'un peu de poudre,
Ses brillantes vertus ne l'ont pu garantir
De subir, sous le joug de l'invincible foudre,
Qu'aux rois comme aux bergers la Parque fait sentir.


Son ame, dans son corps au point de se dissoudre ;
Quitta cette prison sans aucun repentir,
Et ce fut justement que l'on la vit résoudre,
Voyant les cieux ouverts avant que d'en sortir.


Cet illustre, en vivant, honora la province ;
Il joignit ses travaux aux exploicts de son prince :
Sa conduite, en ces lieux, a faict mille guerriers.


[1] A la mémoire de Henry Rapine, écuyer, sieur de Boisvert, gentilhomme
ordinaire du roi et premier capitaine de la ville de Nevers.

Le Rhin a veu ses faicts aussi bien que la Loire,
Et, comme tout renaist dans le sein de la gloire,
Les cyprès de la mort cèdent à ses lauriers.

## ÉPIGRAMME [1].

Que n'es-tu perdurablement,
Et non pas roy pour un moment[1],
Puisque la gloire sans seconde
Faict voir à tout le genre humain
Qu'une, qui ne peut moins espérer que le monde,
Tous les jours te preste la main.

## ÉLÉGIE [2].

Donc en vain, invincible et trop belle Ardemire,
J'auray souffert pour toy tous 'es maux qu'on peut dire,
J'auray veu quinze hyvers ramener les glaçons,
Et quinze fois aussi reverdir les buissons,
Sans que d'un seul bienfaict, ton ame impérieuse
Ait daigné soulager la mienne malheureuse ;
Je t'auray, dans mon cœur, eslevé des autels,
Ma plume t'aura mis au rang des immortels,
Et la pauvre Doris, par un juste reproche,
M'accusera d'avoir, pour elle, un cœur de roche ;
Elle, de qui l'amour méritoit mieux que toy,
Si le ciel l'eust permis, les preuves de ma foy.
Doncques, pour tous les fruicts de ma persévérance,
Je verray mon rival trahir mon espérance ;
Et moissonner des fleurs que je n'ay pu cueillir.
Depuis tant de printemps qu'elles m'ont faict vieillir.
Aujourd'huy que mon mal passe à la violence,
De bannir le respect qui faisoit mon silence,
Et que mes tristes yeux effarez, languissans,
N'oseroient plus parler des peines que je sens.
Permets que cet escrit, que j'expose à ta veuë,
Exprime à tes regards la douleur qui mé tuë.
Et que ces fiers tyrans, dont j'esprouve les coups,
Me soient, en cet effect, moins barbares que doux.
Voy, par ces tristes vers, à quel point je t'honore,
D'avoir tousjours caché l'ardeur qui me dévore,
Et réduit sous les loix de ma discrétion,
Les sinistres effects de mon oppression.
S'il m'eust été permis de te peindre ma flâme,
De monstrer, par mes pleurs, la chaleur de mon âme,
Que n'aurois-je pas faict pour me rendre vainqueur

[1] A M. du Sollier, écuyer de la reine de Pologne. Cette épigramme fut improvisée un jour des Rois, M. du Sollier ayant eu la fève.

[2] Ces vers furent inspirés à Maître Adam, par l'inconstance d'une maîtresse qui, après avoir reçu pendant de longues années les hommages d'un de ses amis, eût la cruauté de trahir ses espérances, en se mariant à un autre.

Du pudique rempart qui conserve ton cœur ?
Ma bouche, mille fois, l'auroit faict ouverture,
Par des discours ardens, des tourmens que j'endure ;
Mille soûpirs de feu, comme flots irritez,
T'auroient faict le portraict de mes témeritez.
Mais, cruelle, j'ay cru que mon ame insensée
Ne t'exprimoit que trop ma funeste pensée,
Quand mes mourans regards t'annonçoient, en tous lieux,
Ce qu'un cœur languissant peut dire par les yeux.
Je crus que tu devois lire sur mon visage,
De mes feux innocens, l'infaillible présage,
Et que, par le respect de m'estre tousjours tu,
L'amour t'engageroit à vaincre ma vertu.
Mais je voy bien qu'il faut que je me désabuse,
Qu'en vain je fais agir la chaleur de ma muse,
Et qu'un seul intérest va plus faire en un jour,
Que ne feroient jamais les feux de mon amour.
Depuis que mon erreur et ma mélancolie
Ont faict de ma raison un throsne à ma folie,
As-tu rien faict pour moy qu'un tigre en le flattant,
Moins farouche que toy, n'en eust bien faict autant ?
Il n'est point de mortel, depuis que la nature,
De ce grand univers inventa la structure,
Soit du siècle présent soit des siècles passez,
Soit parmy les vivans, soit chez les trépassez,
Qui se puisse vanter au mespris de mes peines,
De mes fidélitez et du poids de mes chaisnes,
Qu'il ait plus enduré ny plus souffert que moy,
Sous le joug amoureux de l'orgueilleuse loy.
Que le sort m'eust paru favorable et propice,
Si, lorsque je te vis, il eust faict mon supplice,
Et qu'il eust, par ma mort, finy dans ce moment,
Ce qu'en vain mon amour a faict si lâchement.
Je n'accuserois pas mes traîtres destinées
D'avoir mis sous tes lois mes plus belles années.
Dans cet événement où ton œil m'engagea,
Et qui ma liberté sous ses forces rangea.
Son aymable poison, qui ronge mes entrailles,
Dans ce premier abord, eust faict mes funérailles,
Et son fatal regard, qui me parut si beau,
Auroit, en me blessant, esclairé mon tombeau.
Aujourd'huy qu'un mary va joüir de ta couche,
Que sa bouche osera se coller sur ta bouche,
Quel démon assez fort me sçauroit obliger
À croire cet hymen et ne pas m'affliger ?
Il me semble desjà qu'un prestre, dans son prosne,
Annonce, contre moy, comme un prince en son throsne,
Si quelqu'un a dessein de vouloir s'opposer
Aux vœux de ce tyran qui doit t'épouser.
Ce rencontre funeste, où j'oserois paroistre,
Fera, de chaque mot, une foudre à mon estre ;
Je frémiray d'horreur, et mon dernier respect
Me rendra, pour te plaire, à moy-mesme suspect.
Hélas ! si je pouvois estouffer sa parole !
Et si le désespoir, qui mon ame console,
Osoit montrer l'ennuy d'un cœur inquiété,
Qui pourroit s'opposer à mon impiété ?
J'irois jusqu'à l'autel me rendre ta victime,
Je peindrois de mon sang ta rigueur et mon crime,
Et, pour subir l'arrest où tu m'as condamné,
J'accroistrois, par ma mort, la peine d'un damné.
Il me semble de voir ce monstre dans son lustre,
Accoudé près de toy sur le sacré balustre,

Jurer dedans les mains un serment solemnel,
Aussi juste à ses vœux comme aux miens criminel.
Au seul ressentiment qui m'en vient toucher l'âme,
Mille frissons d'horreur se glissent dans ma flâme.
Qui font, dedans mon corps, de plus grands mouvemens
Que n'en feront un jour tous les quatre élémens,
Lorsqu'ils seront contraints, avecque la lumière,
De rétablir le corps de la masse première,
Et ranger l'univers à cette extrémité
Où je voudrois qu'il fust, ou qu'il n'eust point esté.
Je voy dessus ta teste une verte couronne
Qui ternit, à mes yeux, l'esclat qui l'environne,
Belle pour ce rival qui te joindra de prés,
A tes yeux de lauriers, comme aux miens, de cyprés ;
J'entends mille parens célébrer sa conquéste:
Je voy d'autant de mets l'ornement de la feste,
Où toutes les santés dont on fera raison,
Enyvreront mes sens de rage et de poison :
Mais le plus noir object qui faict ma violence,
C'est de voir que la nuict, par son morne silence,
Faict que, pour le repos, chacun veut soûpirer
Pour accroistre l'ennuy qui me faict expirer.
Je voy, dedans l'excez de mon dernier martire,
Par un terrible adieu, qu'un chacun se retire ;
Et, toute dépoüillée au milieu de ton lit,
Je t'endends trémousser d'un lubrique délit,
Sous le fameux voleur qui, de douces rapines,
Moissonnera les fleurs dont j'auray les espines.
O Dieu ! que ce penser m'estonne et me détruit,
Que j'auray de travaux dans cette infâme nuit,
Et que d'affreux vautours, ainsy qu'un Prométhée,
Rongeront de mon cœur la masse becquetée.
Pour charmer mes ennuis, quel sommeil assez fort,
A moins que d'estre atteint de celuy de la mort,
Pourra faire filer mes mourantes paupiéres,
Et tarir, de mes pleurs, les courantes riviéres
Qu'un juste désespoir de mes yeux tirera,
Et qui, pour me noyer, ma couche inondera ?
Mille cuisans pensers peindront, à mon idée,
Les lascifs mouvemens dont tu seras guidée.
Et chaque embrassement qu'inventeront tes bras,
Me fera rencontrer des serpens en mes draps.
Tous mes travaux passez viendront en ma mémoire ;
J'entendray mon rival triompher de ma gloire,
Et joüir à souhait d'un bien délicieux
Que je croyois enfin n'appartenir qu'aux Dieux.
Pourras-tu sans remords, orgueilleuse tigresse,
Te figurer alors la rage qui me presse?
Et les plaisirs qu'amour te fera ressentir.
Seront-ils point suivis de quelque repentir ?
Oüy, cruelle, je croy que tu verras encore,
Des yeux du souvenir, l'ennuy qui me dévore,
Et qu'un traict de pitié, dans ces esbattemans,
Troublera le succez de tes contentemens.

## A M. PAYEN DES LANDES [1].

### PRÉLUDE.

Divinité, que j'ay tousjours suivie,
Depuis le jour que ta célèbre envie
Vint m'inspirer, par des charmes puissans,
La saincte ardeur qui boüillonne en mes sens.
Cœur d'Apollon, adorable Uranie,
Divin object d'une gloire infinie,
Qui, sans chercher l'aurore ny ses pleurs,
Couvre en tout temps le Parnasse de fleurs ;
Race des Dieux, vieille et belle pucelle,
De qui l'esclat incessamment excelle,
Et dont le faste a cette qualité
D'atteindre au but de l'immortalité ;
Qui, dés héros, annonces les merveilles,
Faisant régner leur vie par tes veilles,
Et détruisant, par tes faicts esclatans,
Tous les efforts des injures du temps ;
Supresme appuy qui me sert de refuge,
Quand un malheur me prépare un déluge,
Lorsqu'agité de mille soings pervers,
Prenant mon vol dans les sentiers divers,
Par la vertu qui n'a point de seconde,
J'arrive au ciel sans délaisser le monde,
Inspire-moy quelque chose de beau
Parmy le banc, le coffre et l'escabeau,
Parmy le bois, le bruict et la pratique,
Dont le rabot faict gronder ma boutique,
Pour mettre au jour l'indicible vertu
Dont un Païen se trouve revestu.
Mais ce Païen n'est point de ces barbares,
De ces tyrans qui forment leurs tiares
Par des emplois, de qui l'iniquité
Tient ses leçons de la brutalité.
C'est un païen dont la gloire féconde
Se fera voir au dernier jour du monde,
Dans un esclat plus pompeux et plus beau
Que n'est celuy du vagabond flambeau ;
Qui rentrera dans sa masse prémiére,
Quand celuy-cy doublera sa lumiére.
Ce grand païen a faict voir en tous lieux,
Pour l'intérest de la gloire des cieux,
Des actions si dignes de loüanges,
Que sa vertu n'en cède rien aux anges.
C'est un païen plein de zèle et de foy,
Qui, mille fois, pour l'honneur de son roy,
En triomphant, au mespris de sa vie,
A mis sa gloire au-dessus de l'envie.
Bref, ce païen d'un éternel renom,
N'est un païen seulement que de nom.
Et toy, fameux introducteur des pintes,

[1] Voyez le Vilebrequin, page 532.

Dont les grandeurs, sous les feüilles, sont peintes
Du jus vermeil qui distille d'un fruict
Qui faict régner le silence et le bruict,
Quand sa liqueur, prise à perte d'haleine,
Faict, bien souvent, d'un Tantale un Silène;
Et, par l'effect d'un frénétique effort,
Braire un ivrogne, alors qu'un aultre dort.
Dieu composé dans les flancs de Semelle,
Lorsqu'icy-bas, d'une flâme jumelle,
Le grand Jupin, à la honte des cieux,
Fit de son germe un don si précieux;
Joufflu poupon dont la teste est couverte
D'un bois tortu, de qui la feüille verte
Passe en beaulé les superbes lauriers
Sous qui Bellonne ombrage ses guerriers:
Divin Bacchus, ornement de septembre,
Comme tu l'es, en tout temps, de ma chambre,
Qui fais agir les aimables accords
Sans qui mon âme auroit quitté son corps,
Ne songe plus à l'amante abusée,
Qui te soûla du reste de Thésée.
Quand ce perfide, au mespris de sa foy,
Sceut triompher d'Ariadne et de toy.
Donne tes feux à la docte princesse
Pour qui les miens esclateront sans cesse,
Et, par l'effect d'une saincte unité
Qui passera jusqu'à l'éternité,
Mesle ton jus avec l'eau d'Hippocrène.
Faïctes du tout une seule fontaine,
Et faictes voir aux yeux de l'univers,
Ce doux mélange à la gloire des vers.
Alors, tous deux vous ferez des guirlandes
Pour ce Payen, cet illustre Des Landes.
Mais, pour complaire à mon ardent désir,
Lorsque vos mains les auront pu choisir,
Permettez-moy d'en couronner sa teste,
Honorez-moy d'une telle conqueste.
Souffrez tous deux que, sur un front si beau,
Mon bras, parfois autéur d'un escabeau,
Puisse monstrer, en ce siécle où nous sommes,
Parmy le choix que vous faictes des hommes,
Qu'un raboteur, d'une robuste main,
A couronné l'honneur du genre humain.

---

# A MON COMPÉRE LITIER.

### SONNET.

Hier, dans le sermon, j'aperçeus la tigresse.
Qui m'a, depuis quinze ans, causé tant de langueurs
Qui, m'ostant son aspect d'un demy-tour de fesse,
Fit passer en mes sens sa derniére rigueur.

Litier, en ce malheur, il faut que je confesse
Que, sans ton vin, j'aurois demeuré sans vigueur,

Si tu veux me guérir, demain , après la messe ,
Je seray le vengé , tu seras le vengeur.


Dans ce doux entretien, dont tu charmes les âmes ,
Tous deux, le verre en main, nous esteindrons nos flâmes ,
Et des carquois d'amour nous ferons des flacons.


Nargue de ces putains qui détruisent nos veilles :
L'âge nous f... assez ; et je croy que nos c....
Se doivent maintenant appeler des bouteilles.

---

# A DAPHNIS [1].

### SONNET.


Cher Daphnis, c'est en vain que nostre amour se fonde
Sur l'instabile humeur d'une ingrate beauté ;
Abandonnons ses fers , et , d'une ardeur féconde,
Allons chercher ailleurs nostre captivité.


Sçachons mieux disposer de nostre liberté ;
Quittons cette Laïs moins constante que l'onde,
Puisque , pour l'assouvir, un gros cheval basté
La possèdera mieux que personne du monde.


Nos respects n'y font rien , nous l'avons bien connu ,
Par le choix qu'elle a faict de ce dernier venu,
Dont l'impudique main en tous endroits la touche.


De moy, je m'en retire, et . sans lui vouloir mal ,
Je tiens qu'elle a raison de chérir un cheval ,
Puisqu'il peut faire aller son moulin et sa couche.

---

# A PHILLIS [2].

### SONNET.


Pour vous peindre, Phillis, vostre désir m'appelle ,
Qu'un si digne subject me rendroit glorieux ;
Mais il faudroit avoir l'excellence d'Apelle ,
Et l'œil d'un aigle aussi , pour lire dans vos yeux.

---

[1] Maître Adam invite son ami Daphnis à imiter sa philosophique résignation, en oubliant une meunière qu'ils courtisaient ensemble, et qui les abandonna pour épouser une espèce de rustre.

[2] Cette dame, prenant Maître Adam pour un peintre, l'avait prié de faire son portrait.

Pour un si beau dessein , je brusle d'un beau zèle ,
Mais je n'ay rien en moy, pour vous , de précieux ,
Que mon cœur, où l'amour vous a peinte si belle ,
Qu'à peine , pour Vénus , pourroit-il faire mieux.

Je ne sçay quel pinceau , dont parfois je me joüe,
Pourroit bien , à peu prés ; imiter vostre joüe ,
Encore , à vous tout dire, est-ce beaucoup oser.

Joinct qu'il faudroit, Phillis, pour venir à mon centre,
Qu'il prist son coloris au bas de vostre..... diantre,
Sans le change de rime, où m'allois-je poser ?

---

# SONNET [1].

C'est icy le portraict d'un héros sans pareil ,
Dont les hautes vertus ont surmonté l'envie,
Et , des bords où se lève et couche le soleil ,
Esléve jusqu'aux cieux la gloire de sa vie.

Sa belle âme eust toujours la raison pour conseil ;
Et , malgré les rigueurs qui l'ont tant poursuivie ,
Sa constance a vaincu , d'un solide appareil ,
Les injustes desseins dont elle estoit suivie.

Son courage invincible , au milieu des hasards ,
A cent fois imité la valeur des Césars ,
Et laissé , de ses faicts , un mémorable exemple.

Après tant de travaux , le moteur des humains
En a faict un flambeau pour esclairer son temple,
Et la justice a mis sa balance entre ses mains.

---

# SONNET [2].

Quoy, Cloris, vous pensez que mon cœur dissimule ,
Qu'ailleurs qu'à vos autels je porte mon encens ?
Ha ! que vostre penser me semble ridicule !
Et qu'il s'accorde mal aux peines que je sens.

Privez vos sentimens d'un semblable scrupule,
Vostre belle ame seule a charmé tous mes sens ;
C'est par vos seuls regards que sans cesse je brusle ,
Et tous autres objects me semblent impuissans.

[1] Pour mettre au bas d'un portrait de M. Payen des Landes. *Voyez* page 532.
[2] Pour un ami de Maître Adam, que sa maîtresse accusait d'inconstance.

Aussi-tost que je vis la force de vos charmes,
Ma raison se rendit et vous donna ses armes,
Je mis entre vos mains ma vie et mon trespas.

Pourquoy doutez-vous donc de mes sainctes promesses,
Et pourquoy seriez-vous au nombre des déesses
Qui lisent dans les cœurs, si vous n'y lisez pas ?

## SONNET [1]

A vous dire le vray, Philis, c'est tout de bon
Que le feu de vos yeux triomphe de mon âme,
Et je ne boirois plus, si ces eaux de Bourbon
Allentissoient l'ardeur d'une si belle flâme.

Que leurs divins regards ont embrâsé mon cœur ;
Que, par eux, la froideur se trouve combattuë,
Et qu'il est malaisé de passer pour vainqueur,
Quand on chérit les coups d'un object qui nous tuë.

Quand je quittai la cour pour venir en ces lieux,
Ha ! je ne croyois pas vous trouver, ô beaux yeux !
Pour voir, dessous vos traits, ma liberté ravie.

A-t-on jamais rien veu de pareil à mon sort,
Que Bourbon, destiné pour le bien de la vie,
Soit, pour moy seulement, le séjour de la mort ?

## A MADAME S. A. ROYALE.

### SONNET.

Reste de ce grand roy qui, dans la Terre-Saincte,
Fut arborer la croix dedans Jérusalem,
Puissiez-vous vivre autant que feu Mathusalem,
Exempte des rigueurs qui font naistre une plainte.

Comme luy, vous servez d'un immortel exemple,
Vos vœux sont inspirez par son fameux démon ;
Et, comme il posséda le temple à Salomon,
Il n'est point de mortel qui ne vous doive un temple.

De moy, qui de vos faicts suis un adorateur,
Je vous en ay faict un au centre de mon cœur,
Dans qui vostre vertu rend mon âme ravie ;

[1] Pour M. le baron de R***, devenu éperdument amoureux d'une demoiselle
qu'il rencontra aux eaux de Bourbon.

C'est-là que , prédisant sous vostre auguste loy,
Elle prédit qu'un fils digne de vostre envie
Fera , pour Jésus-Christ, ce que fit Godefroy.

---

## SONNET [1].

Sacré flambeau des cieux , divin père du jour,
Qui , du grand univers, fais briller la structure,
En réglant les saisons par ton oblique tour,
Et faisant subsister l'ordre de la nature.

Si jamais , sur les fleurs, tu versas ton amour,
J'implore ton secours , brillante créature,
Pour le plus bel esmail qui jamais , dans la cour,
Ait esbloüy les yeux de sa vive peinture.

La princesse des cœurs, la belle Amarillis,
Voit flétrir, sur son front, les roses et les lis
Dont tu sceus embellir les traits de son visage.

Accorde à mes désirs, grand ornement des cieux,
De remettre son teint en son premier usage,
Si tu ne veux qu'amour se serve de ses yeux.

---

## A UN AMI.

### SONNET.

Généreux confident de mes peines passées,
A qui j'ay découvert mes tourmens amoureux,
Ne ressuscite point mes flâmes insensées,
Et laisse-moi périr en amant malheureux.

Mes passions d'amour estoient comme estouffées ;
Ce tyran, à mes sens, n'estoit plus rigoureux,
Si ton funeste abord n'eust remis mes pensées
En l'estat où mes ans paroissent vigoureux.

Tu m'as faict de nouveau, par une astuce estrange,
Voir l'ingrate beauté que j'appelois mon ange,
Qui sçeut, dessous ses loix, comme moy, te ranger.

Ne me fais plus revoir cette fière cruelle,
Car si mon premier feu se rallumoit pour elle,
Que ne ferois-je pas , afin de me venger ?

[1] Maître Adam composa ce sonnet aux eaux de Bourbon , pour une dame dont
la maladie avait flétri le teint et la fraîcheur.

## A M. DE LA BARRE LEFEBURE.

Et quoy, seigneur, vous estes donc passé,
En me prenant pour quelque trépassé,
Moy qui, pour vous, sur nos rives de Loire,
Fais, de vos faicts, un triomphe à la gloire ?
A dire vray, cela n'est guère beau,
Et quand le temps, qui met tout au tombeau,
D'un monument auroit formé mon giste,
Vous auriez deu m'asperger d'eau béniste ;
Puisqu'à l'honneur de vostre esprit divin,
Souventes fois je m'asperge de vin.
Cela n'est pas généreux, ce me semble,
Et sur ce point, mon cœur paslit et tremble,
Puisqu'en l'espoir où je m'estois rendu,
Tout mon désir se trouve confondu.
Vostre équité mérite nos suffrages,
Vostre conduite adoucit nos outrages,
Et vous seriez encore plus puissant,
Si vous m'eussiez veu paroistre en passant.
J'aurois, pour vous, moissonné quelque rose,
Sur le beau mont où la vertu repose,
Pour enrichir le mémorable autel
Où vostre nom doit paroistre immortel.
Ce grand soleil, ce bel astre du monde,
Qui produit tout d'une vertu féconde,
Bien mieux que vous, me sçauroit contenter,
S'il se pouvoit, un moment, arrester ;
Mais, comme il va d'une vitesse extresme,
Que vous et luy ne courez pas de mesme,
Tout ce qu'il peut, c'est que, de ses rayons,
Il sçait dorer le bout de mes crayons,
Et s'il pouvoit, sans blesser la nature,
De mille traits, achever la peinture
Dont je prétends vous rendre plus qu'humain,
Sans vous flatter, il me tiendroit la main.
Mais, comme il faut qu'incessamment il erre,
Pour enfanter les trésors de la terre,
D'un seul regard il m'infuse, en passant,
Tous les plaisirs que ma verve ressent.
C'est de ce Dieu que j'ay ce beau caprice,
Qui me chercha jusque dans la matrice.
Aü poinct d'hymen, père, mère et l'amour
S'entre-baisoient pour me donner le jour.
Ce grand object d'une gloire infinie,
S'il ne fut pas de la cérémonie,
Ne laissa pas, avant que je fus né,
De la vertu dont il est couronné,
De m'eschauffer de la divine flâme
Qui faict agir les mouvemens de l'âme,
Et me donner, en mon premier matin,
Tout ce qu'on cherche au pays du latin.
De ce beau feu, je tasche à vous complaire,
En vous citant comme un rare exemplaire
Qui faict briller, en ce siècle tortu,
Les monumens de l'antique vertu.
Je suis à vous autant que le peut estre
Un serviteur au service d'un maître,

Et mes respects et ma sincérité
En feront voir tousjours la vérité.
Et cependant, au mespris de mon zéle,
Vraiment, seigneur, vous me la donnez belle,
D'avoir, icy, monstré vostre appareil,
En faisant moins que ne faict le soleil.
N'estimez pas qu'un désir mercenaire
Trouve en mon cœur ce penser ordinaire,
Dont cent flatteurs se trouvent enchaisnez,
Pour s'enrichir du rang que vous tenez.
Je suis exempt d'une telle manie,
Et si parfois je caresse Uranie,
Ce n'est sinon que pour faire sçavoir
Qu'on est à vous avant que de vous voir,
Puisqu'en tous lieux, comme en cette contrée,
Vous gouvernez la balance d'Astrée
Avecque un ordre et si juste et si doux,
Qu'on régénére en se donnant à vous ;
Qu'en façonnant une illustre guirlande,
Je la produis avant qu'on la demande.
Pour des héros qui des dieux sont issus,
Et dont les jours en fils d'or sont tissus.
Ainsi, pour vous comme pour les monarques,
Ma passion, par d'éternelles marques,
Suivant l'ardeur qui la faict commander,
Tasche à donner pluslost qu'à demander.
C'est un effect dont je vous certifie ;
C'est tout le beau de ma philosophie,
Et, sans l'appui de cette intégrité,
J'aurois perdu toute ma liberté.
Je suis content, en vivant de la sorte,
Et le trespas, qui me montre sa porte,
Parmy les ans qui m'ont rendu chenu,
Me reprendra comme je suis venu.
L'ambition, l'orgueil, la renommée,
Sont, à mes sens, une vaine fumée
Dont, chez les morts, aucun ne s'aperçoit,
Parmy les biens ou les maux qu'on reçoit.
Jules César n'est plus qu'un peu de cendre,
Et le dernier successeur d'Alexandre,
Bien que sorti d'un si généreux roy,
Gaigna du pain d'un rabot, comme moy.
Et que sait-on si, changeant d'adventure,
Favorisé de la gloire future ;
Je n'auray point, de ma fécondité,
Des empereurs à la postérité ?
Dans l'univers, toute chose se change,
Ma chère Isis, qui passe pour un ange,
Parmy les ans que ses jours ont couru,
A moins d'esclat que le moine houru.
Elle n'est plus ce qu'on la vit paroistre,
Cette rigueur a dissipé son estre,
Et son esclat, qui me semble si beau,
Ne peut qu'à peine esclairer son tombeau.
Auparavant que vous soyez de mesme,
Aymez d'esprit un esprit qui vous ayme,
Sans intérest et sans autre dessein
Que de vous faire un temple dans son sein ;
Vous crayónner dans le fonds de son ame,
De vos vertus en faire son dictame,
Et, pour monstrer que j'ay bien sçeu choisir ;
Vous demander un moment de loisir.

Vostre entretien réveillera ma joye,
Ce jour, pour moy, sera filé de soye ;
Et, pour l'effect d'un si fameux accüeil,
Vous tirerez ma muse du cercüeil ;
Vous connoistrez que le temps, par sa course,
N'a point tary la vertu de ma source ;
Que ma naissance et mon achévemeut
Sont composez d'un semblable ciment.
Que l'Hippocrène est, pour moy, tousjours claire,
Que, satisfaict de l'astre qui m'esclaire,
La deïté dont l'inconstante loy
Peut, bien souvent, d'un bouvier faire un roy ;
Sur le pivot de la mouvante roüe,
Dont cette aveugle, en nous trompant, se joüe,
N'a jamais pu, de ses charmes puissans,
Tirer de moy de laurier ny d'encens.
Je suis content du peu que je possède,
Et tel qui veut qu'icy bas on luy céde,
Quelque matin, en se trouvant perclus,
Sous le destin qui faict que l'on n'est plus,
Sera plus sot, en échangeant son estre,
Qu'un vieux barbet qui recherche son maistre.
En ces climats où nous serons égaux,
Où les plus fins ne seront que nigaux,
Si, mieux qu'icy, de vous je fais rencontre,
Sans vous parler ny du pour ny du contre,
Je vous rendray, par un fameux soucy,
Tous les respects que je vous rends icy.
Jugez par là si je vous suis intime,
Par un désir illustre et légitime,
Puisque le dieu qui forme l'amitié,
De tout mon cœur vous donne la moitié.
J'entepds quelqu'un de la nouvelle mode,
Qui veut qu'au temps un chacun s'accommode ;
Dire qu'il faut chanter moins doctement,
Et que ma lyre est un vieux instrument ;
Qu'il faut quitter et Phœbus et l'Aurore ;
Ne point parler du Gange ny du More ;
Laisser Homère et tous ses adhérens,
Dire qu'ils ont passé pour ignorans ;
Et seulement, d'une façon jolie,
Vanter Amynthe, Amaranthe et Julie.
Laisser Ronsard chez les ensevelis ;
Dire, en trouvant une rime, à Philis :
Ha ! que vos yeux ont chatouillé mon âme,
Qu'ils sont remplis et de gloire et de flâme !
Et que l'amour, par leurs charmes puissans,
A faict couler de plaisir dans mes sens !
Tous leurs regards sont autant de merveilles,
Et vostre voix, qui charme nos oreilles,
Nous faict bien voir, en ses divins accords,
Qu'une belle âme est digne d'un beau corps.
Je suis à vous ce qu'est Zéphire à Flore ;
Je suis Pétrarque et vous estes ma Laure.
Vos beaux cheveux, dans leurs liens m'ont pris
Par des appas dont j'adore le prix.
Mille concerts chantent vostre loüange ;
Quand vous pissez vous faictes de l'eau d'ange,
Et, du beau lieu d'où s'écoule cette eau,
Amour a faict son Louvre et son chasteau.
Dans ce palais il a mis tous ses charmes :
C'est le carquois qui renverse ses armes ;

Joint que l'esmail dont la terre se peint,
N'a rien d'aimable au prix de vostre teint.
Voilà comment je ne sçay quelle troupe,
Que feu Midas auroit portée en croupe,
Incessamment tasche à se prévaloir
Contre ma muse et contre mon vouloir.
Tous ces badauds ne sont point de ma tige :
Je me ry d'eux comme de leur vertige,
Me tenant ferme en ce mesme vaisseau
Où je voguay dès l'âge du berceau;
Et je croirois offenser la nature,
Si mon crayon imitoit leur peinture.
Voilà comment je ne sçay quelles gens,
De conseillers sont devenus sergens,
Par les exploicts que fomentent leurs crimes,
Nous faisant voir de la prose en leurs rimes,
Et se traçant, avecque leurs raisons,
Le grand chemin des petites maisons.
Mais où m'emporte icy ma resverie ?
Fameux héros, excusez ma furie.
C'est mériter la peine d'un larron,
Que de vouloir enseigner Cicéron.
Auprès de vous, toute leur mélodie
N'est que le chant d'un oyseau d'Arcadie ;
Il faut reprendre où j'ay sçeu commencer,
Et, revenant à mon premier penser,
Une autre fois soyez plus charitable,
Et quand vos mets seront sur vostre table,
Accordez-moy cette félicité
De m'appeler au *Benedicite*,
Car, que veut-on qu'un misérable fasse,
Qui parle à jeûn alors qu'on dit profasse?
Et qui, vers vous, peut trouver des trésors
Pour substanter et l'esprit et le corps.
Faictes mourir, d'un moment de présence,
Tous les ennuis que m'a faict vostre absence ;
Mais que ce soit seulement à Nevers,
Puisque le sault, d'un rigoureux revers,
Que médecins appellent sciatique,
A, de mes pieds, faict un garde-boutique.
Joint que voicy messieurs les Aquilons,
Qui, de nos huis, feront des violons ;
Que mes habits sont presque tous en friche,
Faute d'avoir la qualité d'un riche,
Et qu'il faudra, me réduisant à peu,
Faire la cour aux tisons de mon feu.
Mais quelque part où Maistre Adam paroisse,
Soit en couvent, soit dedans sa paroisse,
Il fera voir qu'il vous est de grand cœur,
Plus que jamais obligé serviteur.

## POUR UN AMANT MALHEUREUX.

Je vous adore encore, orgueilleuse Silvie,
Fussiez-vous plus cruelle à traverser ma vie,
Et, malgré la raison qui m'en peut divertir,
Je veux gagner, par vous, la gloire d'un martyr.
Je pensois qu'une absence éteindroit cette flâme,
Qu'un seul de vos regards alluma dans mon âme,
Et qu'esloigné de vous, dans quelqu'autre reclus,
Mes désirs insensez ne vous troubleroient plus.
Mais, hélas ! je ne puis, adorable adversaire,
Esviter la douleur d'un mal si nécessaire,
Et je viens demander, en ce dernier effort,
A vos chastes rigueurs, les rigueurs de la mort ;
Soyez inexorable, inégale, insensible,
Imitez d'un rocher la nature inflexible,
De quelques cruautés dont vous puissiez agir,
Mon âme est préparée à vous laisser régir.
J'ay faict ce qu'en aymant un souspirant doit faire ;
Vos yeux m'ont faict brusler, le respect me faict taire,
Et des mains seulement je vous ay faict sçavoir
La cause de mes maux et de mon désespoir.
Il est temps aujourd'huy que mon mérite esclate,
Et que, pour satisfaire au transport qui me flatte,
Mon sang [1], sur ce papier, par ma plume épandu,
Vous annonce l'estat où vous m'avez rendu.

## A M. EUSTACHE DE CHÉRY [2].

### SONNET.

Eminent et fameux prince de nostre église,
    Vivante peinture de Dieu,
    Par qui nous trouvons en ce lieu
    Tout le bien qui nous éternise ;

Atlas, qui tiens le faix qui l'homme défie,
    Conducteur sacré de la loy,
    Haute colonne de la foy,
    Et la terreur de l'hérésie ;

Divin et grand pasteur dont les soins renaissans
    Escartent des loups ravissans
Capables d'ébranler leur de nos destinées,

[1] L'éditeur du *Vilebrequin* a soin de nous apprendre que cet amoureux poussa la folie jusqu'à écrire ces vers avec son sang. Il est prabable que le carmin et l'encre rouge superfine n'étaient point encore inventés.
[2] *Voyez* page 441.

Honneur de cent temples divers ,
Enfin, grand subject de mes vers ,
Puissé je donc tousjours voir fleurir les années
Jusqu'à la fin de l'univers.

---

## SONNET [1].

Illustre généreux ! âme la plus divine ,
Qui jamais en ces lieux fit briller la raison ,
Qui , d'un ardent désir, fais qu'en toute saison ,
Le fleuron de nos lis nous paroist sans espine.

Sous la vertu d'un roy dont la gloire domine,
Et voit, comme un soleil, l'un et l'autre horison ,
Tu tires , par tes faicts, ma muse de prison ,
Et ton esclat luy rend sa chaleur et sa mine.

Je vais faire un autel sur qui la vérité
Fera voir aux héros de la postérité
Que Thémis a tousjours régy son intendance.

Ce n'est poinct pour les biens que j'espère de toy ;
Seulement, grand esprit , c'est de voir la prudence
Dont tu sçais maintenir l'auctorité du roy.

---

## A UNE DAME [2].

### SONNET.

Bien que l'âge ait vaincu cet esclat sans pareil ,
Dont vous eussiez dompté la rage d'un busire ,
Et qu'autrefois vostre œil , plus beau que le soleil ,
Luise moins qu'un flambeau dépouillé de sa cire ;

Bien que vostre miroir vous manque de conseil
A vous plus obliger aux rigueurs d'un martire ,
Et que dessous l'horreur d'un lugubre sommeil ,
Au mespris de l'amour, la Parque vous attire ;

Bien qu'aux yeux des amans qui de vous furent pris ,
Mieux que Mars ne le fut des charmes de Cipris ,
Vous ne soyez plus rien qu'une rose ternie ;

[1] A M. Lefebure de la Barre, intendant de la généralité de Moulins.
[2] Maitre Adam aimait depuis long-temps cette dame , qui , dans sa vieillesse,
ne conserva de tous ses adorateurs que le poëte, qui lui adressa ces délicates
consolations.

Cette injure du temps adoucit mes travaux ;
Ha ! que je suis content, orgueilleuse Uranie !
De voir ce changement détruire mes rivaux.

---

# AU COMTE D'ESPEUILLES.

## SONNET.

Comte, de qui la gloire est si chère à mon âme,
Inébranlable appuy des nymphes que je sers,
Toy, sans qui la fureur qui surmonte ma flâme,
Ne m'inspireroit plus que de foibles concerts,

Tes belles qualitez font mon enthousiasme,
Tes vertus font sçavants les esprits moins diserts ;
Et, sans ton nom fameux, que tousjours je réclame,
Les jardins des neuf sœurs me seroient des déserts.

Si je manque au respect d'aller voir ta demeuré,
C'est qu'un âge insolent veut que bien-tost je meure,
Que ma vigueur est presque à son dernier défaut,

Et qu'un second Adam, chez toy, feroit peut-estre
Ce que fit le premier au paradis terrestre,
Qui, par trop de plaisirs, perdit celuy d'en haut.

---

## SONNET [1].

Le fameux d'Anlezy n'est plus qu'un peu de cendre,
Luy qui fut icy bas un prodige à nos yeux,
Par autant de valeur qu'en avoit Alexandre,
Et par le mesme sang qui faict les demy-dieux.

Après mille combats, enfin on l'a veu rendre
Sous le coup impréveu d'un sort capricieux,
Quand son cœur s'eslevant pour s'en vouloir défendre,
Son âme, en mesme temps, s'esleva dans les cieux.

La Parque, en triomphant d'une si belle vie,
Assouvit son orgueil et soûla son envie,
Et mit sur ses autels cent lugubres flambeaux

Dans son trosne sanglant, elle le fit paraistre ;
Mais, l'injuste qu'elle est, à quoy bon ses tombeaux,
Si la gloire a le soin de nous faire renaistre ?

[1] À la mémoire du seigneur Damas, comte d'Anlezy, une des familles les plus anciennes et les plus puissantes du Nivernais.

## A M. BERTHIER [1].

Berthier, je suis confus des biens que tu me fais ;
Pour me trop obliger, j'en tremble sous le fais.
De ces dignes trésors sois un peu plus avare,
Si tu ne veux enfin passer pour un barbare,
Puisque ces mesmes soins dont tu crois m'obliger,
Sont autant d'ennemis qui viennent m'affliger.
Je perds tout mon repos afin de te répondre ;
Mais un âge insolent qui m'est venu confondre,
Dérobe à ma vertu ses aymables plaisirs,
Qui pourroient, pour la gloire, assouvir mes désirs.
Si mon sang boüillonnoit encore dans mes veines,
Si je ne voyois pas mes espérances vaines,
Et que l'injuste sort, qui cause ces malheurs,
Voulust, pour quelque temps, r'animer mes chaleurs,
Que ne ferois-je pas sur nos rives de Loire,
Pour peindre, en lettres d'or, le brillant de ta gloire ?
Je ferois un portraict par qui la vérité
Seroit l'estonnement de la postérité,
Et du mesme pinceau qui fit régner mes veilles,
Lorsque du grand Armand j'annonçois les merveilles,
Je peindrois tes vertus dessus le mesme autel
Où mon burin grava son renom immortel.
Je dirois que ta veine, en merveilles féconde,
Dans un livre fameux va charmer tout le monde ;
Que le grand Constantin, r'animé par tes vers,
Pour la seconde fois, va vaincre l'univers ;
Que, de tes beaux recueils, le style magnifique
Doit esteindre bien-tost le feu dont je me pique,
Et que ce mesme feu doit porter ton renom
Au-delà de mes vers et plus loin que mon nom.
Mais le temps, dont le cours accourcit toutes choses,
Me donne ses pavots et te laisse ses roses ;
Et la nécessité, qui nous force à vieillir,
Me faict te regarder en repos les cueillir.
Marche donc, grand génie, en cette route illustre,
Dont les commencemens t'ont donné tant de lustre,
Et soûtiens noblement, par tes superbes vers,
La gloire de la France et l'honneur de Nevers.
Je me sens inspiré d'un esprit prophétique
Qui me dit que tu dois ennoblir ma boutique
Des traits doux et pompeux de ton docte pinceau,
A la postérité consacrer mon ciseau,
Le rendre plus fameux que celuy de Phidie,
Tant mon sort est heureux et la muse est hardie !
Et, malgré la rigueur de la fatalité,
Consacrer ma varlope à l'immortalité.

[1] Le prieur de Saint-Quaize.

## RONDEAU

## SUR LE NOM DE RICHELIEU.

D'un Richelieu je ne suis pas venu ;
Mes vestemens, qui me laissent tout nu,
En donnent bien l'entière connoissance ;
L'astre inhumain qui fut à ma naissance,
Dans un rabot mit tout mon revenu.


Tous les devins qui, depuis, m'ont connu,
Pour m'obliger, cherchent, par le menu,
Si j'useray mes jours sans assistance
    D'un Richelieu.


Je ne sçay pas si leur esprit cornu
Doit l'advenir régler par l'advenu,
Ce seroit bien irriter ma constance ;
Quoy que c'en soit, je vis dans l'espérance
Que je seray quelque jour maintenu
    D'un Richelieu.

## A M. DE BEAUSONNET.

### RONDEAU [1].

Le menuisier n'a rien de comparable
A la chaleur de ta veine admirable
Qui, par des traits d'immortelle splendeur,
Comme un soleil faict briller sa candeur,
Par tous les coings de la terre habitable.


Pour faire un pied d'un lict ou d'une table,
Il seroit plus que toy considérable,
Mais pour les vers, tu passes, en grandeur,
    Le menuisier.


Parlant de luy, parois plus véritable,
Car, n'en déplaise à ta muse adorable,
Tu passerois pour insigne flatteur,
En eslevant ainsy ton serviteur ;
Bref, ton rondeau traite comme une fable
    Le menuisier.

[1] Ce rondeau est en réponse à un autre que M. de Beausonnet avait fait à la louange de Maître Adam.

# A UN MÉCHANT ÉCRIVAIN [1].

## ÉPIGRAMME.

Jamais, par tes escrits, tu n'auras de rivaux,
Car si lés escrivains, tant dévots que profanes,
Te vouloient imiter, sans doute que les asnes
Passeroient aujourd'huy le nombre des chevaux.

# A UNE BELLE DAME.

Quand je viens à penser que vous mourrez un jour;
Que la mort, dans vos yeux, estouffera l'amour;
Que tous ces doux attraits dont la beauté vous pare,
Se verront enfermez sous un marbre de Parc;
Que le temps vous doit rendre, au mespris de nos vœux,
Moindre que cet Iris qui poudre vos cheveux;
Que les vers, l'excrément des soins de la nature,
Perceront l'ornement de vostre sépulture;
Que leur brutalité mesme s'ira cacher
Dans ce sein que les roys n'oseroient approcher;
En un mot, que le sort vous contraindra de suivre
Celles qui ne sont plus que l'ornement d'un livre,
Je meurs de déplaisir en voyant tant d'appas
Subjects aux volontez d'un rigoureux trespas,
Et je blasme le ciel d'avoir mis tant de choses
Dans un teint qui ternit et les lys et les roses,
Et qui, malgré pourtant tous nos cris superflus,
Les roses reviendront, et ne reviendra plus.

[1] Maître Adam fit cette épigramme en réponse à une autre, qu'un mauvais auteur lui avait adressée.

## AU COMTE DE BUSSY-RABUTIN [1].

### ÉPITRE.

Parbleu, tandis que vous sautez
Comme des asnes débâtez,
Dans Paris cette bonne ville,
Dont vous m'avez faict faire gille ;
Je suis réduit, vous attendant,
Comme un lanternier de pédant,
Dans un cabaret de village,
Où la servante est si volage,
Que, pour un simple compliment,
On brinballe son instrument,
Criant : Paix-là ! mon *** s'amuse
A narguer Pœbus et la muse,
Jusqu'à tant qu'en ce lieu venus,
Ainsy que vous estes tenus,
Vous me tiriez de ce cloaque,
Où quelque dévot de saint Jacque,
Si son bourdon étoit de chair,
Dans ce gouffre s'allant nicher,
Entreroit avec moins de peine
Qu'un Jonas dans une baleine,
Et ressortiroit à costé,
De mesme qu'il seroit entré.
Dans ce cabaret, où Lézine
Fist le portraict de la famine,
Ne croyez-vous point que parfois,
En mordant le bout de mes doigts,
Ma douleur ne soit pas extresme
De me trouver près du caresme,
Sans argent, linge, habits ny draps,
Le beau jour d'un dimanche gras,
Tandis que vous faictes merveilles,
Entre les plats et les bouteilles ?
Dans ce maudit lieu de Poissy,
Ce village s'appelle ainsy,
Où vostre maudite nature
Me faict subir cette adventure ;

Le jeûne s'y trouva mieux peint
Qu'il n'estoit, le vendredi-saint,
Dedans les cellules secrètes
Des bons pères anachorètes.
Dans ce lieu, dis-je, sans mercy,
Où je suis plus bas que Mercy
Ne fut au combat de Norlingue,
Lorsque, sans dire taupe et tingue,
Enghien le fist sortir plus net
Que six quatre et lars d'un cornet.
Fulminant contre vous, je trace
Ma faim avecque la grimace
Dont, pour m'achever de punir,
L'hôtesse vient m'entretenir.
Cette cabrine réparée,
Plus ardente que Briarée,
Pour accroistre mes accidens,
Me rit pour montrer quatre dents
Qu'un maudit démon de rapine,
D'un vieux collier de Proserpine,
Pour fines perles arracha,
Puis dans sa bouche les nicha.
Cette infâme au vieux crin de mule,
Et son entretien ridicule,
Plus envenimé qu'un bouçon,
Et plus terrible que le c...
Qui joint le trou de la croupière
De sa putain de chambrière,
Ne faict rien que m'entretenir
Sçavoir si vous devez venir,
Qu'elle a de quoy vous faire feste.
Cependant, pour toute conqueste,
Elle n'a rien en son crochet,
Qu'un oyson pris au trébuchet,
Ou, si vous le voulez, une oye
Sèche et dure en cheval de Troye,
Un dinde qui tira de long
Du temps que Christophe Colomb
Troubla chez luy sa république,
Pour sa majesté catholique ;
Le groin d'un porc qui trépassa
Depuis cinq ou six jours en çà,
Sans qu'aucun boucher, de sa lame,
Ait donné passage à son ame.
Seigneurs, voilà tout le butin

[1] MM. de Bussy-Rabutin et Laisné, procureur-général de Bourgogne, voulant mener Maître Adam à Dijon, l'envoyèrent, le dimanche gras, les attendré sur le chemin, au bourg de Poissy, où il resta trois jours, avec leurs maîtres d'hôtel, à les attendre, passant fort mal leur temps.

Bussy-Rabutin, d'Epiry en Nivernais, fut un des hommes les plus remarquables de la cour de Louis XIV, par son amabilité et son esprit. Il était parent de la célèbre madame de Sévigné. Dans son *Histoire amoureuse des Gaules*, Bussy blessa les sentiments du grand roi pour mademoiselle de la Vallière, par ce quatrain satirique :

> Que Deodatus est heureux
> De baiser ce bec amoureux
> Qui, d'une oreille à l'autre, va
> Alleluia.

Cette incartade de l'auteur fut suivie d'une disgrâce qui lui valut un exil dans ses terres du Nivernais, et un échange de lettres nombreuses avec son épistolaire cousine.

Que la mégère et sa putain
Réservent pour vostre venüe,
Qui ne m'est que trop inconnüe,
Depuis trois jours que dans ce lieu,
Sans trouver ny fin ny milieu,
J'attends, avecque grande envie,
Des nouvelles de vostre vie.
Bernard, qui languit comme moy,
Et qui, sur vostre bonne foy,
M'a conduit dans cette demeure,
Où chaque moment m'est une heure,
Dit que demain l'on vous verra.
Qui bien fera, bien trouvera.

---

### ÉPITRE[1].

Adorable et belle princesse,
Je me présente à vostre hautesse
Pour me plaindre que Lustubrond,
Pour faire son compte tout rond,
Est tousjours prêt quand on apporte;
Mais depuis qu'on passe sa porte
Pour luy demander de l'argent,
Il paroist aussi diligent
A foüiller dans son escarcelle,
Qu'un page, que son maistre appelle,
Paroist habile à s'advancer
Vers le foüet qui le faict danser.
Il jure, il affirme, il atteste
Que Soliman luy doit de reste
Du dernier voyage qu'il fit,
Quand le grand soudan il défit;
Et pour avoir fourny de mesme
Tous les escharvis du caresme,
Parce que Bostangibassy
Avoit négligé le soucy
Qui doit fournir vostre mesnage
Par les labeurs du jardinage,
Ainsy qu'on voit au second rang
Du texte de nostre Alcoran.
Il semble que vostre ordinaire
Despende de ce mercenaire,
De cet esprit ambitieux
Qui perdra le chemin des cieux,
A cause de l'humeur brutale
Qui l'oblige, comme un Tantale,
A négliger ce que promet
Le sainct prophète Mahomet

A toute âme qui voudra suivre
Les beaux préceptes de son livre.
Je fus hier dans sa maison,
Luy présenter une oraison
Capable de rendre flexible
Le naturel le moins sensible;
Je luy parlois de la rigueur
Qui tient ma pauvre âme en langueur,
Comme par faute de pécune,
Mon mesnage couroit fortune
De retourner au mesme poinct
Qu'il estoit quand il n'estoit poinct;
J'estois dans un respect extresme,
Comme si c'estoit à vous-mesme;
Je luy parlois à cœur ouvert,
Souple comme un arbrisseau vert,
Je fléchissois ma pauvre teste
Devant cette arrogante beste,
Comme ces vieux parens faisoient
Vers le veau d'or qu'ils adoroient.
Pour fléchir son humeur avare,
J'estois à moy-mesme barbare,
Car n'estant pas homme à flatter
Que les filles de Jupiter,
Je faisois, en cette adventure,
Un crime contre ma nature,
Mais, mon Dieu, que ne fait-on pas?
Et de quelle sorte d'appas
N'use-t-on poinct dessus la terre,
Pour adoucir l'injuste guerre
Dont souvent la nécessité
Brave nostre félicité;
Enfin, je luy faisois l'hommage
Qu'un bigot faict pour une image.
Il estoit dans son cabinet,
Emmistouflé dans son bonnet,
Comme un limaçon dans sa coque,
Ou comme un esleu dans sa toque;
Bouffy d'orgueil dans ce trésor,
Comme un Nabuchodonosor,
Il alla faire une démarche,
Disant, pareil aux Dieux, je marche.
Lors, je crus véritablement,
Qu'à moins que d'un grand compliment,
Je ne pourrois rien faire encore
Près de cette illustre pécore;
S'estant dedans sa chaise assis,
Le regardant d'un sens rassis,
Je luy dis: O noble et sage homme.
C'est ainsy qu'il veut qu'on le nomme,
Depuis qu'il a plumé l'oyson
Dedans vostre illustre maison.

---

[1] Notre poète intitule cette pièce : « Requeste de Lutempicanor, menuisier de la princesse Roxelane, femme de Soliman, par laquelle il se plaint à sa hautesse de ce que son argentier Lustubron ne lui veut pas payer les parties de la besogne qu'il a faicte dans le sérail; traduite du Turc en François, par Maistre Adam, tirée de Monstruosuron, historien turc. » Dans cette puérile allégorie, on est tenté de reconnaître, sous le pseudonyme de Lutempicanor, le menuisier de Nevers se plaignant à la princesse palatine de ce que son intendant refusait de lui payer des travaux exécutés dans le château ducal.

Plairoit-il à vostre excellence
De me donner de la finance,
Ainsy qu'il vous est ordonné
Dans cet escrit qu'on m'a donné.
Ce vieux esclave de Lésine
Me fit aussitost une mine
Qui représentait le portrait
D'un constipé sur un retrait;
Son front ressembloit, en sa ride,
Le museau d'un asne qu'on bride;
Ses deux vilains naseaux pissoient,
Sous deux vitres qui les pressoient,
Une si vilaine roupie,
Que, pour en faire la copie,
Il faudroit aller en enfer
Faire morfondre Lucifer;
Ses yeux, en sinistres planètes,
M'arquebusoient par ses lunettes,
En me décochant des regards
De basilics et de lésards,
Sa barbe, sale et mal peignée,
Qu'il rase avec une coignée,
Crasseuse et toute en désaroy,
Me donna beaucoup plus d'effroy,
Y voyant un nombre de gardes,
Dont les pieds sont les hallebardes;
Bref, le voyant de la façon,
Mon poil devint en hérisson,
Et je ne sçay par quelle ruse,
Devant ce frère de Méduse,
J'eus le pouvoir de m'empescher
A ne pas devenir rocher.
Toutefois, comme en ce rencontre
Je n'aspirois qu'à faire montre,
Je luy présentai mon papier;
Mais ce cœur de marbre et d'acier,
Me dit, en suivant ses vieux comptes:
Allez dire à Messieurs des comtes
Que leur papier ny leur escrit
Ne font non plus sur mon esprit,
Qu'un évesque, avecque sa mitre,
Feroit sur l'esprit d'un ministre.
Moy, ne pouvant me rebuter,
Croyant qu'à force de flatter,
J'adoucirois, par mes paroles,
Cet idolâtre de pistoles,
Je dis : Lustubron mon amy,
Quand vous ne feriez qu'à demy
La somme que je vous demande,
Vostre faveur me seroit grande;
Considérez que vous devez
Plus de bien que vous n'en avez,
Et permettez que je vous die,
Qu'ainsy qu'un roy de comédie,
Vous tenez un sceptre à la main,
Que vous ne tiendrez plus demain;
Si l'on sçavoit vous faire rendre
Aussi bien que vous sçavez prendre:
Qu'il faict mauvais choquer l'humeur
D'un qui sçait passer pour rimeur,
Et que le mal qui me faict plaindre
Oblige ma muse à vous peindre,
C'est pourquoy, si vous me croyez,

Il faudra que vous me payiez.
Mais avec tout mon artifice,
J'eus moins de raison que d'un Suisse;
Au contraire, ce vieux magot,
Cherchant la branche d'un fagot,
Me porta dans ce poinct extresme;
Que d'en vouloir faire de mesme.
Le bruict que ce vilain tonna,
Tous ceux de sa chambre estonna,
Il ne fust pas jusqu'à sa femme
Qui, blasmant sa façon infâme,
Pour m'assister en ce revers,
Le vint regarder de travers.
Enfin, voilà les réparties
Qu'il a faictes sur mes parties.
Madame, je laisse à penser
Si ce n'est pas vous offenser
Que de traiter de cette sorte
Vostre illustre faiseur de porte.
Si j'avois ce don aujourd'huy,
D'estre receveur comme luy,
C'est-a-dire d'humeur à prendre,
Et de serment à ne rien rendre,
Je n'irois pas l'importuner;
Il ne viendroit pas bourdonner,
Comme un freslon, à vos oreilles,
Croyant, qu'en disant des merveilles,
Il aigrira vostre courroux
Pour me bannir d'auprès de vous.
Mais cette grosse esponge à soupe
N'a pas le vent assez en poupe
Pour me causer l'événement
D'un si funeste changement;
Que s'il avoit assez de force
Pour me procurer cette entorse,
Une semblable défaveur
Le feroit double receveur,
Mais ce seroit d'une monnoye
Que si ceux qui sont dans la voye
De lever l'impost du poinçon,
Estoient payez de la façon,
Chacun fuiroit la destinée
Des partisans de la vinée;
Car je veux que ce rechigné,
Avecque son groin refrogné,
Apprenne que je fais la nicque
Aux amateurs de sa pratique.
Et qu'auprès d'un tel animal,
Je suis poëte et caporal;
Que si jamais ce vilain tombe
Sous la pesanteur d'une tombe,
Que la Parque, pour nous venger,
Le vienne faire desloger,
O! juste ciel! je te conjure
Qu'à ce gros mignon d'Epicure,
Pour le punir de son orgueil,
Je puisse faire le cercueil,
Ou plustost l'estuy de malice
De ce cloaque d'avarice.
Il n'est poinct de bois assez fort
Que mon bras, d'un robuste effort,
Ne cheville à perte d'haleine,
Pour empescher qu'il ne revienne;

Je le cloûeray d'une façon,
Que si l'espouvantable son
Qui doit, effroyant la nature,
Tirer les morts de sépulture,
L'en peut faire sortir dehors,
Il aura plus d'un diable au corps.
Mais où m'emporte icy la flâme
Dont la muse eschauffe mon ame,
Belle princesse, pardonnez
Si més sens se sont adonnez
A faire l'horrible peinture
De cette infâme créature.
Je prophane icy mon pinceau,
Faisant le portraict d'un pourceau,
Luy qui ne doit suivre l'usage
Que de peindre vostre visage.
Donnez, dedans ce changement,
Quelque chose à mon sentiment.
Me faisant ce bien que de dire
A ce visage de Busire,
Qu'il me rende mieux satisfaict
Qu'au temps jadis il n'a pas faict.
Autrement, d'un bras homicide,
A l'imitation d'Alcide,
Je le pousseray dans les rangs
Où l'enfer a mis les tyrans,
Car un homme de cette sorte
Vaut bien que le diable l'emporte.

---

### IMPRÉCATION [1]

Quoy ! c'est donc à recommencer,
Et ton tyrannique penser,
De toute malice capable,
Veut rendre l'innocent coupable ?
Quoy ! tu penses, par le dessein
Du noir démon qui, dans ton sein,
Mutine ton esprit bravache
Comme un tan qui pique une vache,
M'esloigner d'auprès de deux yeux
Qui sont mes soleils et mes dieux,
Et d'une médisance infâme,
Presque aussi noire que ton âme,
M'oster la réputation
Que, malgré l'inclination
De ta brutale destinée,
Toute la terre m'a donnée.
Lestrigon, Busire inhumain,
Juif, dont la ravissante main
A plus brigandé de pécune
Qu'il n'en faudroit pour la fortune
D'un homme qui seroit vestu

De tous les dons de la vertu.
Peste de ce siécle où nous sommes,
Ennemy des Dieux et des hommes,
Fantosme, lougarou, lutin,
Dont le diable, quelque matin,
Dans le plus profond de l'Averne,
Doit faire un bouchon de taverne,
Pour appeler auprès de soy
Tous les usuriers comme toy.
Traistre, penses-tu que je dorme,
Tandis que ton esprit énorme,
Avecque deux de tes suppots,
S'amuse à troubler mon repos ?
Non, il faut que je recommence
A combattre ta violence,
Et peindre, jusque au dernier trait,
Ton abominable portrait.
Reynes de ce mont que j'adore,
Germaines de l'astre qui dore,
Avecque mille traits divers,
La surface de l'univers,
Ce n'est poinct vostre art que j'invoque,
Pour ce mirmidon de bicoque,
Pour ce péculaire avorton,
Qui n'auroit pas eu le teston,
Si son brigandage visible,
A mille orphelins si nuisible,
N'eust assis sa prospérité
Au-dessus de sa qualité.
Je vous réserve, belles fées,
Pour chanter un jour les trophées
De mon prince, à qui les destins,
Malgré cent royaumes mutins,
Asseurent, sur la terre et l'onde,
La conduite de tout le monde :
Employer vos sainctes couleurs
Pour peindre des gestes voleurs,
Seroit, dans des actes prophanes,
Donner de l'encens à des asnes,
Et monter sur vos deux sommets,
Un monstre qui n'aura jamais
De plus célébre récompense
Que la cime d'une potence.
Pasles hostes des creux manoirs,
Quittez un peu vos antres noirs :
Pluton, Proserpine, Cerbére,
Tisiphone, Alecton, Mergére,
Cloton, Lachésis, Atropos,
Radamante, Eaque, Minos,
Toy-mesme, pour qui je blasphème,
Plus diable que le diable mesme,
Pour satisfaire à mes accords,
Vomis de ton infâme corps,
Avec cette infernale bande,
La peinture que je demande.

---

[1] Nous ne croyons mieux faire que de répéter l'espéce de préambule dont Maître Adam fait précéder cette pièce : « Lutempicanor ayant, de rechef, esté maltraité de Lustubron, recommença cette seconde pièce qu'il n'acheva pas, à cause que le grand seigneur le lui défendit. Tirée du même historien turc qu'est la précédente ; traduite par Maistre Adam. » *Voyez* page 25.

## A M. LE COMTE DE LANGERON [1].

### STANCES.

Estalle par toute la terre
Ton los immortel et divin ;
Comme ton cœur ayme la guerre,
Le mien ne chérit que le vin.
De mesme que Mars a des charmes,
Qui, parmy la gloire des armes,
Te font triompher du malheur,
Ainsy l'astre qui me gouverne,
Me faict trouver à la taverne
Ce que l'on trouve en la valeur.


C'est dans ce séjour délectable
Que ce grand moteur du sarment
Me faict rencontrer à la table
Le solide contentement ;
C'est là qu'on nargue la fortune,
Que le destin est sans rancune,
Qu'un roi faict trembler le trespas ;
Et dans ce lieu de renommée,
Si la santé n'estoit nommée,
Peut-estre ne vivrois-tu pas.


Ne choques plus ma destinée,
Puisqu'elle m'a mis en un rang
Où je dois verser la vinée
Comme tu dois verser le sang.
Que le démon qui t'accompagne
Fasse périr celuy d'Espagne,
Je n'en auray poinct de soucy :
En te laissant faire, je l'ayme,
Mais je te veux prier de mesme
Que tu me laisses faire aussy.


## AU CHANCELIER SEGUIER [2].

### STANCES.

Sacré ministre de Thémis,
J'ay faict tout ce que j'ay pu faire,
Sur ce que vous m'avez promis ,
Pour obliger un secrétaire

A mettre deux mots de sa main
Sur un morceau de parchemin.
Mais tous mes soins sont superflus :
J'ay perdu mon temps et ma peine ;


Je voy que leurs doigts sont perclus ,
Et que mon espérance est vaine,
Si , pour moy, vous ne faictes voir
La grandeur de vostre pouvoir.
Si je vous allois demandant
Quelque chose mal entenduë,
Vous auriez droit en respondant :
Maistre Adam , ta cause est perduë ,


Car on ne faict en ma maison
Que ce qu'ordonne la raison.
Pour Dieu , ne me refusez pas
Une chose si légitime ;
Que je ne perde poinct mes pas,
Et, pour le payement de ma rime,
Je ne vous demande qu'un sceau
Pour emplir des bouteilles d'eau.


## A M. LE COMTE D'AMANZE.

### ÉPITRE.

Cher comte , à qui je suis valet
Plus que n'est à son chapelet
Un triste et languissant hermite
Qui veut agrandir sa marmite.
Honneur de tout le genre humain ,
Je t'écris le verre à la main ,
Dans une petite chambrette ,
Si solitaire et si secrète ,
Que rien n'y vient m'entretenir ,
Que Bacchus et son souvenir.
Dans ce grabat où je suis prince ,
Nulle ambition ne me pince :
Je vis content du peu que j'ay.
Là mon cœur n'est point obligé
A cette sottise importune
Qui nous attache à la fortune ;
Cette aveugle divinité ,
Avec toute la vanité
Dont cette inconstante se joüe,
Par l'artifice de sa roüe,
Dans ce lieu pour elle suspect,
Sous son lasche et trompeur aspect,

[1] Le comte de Langeron étant à Nevers, blâmait Maître Adam de ce qu'il préférait le cabaret à sa table; le poète répondit par ces vers. *Voyez*, pour l'historique de la maison de Langeron, pages 36 et 486.

[2] Dans cette pièce, Maître Adam demande la charge de cacheter les eaux minérales de Pougues. *Voyez* page 292.

N'a pas encore osé paroistre
Dessus l'appuy de ma fenestre.
Dans ce lieu paisible et plaisant ,
Le monarque , le courtisan ,
Et toute la grandeur supresme
Qui brille dans un diadesme ,
Y font , sur mes sens , aussi peu
Que les frimats contre le feu
Qu'Etna vomit contre la nüe ,
Sans que sa bosse diminuë.
Là , mon penser est seulement
Agité pour un compliment ,
Qui , devant tes yeux , soit capable
De m'empescher d'estre coupable.
Dedans le manque de devoir
De ne t'estre pas allé voir ,
Je jure le dieu qui m'inspire
Cette liberté de t'escrire ,
Que ce n'est pas manque de foy
Au service que je te doy.
Le destin seroit bien funeste
Contre le bonheur qui me reste ,
S'il venoit jusqu'à m'offenser
Que de t'oster de mon penser.
Généreux comte , je t'asseure
Que , quand mesme la sépulture ,
Par son barbare réglement ,
Causera mon aveuglement ,
Si l'âme est telle que je pense ,
J'emporteray la souvenance ,
Malgré l'infirmité du corps ,
Jusque dans l'empire des morts.
Je t'aime d'une ardeur extresme ,
Et si le ciel m'aymoit de mesme ,
Cet escrit ne seroit tracé
Que de la main d'un trépassé ;
Et dans l'ingrat siècle où nous sommes ,
Il se rencontrera peu d'hommes
Qui me puissent , sans vanité ,
Disputer cette qualité.
Quand je rappelle en ma mémoire ,
Quel est ton mérite et ta gloire ,
De combien je te suis tenu ,
Depuis que je te suis connu ;
Que ton ame est aussi royale
Comme ta main est libérale ;
Qu'on ne trouve point chez le roy ,
De prince plus chéry que toy ;
Que ta vertu , sans artifice ,
T'eslève sur un frontispice
Où les destins t'ont couronné ,
Où , de lauriers environné ,
Tu mets au-dessous de l'envie
La félicité de ta vie ;
Enfin , que ton renom est tel ,
Qu'il peut atteindre à l'immortel ;
Mon humeur seroit bien avare ,
Et mon sentiment bien barbare ,
Si mes veilles ne t'offroient pas
Quelque douceur de ces appas
Dont Uranie et Caliope ,
Entre la scie et la varlope ,
Viennent quelquefois enchanter

La verve qui me faict chanter.
C'est par cet illustre advantage ,
Que l'une et l'autre me partage ,
Que je récompense l'effect
Du bien ou du mal qu'on me faict.
Quand je connois une belle âme
Digne de l'ardeur qui m'enflâme ,
Le Parnasse n'a point de fleurs
Dont je n'emprunte les couleurs
Pour faire une image fidéle
Qui m'immortalise comme elle ;
Mais si tost qu'un cœur abattu ,
De mille crimes revestu ,
Ose paroistre à ma pensée.
Soudain ma raison offensée
Faict que , de la main dont je peins
La vivacité d'un beau sein ,
J'ébauche l'horrible peinture
De ce monstre de la nature.
Ainsy le supresme flambeau ,
En tirant les fleurs du tombeau ,
Où le froid les retient encloses ,
Du regard qui les rend écloses ,
En faict en mesme temps un don
Pour la naissance du chardon.
Ainsy , par des desseins utiles ,
Nature engendra les reptiles ,
Dans le mesme degré d'amour
Que cet oyseau qui , nuict et jour ,
Sur les verts panaches de Flore ,
Pour nous charmer , soûpire encore ,
D'une aymable et triste douceur ,
Contre le mary de sa sœur ,
Et le tout pour faire connoistre
Que ce que le ciel a faict naistre
Est esgal pour entretenir
L'ordre de plaire et de punir.
Je suis franc de tout artifice ,
Et quand je fais un sacrifice ,
Ce n'est point à la lâcheté
D'un sot qui veut estre flatté ;
Qui croit qu'un poëte hypocrite ,
Plus sujet au gain qu'au mérite ,
Doit , par cent éloges divers ,
Cacher aux yeux de l'univers ,
Sous les pieds tremblans de ses rimes ,
Le sanglant aspect de ses crimes.
Comme si sa plume pouvoit
Oster au grand jour , qui tout voit ,
Cette connoissance supresme
Que luy seul tire de soy-mesme ,
Et qui doit estre , en vérité ,
Sa compagne à l'éternité.
Je ne seray jamais si lasche ,
Que de me noircir d'une tache
Qui rendroit ma prospérité
Honteuse à la postérité.
Faut être auparavant capable
De ne me point rendre coupable ,
Tirant de luy , d'un ton menteur ,
Le nom d'un mercenaire auteur.
Depuis dix ans que je m'amuse
Au doux entretien de la muse ,

Ay-je commis aucune erreur,
En suivant la saincte fureur ?
Armand, qui faict tant de merveilles,
Et pour qui mes plus dignes veilles
Ont produit ce qu'elles ont pu,
De quels bienfaicts m'a-t'il repu ?
Il a traversé l'onde noire,
Et m'a trop payé de la gloire
Dont on me chatoüille aujourd'huy,
D'avoir un peu parlé de luy.
Si peu de bien dont la fortune
M'a voulu paroistre opportune,
Est un inutile poison
Contre l'effort de ma raison.
Si ma nature estoit touchée,
Si mon âme estoit entachée
De ce venin contagieux
Qui met au rang des demy-dieux
Toutes ces iniques sangsuës,
En ce siécle si bien reçuës,
Lustubron n'auroit pas de quoy
Si bien l'entretenir que moy.
J'aurois employé mon caprice
A cette sanglante malice
Qui faict, de ses armes de fer,
Des holocaustes à l'enfer.
Gens qui, pour un moment de vie,
Dont leur pompe sale est suivie,
Ne laissent d'eux, à l'avenir,
Que leur infâme souvenir ;
Mais je hais cet employ funeste
Autant qu'on peut haïr la peste,
Et tout l'univers fut mon prix,
Dés-lors que j'en eus faict mépris.
Tu m'as cent fois vu dans le Louvre,
Dessous la bure qui me couvre,
Tesmoigner assez de froideur
A la pompe de sa grandeur.
J'y vois cent ames enchaisnées
Sous la mercy des destinées
Qui, sous la vaine passion
Où les porte l'ambition,
Pour accroistre leur bonne mine,
Font banqueroute à leur cuisine,
Et qui, dans ce superbe lieu,
Quand le jour est dans son milieu,
Ne sçachant où s'aller repaistre,
Comme dans quelque lieu champestre,
En caméléons, bien souvent,
Sont contraints de vivre de vent,
Et désaltérer leur bedaine
Des dons de la Samaritaine.
C'est là que je me sens ravy
De voir que, sans estre suivy
D'un laqaais qui jure et déteste
De passer pour anachoréte,
Je trouve cent tables où j'ay,
Aprés grand chère, grand congé ;
Encore, quand on me le donne,
C'est moy-mesme qui me l'ordonne.
Comte, tu le sçais mieux que moy,
Témoin le vin qu'on boit chez toy,
Suivy d'une chère autentique,

Et ton aspect si magnifique,
Qui montre la vertu d'un cœur
Qui n'est ny commun ny moqueur.
C'est par cette philosophie
Que ma gloire se fortifie,
Et qu'en homme sçavant je ris
Des esclaves des favoris,
Dont les maistres, sous des entraves,
Ne sont distingués des esclaves
Que pour estre d'or enchaisnez,
Et de cent fastes couronnez,
Dont les esclatantes traverses
Sont autant de guerres diverses
Que leur livre leur mauvais sort,
Dans les atteintes de la mort.
Or toy, capable d'un volume
De la plus esclatante plume
Qui jamais ait faict un autel
Pour la mémoire d'un mortel,
Je n'ay point de guerre plus grande
Que de me trouver sans offrande
Capable de te l'intenter.
Dans l'ardeur qui me vient tenter,
Je sens que l'âge me tourmente,
Et que vainement je lamente
Lorsque je pense rappeler
Ce que le temps ma sçeu voler.
Si mon esprit estoit encore
Digne du beau feu que j'adore,
Et qu'en ma première saison
Je pus retourner comme Eson,
Comte, sans faire l'hypocrite,
Je donnerois à ton mérite
Ce que je donnois autrefois
A ce grand ministre des lois
Qui, sous le plus grand roy du monde,
Mut l'air, le feu, la terre et l'onde,
Pour rendre cent bords embellis
Du frais ombrage de nos lis,
Et donner à ce grand empire
Tout ce que la gloire respire.
Celuy que la Grèce enfanta,
Et de qui la lyre chanta
Ce fils que la reine salée
Conceut du germe de Pelée,
Ne t'auroit, pour estre pas mieux,
Assis au rang des demy-dieux.
Mais, comte, je n'ay plus d'étude
Que celle de la solitude :
Et, sans Bacchus, ma muse et moy
Ne trouverions jamais de quoy
R'allumer un feu que nature
Abandonne à la sépulture.
Cet inventeur des beaux péchés,
Ce protecteur des débauchés,
Est le beau démon qui m'enflâme
Chez cette nourrice de l'âme,
Et qui, d'un trait de sa liqueur,
Met plus de verve dans mon cœur
Que si j'avois remply ma veine
Du fade ruisseau d'Hypocrène.
Mais sur ce nectar important,
Que tu hays et que j'aime tant,

Outre qu'icy je te reproche
Que, pour luy, le sein d'une roche
Luy donneroit bien mieux de quoy
Le faire triompher que toy;
Les montagnes les plus horribles,
Sur leurs sommets inaccessibles,
Entrouvriroient leur dureté
Pour conserver sa pureté,
Et porteroient, malgré les nuës,
Parmy des routes inconnuës,
Jusqu'aux influences des cieux,
Des ceps divins et précieux,
Si leurs vieilles cimes désertes
De pampres verts estoient couvertes.
C'est une liqueur dont l'appas
A mesme chanté le trespas,
Puisqu'après que l'âme est sortie
De cette terrestre patrie,
Le chantre qui porte son corps
Dans l'affreux cloaque des morts,
Ne paroissoit point dans son prosne,
Comme un monarque dans son throsne,
Si, selon son ordre divin,
L'on ne portoit des brocs de vin.
Et pourquoy, dans ce sainct office,
Dans le milieu du sacrifice,
Useroit-on de la façon,
Si l'on n'approuvoit ce poinson?
Vois tous les brinballeurs de cloches,
Tous les gueux qui portent les torches,
Quand le vivant est trépassé
Et que le gain est amassé,
S'ils ne courent pas bien plus viste
A la cave qu'à l'eau béniste.
C'est par là qu'on tombe d'accord
Que l'eau béniste est pour le mort,
Et qu'en suite des patenostres,
Le vin est resté pour les autres.
De moy, tant que ce jus vermeil,
De son salutaire appareil,
Viendra faire de ma poitrine
Une classe de sa doctrine,
Je seray tousjours son amy,
Autant esveillé qu'endormy.
Et quand l'aventure fatale,
Qui doit trousser ma vie en malle,
Me viendra saisir au colet,
Comme un cuisinier un poulet,
Sans me servir d'un secrétaire,
D'un procureur ny d'un notaire,
Aussy sain de corps que d'esprit,
J'ordonne, par ce mesme escrit,
Qu'en très-humble valet je t'offre,
Pour lieux privez ou pour le coffre,
Soit un testament assuré
Où, sans rien gripper au curé,
Un muy de quatre-vingts années,
Humecté d'autant de vinées,
Me serve d'un fameux cercüeil,
Où, loin de la pompe et du deüil
Dont on satisfaict la coustume,
Pour tesmoigner son amertume,
Cinq ou six des plus raffinez

En matière de rouges-nez,
Après avoir, de mes entrailles,
Pour honorer mes funérailles,
Tiré mille rots innocens
Dont l'odeur vaut mieux que l'encens,
Après avoir dit tope et masse,
Sur mon immobile carcasse,
Ils m'accordent ce dernier don,
Que du meilleur, par le bondon,
Ils remplissent ma sépulture,
Puis, qu'ils en fassent la closture.
Comte, voilà ce que je veux,
Dans le plus beau soin de mes vœux;
Et si tu vivois de la sorte,
Ton âme en paroistroit plus forte.
Ton destin en seroit plus beau,
Et, dans un semblable tombeau,
Tu dormirois sans pourriture
Jusques au jour que la nature,
Par un terrible changement,
Verra l'un et l'autre élément
Suivis d'elle et de la lumière,
Refaire la masse première.
Peut-estre me répondras-tu
Que mon esprit est plus tortu,
En te parlant de cette sorte,
Que le bois qui ce jus apporte;
Mais, pour convaincre ta raison,
Moy qui ne fus jamais oyson,
Puisqu'en matière d'oysonnage,
C'est l'eau qui faict tout le ménage,
Vuidons un peu nos différens
Par l'ordre de nos vieux parens;
Et, sans rechercher pour refuge
Ce qui fust avant le déluge,
Parlons du moteur des tonneaux,
Que Dieu ne garantit des eaux
Qu'à cause que ses faicts insignes
Devoient ressusciter les vignes.
Parlons de cet homme de prix
Qui, malgré le sanglant débris
Dont la nature fut atteinte,
Rétablit la treille et la pinte,
Et, bravant ce liquide orgueil,
Qui de tout ne fist qu'un cercueil,
Erra, dans la nef vagabonde,
Par-dessus les bosses du monde,
Des rivages où le soleil
Prend son flamboyant appareil,
Jusques où ce grand luminaire
Achève sa course ordinaire;
Et qu'en ce désordre divin,
Si l'eau se fust changée en vin,
Il auroit, des plus hautes cimes,
Poussé la nef jusqu'aux abîmes.
Ha! que cet homme travailla
Quand, pour ce mystère, il veilla;
Et que, sans sa célèbre envie,
J'aurois eu horreur pour la vie.
Toy qui sors de son fils Japhet,
Comme un gentilhomme en effect;
Et moy qui tire tout mon lustre
De Cham, qui passe pour un rustre,

Le premier; pour avoir esté
Moins que le second bébesté,
Ayant caché le vitupère
Qui pendoit au c... de son père,
Tandis que l'autre s'estendoit
A montrer sa vergogne au doigt.
Comme cela se peut-il faire,
Et par quel estrange mystère
Tournes-tu le dos à celuy
Dont tous les nobles d'aujourd'huy
Sont ravis de faire connoistre
Qu'il est le premier de vostre estre?
Et cependant tout le bonheur
Dont il raffina vostre honneur,
Fut d'avoir caché la vergogne
De ce prudentissime yvrogne,
Qui, sans passer pour un bigot,
Fit tant à tire-larigot,
S'endormit sous le frais ombrage
D'un ceps respecté de l'orage,
Où noble Japhet approuva
Ce que rustre Cham réprouva
O! trois fois enfant débonnaire!
Faut-il qu'un destin mercenaire,
Aymant le vin comme je fais,
Me mette au rang des porte-faix,
Et qu'un triste mangeur de pomme
Soit, par-dessus moy, gentilhomme?
Moy qui, révérant l'action
Qui fit la bénédiction,
Donnerois douze muids d'ange
Pour deux bouteilles de vendange,
Cher enfant, que n'ordonnois-tu
Que la plus brillante vertu
Qui mettroit la noblesse en gloire,
Sortiroit de l'art de bien boire?
Qu'un prince, dedans son estal,
Ne seroit reçeu potentat
Que premier il n'eust faict hommage
Devant quelque bachique image,
Parfumé de vin ses habits,
Et semé son nez de rubis.
Par une action si célébre,
Mainte et mainte oraison funébre
Auroit parlé, comme je croy,
Moins de ton père que de toy.
Ton nom seroit, dedans l'histoire,
Plus estimé qu'une victoire,
Fust-elle plus riche en progrez
Que celle que jadis les Grecs,
Pour une aveugle jalousie,
Obtinrent sur ceux de l'Asie,
Qui n'eurent, pour tout leur butin,
Qu'un infâme cul de putain,
Qui, repris en dix ans de guerre,
Ne valoit pas celuy d'un verre.
Comte, les mots que je te dis
Ne sont pas discours d'Amadis;
La Sainte-Ecriture m'oblige
A dire que tu te corrige.
Puisque je tire ce discours
Du plus raffiné de son cours,
Bois donc, illumine ta trogne

De ton divin jus de Bourgogne,
Répare ton ancien défaut,
En faisant brinde comme il faut;
Et malgré le fou de prophète,
Dont La Mecque voit la défaite,
Et qui, plus damné que Calvin,
Pour avoir défendu le vin,
Est maintenant dedans l'Averne,
Où diable après diable le berne;
Apprends à te mieux substanter,
Dans la crainte de l'imiter,
Car, s'il eust chéry la vinée,
Son ame seroit moins damnée.
De moy, je m'en vais de ce pas,
Dans un authentique repas,
Où je veux qu'Astarot me tuë,
Si la santé n'y sera buë;
Mais tant de coups, qu'il m'en faudra
Reposer au milieu d'un drap,
Jusqu'au poinct qu'un glou de bouteille,
De son doux fredon me réveille.
Adieu, je finis jusqu'à tant
Que chez toy, pour payer comptant,
Parmy quelque bachique troupe,
Tu noyeras, dans une coupe,
Tant de péchez par toy commis,
Pour n'avoir pas cru les amis.

---

## A M. LE COMTE DE ***.

### STANCES.

Comte, ne m'importune plus;
Laisse-moy suivre mon caprice,
Tous les desseins sont superflus.
Puisque ta table est un supplice,
Où tous mes sentimens perclus
Blâment mon âme d'avarice.


Sçachez que la félicité
Dont elle se trouve suivie,
S'irrite de la vanité
Qui dupe et trompe nostre vie,
Et que j'ayme ma liberté
Plus que Fanchon ny que Sylvie.


Ne parles plus du temps passé;
Prends-moy si tu veux pour infâme,
Tout est perdu, je suis cassé:
Ton noble désir me diffame,
Et voudrois estre trépassé
Afin de n'avoir plus de femme.


Si peu de bien et de repos
Que mon esprit ose prétendre,
C'est le doux entretien des pots;
Que ne me laisses-tu le prendre?

Et pourquoy, d'un fâcheux propos,
Oses-tu bien me le défendre?


J'ay perdu ma verte saison,
Je sens bien que l'âge m'assomme;
Je suis ridé, je suis grison,
Et, sans sçavoir pourquoy ny comme
Le ciel m'a donné la raison,
Je n'ay presque plus rien de l'homme.


Si le cabaret n'estoit pas,
Je jure le Dieu qui m'y porte,
Si le serment est sans appas,
Je veux que le diable l'emporte,
Si, dans quelques jours, le trespas
Ne me trouveroit à sa porte.


C'est dans ce lieu que mes destins
Se moquent du cours de la terre;
Que tout rit à mes intestins;
Que je me moque de la guerre,
Et que les culs de cent putains
Ne valent pas celuy d'un verre.


Ce gouffre de mille plaisirs
Est si charmant à ma mémoire,
Qu'hors de son lieu, tous mes désirs
Feroient un affront à ma gloire,
S'il préoccupoit mes loisirs
A d'autres pensers que de boire.


Cloris, Aminte, Amarillis,
Avecque leurs perfides charmes,
Quand leur teint passeroit les lis,
N'y font jamais verser des larmes,
Sont des objects ensevelis
Sous la puissance de nos armes.


C'est là qu'Amour est au tombeau,
Qu'aucun soucy ne m'importune;
Que l'œil d'une teste de veau
Vaut mieux que l'œil dont la fortune,
A travers de son vieux bandeau,
Nous rend la vie haute ou commune.


C'est là qu'Aminte est sans pouvoir
Pour mettre mon esprit en doute;
Si, dans un amoureux devoir,
Tu répands la dernière goute,
Adieu, je ne te veux plus voir,
Demeurez tous deux dans le doute.

## À UN COMTE [1].

### ÉPIGRAMME.

Messieurs, le comte est arrivé,
Mais pour donner de la pécune,
Il s'y connoist moins qu'Arivé
Ne se connoissoit à la lune;
C'est-à-dire que l'imprimeur,
Le violon et le rimeur
N'auront ny débat ny mécompte;
Que si, pour vivre à son plaisir,
Un homme doit trouver son compte,
Nous avons sçeu fort mal choisir.

## AU MÊME.

### ÉPIGRAMME.

Si je parois peu diligent
Aux vers où ton ballet t'engage,
C'est qu'ayant bu, mon hoste enrage
De voir un comte sans argent.

## À UN AMI [2].

### ÉPITRE.

Damon, tu sçauras par ces vers
Qu'on boit mieux ici qu'à Nevers,
Et nous n'aurions point d'amertume,
Si le mélancolique rume,
Qui te faict tant parler de Dieu,
Ne t'esloignoit point de ce lieu.
Nous avons tous passé la feste
A boire, mais à pleine teste,
D'un vin qui vaut mille fois mieux
Que le nectar que, dans les cieux,
Dans Hébé la divine coupe,
Ganimède verse à la troupe
Qui faict vanité de roter
A la santé de Jupiter,

---

[1] Ce comte, pressant Maître Adam de lui faire des vers pour un ballet, et ne donnant point d'argent, reçut ces deux épigrammes pour toute réponse.

[2] Cette épitre fut écrite du château de Langeron, où Maître Adam avait été voir le comte, son protecteur, qui lui fit un accueil plein de cordialité, et l'engagea à prier cet ami de venir partager les plaisirs de sa généreuse hospitalité.

Et de qui la chaude nature,
Pétillante, brillante et pure,
Aussi-tost que nous l'avalons,
Nous eschauffe jusqu'aux talons ;
Encore que les destinées
L'ayent conservé trente années.
Son pouvoir antique et sçavant
Nous rajeunit en le beuvant.
Si ton nez n'a plus la roupie,
Si tu ne grailles plus en pie ;
Bref, si tu n'es plus morfondu
Pour avoir ton argent perdu,
Sans craindre ny marais ny crote,
Va prendre un cheval à la poste,
Et viens en diligence icy,
Pour bannir l'extresme soucy
Qu'une trop longne absence apporte,
Pour un biberon de ta sorte ;
Que si ton Patrocle Grillon
Est las de branler le ***
Dessus la nymphe à luy donnée
Par le prestre et par l'hymenée,
Tu peux ( pour avoir mieux de quoy )
Le trousser en malle avec toy.
Vous serez ravis, car je meure
Que cette divine demeure
Où le premier homme pécha,
Alors que Belzébuth prescha
Ce très-normandissime père,
Sous la forme d'une vipère,
Avoit, n'en déplaise au bon Dieu,
Rien de si charmant que cè lieu.
Icy nostre fortune assemble
Quatre divinitez ensemble :
Bacchus, Mars, Apollon, Amour,
Ont des autels en cette cour ;
Mais parmy ces dieux que je nomme,
Cupidon a gaigné la pomme,
Par les attraits d'une beauté
Qui détruiroit la liberté
De toute nostre illustre troupe,
Si mon cœur, captif de la coupe,
Ne préféroit à ses appas
La suffisance d'un repas.
Haste-toy donc, je t'en conjure,
Puisqu'à moins que de faire injure
A des gens de mise et d'alloy,
Tu ne peux dire excuse-moy.
Adieu, j'escrirois davantage,
Si je n'entendois pas un page
Qui, d'un ton remply de vertu,
Va criant : Adam où es-tu ?
Le premier est dessus la table.
A ce propos si délectable,
Je ne paroistray pas si sot
De l'entendre et ne dire mot.
Aimant mieux de moy faire montre,
Que d'imiter, en ce rencontre,

Celuy dont je porte le nom ;
A qui l'on donne le renom
D'avoir faict de la sourde oreille,
Lorsque, juché sous une treille,
De déplaisir mordant ses doigts,
Dieu l'appela plus de six fois.
Adieu, cher amy que j'honore,
Avant que l'on m'appelle encore,
Je vas finir avec espoir
Que demain tu nous viendras voir.

----

## A M. D'ARPAJON [1].

### ÉPITRE.

A toy, digne enfant de la gloire,
A toy, l'ornement de l'histoire,
Dont les lauriers touffus et verts,
Au dernier jour de l'univers,
Ombrageront la sépulture
Qui doit engloutir la nature ;
Et vaincront la fatalité
Du feu dont la rapidité
Mettra les élémens dans l'estre
Qu'ils estoient avant que de naistre.
A toy, divin estre de Mars,
Qui luis parmy les estendars,
Comme en ses splendeurs les plus nettes,
La lune parmy les planètes.
A toy, l'effroy des Ottomans,
A toy, l'auteur des monumens
Où cette race doit esteindre
L'injuste orgueil qui la faict craindre.
Souffre que, dans les grands emplois
Où ta vertu donne des lois,
Ton maistre Adam s'ose promettre
Que tu verras dans cette lettre,
Le plaisir qu'il a de sçavoir
Les qualités de ton pouvoir,
Depuis que, d'un choix légitime,
Que le ciel faict de ton estime,
Par ta valeur il nous promet,
Malgré l'erreur de Mahomet,
D'arborer la croix sur les bornes
Où le croissant lève les cornes,
Et sous les cèdres du Liban,
Foulant sous les pieds ce turban,
Rendre dans la splendeur divine,
La gloire de la Palestine.
Mon esprit s'en alloit perclus,
Dans la terre où je suis reclus ;
Ma muse, toute ensevelie
Dans ma sombre mélancolie,

[1] Maître Adam écrivit cette épitre à son généreux protecteur, lorsqu'il eut l'insigne honneur d'être élu généralissime de l'armée des chevaliers de Malte. Voyez page 1.

Ne m'inspiroit plus rien de beau.
Ton départ, qui fit son tombeau,
Me rendoit sa présence amère,
Comme si l'ombre de ma mère,
Quelque bien qu'elle m'ait produit,
M'apparoissoit en pleine nuit.
Enfin, j'en perdois la mémoire,
Quand la nymphe à cent coups d'ivoire
Qui, d'autant de tons esclatans,
Brave les injures du temps,
Passa devant la solitude
Où mon rabot faict son étude.
Son char avoit un appareil
Esgal à celuy du soleil,
Et tous les attraits dont l'aurore
Se pare au rivage du More,
Ne m'ont jamais tant satisfaict
Aux plus beaux jours qu'elle nous faict.
Telle parut cette déesse,
Quand elle annonça la promesse
De ce grand démon de la foy
Qui, sous le nom de Godefroy,
Alla joindre sa sépulture
A celle par qui la nature
Se vit, au milieu de ses fers,
Surmonter l'orgueil des enfers.
Apprenez, peuples de la terre,
Qu'un illustre foudre de guerre,
Disoit cette reyne des cœurs,
Parlant de tes exploits vainqueurs,
Va faire triompher l'Eglise
Des premiers droits de sa franchise.
Qu'un grand héros, dont la valeur
A cent fois vaincu le malheur,
Va, contre la race infidelle,
Comme un torrent, vaincre pour elle
Tous les lauriers qu'il a cueillis
Pour croistre la gloire des lis.
La fidélité dont sa vie
A presque faict crever l'envie
D'avoir veu que ses actions
Ont estouffé les factions
Dont, au siècle ingrat où nous sommes,
Elle choque les plus grands hommes,
Ne sont que de foibles couleurs,
Que des chardons auprès des fleurs,
Qui, dans la plus rude tempeste,
Viendront environner sa teste.
C'est luy de qui les soins divers
Feront des lois à l'univers,
Par une si célèbre armée,
Que moy, qui suis la renommée,
N'auray pas un ton assez haut
Pour en discourir comme il faut.
On verra sa force connuë
Plus haut et plus bas que la nuë;
Et, comme un pilote au timon,
Ce grand et belliqueux démon,
Escorté de sa saincte troupe,

La foudre en main, le vent en poupe,
Par ses exploits grands et hardis,
En fera plus que je n'en dis.
Ainsy cette nymphe passa;
Soudaïn mon sang se déglassa,
Et, par des discours si célébres,
Je vis éclipser les ténèbres
Qui, jusqu'icy m'ont agité;
Dès l'heure que tu m'eus quitté,
Je sentis la première flàme
Qui jadis eschauffa mon âme,
Et qui, de nouveau, me semont
A grimper sur le double mont,
Afin que là je prépare,
Sur le fond d'un marbre de Parc,
Un portrait qui ne ternira
Que quand le monde finira.

----

## A UN AMI [1].

### ÉPITRE.

Pensif, mélancolique et blesme
Comme un pénitent de caresme,
Qui, pour gaigner le paradis,
Se repaist d'un de profundis.
L'âme presque dessus la lévre,
Par une rigoureuse fiévre
Qui m'a ravy tout le repos
Que je trouvois parmy les pots,
Incomparable commissaire,
Qui me parus si nécessaire
Au temps qu'une inspiration
Bornoit nostre aspiration
De cette liqueur sans pareille,
Qui sort du sein d'une bouteille.
Confident de mes doux péchez,
Cher protecteur des débauchez,
Excuse si, pour te répondre,
J'ose moy-mesme me confondre,
Et si, dans ce fatal revers,
Autant à tort comme à travers,
Dessus ma tombe je compose
Ces misérables vers en prose,
Qui ne sont pas de la façon
De ceux qu'inspiroit le poinçon,
Quand, tous deux assis teste à teste,
Comme au jour de quelque grand'feste,
Nos nez parfumez de rubis,
Nous prenions nos plus beaux habits,
Par cette languissante épistre,
Plus mince qu'un pain de chapitre,
N'estoit lors que dame Cloris,
Dans la disette de Paris,

[1]. Cet ami, commissaire au régiment du cardinal Mazarin, avait écrit à notre poëte, pendant qu'il était en proie à une fièvre des plus rebelles.

Bénissoit, pour une disnée,
Celuy qui l'avoit caressée.
Tu sçauras que je suis tousjours,
Malgré la longueur de mes jours,
Autant à toy que sçauroit estre
Un diable au chasteau de Bicestre,
Mais le tout sans comparaison.
Pour l'esprit et pour la maison,
Tu sçauras que je ne respire
Qu'à r'avoir le divin empire
Où Bacchus réveille les sens
Des esprits les plus languissans.
Sitost que cette violence,
Qui m'engage sous le silence,
Permettra que mon embonpoint
Vienne rembourrer mon pourpoint,
Et que ma chaleur naturelle,
Malgré celle qui me bourrelle,
Dans mon corps se remplacera,
Et cette infâme chassera,
Tu verras encore renaistre
La vivacité de mon estre,
Et comme au retour du printemps,
Malgré la bise et les autans,
Le Zéphire r'anime encore
Toutes les richesses de Flore.
De mesme, en dépit des malheurs
Qui m'ont dérobé tant de fleurs,
Je regrimperay sur Parnasse,
Où Bacchus faisant ma bonasse,
Je boiray dans le violon
Qui faict la gloire d'Apollon,
Et parmy ces divines fées,
Qui font et défont les trophées,
Je tascheray de moissonner,
D'assembler et de façonner,
De leurs richesses les plus grandes,
Des couronnes et des guirlandes,
Pour éterniser les esprits
Qui seront dignes de ce prix.
Toy qui passe dans mon estime
Un de ceux le plus légitime,
A qui nous devons les présens
Qui bravent l'injure des ans,
Dans ce rencontre incomparable
De la fleur la plus adorable
Que ma muse pourra trouver
Dans le débris de mon hyver,
Pour satisfaire à mon envie,
J'en feray triompher ta vie,
Et par ainsy je feray voir,
Par amour comme par devoir,
Que l'ingratitude est un blâme
Qui ne m'a jamais soüillé l'âme,
Mais aussi je prétends de toy
Que cette rigoureuse loy,
Dont tu choques celle d'Astrée,
En menaçant cette contrée,
De ton esprit se bannira,
Et que ta vengeance n'ira,
De la censure de tes crimes,
Que contre ces faiseurs de crimes
Qui troublent les félicitez

Des campagnes et des citez.
Ce pays que tu dis barbare,
Et contre qui tu te déclare,
Est un climat facile et doux,
Où l'on ne verroit poinct de loups,
Si la paix estoit dans son trosne,
Et si le formidable prosne,
Que Bellone faict prononcer,
Ne s'y venoit poinct annoncer,
Icy l'âme la plus farouche,
Au plus grand malheur qui la touche,
N'ose, d'un soûpir seulement,
Se donner du soulagement,
Tant la crainte d'estre coupable
Prévient le mal qui nous accable.
Icy les peuples désolez
Vont bien-tost, comme Récollez,
Faire une piteuse grimace
Sous les cornes d'une besace.
Icy les riches sont à bas,
Et les gueux n'ont poinct de combats,
En leur reprochant que leurs pères,
Sous des infernales vipères,
Ne seront jamais affranchis
Pour les avoir trop enrichis.
Nous sommes tous de mesme classe,
Mesme infortune nous enlasse,
Et c'est par ce poinct rigoureux
Que les coquins sont les heureux,
Pour n'avoir pas eu connoissance
D'une illustrissime naissance,
Dont on ne peut se prévaloir,
Quand le bien renonce au vouloir,
Moy de qui l'esprit s'accommode
Au seul caprice de ma mode,
Je me prépare à tout souffrir,
Dans l'espoir que nous vient offrir
L'éternité qui nous regarde,
Où tel faquin qui nous regarde,
Quand la mort l'aura dépesché,
La seule ombre de son péché,
A ses yeux sera plus terrible,
Plus étonnante et plus horrible
Que ne sont les sanglans efforts
De ces pirates de nos corps.
J'achève mon pérégrinage
Comme un pauvre poisson qui nage
A l'aventure et sans soupçon
Du pescheur et de l'ameçon,
Que toute la fureur agisse,
Du feu, du fer, de l'artifice;
Qu'on fasse de nouveaux progrès;
Qu'à l'imitation des Grecs,
On mette la nature en proye,
Pour vaincre une seconde Troye,
Tout cela ne me touche poinct,
Et je ne fus jamais époinct
Du sot entretien d'une histoire
Qui tourmenteroit ma mémoire,
Si dans ma fortune à venir,
Elle en avoit le souvenir.
Toutes les pompes de la terre
Ne me sont qu'un esclat de verre,

Et quand nostre commun tombeau,
Le ciel si pompeux et si beau,
Tiendra mon âme sur sa voûte,
Si de ce mot l'aze te f....,
Je veux détruire ces mortels
Qui nous demandent des autels,
A la réserve des personnes
Qui font le soutien des couronnes;
De cette race qu'en ces lieux
Nous appelons des demy-dieux,
Et qui passeroient pour dieux mesmes,
Si la mort, sous leurs diadesmes,
De son inflexible penser,
Ne les venoit poinct offenser.
A la réserve, dis-je encore,
De ces grands princes qu'on adore,
Et de nos seigneurs leurs agens,
Les azes f...... bien des Jans.
J'en connois un dans nostre ville,
Qui s'estime bien plus habile
Que le grand Cicéron n'estoit
Quand toute Rome l'escoutoit,
De qui le faste insupportable,
Plus fier qu'un barbe en son étable,
S'imagine que l'univers
Est dans l'enceinte de Nèvers,
Que son orgueilleuse fumée
Va plus loin que la renommée,
Et qu'à son esprit dépravé,
Un prince dessus son pavé,
Avec une ample révérence,
Luy rendroit de la déférence.
Cependant ce maistre faquin,
Vers qui je ne suis qu'un coquin,
Car c'est l'épithète plus belle
Qu'un pauvre faiseur d'escabelle
Puisse tirer du cabinet
De cette linote à bonnet,
Ce fanfaron à triple étage
N'a pas si-tost quitté sa cage,
Qu'il se trouve plus effaré,
Plus badaut et plus égaré
Que feu le roy d'Ethiopie,
Lorsque, noir en teste de pie,
Il tenoit, dedans Saint-Germain,
Un v... pour un sceptre à la main.
Je me mocque de la sequelle,
De son engeance telle quelle,
De qui le pouvoir ne s'étend,
Ne se pratique et ne s'entend,
Qu'avecque la sotte manie
Des habitans de Béthanie.
J'estime ce bègue cousu
A l'esgal d'un chêne abattu,
Qui, dans le bois de la Bussière,
Faict moins d'ombre que de poussière,
Je le traite trop doucement,
Dans mon juste ressentiment,
De le mettre en raguedenase,
Sous la puissance de nostre aze,

A qui je fais encore un don
De cet avorté mirmidon,
Pour luy présenter son breviaire,
Et pour luy passer la rivière,
J'attends à te dire le nom
De ce maroufle sans renom,          [mes,
Lorsque pour voir tous ces grands hom
L'ornement du siècle où nous sommes,
J'iray faire encore un retour
Parmy les pompes de la cour;
Là nous verrons les belles âmes;
Là, par les rubicondes flâmes,
Dont le maistre des deux faisans
Rend les moins diserts bien sçavans,
Nous bannirous cette tisane
Qui, presque en vieillard de Suzanne,
A quasi glacé tout mon sang,
Et faict de mon corps un étang.
Là, nous boirons au digne comte,
Dont ton épistre m'a faict compte,
Comme à l'incomparable Roux,
Dont je n'approuve le courroux,
Qu'à cause qu'une humeur tardive
A prolongé cette missive,
Cher commissaire, que veux-tu?
C'est tout ce qu'a pu ma vertu,
Depuis un mois ou trois semaines
Que je suis aux fièvres quartaines;
Encore, dès l'heure qu'il est,
Ce qui m'irrite et me déplaist,
C'est que cette fièvre tigresse,
Pour dissiper mon allégresse,
Par un tremblement inhumain,
M'oste la plume de la main.
Bref, tout ce que je te puis dire,
Dans le retour de ce martire,
C'est que, sans passer pour flatteur,
Je suis ton acquis serviteur.

---

A MADAME

## LA MARQUISE DE SAINT-ANDRÉ[1].

Reprenez vostre anneau, madame,
Il a trop d'esclat pour mon ame,
Et son lustre est trop précieux,
Pour la foiblesse de mes yeux.
Soyez un peu moins libérale,
Pour des hommes de ma cabale,
Et ne m'ouvrez point l'hospital,
Par un don si riche et fatal.
Depuis trois jours que je le porte,
La vanité qui me transporte,
Faict que je n'ay plus de raison,
Pour l'entretien de ma maison:

[1] *Voyez* page 385.

Ma boutique m'est odieuse,
Ma varlope m'est ennuieuse,
Et, par ce beau présent, je croy
Que vostre bonté m'a faict roy.
C'est une trop saincte relique,
Pour un vieux courtaut de boutique,
Qui ne doit employer ses doigts,
Que parmy l'usage du bois.
Par cette admirable adventure,
Qui m'a faict changer de nature,
Vous m'avez rendu plus confus,
Par ce don que par un refus.
Si la fortune m'eust faict naistre
Dans le grand esclat de vostre estre,
C'est plus que n'auroit mérité,
L'excez de ma témérité,
Voicy en de semblables causes,
Le grand dispensateur des choses,
S'il est si prodigue que vous,
Dans les biens qu'il verse sur nous.
Voyez comme par la prudence,
Dont il règle sa providence,
Il sçait distinguer les esprits,
De biens, de grandeurs et de prix.
Aux uns il donne des empires ;
Aux autres, qu'il veut rendre pires,
Il laisse les coutres tranchans,
Qui font l'abondance des champs.
C'est par cette loy sans pareille,
Qu'en vous faisant une merveille,
Il ne m'a faict qu'un raboteur,
Vostre très-humble serviteur;
Si par cet exemple admirable,
Vostre main eust faict le semblable,
Je ne serois pas orgueilleux,
Par un présent si merveilleux,
Qui veut m'oster la connoissance
De ma rigoureuse naissance,
Et vous m'eussiez plus qu'étrené,
Quand vous ne m'auriez rien donné,
Que l'honneur de tousjours vous estre
Ce qu'un esclave est à son maistre.

---

### A M. TEURREAU [1].

Cher compère,
Que j'espère
Bien-tost voir,
Par devoir,
Cette rime
Dont j'escrime,
N'est sinon,
Par renom,
Que te dire
Que le sire
Qui m'a faict,
En buffet,
Sous serrure
Bonne et sûre,
Mettre enfin
Brevet fin
Pour ma race,
De ta grace,
M'a rendu
Confondu.
Tant la honte
Me surmonte
De n'avoir
Nul pouvoir
Ni bonnasse
Sur Parnasse,
Pour chanter
Et vanter
Ce grand homme
Qu'on renomme
En combats
Icy-bas,
En la guerre
Un tonnerre,
Et qui vaut,
Sans défaut,
Plus de gloire
Que mémoire
N'en fera
Ny dira,
Tant que monde,
Boule ronde,
Fera voir
Son pouvoir.
Je l'honore,
Je l'adore.
Et dis-luy
Qu'aujourd'huy,
Tasse pleine,
Sans haleine,
Nous beuvons
Et trouvons,
Dans le foye,
Grande joye,
Par le vin
Tout divin
Qu'à sa gloire
L'on sçait boire.
Mon démon
Te semon,
Vent en poupe,
Et la troupe
Qui me suit
Jour et nuit,
De nous suivre
Et bien vivre.
Mais aussy,
Cher soucy,
Remercie

[1] Pour le remercier du brevet d'un futur canonicat qu'il avait obtenu de M. le
marquis de Saint-André, pour l'un des enfants de Maître Adam. *Voyez* page 381.

Ce Decie
De l'honneur
Et bonheur
De la charge
Longue et large
D'un certain
Qu'un destin,
Selon l'ordre,
Qui sçait mordre
Vieilles gens
Négligens,
Changeant d'estre,
Fera prestre,
Sans émoy,
De chez moy,
Un jeune homme
Que l'on nomme
A présent
Peu disant;
Mais l'étude
Longue et rude
Qui l'instruit,
Fera fruit,
Pour bien suivre,
En bon livre,
Les escrits
De grand prix,
Et pour faire
Quelque affaire
A l'honneur
Du seigneur,
De la dame,
Sa chère ame,
Comme aussy,
Par soucy,
Pour la belle
Damoiselle
Dont il tient
Son soutient.

---

### CHANSON [1].

Une humeur mélancolique
M'arrache l'âme du sein,
D'entendre qu'un vieux bouquin
Est amoureux d'Angélique.
C'est un bruit commun qui court
Que ce vieux fol la pratique,
Et qu'à chaque heure du jour
Il luy va parler d'amour.

Allez ailleurs, vieux profane,
Porter vostre front ridé,

Car vous seriez lapidé
Comme un vieillard de Suzanne.
Allez fléchir les genoux
Devant quelque courtisane
Qui vous fera les yeux doux,
Plus pour vostre or que pour vous.

Maîtresse de ma franchise,
Douce cause de mon mal,
Ne me fais poinct de rival
Qui porte une barbe grise;
Chasse-moy ce vieux grison
Comme un gros peteur d'église;
Qu'il porte son oraison
Ailleurs que dans ta maison.

---

### A M. DE MASCARANI [2].

Charitable personnage,
Le menuisier de Nevers,
Jusque dedans ton ménage,
Te fera tenir des vers.
Pour cette heure, il s'en excuse,
D'autant que sa pauvre muse
Ne se plaist pas à Bourbon;
Joint que je souffre un martire,
Alors qu'il s'agit d'écrire,
Où le vin n'est guéres bon.

Le beau rivage de Loire
Est l'object de mon plaisir;
C'est là qu'en peignant ta gloire
J'assouviray mon désir;
Que ma céleste Uranie,
Accordant son harmonie
Avecque celle de Bacchus,
Dira, te faisant hommage,
Que tu t'es faict une image,
En me payant cent écus.

---

### STANCES.

Si le normandissime père
Qui, de la dent d'une vipère,
Tira le morceau défendu,
Eust eu du vin la connoissance,
Sans doute il n'auroit pas perdu
La gloire de nostre innocence.

---

[1] Contre un vieillard qui caressait une dame dont Maître Adam était éperdument amoureux.

[2] Secrétaire des commandements du duc d'Orléans. Maître Adam lui adressa ces deux stances à Bourbon-l'Archambault, pour le remercier de lui avoir fait obtenir cent écus.

Nous n'aurions jamais eu de guerre
Que celle du pot et du verre ;
Rien n'eust traversé nos esbats ,
Et l'ambition sanguinaire,
Qui met tant de testes à bas ,
N'auroit esté qu'une chimère.

Cette demoiselle la Parque ,
Qui met le pauvre et le monarque
Au rang des péchez effacez ,
N'auroit poinct faict paslir nos trognes,
Et l'on n'eust veu les trespassez
Que dans le sommeil des yvrognes.

Une éternelle et douce vie ,
Pour satisfaire à nostre envie ,
Nous auroit comblés de plaisirs.
Mars n'eust poinct suscité d'alarmes :
La paix eust suivi nos désirs ,
Et le vin eust formé nos larmes.

Ces grebelineurs à soutane ,
Qui , par des emplois de chicane,
Portent l'injustice à l'excez ,
N'auroient pas faict languir nos craintes,
Et l'on eust vuidé deux procez ,
Plus viste qu'un Suisse deux pintes.

Sous le vert ombrage des treilles ,
Après avoir prosné merveilles ,
Sur la vuidange des flacons ,
Chacun renversant sa chacune ,
On eust plus enfilé de c...
Qu'un tailleur n'enfile de prunes.

Adam . que maudit soit ton crime ;
Tu nous as tous mis hors d'escrime :
Sans toy. nous vivrions à gogo.
Tu mérites bien qu'on te nomme
Plus simple que la virago
Qui te fit mordre dans la pomme.

---

### A M. DE MONTAULIEU [1].

#### ÉPIGRAMME.

Illustre de Montaulieu ,
Je te demande une grace .

Qu'en faveur de ce beau lieu
Qui règne sur le Parnasse ,
Le retour de deux jumens ,
Sans trève ny complimens ,
Nous témoigne ta franchise.
Qu'en récompense , Vénus
Puisse donner sans remise ,
Deux poulains gros et charnus
Au faquin qui les a prises.

---

### A SON AMI JACOB.

#### STANCES.

Illustre père et bon Jacob ,
Tu me traites d'étrange sorte ,
De m'inviter dans un écot
Où des lions [2] gardent la porte.

Quand tu voudras , une autre fois ,
Me rendre quelque bon office ,
A l'imitation des rois ,
Fais garder ton huis par un Suisse.

Un Hardo , dedans un repas .
Beuvant , me pourroit faire feste ;
Adieu , je reprends sur mes pas ,
Et je donne au diable ta beste.

---

### SUR L'ABSENCE D'UNE DAME.

#### ÉPITRE.

Beauté que j'ayme et que j'adore ,
Bien plus que Céphale l'aurore ,
Depuis qu'un destin envieux
Voulut vous ravir à mes yeux,
Par cette barbare aventure ,
Qui met mon âme à la torture,
Que sçaurois-je plus espérer
Aux maux qui me font expirer ?
Toute faveur m'est importune ,
Et quand l'orgueilleuse fortune
M'offriroit un sceptre à genoux ,
Ce don me plairoit moins que vous .

[1] Commandant le régiment de M. de Turenne. Maître Adam lui adressa cette épigramme à la prière d'un paysan , afin de lui faire restituer deux jumens qui lui avaient été prises par un soldat de notre grand capitaine, dont le régiment, à ce qu'il paraît , ne respectait guère la discipline

[2] Le serviteur de l'ami du poète s'appelait Le Lion.

Dans une triste solitude,
Pour plaire à mon inquiétude,
Tousjours à vos vertus resvant,
Bien plus moribond que vivant,
Je nourris mon âme insensée
De cette inutile pensée,
Que peut-estre une fois le jour,
Vous méditez sur mon amour.
Ha ! que si vous sçaviez connoistre
Comme vos beaux yeux l'ont fait naistre,
Que vous auriez peu de raison,
Si vous censuriez ma prison.
Vous estes la cause supresme
Qui me réduit à cet extresme,
Et, sous une si douce loy,
Les Dieux pécheroient comme moy.
Ils vous ont faict sur leur modéle ;
Aussi, la grandeur de mon zéle
N'aspire qu'à vous assurer
Que je vis pour vous adorer.
Tout autre penser m'est funeste,
Et tout le plaisir qui me reste,
C'est le triste soulagement
Que vous n'en doutez nullement.
Que n'avez-vous esté moins belle,
Pour ne vous pouvoir croire telle ?
Ou bien, qu'en vous voyant, la mort
N'a-t'elle terminé mon sort ?
Tout beau, penser trop téméraire,
Ne tàchons poinct de luy déplaire ;
Modérons nostre passion
Par l'exemple d'un Ixion.
Ouy ma reine, je vous assure
Que, dans les tourmens que j'endure,
Je me tiendray trop glorieux,
Lorsqu'en revoyant vos beaux yeux,
Sans vous peindre une violence
Qui feroit parler le silence,
Je seray content du pouvoir
De vous adorer et vous voir.

---

### A UN AVOCAT [1].

ÉPIGRAMME.

Que vous a faict cet innocent ?
Son présent n'est-il pas honneste ?
Vous ne prétendiez qu'une beste,
Et l'on vous en apporte un cent.

---

### À SON ALTESSE ROYALE [2].

ÉPIGRAMME.

Grand ornement des altesses,
Sans l'abbé de Richelieu,
Qui m'a conduit en ce lieu,
J'en aurois bien dans les fesses ;
Et si mon malheureux sort
Me persécute si fort
Que de me laisser ma goutte
Et m'oster mes cent écus,
Généreux prince, sans doute,
J'en auray bien dans le c...

---

### A UNE VIEILLE DAME [3].

ÉPIGRAMME.

Du temps que j'estois jouvenceau
Et que vous estiez jouvencelle,
J'aurois, jusqu'au dernier morceau,
Pour vous, immolé ma chandelle ;
Mais n'estant plus qu'un vieux barbon,
Que l'intendant croit tout de bon
N'estre plus le serviteur vostre,
Je ne sçaurois vous soulager,
Et, pour vous faire décharger,
Prenez la chandelle d'un autre.

---

### ÉPIGRAMME [4].

Que mes jours seront fortunez ;
Si, par de belles réparties,
Un Camus faict un pied de nez
A l'advocat de mes parties.

[1] Un client avait apporté un lièvre pourri à cet avocat, qui rejetta le présent.
[2] Son altesse royale Gaston était alors à Bourbon avec l'abbé de Richelieu, et Maltre Adam y était allé sous le prétexte de guérir sa sciatique, mais, dans le fait, pour toucher la pension promise par le prince.
[3] Cette dame le priait d'être son intermédiaire, auprés de l'intendant, pour lui faire obtenir la décharge de la taille.
[4] Maltre Adam ayant un procès, avait choisi un avocat nommé Camus, ce qui lui inspira ce quatrain à l'audience avant la plaidoirie de l'affaire.

## A UNE JEUNE FILLE [1].

### ÉPIGRAMME.

Vous me sçavez fort mal connoistre,
Puisque, sans passer pour flatteur,
Je ne fus jamais vostre maistre,
Non plus que vostre serviteur.
Si la vanité vous emporte
A me traicter de cette sorte,
Sottement vous l'entreprenez ;
J'ay tousjours de quoy vous confondre,
Et vous ne sçauriez me respondre
Qu'avec un demy-pied de nez.

## ACCORD

### D'UN CAPITAINE ET D'UN PAYSAN.

Suivant vostre sort inhumain,
Pour vous accorder l'un et l'autre,
Manant, dis-moy la patenostre,
Et toy, soldat, va-t'en demain.
Dans ce siècle fâcheux où nous sommes,
Où les hommes mangent les hommes,
Je ne trouve plus de raison
Pour soulager nos infortunes,
Sinon que voicy la saison
Où les choses seront communes.

## ÉPITAPHE D'UN LAQUAIS [2].

Icy, du sieur de Carregret,
Gist un lacquais à chausse rouge ;
Le drille ny dort qu'à regret,
Si faut-il pourtant qu'il n'en bouge,
Jusques au grand jour furibon
Qu'il pourra relever sa teste,
Si tant est que Dieu soit si bon
Que de ranimer une beste.

## ÉPITAPHE [3].

Depuis qu'Alcandre n'est plus,
Bacchus a perdu sa gloire,
Et nos soins sont superflus
De le rappeler pour boire.
Quand l'ange trompettera,
Et qu'on ressuscitera
Sur la fin de la nature,
Nous n'aurons poinct de quartier
D'avoir mis sa sépulture
A deux pas du bénistier.

## A SYLVIE.

### ÉPIGRAMME.

Trop orgueilleuse Sylvie,
Puisque ton bel œil vainqueur
Est le maistre de ma vie,
Ayant dérobé mon cœur,
Croy-tu que long-temps je vive,
Si ta cruauté me prive
De cet aymable soûtien ?
Non, je veux mourir, mon ange,
Du moins si, par un échange,
Tu ne me donne le tien.

## A MADEMOISELLE

## DE LA CHAMBRE [4].

### STANCES.

Le printemps s'en est allé,
L'esté le cède à l'automne ;
Ce que la terre nous donne
Deviendra bien-tost gelé.
L'hyver, d'un barbare empire,
Contre tout ce qui respire,

[1] Cette jeune fille camarde avait dit, en réponse aux salutations de Maitre Adam : « *Dieu te gard' mon maistre.* »

[2] Cette pièce fut improvisée sur la demande d'un laquais de M. de Carregret.

[3] Pour un ami enterré près d'un bénitier.

[4] Cette demoiselle allait aux eaux de Bourbon, sur la fin de l'automne, le temps étant déjà humide et froid.

Va presque ouvrir le tombeau,
Et, dans le jus de septembre;
Je vais chanter, dans la chambre,
Le retour du renouveau.

Au contraire, Amarillis,
Pour un peu d'eau sulphurée,
D'une ardeur démesurée,
Vous allez ternir vos lys.
Contre l'ordre de nature,
Vous quittez la couverture
Que la chambre vous offroit;
Et, sans conseil de personne,
Ny que la chambre l'ordonne,
Vous allez mourir de froid.

De mesme que si j'estois mort.
Mais, dès-là vous avez grand tort,
Puisque, malgré vous et l'envie,
Maistre Adam est encore en vie,
Qui ne vous demande plus rien,
Attendu que son entretien
Est capable de vous déplaire.
Ce m'est un assez doux salaire
De ne plus user mes genoux
Devant un homme comme vous.
Je voy bien que ma patenostre
Se doit dire devant quelque autre
Qui sçaura mieux récompenser
Et mon mérite et mon penser.
C'est devant la divine essence,
De qui j'adore la puissance,
Et devant qui tous nous verrons
Les bons et les mauvais larrons.

---

## A M. DE TURENNE [1].

### ÉPIGRAMME.

Prince illustre de Turenne,
Je ne suis pas estonné
Si ton front est couronné
D'une grandeur souveraine.
Le renom de tes ayeux
Esclate dedans les cieux,
Comme icy-bas sur les cuivres;
Si j'ay de l'estonnement,
C'est de voir vendre mes livres
Pour nourrir ton régiment.

---

## CONTRE

## UN VENDEUR DE BÉNÉFICES [2].

### ÉPITRE.

Seigneur, je vous avois escrit,
Et le plus fin de mon esprit
S'estoit engagé dans ma lettre,
Afin de vous faire promettre
Ce que m'avoit promis Armand.
Mais, seigneur, tout mon compliment
Vous est une chose importune,
Et vous poussez à ma fortune,

---

## A UN FOL AMOUREUX.

### ÉPITRE.

Quoy, faut-il qu'une fente infâme,
Qui sert aux égouts d'une femme,
Et qui, près d'un sale tuyau,
Qui d'un étron est le joyau,
Soit capable de nous contraindre
A blesmir, soûpirer et craindre,
Et rendre nostre humanité
Serve de la brutalité?
Que celuy qui, lors du déluge,
Prit le Parnasse pour refuge,
N'a-t-il, à tous ses descendans,
Pour éviter ces accidens,
Monstré comme, d'un jet de pierre,
Il fit régénérer la terre,
Afin d'éviter ces malheurs
Qui te causent tant de douleurs.

---

## A LA REINE DE SUÉDE.

### STANCES.

Reine, tout le monde dit
Que vostre bien m'a faict riche;

---

[1] Maitre Adam ayant été taxé à huit francs pour la nourriture du régiment de Turenne, un capitaine lui prit des livres en paiement.

[2] Ce vendeur de bénéfices, malgré la recommandation du cardinal de Richelieu, n'accorda rien à l'un des enfants de Maitre Adam, qui n'épargna pas les sollicitations, et cependant ne retira nul fruit de la bienveillante protection du ministre.

Je suis pourtant sans crédit
Et mes habits sont en friche.


Que je suis infortuné
D'estre traité de fa sorte,
Si vous m'avez rien donné,
Je veux qu'un diable l'emporte.


Hélas ! vous le sçavez bien,
A quoy sert de vous le dire,
C'est un bien maigre entretien
Aussi de vous en écrire.


Pourtant, si vostre bonté
Vouloit bien me satisfaire,
On diroit la vérité
Ou vous diriez le contraire.


## AU MARQUIS DE VASSÉ [1].

### STANCES.

Brave marquis de Vassé,
Afin de chanter ta gloire,
J'ay, quatre jours, resvassé,
Tarissant mon écritoire.
De vin je me suis repu ;
J'ay faict tout ce que j'ay pu ;
Mais, marquis, je croy sans doute
Que, dans ce triste lieu,
Le jour que tu pris la goutte,
La muse me dit adieu.


Je ne laisse pas pourtant
De vivre dans l'espérance
Que, pour te rendre content,
Je finiray ma souffrance.
Aussi-tost que dans Nevers,
Le divin père des vers
M'aura r'ouvert la fontaine,
Tu diras que tout de bon,
Une goutte d'Hippocrène
Vaut tous les puits de Bourbon.




### STANCES.

Digne héritier de ce grand homme,
Jules, l'auguste cardinal,
Qui méritoit le tribunal
Que saint Pierre occupa dans Rome,
Comme ton très-humble officier,
En qualité de ton huissier,
Je t'assigne et je te déclare,
Grand duc, l'honneur du genre humain,
De n'estre, envers moy, point avare
Pour un morceau de parchemin.


Ton oncle, l'amour de la France,
M'avoit promis, passant icy,
D'alléger mon fâcheux soucy,
Par sa libérale puissance.
Lorsque tu viendras dans ces lieux,
Charmer tous les cœurs et les yeux,
Digne rejeton de Romule,
Illustre duc, en imitant
Les actions de ce grand Jule,
Tu pourras bien en faire autant.


## RONDEAU [2].

Vistement, je veux que l'on donne
Un habit d'une étoffe bonne,
A Maistre Adam le raboteur,
Mon très-fidèle serviteur,
Avorton du fils de Latone.


Je ne veux plus qu'on labandonne,
Mais que Lustubron en personne,
Luy fasse sentir ma faveur,
        Vistement.


Ce pauvre malheureux m'estonne,
Et, dans l'esclat qui m'environne,

---

[1] Le marquis de Vassé était alors aux eaux de Bourbon, et Maître Adam, qui l'y avait accompagné, ne put faire de vers, malgré les instances réitérées du marquis.
[2] Ce rondeau est supposé comme une ordonnance rendue par suite des épitres de Lutempicanor.

Sa pauvreté me faict horreur,
C'est pourquoy je veux, de grand cœur,
Que l'on fasse ce que j'ordonne ,
    Vistement.

---

## A UNE PRÉSIDENTE [1].

### ÉPITRE.

Présidente incomparable,
Dont l'entretien admirable
Esclate mille fois mieux
Que ne faict celuy des Dieux ,
Vous sçaurez par la présente ,
Nompareille présidente ,
Comme le long du chemin ,
Cent fois le verre à la main ,
J'ay trinqué la santé vostre ,
Espérant que pour la nostre ,
Monsieur vostre cher mary
Ne paroistra poinct marry ,
Si parfois à vostre table
Il pratique le semblable.
Le cher comte d'Amanzé
N'en a pas trop bien usé ;
Cet estomac à grenouille,
Qui jamais son bec ne moüille ,
Que d'un breuvage à l'oison,
A bien manqué de raison ,
J'entends raison vinatique ,
Car je serois frénétique
Jusqu'à perdre jugement ,
Si j'en parlois autrement.
Ce n'est pas , belle, qu'il n'aime ,
Autant et plus que soy-mesme ,
Vos vertus et vos appas ;
Mais l'inhumain ne boit pas ,
Ou s'il boit , le misérable ,
C'est du breuvage exécrable
Qui n'est, pour dire en un mot,
Bon qu'à mettre dans le pot.
Moy qui gouste mieux l'usage
De cet insigne breuvage
Dont Bacchus charme mes sens ,
Par des plaisirs innocens ,
J'ay bu et rebois encore ;
Et demain , dès que l'aurore ,
En son superbe appareil ,
Devancera le soleil ,
Elle me verra paroistre
Sur l'appuy de ma fenestre ,

En luy jurant sur ma foy,
Que c'est à vous que je boy.
C'est tout ce que je puis faire ,
Et qu'icy, pour vous complaire ,
Vous ordonniez autrement ,
Lors , trève de compliment ,
Car en matière de guerre ,
Je n'aime qu'un cul de verre ,
Plus propre pour mon secours ,
Que la mère des amours.
Mais , pour revenir au conte
Que l'on peut faire du comte ,
Sçachez que je l'ay quitté
Dans la mesme qualité
Qu'il estoit ou devoit estre
Quand Amour luy fit connoistre
Deux yeux superbes et doux
Qui sont moins à luy qu'à vous.
Adieu , belle, c'est trop dire ,
C'est trop parler d'un martire
Qui faict , à qui le ressent ,
Naistre un désir impuissant ,
Puisque la loy naturelle
Vous fit sage comme belle ,
Et que son plus grand espoir
Est le seul bien de vous voir.
De moy, pour finir ma plainte ,
Je vais reprendre la pinte ,
Pour reboire de rechef ,
Depuis vostre digne chef
A la plus belle partie
Dont vous estes assortie ,
Par où l'eau faict sa sortie.

---

## AU DUC DE GUISE [2].

### ÉPITRE.

Grand prince, à qui je suis tenu
Du plus beau de mon revenu ;
Beau , non tant pour la somme illustre
Qui m'ostera le nom de rustre ,
Que parce que tes belles mains ,
Dignes du sceptre des humains ,
Ont , d'une agréable secousse ,
Pour cet effect, branslé le pouce
Sur un brevet où ton beau nom
A tant embelly mon renom ,
Que je l'aime et que je le garde ,
Mieux qu'un Hardo son hallebarde.

---

[1] Cette pièce de vers fut écrite dans un souper que fit Maître Adam , venant de Paris , avec le comte d'Amanzé, qui était amoureux de la dame à qui cette épitre est adressée.

[2] Cette épitre est un adieu et un remerciment du poëte à monseigneur de Guise, allant à Naples , pour le brevet de pension qu'il en avait reçu.

Adieu, je prends congé de toy,
Comme tu prends congé de moy.
Je retourne aux rives de Loire,
Tracer le portrait de ta gloire ;
Et toy tu vas chez les guerriers,
Me quérir des troncs de lauriers,
Afin qu'après cette campagne,
Où tu feras trembler l'Espagne,
Pour sauver ton nom du tombeau,
Je t'en fasse un autre plus beau.
La puissance qui tout conserve,
Tous deux ensemble nous préserve.
Toy, dans ta bouillante valeur,
Pour braver tousjours le malheur,
Afin que, d'un bonheur extresme,
Je puisse me sauver de mesme,
Le tout pour célébrer tes faicts,
Et les biens que tu me fais.
Va donc achever tes conquestes ;
Va, de tes deux bras brise-testes,
Donner au roy des basanez
Quatre pieds et demy de nez;
Je vas, des miens, en ma boutique,
Hors d'une commune pratique,
Te construire un superbe autel
Pour te placer en immortel,
Où chacun viendra rendre hommage
A ta haute et vivante image
Que ma propre main gravera,
Et sur l'autel la plantera
Dans le fond d'une belle niche
Dont j'auray poli la corniche.
Adieu, grand prince ; de rechef,
Le ciel te garde de quelque méchef,
Et pardonne en passant, si j'ose
Te demander deux mots de prose
En récompense de ces vers,
Pour me reconduire à Nevers.

---

### A UNE BELLE DAME [1].

#### ÉPITRE.

Phillis, ou plustost ma chère Eve,
Pour qui sensiblement je resve,
Ha ! je viens tout présentement
De lire vostre compliment.
Qu'il est doux et qu'il est capable
De rendre un innocent coupable,
Et qu'il a des charmes puissans
Contre la force de mes sens.
Deussé-je mesme me confondre,
Ma chère Eve, il faut vous répondre ;

Mais par où dois-je commencer ?
Un penser étouffe un penser.
Pour dire tout ce qui m'irrite ;
C'est de vous voir trop de mérite ;
Si vous en aviez seulement
Ce qu'il en faut pour un moment,
A quiconque s'ose promettre
De répliquer à vostre lettre,
Hélas ! que n'aurois-je pas faict
Pour rendre mon cœur satisfaict ?
Mais vous montrez tant de merveilles,
Que les plus adorables veilles,
Qui me font fléchir les genoux,
Me sembloient indignes de vous.
Le soleil, en sa course ronde,
A-t'il rien veu parmy le monde,
Depuis qu'il erre dans les lieux,
Qui soit comparable à vos yeux ?
La nature, avecque les choses
Dont elle peint le teint des roses,
Sur mille objects, qu'a-t'elle peint
Qui soit si beau que vostre teint ?
La vertu qui vous accompagne,
Comme sa fidelle compagne,
Faict voir, dans vos perfections,
Tout l'esclat de ses actions.
Et, dans le parfait assemblage
Qui tant de libertez engage,
Je tiens qu'il faut estre marmot
De vous aymer sans dire mot.
Aussi, merveille sans pareille,
Je n'ose approcher vostre oreille,
Et j'appréhende de vous voir,
De peur de trahir mon devoir.
Plust au ciel que les destinées
Me donnassent autant d'années
Qu'Adam en posséda jadis ;
Et qu'en le mesme paradis,
Où Dieu contenta son envie
De tous les plaisirs de la vie,
Vous dussiez, dans un mesme cours,
Suivre la source de mes jours.
Je vous y déduirois ma peine ;
Je serois roy, vous seriez reine.
L'univers seroit à nous deux.
Seul, je serois vostre amoureux,
Et vous, d'une mesme tendresse,
Seule, vous seriez ma maitresse ;
Et je n'aurois poinct de rivaux
Parmy nos amoureux travaux ;
Là, vous n'auriez poinct de rivales
Qui pût causer des intervalles.
Je vous ferois, soir et matins,
Des vers grecs, hébreux et latins ;
Et, pour faire rimer à mortoise
Et parler en langue françoise,
Reprenaut nos premiers moutons,
Je vous dirois : Eve, dansons.

---

[1] Cette épitre est en réponse à une lettre par laquelle cette dame invitait Maitre Adam de l'aimer autant qu'Adam aimait Eve. Toute l'épitre roule sur cette idée.

Dansons ; cette rime est bien plate ;
Si l'on veut que mieux elle éclate,
Je laisse faire à l'ébesté
Qui chérit moins s que t.
Je n'aurois pas la sciatique,
Et vostre humeur sage et pudique,
Lors, ne me refuseroit pas
De danser courante et cinq pas.
Puis, après ce doux exercice,
Pour délasser ma pauvre cuisse,
Je me rangerois à l'écart,
Pour faire un peu mon lict à part.
Vous n'en seriez pas offensée,
A moins que d'estre une insensée,
Car, Eve, vous pourriez penser
Qu'on ne peut pas tousjours danser ;
Après, je trouvérois la ruse
De vous faire très-humble excuse.
Le repos m'ayant rendu frais,
Je reprendrois sur nouveaux frais ;
Et, d'une nouvelle cadence,
Nous recommencerions la danse.
Je vous construirois mille autels,
Vous me feriez autant d'Abels ;
Et, pour leur donner des femelles,
Je vous ferois autant d'Abelles.
Mais c'est mal vous entretenir
D'un bien qui ne me peut venir ;
Tout ce qui m'afflige et me ronge,
C'est que tout mon dire est un songe,
Et que ce n'est pas le plaisir
Qui peut satisfaire un désir.

---

## AU CHANCELIER S*** [1].

### STANCES.

Cette affreuse et noire beste,
Qui, dessus les tristes bords,
Avecque une triste teste,
Garde l'empire des morts,
Ne jettoit point une bave,
Quand elle se vit esclave
Du bâtard de Jupiter,
Qui surpassât en malice
Le venin de vostre Suisse,
Quand il se veut dépiter.

D'où vient, grand appuy d'Astrée,
Que vostre auguste maison

Dispute ainsy son entrée
Par un monstre sans raison ?
Faut-il qu'un si digne temple ;
Où, par un visible exemple,
Dieu faict briller son renom,
Soit gouverné de la sorte,
Qu'au lieu d'un ange à la porte,
L'on y rencontre un démon ?

Vous avez toutes les marques
Qu'un grand héros doit avoir,
Sur qui le temps ni les Parques
N'auront jamais de pouvoir.
Vostre illustre renommée
Par tout le monde est semée,
Et, dans l'avenir, les roys
Trouveront dans leur histoire,
L'accroissement de leur gloire
Sous l'auspice de vos lois.

Tout le monde vous renomme
Sur l'un et l'autre élément,
Et vous n'avez rien de l'homme,
Qu'une chose seulement :
C'est que le ciel qui vous garde,
Ne veut poinct de hallebarde,
Et vous seriez tout à faict
Affranchy de la censure,
Ayant un Suisse en peinture,
Au lieu d'un Suisse en effect.

Grand prince, je vous conseille
D'attacher à ce Hardot,
A chaque bout d'une oreille,
La campane d'un bardot ;
Puis, luy donnant l'équipage
D'un gros mulet de bagage,
Je quitteray le métier
Qui m'enseigne à faire un coffre,
Et, pour vous servir, je m'offre
D'estre vostre muletier.

Je veux bien que l'on m'étrangle,
Si d'un foüet de postillon,
Nuict et jour je ne le sangle
Sur le double carillon.
Et dans cette belle escrime,
De peur de commettre un crime
Contre les couleurs du roy,
Dusse-t'il monstrer sa tripe,
Si je luy laisse une nipe,
Que l'on m'estime sans foy.

[1] Dans cette pièce, Maître Adam se plaint d'avoir été maltraité par le Suisse qui lui avait refusé la porte de l'hôtel du chancelier. Le poëte avait d'abord fait ses plaintes directement au chancelier, qui commanda au mécontent de les faire en vers.

Je tailleray dos et ventre
Ce péculaire avorton,
Qui ne veut pas que l'on entre
Chez vous, à moins d'un teston.
Un portier de comédie
N'a pas la main plus hardie
A la porte de son jeu,
Quoy que, contre sa malice,
Vous vouliez que l'on se glisse
Jusqu'au coin de vostre feu.

Je sçay bien, grand personnage,
Que vous seriez en courroux,
Sçachant le mauvais ménage
Que ce rustre faict chez vous;
Je sçay que vostre belle âme,
Franche du vice et du blâme
Où peut tomber un mortel,
Veut que chez vous on vous voye,
En suivant la mesme voye
Qui vous conduit à l'autel.

S'il sçavoit bien reconnoistre
Quelle est mon intention,
Et que je cherche son maistre
Pour avoir ma pension,
L'espérance du salaire
Que prend ce mercenaire,
Dans peu l'auroit corrompu;
Quand vous m'auriez vu parestre,
Sortant, je ferois peut-estre
Ce qu'entrant je n'aurois pu.

Ce nouveau fils de la terre,
Ce gros colosse animé,
Qui, sans le pot et le verre,
N'auroit jamais rien aimé,
De sa mine refrognée,
En mégère rechignée,
Et de son regard infect,
A si bien troublé ma muse,
Que la teste de Méduse
Ne m'en auroit pas tant faict.

Ce vilain des plus insignes,
Ne croit-t'il poinct que c'est moy
Qui suis cause que les vignes
Sont en si piteux arroy?
Ha! dépravé microcosme!
Lutin, loup-garou, fantosme,
Affreux diable de Vauvert,
J'ayme mieux que toy, gros Suisse,
Le goinfre qui, d'une cuisse,
Vint pour les mettre à couvert.

Tous les jours je le conjure,
Par des cantiques nouveaux,
De nous réparer l'injure
Que l'hyver faict aux tonneaux.
Puisse-t'il faire renaistre
Ce que, d'un coup lâche et traistre,
Le froid nous a picoré;
Et, pour abaisser ta gloire,
N'en puisse-tu jamais boire
Que quand je t'en verseray.

Tu n'aurois plus cette audace
Qui te faict rider le front;
Ta ridicule grimace
Ne me feroit plus d'affront.
Quand la soif te viendroit prendre,
Deusses-tu mesme te pendre,
J'enverrois ton gros muscau
Bien loin du jus de la tonne,
Chez ceux qui, devant Latoune,
Mirent la barbe dans l'eau.

Loin de l'aspect de la coupe,
Je t'envoirois dans les eaux,
Croistre la criarde troupe
Qui niche dans les roseaux.
Je sçay qu'en cette adventure,
Ton nez à rouge peinture
Deviendroit tout morfondu,
Et c'est par cette vengeance
Que j'aurois plus d'allégeance
Que si l'on t'avoit pendu.

---

## A M. PONCHER [1].

### ÉPITRE.   –

Illustre et brave de Brécour,
Qui, dans la plus illustre cour
Dont l'univers forme sa gloire,
As faict autant qu'on sçauroit croire,
Pour le règne d'un potentat
Qui, bien-tost dedans son estat,
A son peuple fera paroistre
A qui fut bon valet, bon maistre.
Reçois à tort comme à travers,
Du pauvre fustier de Nevers,
Cette épistre que l'on t'envoye

[1] M. Poncher étant à Nevers avec sa femme, avait invité Maitre Adam à souper; pendant le repas, on reçut de M. de Brécour, conseiller au Parlement, frère de madame Poncher, un paquet contenant des épices pour les ragoûts, dont on fit usage au même souper.

Pour tesmoignage de la joye
Que nous inspira ton paquet,
Nous fournissant plus de caquet,
Par son odorante ouverture,
Que n'en recüeille la nature
Parmy l'empire des oyseaux,
Parmy les joncs et les roseaux,
Lorsque, d'une vertu féconde,
Elle régénère le monde.
De ce présent si précieux,
Plus propre à la bouche qu'aux yeux,
Toute la troupe fut ravie;
Et, pour contenter son envie,
Chacun et chacune y prit part.
Moy, qui me tenois à l'écart,
Comme n'estimant pas honneste
De m'oser faire de la feste,
Une odeur, qui me vint saisir,
Chatoüilla si bien mon désir,
Que le parfum si délectable
Me rendit bien-heureux coupable,
Pour y trouver, selon mon goust,
Toute la gloire d'un ragoust.
Ce fut par ce don agréable,
Qui fit l'honneur de nostre table,
Que, pour ta santé, l'on prosna
Que Bacchus mesme l'ordonna,
Ce faisant faire un sacrifice
De l'eschalote et de l'espice.
Ta sœur, qui peut, sans vanité,
Esgaler la divinité
Qui porte sur son front la lune,
Pour augmenter nostre fortune,
D'un sçavoir plus divin qu'humain,
Fit, de sa nompareille main,
Ce que peut faire, sans lezine,
Tout l'appareil d'une cuisine.
Ce fut lors que je souhaitay,
Dans cette douce volupté,
Avant que de dire profasse,
D'estre perdrix, merle ou bécasse,
Pour avoir cet aymable sort,
Après la rigueur de la mort,
D'estre mis en la sépulture
Par ce miracle de nature.
Enfin, chacun à qui mieux mieux,
Par un concert mélodieux,
Célébra comme un jour de feste,
Cette nompareille conqueste;
Et l'air que Magdelon chanta,
Toute la troupe contenta;
Là, le clerc en faisoit de mesme;
Goron, qui rit mieux qu'en caresme
Ne rit un père Récolé,
Ne paroissoit poinct désolé.
De moy, qui, quelquefois, m'escrime
A mettre de la prose en rime,
Je l'escrivis, sur ce papier,
Ce petit plat de mon mestier,
Pour t'asseurer et pour te dire
Que, sur ce que je viens d'écrire,
Je repasseray le rabot,
Ton humble serviteur, Billot.



## CONTRE UNE DONZELLE.

C'est donc ainsy, cruelle dame,
Que vous triomphez de mon ame,
En me produisant tous les jours
Dans les jeux et dans vos amours,
En me faisant passer pour beste;
Ma foy, cela n'est guère honneste.
Quelqu'un traité de la façon,
Vous diroit bien quelque chanson;
Cette chanson, comme je pense,
Entre Sainct-Esprit et Valence,
Pour le sauver de Jacquemart,
S'appelleroit Montélimart.
Pour celle que je vous veux dire,
C'est que dans mon dernier martire,
Lassé de souffrir vos mespris
Et vos desseins mal entrepris,
Il est temps que je me retire
De vostre détestable empire.
Et qu'un dépit fasse en un jour
Plus que n'a faict tout mon amour.
Quoy, vous croyez, vieille farouche,
Que vos yeux et que vostre bouche,
Par moy si long-temps recherchez,
Viendront accroistre mes péchez,
Et que, dans une ardeur extresme,
Moy seul ennemy de moy-mesme,
Vostre gloire et vostre prison
Triompheront de ma raison?
Non, non, sans que plus je vous flatte,
Il faut que ma colére éclate,
Et que, sur l'aisle de mes vers,
Je fasse voir à l'univers,
Sans abus et sans artifice,
Mon courroux et vostre malice.
Mais, pour assouvir ce courroux,
Que sçaurois-je dire de vous,
Sinon que vous fustes fort belle,
Que vous m'en donnastes dans l'aisle;
Mais que vostre dernier orgueil
Est indigne de mon accueil?
Que de vos fers je me délivre,
Et que si vous eussiez sçeu vivre,
En ce qui me sçait regarder,
Vous deviez tousjours me garder.
J'aurois, pour vous, faict des merveilles,
Et toutes mes plus belles veilles
Auroient, d'un effect assez beau,
Sauvé vostre âme du tombeau.
La terre seroit parfumée
Du bruit de vostre renommée,
Et mes vœux auroient faict pour vous
Le contraire de mon courroux.
Amarante, soyez plus sage,
Et, dans le déclin de vostre âge,

Ne traitez pas si rudement
Celuy qui n'est plus vostre amant,
Et qui cherche un nouveau supplice
Dessous l'empire d'Arténice,
De qui l'esclat mérite mieux
Que vous le langage des Dieux.
Sinon d'une dure contrainte,
Vous pourriez engager ma plainte
A dire, pour me soulager,
Tout ce qu'on peut pour se venger.

CONSOLATION

**A UNE DAME.**

Inconsolable Charitée,
Vous devez bien estre irritée,
De voir tant d'infidélité,
Trahir vostre crédulité ;
L'ingrat qu'on nommoit vostre esclave,
Et qui passoit pour vostre brave,
Quand vous composiez plus d'amans
Qu'on n'en trouve dans les romans,
A quitté vostre servitude ;
Et son illustre ingratitude
A faict d'un semblable poison,
Vostre mal et ma guérison.
Ce n'est pas que je ne vous ayme,
Autant et bien plus que moy-mesme,
Et la fortune ne faict rien,
Parmy la gloire et dans le bien
Dont elle reléve un empire.
Que mon cœur ne vous le désire.
Mais à vous parler franchement,
Si la conqueste d'un amant
S'estendoit jusqu'à vous prétendre,
Fust-il un second Alexandre,
Je jure, défunts vos appas,
Que je n'y consentirois pas.
Depuis vingt ans qu'un trait de flame,
Qu'amour décocha dans mon ame,
Par un de ces puissans regards,
Dont vos yeux asseroient ses dards,
Je n'ay point eu dans la pensée
Cette passion insensée,
Qui cherche la fin du désir,
Dans la naissance du plaisir.
Ce m'est un assez doux reméde,
Qu'aucun amant ne vous posséde,
Et que je borne mon pouvoir
Au contentement de vous voir.
Il est vray que l'âge vous touche,
Et que n'estant plus qu'une souche,
Vous devez plus blasmer le temps,
Que l'usage des inconstans.
Toute chose à la fin se change.
Hélène, qui passoit pour ange,
Dedans sa vieillesse parut

Plus laide qu'un moine bourut.
C'est un accident nécessaire
Dont on ne sauroit se défaire.
Aminte et Philis comme vous,
Qui de l'âge ont senty les coups,
Pour faire qu'on les idolastre,
Ont beau, de céruse et de plastre,
Barbouiller leur pauvre museau,
Il n'en deviendra pas plus beau.
Nostre misérable nature,
Est sujette à cette adventure,
Que l'art ne sçauroit r'appeler,
Ce que le temps nous sçait bailler.
Mais quand vous seriez plus défaite,
Que le plus vieux Anachoréte,
Qui se disciplina jadis,
Pour mériter le paradis ;
Quand de la sybille Cumée,
Dont l'âge a faict la renommée,
Vous auriez surpassé les jours,
Je vous adorerois tousjours.
Je sçais bien que la médisance
Passe jusqu'à la suffisance
De vous accuser d'un méfaict,
Dont on n'a jamais veu l'effect.
Et que Pinelus ne vous quitte,
Qu'à cause que vostre mérite
A faict tomber tous les verroux
Qui fermoient les huis de chez vous.
Dans une sagesse profonde,
Vous avez reçu tout le monde ;
Les amants qui vous visitoient,
A deux genoux se contentoient
De baiser le bout de la jupe.
Mais jamais le fin ny le dupe
N'ont eu le bien de la lever,
Tant vous la sçavez conserver.
C'est ainsi que je le veux croire,
Et Dieu veuille pour votre gloire,
Et pour me tirer de soucy,
Que tousjours je le croye ainsy.

RÉPONSE

**A M. DE MAUGIRON.**

Malgré le chagrin qui m'afflige,
Marquis, ton souvenir m'oblige
D'écrire encore quelque mot
Entre la scie et le rabot,
Comme quand je te fis hommage,
Entre la poire et le fromage,
Lorsqu'en ton illustre maison,
La santé comme la raison,
Firent plus à l'ombre du verre,
Contre cinq foudres de la guerre,
Que ne feront tous nos canons,
Par qui sans cesse nous tonnons,

Pour détruire en cette campagne,
Le puissant démon de l'Espagne.
Il m'en souvient, j'en fus touché,
Et c'est par ce noble péché
Que j'ay placé dans ma mémoire
Le doux souvenir de la gloire.
Je sçay que depuis ce beau jour,
Où, sans trompette et sans tambour,
Bacchus mit nostre renommée
Plus loin que la terre Idumée;
Que, beuvant tous à qui mieux mieux,
D'un nectar plus délicieux
Que celuy qui remplit la coupe
Qui sert à l'olympique troupe,
Tu n'as cessé de travailler,
De suer, paslir et veiller
Dans ces vastes champs où les armes
Tirent de nos yeux tant de larmes,
Et que la sanglante vertu,
Dont ton esprit est revestu,
N'a que trop augmenté le nombre
Qui peuple le royaume sombre.
Ce n'est poinct par ces grands travaux
Que j'estime ce que tu vaux.
Par ce fer où ton ame aspire,
Tu pourrois avoir pris l'empire
Du traître sultan Mequemet
Et son beuveur d'eau Mahomet;
Eslevé la France et ses bornes
Jusqu'où la lune estend ses cornes ;
Faict de cent coups mille trespas,
Que je ne t'en aymerois pas.
Et si ta nompareille lettre,
Qui dans ma main se vient de mettre,
Eust, parmy sa noire couleur,
Faict voir un mot de ta valeur,
Je jure le dieu qui m'enflâme,
Ce dernier mouvement de l'âme,
Que je ne t'aurois répondu
Que pour te rendre confondu.
Mais, sçachant à quel poinct la vie
Se voit maintenant assouvie,
Que la gloire de ton désir
Céde à celle de ton plaisir,
Et que l'hymen qui t'environne
Te faict une belle couronne,
Où, malgré les actes guerriers,
Le mirthe offusque tes lauriers ;
Mon esprit se pasme de joye,
Et celle-cy que je t'envoye,
N'est sinon que pour t'assurer
Que, tant que je verray durer
Cette amoureuse violence
Qui te captive dans Valence ;
Tu me verras tousjours pour toy.
Mais si-tost que l'injuste loy,
Qui rend tant de villes désertes
Pour enrichir Mars de nos pertes,
Viendra rétablir de nouveau
Son caprice dans ton cerveau,
Je veux que le ciel m'extermine
De la peste et de la famine,
Si, pour ton plus beau compliment,

Je t'escris un mot seulement.
Apprends que j'ay l'âme trop belle,
Et que le soin d'une escabelle
Que je rabotte et je polis,
Bien mieux que ces vers que tu lis,
Est plus capable de me plaire
Que l'infâme et sanglant salaire
De cent parricides vainqueurs,
Dont les insatiables cœurs,
Pour je ne sçay quelle fumée,
Que dégueule la renommée.
Sont éternellement rongés,
Et parmy les vices plongés,
Laissant, pour un désir barbare,
Le bien que le ciel nous prépare,
Perdant, par trop de vanité,
Les douceurs de l'éternité.
Ha ! que l'inhumain fratricide,
Qui fit le premier homicide,
N'est-il encore dans ce lieu,
Qu'il fut auparavant que Dieu
L'eust orné de ce fameux titre
De la raison et de l'arbitre !
Que ce monstre dénaturé,
De tant de monstres révéré,
Qui, dans ce siècle, font connoistre
Qu'ils participent à son estre,
N'est-il encore enraciné
Où l'on est avant qu'estre né !
Nous ne verrions pas son exemple
Servir de modèle et de temple
A toutes ces ames de fer,
Ces holocaustes de l'enfer,
Qui, pour une motte de terre,
Dans le cœur d'une affreuse guerre,
Se perdant, perdent avec eux
Ces misérables belliqueux
Qui, pour suivre l'injuste trace
Qu'inspire un démon de la Trace,
Font banqueroute à ce grand Dieu
Qui ne les a mis en ce lieu
Que pour suivre la patenostre
Et le soulagement d'un autre,
Faire, pour un digne maintien,
Tout ce que doit faire un chrestien.
Mon roy, de qui la renommée
Par toute la terre est semée,
A tout le monde combattu
Par les effets de sa vertu ;
Toute la nature l'adore,
Et la nymphe qu'on nomme Aurore,
En traçant le cours du soleil,
N'a jamais trouvé son pareil.
Et je croy que si cette envie
Qui nous faict mépriser la vie,
Ne nous venoit poinct icy-bas,
Pour l'imiter dans les combats,
Que l'autel de ses divins charmes
Feroit plus que toutes les armes,
Et que, sans en venir aux mains,
Il seroit le roy des humains.
Cesse donc de plus entreprendre
Ny de vaincre ny de deffendre ;

Et , puisque l'amour t'a rendu ,
Après te l'avoir cher vendu ,
Le possesseur d'une Carite ,
Dont les beautez et le mérite ,
Par la gloire , ont esté portez
Dans les lieux les plus escartez ,
Tasche tousjours à satisfaire
Au juste dessein de luy plaire ;
Sers-toy de l'esclat de ses yeux ,
Et ne va plus devant ces lieux
Où l'acier , le plomb et la poudre
Font briller l'esclat de la foudre.
Avant que l'injure du sort
T'ait mis dans les bras de la mort,
Donnes aux loix de l'hymenée
La vigueur de ta destinée ;
Et , faisant paroistre à ton tour,
Mars sous la puissance d'amour,
Fais régner dans ta digne couche ,
Flanc contre flanc , bouche sur bouche,
De celle qui régit ta foy,
Des rejettons dignes de toy.
De moy, si celle qui m'esgale ,
Dedans une amour conjugale ,
Avoit encore la beauté
Qui me fit tant de cruauté ,
Le ciel pourroit reprendre l'onde
Dont il fit le tombeau du monde,
Que le feu dont je suis époinct
Ne se désenflàmeroit point ;
Mais comme toute chose passe ,
Que la plus belle fleur s'efface,
Elle n'a plus rien de vermeil.
Son œil, autrefois mon soleil,
Cédant à la loy naturelle ,
N'est plus qu'une foible étincelle ,
Et , de son regard le plus beau ,
Me faict un rival d'un tombeau.
Du temps que je brûlois pour elle ,
De ce beau feu qui nous bourrelle ,

Quand , pour la génération ,
Une amoureuse passion
Allume dans toutes nos veines ,
Tant de plaisirs et tant de peines ,
Quel astre m'eust pu retirer
Du beau désir de l'admirer.
J'aurois veu nostre empire en proye,
Et Paris brusler comme Troye,
Qu'on m'auroit plutost faict mourir,
Que de les aller secourir,
Tant un cœur à l'amour sensible,
Est à d'autres vœux insensible.
Maintenant que son corps n'est plus
Qu'un tronc ny vivant ny perclus ;
Que sa carcasse presque usée
Et presque au bout de sa fusée ,
Par un sentiment de pitié .
Mon amour change en amitié ,
Et , dans le mouvement fidèle ,
Je veux tousjours estre auprès d'elle ,
Jusqu'à tant que , décrépité ,
La fatale nécessité ,
Qui triomphe de nostre vie ,
En ait sa fureur assouvie.
Chevalier, tu dois faire ainsy ;
Et , dans un semblable soucy,
Tandis que tu vois la lumière ,
Jusques à ton heure dernière ,
Passer le temps de la façon
Dont je te fais cette leçon.
Adieu, j'entends que l'on m'appelle
Pour m'en aller donner dans l'aisle ,
Chez un seigneur chez qui l'on boit
Beaucoup plus que le petit doigt.
C'est parmy cette auguste guerre
Du pot , de la table et du verre ,
Qu'avecque grande volupté ,
Je m'en vais boire à ta santé ,
T'assurant que de tout mon zèle ,
Je te suis serviteur fidèle.

## AUX DAMES FRONDEUSES [1].

### ÉLÉGIE.

Mesdames de la Fronderie !
O bons Dieux ! il faut que je rie,
Quand j'entends appeler fronder
Ce qui, proprement, est sonder.
Mais il n'importe ! appelez fronde
Ce qu'il faut nommer une sonde,
Ce n'est disputer que du mot ;
Et vous me prendriez pour un sot,
Si la muse qu'icy j'invoque
S'arrestoit à cette équivoque ;
Il suffit que vous m'entendez
Lorsque je dis que vous frondez.
O donc, Mesdames les frondeuses,
Vous parlez sans être honteuses,
Et sans que vous cliniez les yeux ;
De ce que vous aimez le mieux,
Car le mot de Fronde en usage
Ne rougit point vostre visage.
Une dit, dans vostre entretien :
Ah ! que mon mari fronde bien !
Lorsque je parle au mien de Fronde
( Dit l'autre ), aussitôt il me gronde ;
Si quelqu'un vient soudainement,
On mêle un mot du parlement,
Pour cacher la supercherie
De cette basse fronderie.

## AUX MÊMES.

### ÉPIGRAMME.

Belles, la liberté plaît tant à nos humeurs,
Qu'elle tient un empire absolu sur nos cœurs ;
Son nom pourroit charmer des esprits plus farouches ;
Mais nous sommes d'avis que c'est avec raison
Qu'un esclave bénit ses fers et sa prison,
Lorsqu'il est prisonnier sous les ciels de vos couches.

[1] Les femmes jouèrent un grand rôle dans le drame de la Fronde, et l'on doit compter au premier rang la duchesse de Longueville, la Princesse palatine, madame de Montbazon, mademoiselle de Chevreuse et la duchesse d'Orléans.

La duchesse de Longueville, surtout, fut l'héroïne de la Fronde, comme la duchesse de Montpensisr l'avait été de la Ligue. Elle eut pour amie intime Anne de Genzague, qui devint célèbre par un génie également propre aux fêtes et aux affaires. Elle avait, dit madame de Motteville, de l'adresse et de la capacité pour conduire une intrigue, etc., etc.

Voici son portrait tracé par le cardinal de Retz : « Madame la Princesse palatine estimait autant la galanterie qu'elle en estimait le solide. Je ne crois pas que la reine Elisabeth d'Angleterre ait eu plus de capacité pour conduire un état. Je l'ai vue dans la faction, je l'ai vue dans le cabinet, et je lui ai trouvé partout de la sincérité. »

Voyez pages 416 et 504 ; la *Notice sur le Claquet de la Fronde*, page 553 et suivantes ; les mémoires de madame de Motteville et ceux du cardinal de Retz.

### RETRANCHEMENTS A RÉTABLIR.

Ces quatre vers font partie de l'épître au comte de Langeron, page 36, et
doivent remplacer les points de cette épître, page 41.

> J'ay plus considéré la ligne
> Où tu me parles d'une vigne,
> Que ne feroit une putain
> Les postures de Laretin.

Ces huit vers font partie de la même pièce au comte de Langeron, et doivent
remplacer les points des pages 42 et 43.

> Retournons sur nos premiers pas,
> Car, ma foy, je ne pensois pas
> Parler de ce Bardache infâme,
> Qui mesme auroit produit sa femme,
> Toute sa famille et son ***,
> Pour faire raffle d'un escu,
> Tant, chez Soliman, parut chiche
> L'ame de cet infâme riche.

———

Cette strophe faisait partie des stances à M. le Comte ***, page 198. Nous
l'avions supprimée comme licencieuse ; elle doit être la deuxième de la page 199.

> Là ces neuf filles éternelles,
> Qui n'ont pas vaillant un denier,
> Sembloient ces trois sempiternelles
> Qui sont au bordel de Renier ;
> Les voyant toutes accroupies,
> Si j'eusse veu dans ce revers
> Autant de mots que de roupies,
> Tu n'aurois pas manqué de vers.

# TABLE DES MATIÈRES.

FIN DE LA TABLE.